Ander titels deur dieselfde skrywer:

Trippel sewe
Trousseaukis
Klawervier
Raaiselkind
Broodsonde
Sabbatsreis

Thula-thula

Annelie Botes

Tafelberg

Finansiële ondersteuning word met dank erken.

Enige ooreenkoms tussen hierdie fiktiewe verhaal en die werklikheid is bloot toevallig.

Tafelberg,
'n druknaam van NB-Uitgewers,
Heerengracht 40, Kaapstad 8001

Bandontwerp deur Laura Oliver
Tipografiese versorging deur Etienne van Duyker
Geset in 11.5 op 14 pt RotisSerif
Gedruk en gebind deur ABC Drukkers, Epping 2, Suid-Afrika
Eerste uitgawe, eerste druk 2009
Derde druk 2009

ISBN: 978-0-624-04685-1

Woensdag, 27 Augustus 2008

Die reën drup uit haar hare toe sy terugstaan om die bord teen die werfhek te bekyk. Groen bord, wit hoofletters.

KIEPERSOLKLOOF
GERTRUIDA STRYDOM
TOEGANG VERBODE
OORTREDERS SAL VERVOLG WORD

Die tang is koud in haar hand. Sy is bly sy het die bord gister klaargemaak en geverf. Dadelik opgesit toe sy vroegmiddag terugkom van die begrafnis op die dorp.

Sy tel die afvaldraadjies op, sit dit saam met die tang in haar swart begrafnisbroek se sak. Stap deur en stoot die hek agter haar toe. Lussie inhaak. Hang die ketting om die hekraam en hekpaal. Terwyl sy die slot toeklik, kyk sy na haar benerige hande wat ouer lyk as ses-en-twintig jaar. Ouvrouhande.

Kiepersolkloof. Háár erfenis. Niemand sal sonder haar toestemming by die hek inkom nie. Sy wil alleen wees. Vir die grootste deel van ses-en-twintig jaar was sy níks. Ontneem van seggenskap oor haar grense. Die enigste plek wat háre is, is die kliphuis wat sy diep in die berge teen 'n beboste suidhang gebou het. En die hoektafel agter die nooienshaarvaring in Die Koffiekan op die dorp waar sy en Braham Fourie, toe hulle nog kontak gehad het, koffie gedrink het.

Sy stap stadig in die misreën opstal toe. Ruik die geur

van die laventelheininkie wat die tuinpaadjie omsoom. Selfs in die nawinter is die tuin 'n lushof.

Nog altyd was dit háár taak om die hek toe te maak, om die Bonsmaras uit haar ma se afgodtuin te hou. Kleintyd was dit haar pa se speletjie om haar by die hek te laat uitklim, dan sit hy 'n peperment in haar hand as hy deurry. Sy hou altyd haar linkerhand, want haar regterhand stink na vrot vis en pie, en dis taai.

Toe sy groter was, was dit 'n verlossing om by die hek uit te klim, om weg te kom van hom af. Steek nie haar hand uit soos kleintyd nie. "Vat jou peperment, Gertruida, dis jou beloning vir die genot langs die pad." Staan soos 'n soutpilaar. "As jy dit nié vat nie, smelt ons hom vanaand binnein jou, en dan eet ék dit. Gaan jy dit vat . . .?"

Sy het die peperment gevat en tussen die agapante by die hek gegooi.

Nadat sy op agtien, toe sy in graad elf was, haar lisensie gekry het, en 'n motor uit hom gemanipuleer het, het sy nooit weer saam met hom gery nie. Maandae op haar eie koshuis toe en Vrydae terug plaas toe.

En nooit weer sal sy iets eet wat na peperment smaak nie.

Toe sy klein was, moes sy sewentig treë gee tot by die stoeptrap. Sewentig treë van bid: Ek is 'n kindjie klein, maak my hartjie rein. Soos haar bene met die jare gerek het, het die treë minder geword. Toe sy sewentien was, het dit vasgesteek op vyftig treë.

Dis al nege jaar dat dit vyftig treë bly.

In die verte waaier die swierige leikliptrap, met 'n klippilaar weerskante van die onderste trappie. Op elke pilaar 'n bruin kleipot waaruit hen-en-kuikens tuimel. Vir die eerste keer in haar lewe vrees sy nie die trap nie. Want verby die trap, agter die kiaathoutdeur, is niemand wat haar lyf kan besit of binnedring of verniel nie. Niemand wat haar grense vertrap, of haar nakend in die maanlig laat dans nie. Die ruiter wat van haar sy merrieperd gemaak het, is dood.

Vooraanstaande Bonsmaraboer. Dagruiter. Rugruiter. Abel Strydom. Haar pa.

Tien treë. Nog veertig tot daar.

Agter die kiaathoutvoordeur is ook nie meer 'n voorvatvrou wat van beter behoort te weet as om blind en doof te speel nie. Sý is ook dood.

VLV-voorslag. Tuinekspert. Ouderlingsvrou. Susarah Strydom. Haar ma.

Vyftien treë. Nog vyf-en-dertig treë tot by die trap.

Vier dae gelede, op pad Nagmaal toe, het hulle verongeluk op die plaaspad. Abel was nooit 'n man vir stadig ry nie. Te oordeel na die wrak het hy die koedoebul volspoed getref. Die horing het Susarah se hart deurboor en haar teen die rugleuning vasgepen.

Abel se nek was gebreek.

Sy het voorgegee sy huil toe die polisie die tyding bring.

Vanoggend is hulle in die dorpsbegraafplaas begrawe. Sy het verseg om hulle oorskot op haar grond te hê. "Begrawe hulle op die dorp," het sy vir die ondernemer gesê nadat sy die lyke Sondagoggend gaan uitken het.

"Gertruida, jou ouma en jou broer lê ook in die familiekerkhof . . ."

"Ék sal besluit waar hulle begrawe word." Hy het sy hand opgehou, maar sy het hom doodgepraat. "Ek wil die reëlings nóú finaliseer vir Woensdagoggend, elfuur."

Sy wou wegkom uit die dorp. Alleen wees. Bly wees. Huil oor twee-en-twintig stukkende jare. Teruggryp na die veiligheid wat sy onthou van haar vroeë dogtertjiejare toe sy nog in feetjies en die tandmuis geglo het, en nie bang was vir 'n deurknop wat snags draai nie. "Doen net wat jy wil, solank alles glad verloop. Tee, koek, traktate, roustrikkies, kiste. Enigiets."

"Kom kies die kiste uit."

"Kies self."

"Maar, Gertruida, die pryse en verskeidenheid . . ."

"Ek sê: kies self."

Daar was 'n menigte mense by die diens. Sy het geweet hulle skinder-fluister: Tog tragies dat God hulle so vroeg geroep het. Hulle was maar in hulle vyftigs, daar was nog so baie wat hulle vir die gemeenskap kon beteken. Groot vraag is: Wie gaan nou op Kiepersolkloof boer, en waghond speel oor Gertruida?

Haar oë was droog toe die predikant die geloofsbelydenis lees terwyl die kiste sak. Al waaraan sy kon dink, was die ketting en slot wat sy by die koöperasie wou koop voor sy plaas toe ry. Vinnig winkel toe vir 'n bietjie kos. Hoesmedisyne vir Mama Thandeka. Suiker en jelliemannetjies vir OuPieta.

Twintig treë. Nog dertig om te loop.

Van almal by die teraardebestelling ken net sý die waarheid oor Abel en Susarah Strydom. Toe sy opkyk, sien sy Braham Fourie in die skare oorkant die graf, sy oë op haar. Dan is daar twee mense by die begrafnis wat die waarheid ken. Sy. En hy.

Sy het gemaak of sy hom nie sien nie. Vir die soveelste keer was sy spyt sy het in haar graadelfjaar die deur van haar geheimkamertjie op 'n skreef oopgemaak vir hom.

Vyf-en-twintig treë. Halfpad.

Die begrafnisgangers het blomme op die kiste gegooi. Sy het die mandjie ligpienk wildekastaiingblomme verbygestuur. Sy sou nié 'n blom aan hulle offer nie. Sy het haar vingers agter haar rug gestrengel, want sy wou haar hande weghou van die graf. Haar hande was té veel kere té naby aan Abel Strydom.

"Kom, Gertruida," het die dominee se vrou gefluister, "vat 'n blommetjie . . ."

"Ek wil nie."

"Kom nou, Gertruida . . ."

Almal dink sy is dom. Sê mos die weerlig het langs Susarah se regtervoet geslaan die dag voor haar geboorte. Dit het 'n stadigheid oor haar gebring. Later los hulle die weerligstorie. Hulle sê dis haar broer, Anthonie, se dood wat haar geknou het. Nóg later hoor sy dat sy kamstig met 'n blaasdefek gebore is.

Alles toesmeerdery. Laat die dominee se vrou dit glo as sy wil.

"Miskien wil jy later, as almal weg is, 'n blommetjie . . ."

"Ek sal nie wil nie."

Die dominee se vrou het gesug en aangeloop met die mandjie.

Veertig treë. Sy sien die reën neersif op die leikliptrap.

Terwyl sy oor hulle heenkyk, het sy besluit dis beter dat hulle glo sy is dom. Eerder dom as 'n slet wat met haar pa bed toe gaan. Wie sal haar glo as sy sê hy het haar twee-en-twintig jaar lank verkrag en gesodomiseer? In haar onregwysheid, sal die mense sê, praat Gertruida 'n klomp opmaakstories. Want as daar 'n man van onkreukbare integriteit is wat dit nié aan sy dogter sou doen nie, is dit Abel Strydom.

Toe druk iemand van agter iets tussen haar vingers in. 'n Wildekastaiingblom. Toe sy omkyk, staan Braham agter haar. Sy laat val die blom en trap daarop.

"Ek sal in Die Koffiekan wag tot twee-uur."
Antwoord nie. Kyk hom koud aan.
"Laat weet as jy my nodig het, Gertruida."

Vyftig treë.

Sy haal die tang en draadjies uit haar sak en gaan sit op die nat trap. Vandat sy Sondag teruggekom het van die begrafnisondernemer, was sy nie weer in die huis nie. Sy wil nie in die dooies se hangende asems en vuil onderklere vasloop nie. Al is dit koud en nat en ver om te loop, gaan slaap sy eerder in die kliphuis.

Ver weg raas die paddas by die rivier. Voor donker wil sy vir die rivier gaan sê die grafte is toegegooi, twee-en-twintig jaar se marteling is verby.

Sy wóú Braham Fourie ignoreer. Sy het nie sy hulp nodig nie. Of dié van enige man nie. Nie nou of ooit nie.

Die suidoostewind waai die stuifreën in haar gesig waar sy op haar rug op die onderste trappie lê. Dis koud, maar helend.

Dit het lanklaas gereën.

Terwyl die dominee die kluit op die voetenente van die kiste krummel, het die reën uitgesak. Die slotgesang is in stortreën gesing. "Bly by my, Heer, terwyl die skemer daal . . ." As sy Abel en Susarah nie so gehaat het nie, sou sy kon huil. Maar sy kan nie meer huil nie. In die loop van twee-en-twintig jaar het sy haar gestaal teen vóél. As mens vóél, dan pyn jy. Sy het genoeg gehad van pyn.

Dit pyn as jou pa 'n bruistablet-houertjie in jou opdruk. Dit pyn as die kinders jou by die skool koggel en sê jy stink. Dit pyn as jy op 'n volmaannag geboorte gee aan 'n skandekind. Dit pyn as Braham Fourie met 'n ander vrou personeelfunksie toe gaan.

Later raak mens pyndood. Asof daar skubbe op jou vel en in jou hart groei.

Sy rol op haar sy en stut haar op haar elmboog; lek die reën van haar lippe af. Haar langbroek kleef yskoud aan haar bene.

Nog nooit was sy so angsloos nie. En terselfdertyd so rigtingloos. Haar gedagtes is 'n warboel. Soos karsiek as hulle in die somer op die plaaspad ry. Om warrelend te dink, is ál manier wat sy ken. Om raas te kry omdat sy vergeet het, of omdat sy wegglip in 'n wêreld van haar eie, is normaal.

"Gertruida?" roep Juffrou Robin saggies in sub A. "Kyk na my, Gertruida . . ."

Dis sleg om terug te kom klas toe waar sy móét inkleur en luister en in 'n ry staan. Dis lekkerder om in haar gedagtes met Bamba tussen die rivierriete op Kiepersolkloof te speel. Hy blaf en hap na die water en jaag die kolganse. Sy trek vir haar 'n huis in die sand met 'n riet. Die sandvertrek waar haar kamer is, het nie 'n deur nie, ook nie 'n bed nie. Dan roep sy vir Bamba; hulle sit in die sandhuiskamer en eet droë kraakbeskuitjies. Sy eet nie botter nie, want dit word snotterig in haar mond.

"Dis jou beurt om te lees, Gertruida. Kom," sê Juffrou Robin en druk haar vinger onder die eerste woord.

"Ek sal later lees."

Die kinders lag. Hulle druk hulle neuse toe, en maak sagte woorde met hulle lippe, sodat Juffrou Robin nie moet sien of hoor nie. Tergwoorde. Hulle sê sy stink en sy is dom. Sy wil hulle doodmaak.

"Nee, Gertruida, dis nóú leestyd."

Toe lê sy op haar arms; knyp haar oë toe. Sy sál nie lees nie, want sy ken die boek uit haar kop. Sy wil teruggaan rivier toe en in haar sandhuiskamer sit. Buitendien, dis lekker as Juffrou Robin so baie met haar praat. Dit voel of Juffrou Robin haar liewer het as vir die ander sub A'tjies. As sy gehoorsaam is en lees wanneer dit haar beurt is, hurk Juffrou Robin nie by haar en vryf haar rug nie. En sy praat nie sag en mooi met haar nie. Maar as sy weier om te lees, pleit Juffrou Robin by haar.

Toe haar rapport aan die einde van die jaar kom, staan haar ma by die kombuistafel en huil dat die trane in die bak met tjoklitkoekdeeg drup. Omdat sy dop.

"Is nie dop nie!" stry sy. "Juffrou Robin sê ek is slim! Ons moet net weer 'n keer deur die leesboeke gaan. Juffrou Robin sê Andrea gaan óók weer . . ."

"Ek skaam my vir jou, Gertruida! Jy's ongehoorsaam! Tot Matrone kla oor jy jou neus optrek vir die koshuiskos, en oor jy bed natmaak. Jy's 'n groot dogtertjie, maar jy gedra jou soos 'n baba wat . . ."

"Dissie waar nie! Dis oor daar in die nagte 'n likkewaan in die koshuisgange loop, ek het hom sélf gesien, en hy slaan kinders dood met sy stert en eet hulle."

"Twak, Gertruida! Jy maak al weer stories op! Ek sweer, as Matrone weer kla, gaan ek weggooidoeke koop wat sy snags vir jou . . ."

Toe druk sy haar vingers in haar ore en hardloop uit die kombuis uit. Rivier toe. Niemand hoef te weet dat die plaas se likkewaan snags tot op die dorp loop en by die koshuis inkom nie. As sy tjoepstil in haar bed lê, hoor sy hoe maak hy keelgeluide in die gang. Matrone sê dis die warmwaterpype wat so maak, maar Matrone jok.

En niemand hoef te weet sy is bly dat sy dop nie, want nou hoef sy nie weer saam met die kinders te wees wat tergwoorde maak nie. En as sy nie wil lees nie, sal Juffrou Robin weer by haar hurk en mooi vra sy moet asseblief lees. Sy hou van Juffrou Robin.

In haar tweede sub A-jaar het die oom die Maandag

skool toe gekom en sy moes by hom in die skoolbiblioteek prentjies teken en legkaarte bou en somme maak. Juffrou Robin het gesê dis die skoolsielkundige, Meneer Niemand. Sy het nog nooit só 'n van gehoor nie. Hoe kan mens iemand wees as jy niemand is?

Sy was nie bang dat Meneer Niemand sy vinger in haar sal opdruk nie, want haar ma was heeltyd by. Langs die plaaspad het haar ma gesê sy moenie vir die oom vertel van die bednatmakery en die nagmerries nie. "Mens praat nóóit met ander mense oor sulke goed nie, Gertruida. Nie eens met jou beste maatjie nie."

"Ek het nie 'n beste maatjie nie. Ek het glád nie maatjies nie."

Sy het al baie kere vir haar pa-hulle gevra of sy 'n maatjie kan plaas toe bring vir die naweek. Dalk sal iémand by die skool van haar hou. Maar elke keer sê haar pa nee. As sy vir haar ma vra, sê haar ma sy moet na haar pa luister, want hy is die hoof van die huis en hy weet altyd die beste.

Snags, as sy sê sy kry seer, sê haar pa ook dis alles vir haar eie beswil.

Dit was lekker by die sielkundige-oom. Sy het gewens Juffrou Robin kon hoor hoe mooi sy lees. Antwoord elke som dadelik. Sy wou vir hom wys hoe vinnig kan sy 'n legkaart bou. Maar elke keer as hy opstaan en sy sien die rits van sy broek, ruik die biblioteek na sardiens en dit klink of iemand die deurknop wikkel. Dan kan sy nie tel of inkleur nie. Dan lê sy op haar arms tot hy weer sit. Haar ma sê vir die sielkundige-oom dis van Anthonie se dood af dat sy só is.

Dis 'n jok.

Haar ma sê vir die oom goeters wat sy nie goed verstaan nie, maar dit klink of haar ma aan haar kant is. Haar ma sê sy wil haar kind beskerm teen 'n onnodige gegrawery, van genoeg tyd wat moet verbygaan, en dat sy nie wil hê haar kind moet onnodig geteiken word nie.

Teiken? Dit klink of iemand haar wil skiet. En haar ma keer. Dankie tog.

Die Sondag kry hulle mense vir middagete. Sy sit in die donker onder die tafeldoek in die ontbythoekie. Niemand sien haar nie, dan kan sy die grootmense afluister. Haar ma en Andrea se ma sit by die kombuistafel en rasper wortels en sny pynappelblokkies. Haar ma sê die sielkundige sê dis Anthonie se dood wat die probleem is.

Dis 'n jok, die oom het nooit so gesê nie.

Haar ma vertel vir Andrea se ma 'n klomp jokke oor wat die oom gesê het. Maar sý weet hy het nooit so gesê nie. Oor groen en rooi koeldrank wat sy nie mag drink nie, want dit gaan haar uit die slaap hou. Oor 'n blaasinfeksie, en oor haar verbeelding wat op loop gaan. Maar haar ma sê nie hoe glad sy gelees het, en dat sy nie één keer oor die lyne ingekleur het nie.

"Ja, Susarah," en die tannie sug, "ons sal nooit verstaan hoe Anthonie se dood haar geaffekteer het nie. Sy het hom aanbid. Andrea se probleme kom van 'n moeilike geboorte. Tangverlossing. Te min suurstof. Sy was 'n tiendpondbaba."

Sy bêre die moeilike woorde in haar kop, omdat sy lief is vir woorde. Suurstof. Tangverlossing. Tienpondbaba. Daar is groot woorde wat sy nie verstaan nie. Allergies, terapie, geneties, trauma, masturbasie. Maak nie saak nie, solank sy dit bêre. Partykeer haal sy die woorde uit, sê hulle saggies oor en oor, sodat net haar tong roer in haar mond. Snags as daar lelike goed in haar kamer gebeur, sê sy dit aanhoudend. Dan vergeet sy 'n bietjie van die seer en die sardiensreuk, en sy verdwyn uit haar eie lyf en word iemand anders.

Dis lekker om iemand anders te wees. Dan is sy nie soos Meneer Niemand wat niemand is nie.

Allergies Strydom het deurskynende vlerke en kan tot teen die wolke vlieg. Terapie Strydom maak 'n geel-en-rooi houtbootjie en roeispane, en ry op die rivier tot by die see, bo-oor krokodille en riviermonsters. Geneties Strydom is Gouelokkies se beste maatjie. Hulle pluk giftige sampioene in die woud en voer dit vir Sneeuwitjie se stiefma. Trauma Strydom is die kamermeisie wat Doringrosie se hare kam terwyl sy slaap. Masturbasie Strydom speel altyd baas. Sy hou nie van Masturbasie Strydom nie, want hy maak haar seer.

Waar sy haar op haar elmboog stut, sien sy aan die voet van die berg, oorkant die rivier, hoe krul die rook uit die skoorsteen van Mama Thandeka se huis. Nou is net sy en hulle en OuPieta en sy vertraagde Pietertjie oor op Kiepersolkloof. Al die ander werkershuise staan lankal leeg. Abel het gesê die wet maak dit onmoontlik om permanente werkers in diens te hou. Maar Mama Thandeka en Mabel en OuPieta en Pietertjie het blyreg.

OuPieta help op die werf met Susarah se tuin en die groentetuin, die hoenders, saans se melkery. Maar hy is oud en staan einde toe. Pietertjie is al in sy laat veertigs; tot weinig in staat. Al waarmee hy goed is, is sing en jelliemannetjies eet. Wat van hom sal word die dag as OuPieta doodgaan, was tot Sondag Abel se probleem. Nou is dit hare. OuPieta moenie doodgaan nie. Hy is vir haar meer van 'n pa as wat Abel ooit was. Saans saam met hom eiers uitgehaal toe sy klein was. Neem haar rooi bekertjie kraal toe met melktyd. Hy skep vir haar warm melk. Maar later het sy begin walg vir melk.

Sy moet hom 'n slag dokter toe neem vir 'n ondersoek. Mama Thandeka ook.

Alle ander arbeiders wat hier kom, is kontrakwerkers. Draadspanners, snoeiers, beeswerkers, damstoters, tuinarbeid. Abel het hulle laat aanry soos hy hulle nodig kry. Behalwe vir OuPieta, was sý Abel se werfhand. Daar is niks wat sy nie kan doen nie. Water lei, melk, soutlek uitsit, grensdrade nagaan, slagysters stel vir die muskeljaatkatte. Skaap slag. Maar Abel het die skape verkoop. Gesê dis goedkoper om by die slaghuis te koop, omdat hy kaalgat gesteel word.

Abel het haar mooi geleer.

"Ons moet haar met iéts besig hou," het sy hom vir kuiermense hoor vertel, "siende dat sy nie selfstandig genoeg is om universiteit toe te gaan, of oorsee te gaan werk nie. Maar ek en Susarah gee nie om nie, ons is bitter lief vir haar."

Niemand sal haar glo as sy vertel hoe mooi hy haar geleer het van 'n ander soort hande- en lyfarbeid nie.

Die enigste mense wat Abel en Susarah se ware aangesigte ken, is Mama Thandeka en Mabel. Maar niemand sal húlle glo nie.

Mama Thandeka en Mabel het immers mekaar, en hulle is lief vir mekaar. Anders as sy en Susarah wat heeltyd kopgestamp het. Van nou af is sy alleen in die huis. Maar nie eensaam nie. Vir die grootste deel van ses-en-twintig jaar begeer sy om alleen te wees. Geen vloerplank of deurknop te hoor nie. Dalk het die koedoe haar gered van tronkstraf, want die dag was naby dat sy hulle elkeen 'n doodskoot in hulle slaap sou gee.

Die telefoon lui in die huis. Dit moet maar lui. Sy wil met niemand praat nie.

Die vleipaddas raas. Haar maag gor. Sy het vandag nog niks geëet nie. Nie eens tee gedrink ná die begrafnis nie. Heeltyd padgegee van al die hande wat jammerhartig oor haar bo-arms vryf. Sy gru as mense aan haar raak.

In haar haas om die kennisgewingbord op te sit en die hek te sluit, het sy die bakkie in die waenhuis getrek en die winkelsak met brood, tamaties, boeliebief, lemoene en Mariebeskuitjies op die sitplek vergeet. Mama Thandeka se medisyne en OuPieta se suiker en jelliemannetjies ook. Sy sal dit later kry.

Sy wil haar eie kos hê. Die kos in die huis is vuil. Dalk moet sy by Mama Thandeka gaan roosterkoek vra.

Toe Mabel vanoggend ná sonop met die wasgoedmandjie vol wildekastaiingblomme op haar kop op die werf aankom, het sy gesê sy laai net af, dan moet sy huis kry, want daar staan 'n kniesel en rys.

"Is jou ma se bors beter, Mabel?"

"Nee. Daar's reentweer aan't kom. Mama het in die nag beginte hyg. Kos my in die middel van die nag haar rug sit en vrywe met Vicks. Jy moet asseblief borsdruppels bring, ons s'n lê onder kwart. Roulynolie en Turlington ook. En OuPieta vra suiker, en lekkers. Hy sê vandat Pietertjie se lekkergoed eergister opgeraak het, sing hy eenstryk 'Ek soek na my Dina', tot in sy slaap, en dit dryf hom terug na turksvyskonfaan toe."

"Wil jy nie maar saamgaan begrafnis toe nie, Mabel? Ek ry eers tienuur, daar is genoeg tyd om . . ."

"Vergeet dit, Gertruida. Ek gaan nie met valse groetnis in die huis van die Here sit vir 'n man vir wie ek nikse respekte het nie. Ek is bly ek hoef nie vandag die gesig op te sit wat jy moet opsit nie."

"Gaan saam, toe?"

"Nee. Ek moet loop hout optel voor dit reent. Ek wou net blomme pluk vir afgooi op die kiste. Oor ek lief was vir jou ma. Sy't my baie goeters geleer."

"Jy's gelukkig, Mabel. Sy het nooit moeite gedoen om mý . . ."

"Dit lieg jy, Gertruida! Sy't opgegee oordat jy haar weggedruk het. Jy wóú niks by haar leer nie. Sy't my geleer," en Mabel het teen die wasgoedmandjie gedruk met haar voet, "waar die wildekastaiings uitspatlik blom, is valse rykdom. Dik beursies, dun harte. Jou ma was 'n goeie vrou, Gertruida, maar jou pa . . ."

"Hy het dit darem in hom oorgehad om jou en jou ma lewensreg te gee in julle huis, en hy . . ."

"Lewensreg? Ja, Gertruida, hy hét my die lewe gegee. Toe Mama al oorkant van veertig was, en hy 'n snotkop van ses-en-twintig. Hy skúld my en Mama die lewensreg. Ek loop nou. Moenie die borsgoeters en suiker en lekkers vergeet nie."

"Ek wil jou 'n guns vra, Mabel. Sal jy in die huis ingaan en my swart langbroek en my wit langmoubloes hiernatoe bring? My swart skoene . . ."

"Vaderland, Gertruida, jy kan mos die klere self loop haal!"

"Ek wil nie in die huis ingaan nie."

"Nou waar't jy die laastere drie nagte geslaap as jy nie in die huis geslaap het nie?

"Jy spaai mos oral, jy weet goed ek het in die kliphuis geslaap. Bring 'n skoon bra en pantie ook. En my haarborsel."

"Vaderland, Gertruida, dink jy miskien dit spook in die huis?"

"Nee. Dit spook nie; dit stink."

"Ek het laastere Vrydag skoongemaak, na wat kan dit nóú staan en stink?"

"Dit stink na Abel en Susarah. Gaan haal asseblief die goed vir my?"

Mabel het die goed gebring. "Jy moet jou hare was, Gertruida. Jy kan nie met so 'n vaal kop begrafnis toe nie. Ek loop nou. Jy moet sterk staan vandag."

Mabel was al verby die laventelheininkie toe sy haar inhaal. "Dankie, Mabel, vir die blomme. En vir . . ."

Toe steek Mabel haar arms uit. Hulle staan omgewe deur die geur van gekneusde laventel. Halfsusters uit die saad van dieselfde man.

"Gooi 'n moerse klip op sy kis, Gertruida, en sê ek sê dankie vir die lewensreg."

Sy sit regop. Haar hande is blou van die koue. Die nat broek ets haar maerheid af.

Rivierkant toe is die paddas 'n massakoor. Jare lank al is haar kerk onder by die rivier. Vandat sy in standerd vier die Kwakerboek in die dorpsbiblioteek ontdek het, gaan sy nie kerk of Sondagskool toe nie. Sondae as dit rytyd is, hardloop sy weg. Abel jaag en vang haar en stop haar in die kar. Sy raak langs die pad naar op sy kerkbaadjie. In die kerk skop-skop sy teen die bank voor haar. Susarah raps haar been. Dan huil sy soos iemand wat vermoor word terwyl die dominee die Tien Gebooie lees. Of sy krap aspris in haar neus. Wil tydens elke diens toilet toe gaan. Klou aan die bank voor haar vas as dit tyd is om in Sondagskoolgroepies te verdeel.

Sy wil nie. Sy sal nie. Want sy hou nie van die kerk of van God nie. Want Hy los haar snags alleen, al bid sy dwarsdeur die nag. God roep haar pa as 'n diaken en maak haar ma 'n belangrike vrou by die ACVV. As Hy regtig slim is en oral kan sien, hoekom straf Hy hulle nie? Wat help dit sy druk 'n skoenpunt onder haar kamerdeur in, en vra God moet die deur toehou? Wat help dit sy sê vir haar ma van die lelike dinge, en haar ma klap haar teen die skouer en sê sy moet ophou stories uitdink?

Die biblioteekboek sê Kwakers glo nie in dominees en kerke nie. Dalk is dit beter om 'n Kwaker te wees, want dit help haar niks om Jesus se kind te wees nie. Die boek sê Kwakers sit net botstil en wag, maak nie saak waarvoor nie. Dís wat sy wil doen: by die rivier sit en wag dat die gedruis in haar kop stil raak. Maar dit raak nooit stil nie. Elke dag raak dit deurmekaarder.

Toe dit atletiekdag was, het sy onder haar pa se bakkie

weggekruip. Sy wou nie aflos hardloop nie. Haar pietermuis was seer, want die vorige aand het haar pa gesê hulle moet speel haar pietermuis is 'n stoofpot, en hy kook 'n jong murgpampoentjie in die pot. Dan roer en roer hy die pampoentjie. Dis bietjie lekker, en bietjie seer. Toe sy die oggend pie, brand haar pietermuis so erg dat sy afknyp. Haar pietermuis jeuk; sy gaan nié aflos hardloop nie. Toe luister sy wat skinder die tannies wat langs die bakkie op 'n kombers onder 'n swarthoutboom sit.

Die kind se aweregsheid moet 'n bitter pil wees vir Abel en Susarah. Abel sê hy kan nie elke Sondag in sy kerkpak agter haar aanhardloop nie. Beter om haar by die bediende te los. Sy's só onstigtelik in die kerk. Susarah sê sy's veilig as sy so in die berge dwaal, want die Jack Russell pas haar op. Maar ek weet darem nie . . . Nou moet die aflosse gehardloop word, en sy verdwyn soos 'n groot speld. Abel en Susarah moet 'n harde lewe hê onder haar. Sy was so 'n oulike dogtertjie, maar ná Anthonie verongeluk het, het sy soos handomkeer verander.

Sy hou nooit vir die paddas kerk nie, sit net op die sand. Luister na die stemme in haar kop. Partykeer klink dit soos perdehoewe, of soos droë blare. Partykeer tik daar 'n horlosie in haar kop, al is sy ver van 'n horlosie af. Dan huil sy. En sy vloek. Skuur haar hande met sand tot dit brand en sy dink die visreuk is weg. Of sy skryf met 'n rietspaander in die sand; vee dit weer dood.

Sy sukkel om haar woorde met ander mense te deel, want dit voel of daar 'n rou wors in haar keel vassit. Om te vergeet van die wors en omdat sy nie 'n stoofpot wil wees nie, skryf sy nog en nog woorde en sinne in die sand.

Vee dood.

Skryf.

Vee dood.

Ná matriek sit sy en Braham een Vrydagmiddag by die hoektafel in Die Koffiekan, weggesteek agter die nooienshaarvaring. As die hoektafel beset is, wag sy tot die mense opstaan. Nét die hoektafel is reg. Sy wil nie omring en vasgekeer word nie, en sy wil só sit dat sy die restaurantdeur kan sien. As sy wil vlug, moet sy weet waar is die deur.

"Die mense skinder oor ons, Braham."

"In 'n klein dorpie skinder almal oor alles."

"Hulle sê jy was my onderwyser, en jy's van lotjie getik om met mý . . ."

"Laat hulle sê wat hulle wil." Hy stryk oor haar voorvingerkneukels. Sy ruk weg. "Ek wíl by jou sit. Ek steur my nie aan die mense nie."

Vat die pen uit die rekeningomslag, krabbel in bykans onleesbare lettertjies agterop die rekening. Gebruik nét die letters van haar naam. *Uitdra. Tirade. Digter. Terdeë.* Dis ontsnapping. Elke woord wat sy skryf, krap sy dood.

"Gertruida, as jy nie die tafel tien maal met 'n servet afvee nie, skryf jy op die rekening. Kyk na my, Gertruida . . ." Hy sit sy vinger onder haar ken.

"Moenie aan my raak nie, Braham." Druk sy hand weg. "Jy weet ek gril."

"Laat ek sien wat jy skryf . . ."

Skuif die rekening na hom toe; alles is onleesbaar.

"Wat staan onder die ink, Gertruida?"

"Dat ek jou wíl liefhê."

"Het my dan lief, toe? Gaan volgende Vrydagaand saam met my hospitaaldans toe?"

Vou die servet in 'n rolletjie; vee oor die tafel. Hy sit sy hand op haar gewrig. Dit kielie-skok tot in haar blaas. Sy walg as haar blaas kielie. "Ek besit nie 'n rok nie. Ek kan nie dans nie. En ek sal weghardloop as iemand 'n hele aand lank so naby my is."

"Tot waar wil jy hardloop, Gertruida, en hoekom?"

Teken sirkels met 'n tandestokkie op die tafel. "Ek sal nooit ophou hardloop nie." Sy sit genoeg geld in die rekeningomslag. "Ek moet gaan, Braham. My pa wag vir die grassnyerlem en dis amper melktyd."

Hy haal die note uit, hou dit na haar. "Dis my betaalbeurt. Sit nog 'n rukkie, toe?"

Sy sit die note onder die blompotjie. "Nie vandag nie. Ek kom nie Vrydag dorp toe nie, moenie vir my wag nie."

Op die plaaspad draai sy die venster toe teen die warrelstof. Dit voel of sy op iets slymerig sit. Iets wat uit haar onderlyf kom waaroor sy geen beheer het nie. Sy slaan op die stuurwiel, haar stem galm in die kajuit. Abel Strydom, wat het jy aan my gedoen! Wat doen jy stééds aan my! Ek wens jy vrek! En ek wens ék vrek!

Ná daardie dag in Die Koffiekan het sy met haar vinger op die plastiektafeldoek geskryf, sodat haar woorde vir Braham duister bly.

Die eerste letter wat sy kon skryf, was 'n A. Vir Anthonie. Dit het soos 'n spitsdakhuis sonder skoorsteen gelyk. Sy het dit op Anthonie se skoolboeke gesien as hy naweke van die koshuis af gekom het. Anthonie het nie omgegee as sy deur sy skoolboeke blaai nie. Hy was ses jaar ouer as sy. Hy en Mabel was in dieselfde standerd. Maar hy was in die dorpskool, en Mabel was by tannie Magriet van Bosfontein in die plaasskooltjie.

Eers in 1992, sewe jaar ná Anthonie se dood, is Mabel ook dorpskool toe. Mabel was haar engel in die koshuis en by die skool. Want Mabel het altyd vir haar baklei.

Los vir Gertruida uit, of ek slaan jou bek stukkend!

Jý aan mý slaan, bleddie common klimeid!

Die Vrydag sit Mabel detensie oor sy sê die wit kind het

’n bek. Maar die wit kind gaan huis toe, al het sy gesê “common klimeid”.

Daar was nog talle sulke voorvalle. Maar Mabel het haar staan gestaan.

Sy was vier en Anthonie tien toe hy dood is. Al wat sy van sy begrafnis onthou, is ’n papier met ligpers Jesushande, en die A van sy naam, net onder die Jesushande. Sy moet ophou tob oor Anthonie. Hy is al meer as twee-en-twintig jaar dood. En sy het hom nie regtig geken nie. Al wat sy ken, is die ontgogeling wat ná sy dood soos ’n swart kombers oor Kiepersolkloof kom lê het.

Tog, dikwels droom sy ontstellend helder van Anthonie. Van die geboortemerkie op sy voorarm; toe sy toonnael afgeval het nadat die muisvalletjie dit geslaan het. Van ’n geel-en-groen John Deere-verjaardagkoek. Wanneer sy wakker word, is haar wimpers nat, en haar gemoed droef. Maar in die woesteny van haar verste onthoue weet sy dis nie oor Anthonie dat sy hartseer is nie. Dis oor iets in haarself.

Niemand het haar ooit van Anthonie se dood vertel nie. Maar sy het alles gehoor wanneer Abel en Susarah baklei. Veral as Abel dronk was. Dit het min gebeur dat hy hom uit sy verstand suip. Maar dan was dit rasend-verskriklik. Eers as die dronkverdriet inskop, het hy begin kalmeer.

Elke baklei het by Anthonie se dood gaan draai, dié dat sy ver meer weet as wat hulle gedink het.

Dom Gertruida.

As hulle maar kon weet hoe slim sy is.

Die reën is weg; die wind het bedaar. Misvlies oor die beboste bergvoue. Behalwe vir die paddas is dit heiligstil, asof die aarde ophou asemhaal het. Dit rook nie meer by Mama Thandeka-hulle se huis nie.

Sy stap waenhuis toe om die winkelgoed in die bakkie te

kry. Daar is water in haar skoene en die begrafnishemp kleef teen haar borste. Sy wil nie die kos in die huis inneem nie. Sy sal dit aan die koeltekant van die watertenk bêre, en die brood met haar knipmes sny. Die knipmes was al meermale haar redding as sy in die veld swerf.

Haar pa het die mes in 1992, toe sy in standerd twee was, uit Switserland gebring toe hy terugkom van 'n landboutoer. Die datum staan in die flappie van die leersakkie. Dieselfde jaar het sy vir haar juffrou gevra of sy die klas se verklarende woordeboek vir die middag mag koshuis toe neem. Sy wou kyk wat beteken allergie, terapie, geneties, trauma, masturbasie, omdat dit al lankal in haar kop rondmaal.

"Hoekom soek jy dáárdie woorde, Gertruida?" het die juffrou met groot oë gevra.

"Sommer."

"Moenie jok nie, Gertruida, waar kom jy daaraan?"

"Ek het dit gedroom."

Sy kon sien die juffrou gaan wéér aan haar torring. Sy wil nie praat nie. Haar pa sê sy mág nie praat nie. Toe verbeel sy haar daar is 'n slymwors in haar keel. En sy gooi voor die juffrou se voete op. Opgooi is maklik as sy aan slymwors dink. Dan bekommer die juffrou haar oor jou en gee jou jou sin. Dis lekker as iemand oor jou bekommerd is. Dit maak jou belangrik as jy die woordeboek mag koshuis toe neem.

Allergie. Oorgevoeligheid vir allergene.

Terapie. Behandeling van siektes, kwale.

Geneties. Betreffende die genese van iets.

Trauma. Verwonding, letsel.

Masturbasie. Seksuele selfbevrediging.

Sy het min daarvan verstaan. Dit het haar laat dink aan wanneer haar pa die Bonsmaras brandmerk. Sy kry altyd die beeste jammer. Sy wens sy was 'n bees, dan hoef sy nie snags in haar kamer te slaap nie. 'n Brandmerk word later gesond. Die dinge wat in haar kamer gebeur, maak haar siek.

Toe sy die bakkiedeur oopmaak, ruik sy lemoene. Haar kop duisel van hongerte. Van deurmekaar dink; van óú prentjies herroep. Van onsekerheid of dít wat sy onthou die waarheid is. Het sommige dinge nie dalk ánders gebeur nie, of op ander tye? Hoe kon sy sulke groot woorde vir so lank onthou? Kon sy regtig lees toe sy skool toe is? Of onthou sy dit met die begrip van 'n kind? Of kleur sy haar kindertyd in met die kennis en insig en vaardigheid van 'n grootmens?

Watter verskil maak die waar en wanneer? Want niks en niemand sal die mistige wolk van herinneringe uit haar verstand kan wegvee nie. Skrikgoed. Naggoed. Roerende skadu's wat soos reusehande lyk teen die dowwe gordyne van haar verste terugonthoue. Of soos boomtakke. Soms is dit reuke en geluide. Kon sy haar dit alles verbeel?

Nee. Haar ma-hulle het dit net voortdurend by haar ingeprent dat sy haar verbeel.

Ondanks die reën voel haar arms vuil waar die mense by die begrafnistee aan haar geraak het. Toe sy die winkelsak op die tenk se voetstuk neersit, lui die telefoon weer. Sê nou dis Braham? Sy woorde by die graf draal in haar: Laat weet as jy my nodig het . . .

Sy het hom nodig.

Sy wíl hom nie nodig hê nie.

Sy haal die Victorinox uit haar broeksak. Vryf die rooi hef blink.

Die jaar toe sy die Victorinox gekry het, was ook die jaar toe haar ma haar uit die kerk gevat en sy buite pak gekry het omdat sy so hard gesing het met "Op berge en in dale". Sy kyk nooit in die gesangeboek nie, want dan moet sy styf teen haar ma staan om uit een boek te sing. Sy hou nie van haar ma nie. Dis beter om al die gesange in jou kop te bêre, dan hoef jy nie teenaan jou ma te staan nie.

Toe vat haar ma haar buitetoe en sê sy terg die Here as sy sing "Albertus dra sandale". Sy het nie aspris verkeerd gesing nie. Sy het gedink dis wat die grootmense sing. Van toe af, as hulle "Op berge en in dale" sing, het sy in haar kop weggehardloop Kiepersolkloof toe. Berge en dale toe.

Die volgende September toe haar ma se tweelingsuster, Tannie Lyla, kom kuier het, het sy vir haar 'n gesangeboek as present gebring. Dis lekker om jou eie gesangeboek te hê. Dan kan jy die woorde self lees, en jy hoef nie naby jou ma te staan nie.

Sy was só bly oor haar Victorinox met die rooi hef wat in die swart leersakkie aan haar broekrek kan hang.

"Kom," sê haar pa, "sit op my knie, dan wys ek jou wat die mes kan doen. Die Switsers is meesters met messe maak. Dis 'n Victorinox. Kom." Klap op sy knie asof sy 'n hond is wat teen hom moet opspring. "Niemand in die skool het só 'n duur Switserse army-mes soos jy nie."

Sy wou nie op sy knie sit nie. Sy wóú nie.

Maar die rooihefmes was mooi; dis lankal dat sy 'n knipmes begeer.

Mens hoef net tien minute te sit. Al is dit sleg. In die dag as die son skyn en daar is dálk iemand wat kan sien wat jou pa doen, is dit anders as snags. Snags sit jy nie op sy knie nie; dan staan jý op jou knieë.

"Eina!" skree jy in die nag. Hard, sodat jou ma moet hoor. "Eina!" Dit brand waar hy met sy plat hand teen jou kaal heup klap en sê jy moet stilbly. Hy sê dis die plek waar jou babatjies eendag moet uitkom, en hy moet die gaatjie groot maak, anders gaan jou babatjies vassit in jou maag. Hy sê dis 'n pa se plig.

Jy wil nooit babatjies hê nie. Jy wil nie die gaatjie groter hê nie. Jy wil hê Bamba moet by jou voete opkrul, en jou Lulu-pop moet in jou arm lê en jou ma moet hoor as jy roep. Niemand traak wat jý wil hê nie. Niemand klop om in jou kamer in te kom nie, en jy mag nie 'n sleutel hê nie. Dis anders as by die koshuis waar mens moet klop voor jy by iemand se kamer ingaan, en waar mens 'n sleutel móét hê om jou studiekassie in die studiesaal te sluit.

Jou pa sê jy mag nie 'n sleutel vir jou kamer hê nie. Al sê jou ma dat jou pa die beste weet, weet jy dis 'n jok. En jou pa jok ook, maar jy mag nie vir grootmense sê hulle jok nie.

"Eina!" skree jy in die matras.

Skree help niks. Niemand hoor nie.

Jy verander in Doringrosie wat honderd jaar slaap. In jou verbeelding kan niemand by jou kom nie, want die kasteel is oorgroei van rankrose vol dorings. Jy is nie Gertruida Strydom nie; jy is 'n slapende prinses op 'n verebed. In jou slaap, al slaap jy nie, maak jy 'n prentjie van die prins wat deur die roosdorings breek om jou wakker te soen.

Toe Braham Fourie in haar standerdagtjaar as Afrikaansonderwyser by die skool begin, het hy nie soos 'n prins gelyk nie.

Later vergeet mens die tien minute se knie sit. Hoe jou kortbroek se rek in jou maagvel insny soos dit van agter verrek word. Kneukels wat teen jou stuitjie boor as hy sy hand inwurm. Jy hoor nie meer die gehyg agter jou rug nie. Voel nie die rukbewegings en die laaste stamp-stamp teen jou rug nie. Jy skuur die slymstreep aan die agterkant van jou kortbroek teen die stoepmuur af. Gaan sit met Lulu by die rivier; hou haar teen jou bors. "Thula Thula Thula baba Thula sana", sing jy die liedjie wat Mama Thandeka jou geleer het.

Tien minute is kort.

Jou Victorinox hou vir altyd.

Eendag as jy in 'n bobbejaan verander wat in die berge bly, sonder deure of mure, gaan jy jou knipmes saamneem. Jou Switserse army-mes waarmee jy kan turksvye skil in die veld, 'n ystervark afslag as jy naar is van honger. Skroewedraaier, botteloopmaker, balpuntpennetjie, tandestokkie. Knyptangetjie vir dorings uittrek. Liniaaltjie en kompas vir rigting hou as die mis oor die berg kom en jy skaars 'n halwe tree voor jou kan sien. Op die punt van die liniaaltjie sit 'n vergrootglasie vir vuurmaak as jou vuurhoutjies nat of op is. Pinkiegrootte-flitsie om in die nag in Bamba se oë te lig om te kyk of hy dood is.

Haar pá het die mes vir haar gebring en gegee. Met liefde.

Abel het haar gewys hoe die mes werk terwyl sy op sy knie sit. Ook met liefde.

Daar is 'n kloofbreë verskil tussen haar pa en Abel.

En die liefde is iets wat sy nog nooit kon verstaan nie.

Die nooienshaarvaring in Die Koffiekan is getuie dat sy vir Braham gesê het: "Ek het geen idee hoe om ooit vir jou goed te wees nie. Want ek weet nie wat goedheid is nie."

Haar maag gor. Sy het gisteroggend laas geëet toe Mama Thandeka 'n erdebak mielierys en kerrieaartappels en hoenderlewertjies saam met Mabel gestuur het. Mabel wou kom huis skoonmaak en wasgoed doen. Toe stuur sy Mabel huis toe.

"Hier's niks om te doen nie, Mabel. Gaan liewer . . ."

"Wat van die wasgoeters? Daar's 'n bolling lakens, ek het laastere Woensdag die kooiens skoon oorgetrek."

"Mabel, as die begrafnis môre verby is, gaan ek die lakens verbrand."

"Vaderland, Gertruida, is goeie lakengoeters! Jy kan dit

nie wil staan en verbrand nie! Dan vat ek en Mama dit eerder."

"Ek sal vir julle nuwes koop. Ek wil nie hulle beddegoed op Kiepersolkloof hê nie. Loop nou, en gaan was en vleg jou ma se hare. Jy wou dit Sondag al doen; toe raak alles deurmekaar met die polisie . . ."

"Laat ek dan net die stoep vee en die melkdoeke uitspoel, en . . ."

"Hier's nie vuil melkdoeke nie. Loop nou, ek wil 'n kennisgewingbord maak vir die werfhek. Sê vir jou ma ek sê dankie vir die kos."

"Watse bord wil jy vir die werfhek maak?"

"Jy sal sien as ek dit opgesit het."

Nadat Mabel weg is, het sy met haar vingers geëet. Water gedrink. Waenhuis toe om uit 'n windpompvlerk se vin die bord te maak. Gee dit 'n laag groen tennisbaanverf. Verf met die wit baanlynverf woorde op die groen agtergrond. Gebruik die wolbaalstensil vir egalige letters. Wie kon dink Abel se tennisbaanverf sal eendag gebruik word om 'n verbod op toegang tot Kiepersolkloof te prakseer? Nooit kon sy droom van 'n dag dat sý die wette sal mag neerlê, en met die tennisbaanverf mag mors soos sý wil nie.

Die vreeslike belangrike tennisbaan.

Mens kom speel slegs op uitnodiging. Dit beteken jy is van die elite wat Saterdae sosiale tennis speel op Kiepersolkloof, al kan jy net naastenby 'n raket vashou.

Kleintyd, voor sy haar Victorinox gekry het, het sy die balle opgetel wat die mense oor die draad slaan. Dan sê hulle met 'n jammerkry-stem: Dankie, Gertruidatjie. Asof sy nie regtig in staat is om balle op te tel nie.

Sy onthou die laaste dag toe sy vir die grootmense balle opgetel het. Sy het op die bank onder die sederboom gewag vir 'n bal om oor die draad te vlieg. Andrea se ma, wat die landdros se vrou is en wat altyd met die kerkbasaar by die tombola-tafel werk, het met skommeltieties net toe gestorm vir 'n valhoutjie. Sy het teen die net vasgehardloop en soos 'n kussingsloop op 'n wasgoeddraad oor die netband gehang. Voor sy kon regop kom, werk haar maag. Ligbruin water wat uit haar valletjiesbroek teen haar bene afloop tot in haar kouse. Sy kon die borrelgeluide tot onder die sederboom hoor.

Toe begin sy lag. Sy het nog nooit iemand op 'n tennisbaan sien poef nie.

Die tannie het gehuil; iemand het 'n handdoek gebring. Toe sleep haar ma haar tot in die lapa en slaan haar met 'n tekkie, omdat sy gelag het. Haar ma sê sy is ongemanierd en sy skaam haar. Sy trek haar ore omdat sy Lulu wegsteek sodat Andrea nie met háár pop kan speel nie.

"Jy's selfsugtig! Dis net 'n bleddie pop! Hoekom mag Andrea nie . . .?"

Dis nie 'n pop nie. Dis haar kind.

Dit was die laaste keer dat sy vir die grootmense balle opgetel het. Van toe af is sy en Bamba op tennisdae veld toe. Bamba jaag alles wat roer. Veldrotte, dassies, tarentale, akkedisse. 'n Jack Russell is dapper genoeg om 'n jakkals of 'n rooikat te skraap, en raak nooit hangtong soos ander honde nie. Mama Thandeka sê Bamba beteken "vang", en dis die naam wat Anthonie gekies het. Bamba was eers Anthonie se hond. Toe Anthonie dood is, het sy hom geërf.

Bamba is verbied by die tennisbaan, want hy hardloop en blaf langs die draad. As hy nie daar mag kom nie, bly sy ook daar weg.

In later tye het haar pa sy bes probeer om haar te leer tennis speel. Sy het haar dom gehou. Want sy wóú nie tennis speel nie. Omdat sy nie met 'n kort tennisrok voor hom wou buk sodat hy haar kaal bene sien nie.

Eers in standerd agt, toe Braham Fourie die skool se tennisafrigter word, het sy begin tennis speel.

Van die dag toe die tannie se maag op die baan gewerk het, was sy jammer vir Andrea. Haar oë het altyd vol trane gelyk, en sy was vet. Sy het sommer vanself geweet Andrea se ma drink maagwerkpille, nes haar ma. Partykeer sien sy 'n bottel in die badkamer se vullishouer. Dan lees sy op die bottel: Elke tablet bevat: Bisakodiel 5,0 mg. Sy het nie geweet wat dit beteken nie. Maar sy het geweet dat sy sal weet wanneer sy groter is. Soos wat sy ook eendag sal weet wat beteken al die grootmenswoorde wat sy in haar kop bêre.

Dalk was haar ma bang haar maag werk op die baan, dié dat sy nie tennis speel nie. Vrydae maak sy kos vir Saterdae se tennis. Peusel heeltyd. Fyngedrukte eier. Skilferdeeg. Salami. Beestong. Glanskersies. Sy drink net maagwerkpille, dan word sy nie vet nie. Behalwe om blokraaisels in te vul, was kos maak Susarah se talent. Bloos as Abel spog met haar disse, en met die potyster-tuinstel wat sy met 'n blokraai gewen het.

Abel was 'n knap tennisspeler. Rats, takties. Uitstekende netspeler, met sy lengte as voordeel. Boonop was hy 'n galante gasheer, want hy drink nie Saterdae by die tennis nie. Sondae moet hy die voorsang in die kerk lei, en hy sê hy kan nie met 'n babelaas in die Huis van die Here die leiding neem nie.

Sy voel siek as sy daaraan dink. Hoe kan één mens die voorsang in die kerk lei, én haar op sy knie laat sit met die Victorinox? Hoe kan hy uit dieselfde keel 'n gesang sing, én agter haar skouerblaaie hyg soos 'n moeë hond?

Tog.

In haar laerskooljare, op dae as sy en Bamba nie veld toe is nie, of as sy vroeg huis toe kom, sit sy op die stoepmuur en kyk hoe hy in die verte afslaan, blitsig inbeweeg net toe. Dan het sy hom lief. Sy weet nie hoekom nie. Dalk omdat sy weet solank die mense daar is, is sy veilig. Hy lyk mooi in sy tennisklere. Die wit daarvan is anders as die wit van sy vel. Party nagte as hy by haar kamer inkom, verbeel sy haar hy het sy tennisklere aan; dat dit nie hý is wat voor haar bed staan nie.

Dan word sy Doringrosie.

Die prik van die spinwielnaald verdof.

Die bloeddruppel is weg.

Sy slaap in 'n paleis in 'n verste land, op witste lakens. Terwyl sy Doringrosie is, staan alles stil. Selfs die koning en koningin verander in standbeelde. Die stoom uit die borde kos, die kaggelvlamme en paleisgordyne is roerloos.

Sy slaap. Sy wag vir die prins om haar wakker te soen.

Honderd jaar is lank.

Vanoggend was die kennisgewingbord droog en sy het gate geboor vir opsit wanneer sy terugkom van die begrafnis af. Van vandag af sal niemand ooit weer haar lyf besit, of kom bespied hoe sy op háár plaas boer nie. Sý sal die slot sluit, en sý sal dit oopsluit.

TOEGANG VERBODE
OORTREDERS SAL VERVOLG WORD

Sy sit op die voetstuk van die watertenk. Sny 'n tamatie met haar Victorinox, maak die boeliebief oop. Die telefoon lui weer. Sy wil met niemand praat nie. Allermins in die huis ingaan. Haar selfoon lê in die bakkie met 'n pap battery. Dit traak haar nie.

Die wolke het oopgemaak en die flou laatmiddagson skyn pienk op die misvliese teen die berg. Ná sy geëet het, moet sy gaan melk. Sy het gesê OuPieta hoef nie in die reënweer te kom melk nie.

Kan dit waar wees dat Abel en Susarah begrawe is?

Sy sit die kos terug in die winkelsak. Stap met 'n paar Mariebeskuitjies kraal toe om Frieda te melk. Sy sal helfte van die melk in die deurgesnyde trekkerband gooi vir die hoenders, en die res vir Mama Thandeka en Mabel neem. Daar hoef nie huismelk te wees nie; sy sit haar mond aan niks wat witterig en natterig is nie. Melk, mieliepap, kaaskoek, witsous, room, melerige appels, jogurt, maaskaas. Eendag het een van die tennistannies vir haar ma gesê Gertruida is sweerlik die enigste kind in die wêreld wat naar raak van roomys. Toe lag haar ma en sê Gertruida is vol fiemies. Sy wóú sê daar is niks slegter as om 'n draairoomys te lek nie. Bly eerder stil, want daar ís slegter goed. Die stank van 'n sardienstoebroodjie. Om te kyk as haar pa die murg uit die Sondagboud se been suig. Rou eierwit. Om op 'n doplose slak te trap en die slym laat haar tone aan mekaar vaskleef.

Die heel slegste iets kan sy vir niemand sê nie.

Dis beter om te swyg. Dan kom daar nie 'n dag waarop jy agter die nooiensvaring jou oë voor Braham hoef te laat sak nie.

Frieda loei toe sy by die kraal instap met die melkemmer en -stoeltjie. Die aandlig kleur die wit vlekke van haar Frieskoeivel ligpienk. "Ek het verlang, Frieda. Daar's baie wat ek jou moet vertel."

Sy kan nie met mense praat nie, net met koeie en paddas en met Bamba. Húlle sal haar nooit verraai nie.

Toe sy klaar gemelk is en die emmer eenkant sit, stamp Frieda haar speels met die kop. Dit beteken sy jeuk. Of dalk is dit Frieda se manier van nagsê.

Om naggesê en toegemaak te word, is iets wat sy nie ken nie. Tog onthou sy 'n tyd toe haar ma saans by haar gelê het. Soms het Anthonie op die voetenent gesit in sy strepiespajamas. Dan lê sy in haar ma se arm en kyk prentjies van pampoenkoetse en 'n skoen vol kinders terwyl haar ma lees.

Sy onthou die poeierreuk aan haar ma, en dat dit lekker was om in haar arm te lê.

Dalk onthou sy verkeerd.

Is dit 'n illusie dat sy magteloos was teen Abel? Was magteloosheid 'n uitweg, of is sy geïndoktrineer om te glo dat seks met jou pa normaal is? Vaagweg kan sy onthou dat sy kleintyd saam met hom gebad het, dan stapel hy 'n toring badskuim op haar kop en hulle lag só hard dat haar ma kom kyk wat aangaan. Hy was haar lyfie, oral, sonder dat dit verkeerd voel. Sy raak op sy skoot aan die slaap terwyl hy haar naels skoonmaak met sy knipmes. Hy dra haar bed toe; soen haar nag. Sy slaap sonder nagmerries.

Soms het sy onder die olienhoutboom troue-troue gespeel. Dan trek sy haar ma se hoëhakskoene aan, en haar pa is die kamma-kamma bruidegom. Sy sê sy gaan eendag met hom trou. Hy lag en gooi haar hoog in die lug. Bring vir haar rooibessies en ryp ghoenas toe hy twee dae lank beeste soek in die berg.

Toe verongeluk Anthonie en haar ma gaan VLV-kongres toe in die Kaap, en alles word verkeerd. Sy het gedink pa's doen altyd net goed wat reg is, omdát hulle pa's is. Snags as die deurknop draai, het sy gedink alle pa's maak só. Dat dit deel is van liefhê, soos optel en abba en bal speel.

Tog het sy nooit met ander dogtertjies daaroor gepraat nie.

Word mens gebore met die wete dat iets verkeerd is, al wéét jy nie?

Sy onthou 'n Vrydag. Skrikkeljaar, 2008.

In haar kop skuif sy die blompotjie op die tafel in Die Koffiekan eenkant toe en steek haar hande na Braham uit. Sy het Ouma Strydom se robynring uit die koekblik in die kliphuis gaan haal waar sy dit wegsteek. Dis in haar hempsak. Dis skrikkeljaar, sê sy, sal jy met my trou? Duisend maal al het sy hom hoor sê hulle moet nóú landdroskantoor toe gaan.

Drome, drome. Om Frankryk toe te gaan, na die Saint Claire-kerk in Avignon, om die hersenskim van 'n veertiende-eeuse digter op te soek. Francesco Petrarca, van wie sy by Braham geleer het. Om Kiepersolkloof te omskep in 'n turksvyplaas. Om op Drieankerbaai se sand te loop, waar Ingrid Jonker haar laaste reis afgelê het. Om op 'n trollie by die hospitaalteater ingestoot te word, sodat haar verslapte kringspier herstel kan word. Om in die eindstryd op Wimbledon se Centre Court te speel, en te wen. Om met Braham te trou.

As sy nie drome gehad het nie, hoe vergesog ook al, sou sy lankal ophou lewe het. Vanself inmekaargesak en doodgegaan het. Drome neem haar weg van die verskrikkings.

Sy het haar ma vir kuiergaste hoor sê: Gertruida dwaal in 'n verbeeldingswêreld, en die ergste is dat sy haar opmaaksels gló. Ek wil nie dink aan die dag as ek en Abel nie meer daar is nie . . .

Februarie se middaghitte omwalm haar toe sy voor Die Koffiekan uit haar koel motor klim. Braham se motor staan reeds daar. Sy is moeg. Abel het haar heelweek geteister met 'n speelding wat hy oor die internet van Amerika bestel het. Swart rubberding, oortrek met tentakeltjies. Afstootlik.

"Jy moet KY-jel bring as jy dorp toe gaan," het hy in die nag gesê. "Batterye ook."

Sy gáán hom doodskiet. "Bring dit self."

Hy vererg hom en stamp die rubberding in haar op. Sy druk haar gesig teen die matras en word iemand anders. 'n Gesiglose vrou op die trein na Avignon. Sy kyk deur die treinvenster na die wingerde en lindebome vol groengeel blommetjies. Sy moet vir Braham 'n bottel lindeheuning saamneem huis toe. Want hy is die soetste iets in haar lewe.

Toe die gesiglose vrou by die treinstasie afklim, hoor sy haar kamerdeur toegaan.

Sy staan onder die stort om die gemors van haar af te spoel. Maar die stort kan nie haar binneste reinig nie.

As Braham sulke goed moet weet, sal hy haar verfoei. Verfoei Abel haar ook wanneer hy by haar kamer uitloop?

"Hallo, Braham. Jammer ek is laat," en sy skuif agter die nooienshaarvaring in, "ek moes koöperasie toe vir melksalf en lê-meel. En my ma se alewige winkellysie . . ."

"Ek is bly jy's hier. Jy moenie jou selfoon afskakel nie . . ."

"Ek moet." Sy vat die spyskaart by die kelnerin. "Anders bel my pa aanhoudend oor nog goed wat ek moet bring. Wit druiwesap vir my, dankie," en sy gee die spyskaart vir Braham aan. Hy bestel 'n piesangmelkskommel.

"So, hoe was jou week op Kiepersolkloof?"

"Sleg. Dis mislik om saam met my pa te boer. Moenie vra hoekom nie."

"Ek mag nooit vra hoekom nie. Jy's 'n misterie, Gertruida."

Die dakwaaier tjierie; sy herrangskik die suikersakkies in die suikerpotjie. Druk op die bultjie in haar hempsak waar Ouma Strydom se robynring lê. "Ek weet."

Later ril sy toe hy die dikgeel melkskommel opsuig. Hulle praat weinig, want haar besmeerdheid druk die praat terug in haar keel.

Dis 'n leë middag.

Skrikkeljaar is net nóg 'n dag.

Sy vat die plat klip wat sy op die kraalmuur bêre, en vryf Frieda se skof en rug daarmee. Tot by die kruis, die boude. Ribbes, flanke, maagronding. Ondertoe, ondertoe. Sy sit die klip neer, krap Frieda se maag met haar naels. Die koei steun.

"Ek weet jy hou nie daarvan as ek jou bene en kop krap nie, Frieda. En dis sleg as daar aan jou spene getrek word, ek weet." Sy vat die melkstoeltjie, stap om na die ander kant. Vryf. Maag krap. "Die begrafnis is verby, Frieda. Kiepersolkloof is nou myne. Kom, hier's jou beskuitjies . . ." Die koei eet die beskuitjies uit haar hand. "Môre kom maak ek jou kraal skoon; dit lyk of die reën verby is."

Sy gooi helfte van die melk in 'n ander emmer om by Mama Thandeka af te gee. Nou-nou is dit donker, en sy moet nog by die kliphuis kom. Die hoenders sit op die stokke en maak dowwe kropgeluide toe sy die melk in die trekkerband gooi. Môre sal die hoenders gaatjies pik in die suurwit diksel.

Toe sy omdraai om die emmer by die hokkraan uit te spoel, staan Mabel by die hok se hek met 'n toegeknoopte brooddoek. "Mabel, vat sommer die melk . . ."

"Wag, Gertruida, laat ek eerste praat. Mama se bors is beterder. Ek sal vannag by jou in die huis kom slaap as jy bang is. Jy hoef nie soos 'n jakkals in 'n gat . . ."

"Ek is nie bang nie, en ek kruip nie in 'n gat nie. Die kliphuis is my huis."

"Die veld is nat, Gertruida. En maak nie saak wie of wat jou pa en ma was nie, jy moes 'n erge skrik gevat het. Mens begrawe nie jou pa en ma elkere dag nie. Laat ek by jou kom slaap, toe?"

"Dan moet jy in die kliphuis kom slaap. Ek slaap nié in die huis voordat ek klaar skoongemaak het nie."

"Dan kom help ek jou môreoggend. Maar daar's goeters wat jy my moet sê voor ek vannag my kop neersit."

"Vra, dit raak donker."

"Wie gaan dinge vorentoe vasvat op Kiepersolkloof? Want laat jou pa gewees het wat hy wil, hy kon werk, en sy kop kon reguit dink oor boer. Dan wil ek weet wat is jou bedoelendheid met die bord op die hek. En hoe lank jy nog in die kliphuis gaan slaap."

"Mabel, ek wil die huis alleen skoonmaak. Behalwe vir

die werkies wat OuPieta moet kom doen, wil ek niemand op die werf hê nie. Ek sal kom sê as ek klaar is. Ek en jy en OuPieta gaan boer. Hier is niks wat ons nié kan doen nie. Vir dip en kalwers speen en groot tuinwerk kry ons kontrakwerkers. Die bord beteken ek soek niemand sonder toestemming op my grond nie. Jy moet hou by die kortpad deur die lusernland. As ek jou vang dat jy oor die hek klim, skiet ek jou van die hek af."

Mabel lag. "Jy sal my nie skiet nie, Gertruida."

"Moenie my toets nie. Ek gaan seker tot Sondagnag in die kliphuis slaap, of anders slaap ek in die waenhuis in die bakkie."

Mabel hou die roosterkoeke, toegeknoop in die brooddoek, na haar uit. "Mama stuur dit. Tot Sondag sal ek elkere etenstyd vir jou kos neersit by die lusernland se deurkomhekkie, onder die kiepersol. Is jou saak of jy dit wil vat."

"Dankie, Mabel. Kry jou ma se medisyne en OuPieta se goed in die winkelsak by die watertenk."

"OuPieta sal bly wees. Hy trek al glads boomgom af vir Pietertjie, want die tjint is onregeerbaar sonder sy jelliemannetjies. Sing glo snags eenstryk deur: 'Wat maak oom Kalie daar? Oom Kalie saai 'n waatlemoen, hy roer sy koffie met sy groottoon om' . . ."

"Besef jy hy is al in sy veertigs, Mabel? Hoe gaan ons hom versorg as OuPieta doodgaan?"

"Die Here alleen sal weet, maar ék gaan nie agter hom kyk nie. Dan iets anders: Wanneer sit jy jou selfoon aan? Die onderwyser soek by mý na jou. Toe sê ek jy's kliphuis toe en ek wis nie wanneer jy terugkom nie."

"Sê hy moet ophou om jóú te pla."

"Vaderland, Gertruida, hy't 'n hart vir jou. Hy's 'n goeie trouman . . ."

"Ek wil nooit weer 'n man naby my hê nie. Laat staan nog in my bed. Loop nou."

Sy kyk Mabel agterna toe sy wegloop waenhuis toe. Staan met haar middelvinger ingehaak by die knoop van die brooddoek. Maak haar oë toe. Laat gly die letters van haar naam voor haar verby.

G E R T R U I D A

Uit jare se gewoonte om slégs die letters van haar naam tot woorde en sinne te ryg, glip die woorde uit. *Gertruida eet die geurige gaar deeg. Gertruida draai die tragedie agteruit. Gertruida geregtig te treur.*

Sy moet ophou woorde uitdink en haar bepaal by dit wat sy het om aan te dink.

Sy spoel die emmer uit, dop dit om oor die hokkraan. Dis te laat om kliphuis toe te loop; die donker gaan haar vang. Misweer moenie onderskat word nie. Die mis kom soos 'n dief en maak jou rigtingloos. Sy was gesig en hande by die tenkkraan, spoel haar mond uit. Bêre die roosterkoek in die brooddoek in die winkelsak. Sit 'n klip op die hoek van die sak sodat dit nie wegwaai nie. Stap rivier toe om vir die paddas en die water te sê die begrafnis is verby.

Dis tien oor agt toe sy terugkom. Sy trek die nat begrafnisklere uit, hang dit aan 'n spyker teen die waenhuismuur. Trek die oorpak aan wat sy gedra het toe sy gister geverf het. Bo-oor dit haar parkabaadjie wat in die bakkie lê. Bondel 'n goiingsak onder haar kop en gaan lê op die bakkie se sitplek.

Gertruida dut agt ure agter die ruit. Die rugruiter tree uit die ruigte.

Thula-thula. Sjuut-sjuut. Slaap nou.

In haar voorslaap hoor sy Mama Thandeka sing, soos kleintyd toe Mama Thandeka haar met 'n handdoek op haar rug vasgebind het terwyl sy vloere vryf. Dan raak sy met haar oor op Mama Thandeka se trillende longkaste aan die slaap.

Thula baba, lala baba, ndizobanawe . . . Hush, my baby, go to sleep, I'll be with you counting sheep: Dreams will take you far away, sleep until the break of the day.

*

Is nagtyd hier in onse huis teen die bergrant. Ek sit op die stoel voor die binnevuur om warm te kry. Buite in die veld is dit koud en nat. In my hart in is dit koud en droog. Want op 'n laatdag in my lewe is my oumensasem uitgestamp deurdat Abel Oorkant toe gereis het, sonder dat ek hom kon gegroet het. Missus Susarah ook. Dis of ek teen my kopbeen vasdink as ek aan Gertruida dink. iNkosi alleen sal weet wat gaan vorentoe gebeur.

Hý het die koedoe gestuur. Hý moet wagstaan.

Toe Mabel terugkom met die halfemmer melk, het sy die rooi kombers oor my bene gegooi en my stoel vuur toe geskuiwe. "Mabel, lyk dit of Gertruida hartseer is, of sy gehuil het?"

"Nee, Mama, sy huil nie. Maar darem het sy kop gehou en die borsgoeters gekry. Ek gaan Mama se rug invrywe met Vicks, dan sit Mama voor die vuur sodat Mama nie met 'n koue lyf loop lê nie."

Toe maak sy haar hand warm by die vuur en steek dit by die nekkant van my nagrok in. "Wat gaan aan op die werf, Mabel? Het Gertruida die geweer by haar?"

"Sy was doenig by die hoenderhok, met haar papnatte begrafnisklere aan. Die geweer staan op die stoep by die voordeur. Vaderland, die polieste moenie hier aankom en die geweer sommer op enige plek sien rondstaan nie. Dis tronksake. Maar Mama moenie kommer nie, ek sal kort-kort loop spaai wat daar aangaan."

Soos sy vrywe, voel ek die kouete padgee uit my rug. Dis of die Vicks-dampe my kop beterder laat dink. Is lankal dat my kop deurmekaar is, want ek is al drie-en-sewentig jare oud. Party dae dink ek soos Samuel, my geelbruin man wat lankal afgesterf is. Ander kere dink ek soos die wit mense van Kiepersolkloof. Maar dan weer, soos nou as die droewigheid my vat en ek sien die swart engel teen die kosyn staan, kom my mama se taal terug in my kop. Iewerster in 'n mens bly die dinge van jou mama altyddeur aan't roere.

My mama is lankal gebêre, op 'n ver plek oorkant baie berge. Daar waar die bont beeste in die langgras wei en waar die vrouens middagtyd met vasgeriemde houtbondels op hulle koppe huis toe loop. Is ampers asof ek saam met hulle loop, so helder sien ek hulle. Ek hoor die hadidas roep uit die oranjepers aandwolke; hulle bring die nuus dat 'n bybie iewerster gebore gekom het. Ek sien my mama soos sy die ertappels in die pot met aandkos gooi. Of op haar kniekoppe langes die rivier. Vrywe die kleregoed dat die skuim van die vryfklip afloop en in die vlak watertjies wegdrywe. Duidelik, soos nóú.

Soos wat ek ouerder raak, raak ek meer en meer soos 'n kleine tjint, of partykeers soos 'n stywetiet intombi, en binnein my mond praat my tong die taal van my mama en my tata. Baie kere skrik ek, oordat ek nie al die woorde onthou nie. Thandeka, praat ek dan troos in my hart in, dis oordat jy lankal weg is van jou mense af. Jy't iemand anders geword as die intombi van daardie tye.

Is waar.

Drie-en-vyftig jare al dat ek op Kiepersolkloof is, ver van die ronde huis waar ek grootgeraak het. Mooie patrone wat my mama rondom die buitekosyn geverf het met rooibessiesap en geel riviermodder en uitgekookte nastergalbessies. Sy't gesê 'n hadida het my teen sonsak onder 'n soetdoring kom neersit. Toe draai sy haar rooi kombers om my en hardloop met my in die huis in, voor die tokkelossie my gryp.

My mama, my mama . . .

Ek onthou hoe ruik die grondvloer wat sy met beesmis gesmeer het; hoe sing haar stem oor die werf as sy mielies stamp. Maar dit lê te ver agtertoe. Party goeters het dof geraak, want mens vergeet baie in drie-en-vyftig jare. Maar mens vergeet nooit hoe om in jou mama se taal te bid nie. En as die groothuil jou vat, dan huil jy in jou tjinnertaal.

Waar het die lewe met my geloop draai dat ek vanaand hier voor die vuur sit met 'n hart wat bloei oor 'n wit man wat dood is?

Toe ek met Samuel Malgas getroud geraak het, was my mense ongelukkig oordat hy bruin is. Al het hulle gewis hy het skool geloop, en hy kom uit 'n goeie huis daar op die witmensplaas waar onse mense Saterdae ons kosgoed by die Trading Post koop. As die winkel besig was, het Samuel, potlood agter sy oor, gehelp in verkooptyd. Vinnig gewees met optel en aftrek. Dis waar ons mekaar beginte aankyk het. Daardie tye was nie vandag se tyd nie; almal het nie rond en bont gewei nie. En iedereen het geweet Samuel Malgas het windballe, oordat hy kleintyd diknek opgeswel het van pampoentjies wat in sy lieste loop lê het. My mense het gesê ek sal arm wees sonder tjinners om my te versôre as ek 'n ou vrou is.

Samuel was 'n mooie kerksnaam. Ek het gesien die geelbruin man het 'n slim kop en sy oë kyk anderster na die wêreld. Is of hy verder kan sien as die plek waar die berg stop. Al kon hy my nie 'n tjint gee nie, sou hy my tot oorkant die berge neem. Om nuwe goeters te sien. Toe hy sy donkiekar en sy donkies agtermekaar het, sê hy hy gaan pad vat en kyk hoe lyk die wêreld.

Ek huil op die biesiemat in my mama se ronde huis. Oor Samuel wat weggaan. Ek gaan nie winkel toe nie.

Toe kom hy die Sondagagtermiddag al die pad na my toe.

“Thandeka, hoekom kom jy nie meer winkel toe nie?” vra hy. “Waaroor huil jy?”

Ek staan op en vat die wateremmer. “Laat ons gaan water haal by die rivier.”

Ek breek vir hom ’n riet af en sê hy moet vir hom ’n fluit maak, en as hy daarop blaas, moet hy my onthou.

“Hoekom kom jy nie saam nie, Thandeka? Ons kan uit jou tata se huis uit trou. Daar’s genoeg geld in my bankboek vir drie lobola-beeste . . . Dan gaan kyk jy saam met my wat lê oorkant die berge.”

Toe vat ek hom, oordat hy my wou gevat het. En oordat ek wou weet wat lê agter die berge.

Darem het ek een tjint gekry, van Abel. En nog al die jare kyk sy goed na my.

Die rooi kombers is warm oor my kniekoppe en onderbene. In die werweltjies van my rug, daar waar my murg loop, sal dit nooit weer warm raak nie. Is koud in my hart. Want lank terug het Samuel afgesterf. En nou is Abel afgesterf.

My bêretyd is aan’t nader kom. Abel het gesê as ek eendag gebêre word, sal dit op Kiepersolkloof wees, langes Samuel. En hy sal ’n kopsteen laat opsit wat tot aan Samuel se kant loop. Dan sal hy my naam en my jare op die kopstuk laat skrywe.

Thandeka Malgas.

Gebore 30 Maart 1935, tot die dag wat iNkosi my kom haal.

Abel was nog sterk. Ag-en-vyftig jare oud. Ek is vyftien jare ouer, ampers blind. Ek moes eerste gegaan het.

Ek verstaan hoekom Gertruida hulle op die dorp gebegrawe het. Maar latertyd raak mens se kwaad sagter, en jou spyt groter. Dan kan jy hulle nie loop uitgrawe en vars gate spit nie. Maar straks dra die wind my asem tot by die dorp se begraafplaas, en hy hoor my as ek sê: laat dit goed gaan op die reis, Abel . . .

Net ek, Thandeka Malgas, weet watse mens Abel rêrig was en hoe die dolosse vir hom geval het.

Ek en Samuel het ver gery met onse donkiekar. Hoedat ons die pad gery het tot op Kiepersolkloof, het my ontgaan. Maar die donkies was moeg, en Samuel het gesê is tyd om tot ruste te kom en huis op te sit.

Daardie tyd was Abel maar so vyf jare oud. Mooie tjint. Was dit nie vir sy klere nie, moes mens goed kyk of dit straks 'n meisietjint is. Ek het die kos gekook en vloere gevryf. Wasgoeters, strykgoeters. Kooiens, ruite was, stoepe vee. Klompe ander werke wat Abel se mama my gegee het.

Sy was 'n goeie mens. Altyds gesê ek moet helfte van die hoendereiers vat voor die likkewaan dit vreet. Mos 'n likkewaan se ding om hoenderhok toe te kom as hy die koei met sy blou-en-geel tong klaar uitgesuip het. Maar sy't gesê ek moenie vir die ouman sê nie. Oordat hy moeilik is. Hy was nie 'n ou man in jare nie, maar sy hart was oud en swart. Tot vandag toe vat ek 'n eed met my vinger in die lug dat hy slegte skrape op Abel agtergelos het.

Ek moes help ooghou oor die tjinners. Abel was die kleinste van die drie broertjies en ek het 'n sawwe plek vir hom gehad. Op plekke vol duwweltjies het ek hom geabba, want sy voete was nog sag. Toe seil daar 'n rinkhals in die huis in en pik sy mama waar sy in die kombuis met die skottel groenvye en die priknaald gesit het. Maak nie saak hoe ons gesuig het om die gif uit te kry nie, voor sonsak daardie aand het die rinkhalsgif haar laastere asem uitgedruk.

Is swaar om sonder 'n mama groot te raak.

Nóg swaarder as jou papa jou wegdruk. Dit kan 'n tjint se oë laat skeef draai, sodat hy die wêreld met skeelte bekyk. Baie môrens het ek die nat matras gesleep tot agter die putlewwetrie waar die ouman nooit kom nie. Want as hy sien, verander sy tong in 'n meslem, reg om te slag. Latertyd word die tjint 'n jong man met wangbaard, en hy bewe voor sy papa. Die jong man word 'n uitgegroeide man met harde baard in wie se kop als loop staan en skeef draai het.

As Gertruida weer hier kom, moet ek vir haar sê hoe ek en haar pa ooreengekom het, en vra of sy vir die grafsteenmense sal sê om Samuel se naam en jare by sy kant van die kopsteen te skryf. By my kant moet hulle skryf my naam beteken "goeie mens".

Partykeers is ek goed.

Ander kere is ek sleg.

Partykeers is ek iewerster in die middel van goed en sleg.

My naam sê maklik, maar my van lê verkeerd op my tong. Malgas. Dit wil nie klap soos dié van my tata nie. Noqobo. Maar dis hoe ek dit van Samuel gekry het en ek moet sy nagedagtenis eer.

Samuel en Anthonie het op dieselfde dag gesterf toe die bakkie oor die afgrond is. Anthonie was daardie tyd tien jare oud. My bloed wil ys om te dink as Mabel nie loop fynhout optel het nie, sóú sy saamgery het. Vandag trek sy by twee-en-dertig jare. iNkosi was my genadig. Hý sê waffer tjint moet gaan en waffer een moet nog bly.

Daaroor het ek altyd sawens, toe ek nog in die donker kon sien, vir Missus Susarah onder die sterre loop bid. Hoekom sy nie daar in die begintyd gekeer het toe sy sien die dinge loop lelik met Abel en Gertruida nie, is seker omdat sy met blindheid geslaan was oor Anthonie. Want dat sy krom gebuig het onder sy afsterwe, is nie altemits nie.

Maar een ding is nie altemits nie, en dit is dat Abel nooit 'n engel gehad het wat saam met hom kon rondvlieg nie. iNkosi gee vir elkere mens 'n engel om Satan te help wegstamp. Al engel wat Abel gekry het, was ek. Sy swart mama. Toe stamp mý lyf hom latertye in 'n lelike ding in. En bo-op alles het Mabel al die jare haar hart klipperig gemaak teen hom. Nóg bloed van sy bloed wat hom wegdruk. Moet swaar gewees het, oordat Mabel heeldag in sy huis en op sy werf is. En iewerster vandaan soek hy ook na liefde. Nes elkere mens.

"Jy moet dié goeters met Abel uitpraat, Mabel," het ek baie aande voor die vuur vir haar gesê. "Sodat dit kan gaan stillê in jou kop."

"Los dit, Mama. 'n Huismeid stry nie met die baas nie."

"Dis bitterte wat jou só laat praat, Mabel. Hy't nog altyd vir ons . . ."

"As dit bitterte is, is dit oor wat hy aan Gertruida doen. Eendag as ek op die dorp is vir Mama se pensioen, gaan ek poliesstasie toe loop en sê hulle moet kom kyk wat . . ."

"Hou jou neus uit by witmenssake, Mabel. Wit mense weet hoe om baadjies oor mekaar se koppe te trek. Los die polieste uit."

My murg is koud. My oumenshart wil uitmekaarbreek as ek dink Abel gaan nooit terugkom Kiepersolkloof toe nie.

Ek gaan Mabel roep om 'n koppietjie melk warm te maak en sê sy moet die stoel omdraai sodat my rugkant hitte kry. As my maag warm raak van die melk, moet sy my kooi toe help. Tot dan toe sal ek by die vuur sit en vir Gertruida 'n lied sing. Want al is haar dunne lyf enige dag net so sterk soos 'n man s'n, en al kan sy 'n fisant se oog van ver af uitskiet, het sy ook al die jare geskort aan 'n engel.

Abel sal wil gehad het ek moet vir haar sing. Want maak nie saak hoe verkeerd allester was nie, met sy goeie kant hét hy haar liefgehad.

Thula baba, vala amehlo . . . Hush, my baby, close your eyes, time to fly to paradise, till the sunlight brings you home, you must dream your dreams alone . . .

Donderdag, 28 Augustus 2008

Haar hande is slaapdom toe sy die waenhuisdeur oopmaak. Sy kry die toiletpapier agter die bakkiesitplek en stap om die waenhuishoek. Die dagbreek lê wolkloos, soos gerookte glas, bokant die swart rugkromming van die berg. Die aarde ruik na varsgeploegde grond en kerriebos. Vandag gaan die son skyn.

Haar grootste vooruitsig vir die dag is om nooit weer bang te wees nie.

Haar begrafnisklere is droog, maar verkreukel; die wit bloes is gevlek. Die klere wat sy sedert Sondag gedra het en gister in die treurwilg gehang het, is vuil. Eerder in die oorpak bly, al ruik dit na terpentyn. Voor sonop wil sy in die huis wees. Stort, hare was, skoon aantrek. Dan begin ontsmet. Vloerlyste, vertrekhoekies. Gordyne, strooikussings. Linnekas, spens. Al neem dit tot Sondag. Abel en Susarah moet aan niks vaskleef nie.

In die grys dagbreek stap sy rivier toe. Sak kruisbeen op die sand neer. Sit roerloos en angsloos by haar rivierkerk. God is hiér. Nêrens anders nie. Laat die mense skinder soos hulle wil oor die Kwakergeloof wat sy kwansuis aangeneem het. Sy is g'n Kwaker nie, sy sê maar net so. Dan is daar 'n stel reëls wat háár eiendom is.

En haar afvalligheid van enigiets wat kerklik is, het Abel en Susarah hoofbrekens besorg. Eintlik het álles omtrent haar álmal hoofbrekens besorg. Daar is altyd iemand wat kla sy konsentreer nie, is belangeloos. Vitterig. Lui om te leer. Wil nie saamwerk nie. Steur haar nie aan reëls nie.

Selfs Matrone by die koshuis het beweer: Gertruida kyk my grinnikend uit die hoogte aan.

Die eerste klompie kere ná matriek toe sy en Braham in Die Koffiekan gesit het, was sy stilweg oorstelp, sy kon beswaarlik 'n woord uitkry. Elke keer as sy hom "Meneer" noem, het hy haar "Mevrou" genoem.

"Vergeet dat ek jou meneer was. Sê my naam, ek wil hóór hoe sê jy dit . . ."

Sy vat die pen; begin agterop die rekeningstrokie woorde bou uit BRAHAM. *Ham. Maar. Haar. Ram. Baar. Bahama. Bra. Braam. Bar. Abraham. Arm. Raam. Abba.* Toe skryf sy sy naam onderaan, skuif die strokie na hom en sê hardop: "Braham."

"Jy sê dit mooi. Ek wil gráág naby jou kom, Gertruida, maar jy dwaal op plekke waarvan net jý weet. W.E.G. Louw skryf: 'wanneer ek gryp, dan smelt jy weg, en staan ek weer met leë hande'. Ek wens ek kon weet waarheen jy wegglip."

"Soos dieselfde gedig sê: ek verander in 'n sneeukristal of wind of waterkringe. Snaaks dat jy juis dáárdie digter aanhaal. Sy voorletters is W.E.G. Soos ek . . ."

"Iets ín jou is briljant-geniaal, Gertruida, maar jy misken dit. Hoekom?"

Sy knie raak aan hare. Skokprikke in haar onderlyf. Weg is die intieme oomblik. "Ek is eintlik dom. Maar nie te dom om te weet ek soek na myself nie." Trek die strokie nader. "Ek is baie mense, soos die saamgestelde oog van 'n sprinkaan. Kyk," en sy bou nog name uit GERTRUIDA. *Trudie. Griet. Rita. Rut. Tia. Tertia. Gerda. Ria. Greta. Ida. Gertie. Reta.* "Ek probeer almal versmelt tot één Gertruida."

"Wie, of wat, het jou so verniel, Gertruida? Jy's 'n stukkende mens, en jy hóéf nie vir altyd stukkend –"

Vat die motorsleutel. "Ek moet gaan. Dankie vir vanmiddag . . . Braham . . ."

Heelpad plaas toe het sy gewéét hy vermoed. Sy moet planne bedink om hom te mislei, sodat hy moet glo hy vermoed verkeerd. As daar iemand is wat nooit moet weet hoe verrot sy is nie, is dit hy.

Die riviersand maak die oorpakbroek klam.

Ondanks die beknoptheid in die bakkie, is sy uitgeslaap. Om doodvas te slaap, gebeur net as Abel vetveeveilings toe gaan, of 'n Bonsmara-bul gaan uitsoek, of as hy oorsee is. En as daar oorslaapgaste is. Wanneer haar ma se tweelingsuster, Tannie Lyla, elke September vir twee weke kom kuier, is dit hemels. Dan hou Abel hom heilig.

Van sy kan onthou, wag sy snags vir 'n toilet wat spoel, 'n vloerplank wat kraak, haar kamer se deurknop wat draai. In die koshuis het sy ewe sleg geslaap, uit vrees vir die koue pie-kol en die likkewaan. Al het sy ná aandstudie niks gedrink nie, en elke druppel uitgepers voor die ligte-uit-klok.

Later wou niemand haar kamermaat wees nie. Niemand wou 'n toebroodjie of 'n trossie druiwe met haar deel nie. Met haar kryte inkleur of haar uitveër leen nie. Sit eenkant en kyk hoe speel die kinders pouses aljander-so-deur-die-bos. Op skoolkonserte was sy 'n klip of 'n boom of 'n paddastoel.

Eenkant. Almal was naar vir haar.

Soggens het Matrone geraas oor die drié matrasse wat vir háár aangehou word. "Gaan badkamer toe, Gertruida, dan was ons jou stêre en lieste en paddatjie."

Paddatjies bly by die rivier op Kiepersolkloof. Hulle is slymerig en blaas op as hulle kwaad raak. As hulle báie kwaad is, skei hulle 'n sieserige melksap af. Sy het 'n pietermuis; nié 'n paddatjie nie. "Ek wil nie gewas word nie."

"Gertruida! Gaan badkamer toe!"

"Ek sal myself was."

"Gertruida, moenie dat ek my vanoggend vererg en . . ."

Sy het gehou van die tweegeveg. Immers kon sy haar teen Matrone verset. Skop, byt, vloek, vasgryp aan die bed of deurkosyn of handdoekreling.

Teen Abel was sy magteloos, al het sy nie geweet hoekom nie.

As hý vryf, was dit anders as om 'n muskietbyt te krap. Toorkrag in sy vingers wat haar hart laat trommel. Vinnig, al in die rondte, tot dit voel asof jy deur jou voetsole pie. Maar jy pie nie regtig nie. Wanneer hy loop en die deur toetrek, doef dit stadig in jou kop en kuiltjie. Jou keel is droog. Jy is te lam om te roer.

In die oggend sien jy jy hét gepie, slymerig. Maar nie deur jou voetsole nie.

Omtrent van standerd vier af het Matrone tou opgegooi met soggens se tirade.

"Ek gee op met jou, Gertruida! Jy's die ongehoorsaamste kind in die koshuis! Hoeveel keer moet ek nog vir jou sê dis die warmwaterpype wat snags so raas?"

Kooipister. Stink Gertruida.

"En moenie na my kyk asof die kat my ingedra het nie! Ek gaan vir jou ma skryf hoe moeilik jy dit vir my maak! Hóór jy my?"

Ignoreer haar en stap aan badkamer toe.

Op hoërskool, nadat Braham Fourie as Afrikaansonderwyser by die skool begin het, was sy soggens lank voor die opstaanklok in die badkamer, voor die ander meisies inkom. Skuimbad. Dettolseep. Hare was. Antiseptiese poeier. Lyfroom. Spierwit onderklere, skoolhemp, skoolkouse. Skoon skoolrok; voetpoeier. Sy wou nie stink Gertruida wees nie. Sy wou vars ruik.

Vir Braham Fourie.

Sy was al klaar met skool, toe is haar bed steeds soggens nat. "Ek bepis myself elke nag!" het sy een aand vir Frieda in die melkkraal geskree, "omdat ek dônnerswil nooit grootgeword het nie! Ek is pateties, Frieda, pateties!"

Vir haar mondigwording het haar pa 'n badkamer by haar kamer aangebou. Hy wou nie, maar sy het hom gedwing. Elke teël en handdoek is wit. Wit seep. Wit badroom. Wit naelborsel. Wit toiletpapier. Wit rugborsel. Wit spieëlraam. Wit linnekas waarin nét haar linne gebêre word. Haar eie wasmasjien en tuimeldroër.

Hulle was maande lank haaks oor die badkamer. Hoekom moet hy geld spandeer as daar alreeds drie badkamers én 'n gastetoilet in die huis is? Snags was hy soos 'n mal dier. Groenpers kneuskolle teen haar binnebene. Haar kop was seer soos hy dit teen die muur stamp omdat sy nie wil doen wat hy sê nie. Dan doen sy dit om vredesonthalwe, sodat hy kan loop.

Kopgee sou sy nié. Haar badkamer sou sy kry.

Op 'n oggend toe sy haar bed stroop, onthou sy hoe Doringrosie in die nag gehuil het van keelvolheid vir die konserte wat sy vir Abel moet hou. Alles ter wille van 'n badkamer. Toe vat sy haar .22 en genoeg patrone en loop weg. Berge toe. Om vir so lank moontlik in die kliphuis te bly en van turksvye en swartbessies en uintjies te lewe.

Abel sou haar nie soek nie. Hy hét, toe sy jonger was. Nooit gekry nie. Want sy het geweet om op die klippe te hou, en nooit 'n voetpad uit te trap nie. En die kliphuis was goed versteek, net 'n voorarm-breë rotsspleet waardeur sy sywaarts moes inskuif. As hy loop en beeste soek, sal hy dit nooit gewaar nie, tensy hy daarin vasloop. Maar dis te skuins vir die beeste om daar te wei.

In sub A het sy en Bamba afgekom op 'n oop kol tussen die taaibosse. Dikwels van die huis weggeloop soontoe. As Bamba by haar was, het haar ma-hulle nie na haar gesoek nie. Haar ma het vir die tennismense gesê sy is 'n veldkind, en dit help nie hulle raak paniekerig as sy verdwyn nie. Sy antwoord in elk geval nie as hulle na haar roep nie, en as sy hulle sien aankom, kruip sy weg.

Sy het gespeel die oop kol tussen die taaibosse is haar huis. Naweke en vakansies het sy ligte klippe aangedra en vertrekke plat op die grond gepak. Haar kombuis. Haar gang. Badkamer. Slaapkamer. Haar ma se rol kombuistou en naaldwerkskêr gesteel om besemgoed te knip vir 'n huisbesem. Leë blikkieskosblikke vol water getap. Bessies daarin gesit. Haar potte. Haar spens.

Sy was nie bang vir slange nie, want Bamba was by haar. Soms het sy in haar veldslaapkamer op 'n bondel rooigras gelê, op haar kamma-bed, en na die wolkpatrone gekyk. Elke keer sien sy iets anders in die wolke. 'n Kersvader, 'n koei se uier, 'n groot, wit pampoen. Dis lekker om na prentjies in die wolke te soek.

Soms verander sy die taaiboshuis in 'n skool. Dan is sy klaskaptein en niemand sê sy stink nie. Of sy speel sy is tafelhoof by die koshuis en mag self besluit wat sy wil eet. Of sy speel boer-boer, en bank-bank. Dan is sy die ryk boer. Sy koop 'n treinkaartjie en ry na Tannie Lyla toe in Oos-Londen, en koop vir haar 'n dubbelverdiepinghuis naby Tannie Lyla. Sy bly vir altyd en altyd in Oos-Londen, by die see.

Soms het sy ander name uit G E R T R U I D A gebou. Trudie. Rita. Tertia. Ria. Ida. Dan is sy nie sý nie. Almal hou van haar. Partykeer is sy Gert of Rudie of Gerrie of Dieter of Gerrit of Gerard. Dis beter om 'n seuntjie sonder 'n pietermuis te wees.

Eendag in sub A, toe sy Gert was, begin sy 'n turksvyplaas maak rondom haar kamma-huis. Teken grensdrade met 'n stok. Trek haar rok uit, want seuns dra nie rokke nie. Sy is nie kaal nie, net kaalbolyf. Draai haar rok om haar hand, pluk turksvyblaaie af. Lê hulle plat op die grond neer, al met die grensdraad langs, sit 'n klip op elke blaai.

Sy het haar rok geskud en lank sit en dorings afhaal voor sy dit weer kon aantrek. Van toe af het sy ekstra klere in 'n miershoop weggesteek. Kortbroeke, T-hemde en tekkies vir wanneer sy Dieter of Gert is. Pak die bek van die miershoop toe met droë bosse. Dis haar hangkas.

"Hoekom is daar so baie turksvybome rondom jou huis, OuPieta?" het sy lank terug vir OuPieta in die hoenderhok gevra.

"Ek het hulle jare t'rug geplant, Nooitjie. Vir skadu teen die huismure, en om die wind weg te keer. En dan hoef ek nie in turksvytyd veld toe te loop nie."

"My ma sê mens raak verstop as jy meer as vyf turksvye eet."

"Nee, wat, Nooitjie. Is sommer 'n uitgedinkte storie. Pietertjie eet 'n halfemmer op een slag. Mens moet net kort-kort bietjie water tussenin drink."

"Waar't jy saad gekry, OuPieta?"

"Nooitjie, dit kom nie van saad af nie. Jy pluk van die ou blaaie af en lê hulle plat neer. Dan sit jy 'n klip op sodat die blaai styf teen die grond lê om wortel te skiet."

"Die Here gaan jou straf oor jy jok, OuPieta."

Hy het die veertjies van 'n eier staan en aftrek. "Kyk, Nooitjie, waar die dorinkies op die blaai sit, gaan die wortels uitkom as dit reent. Latertyd krul die blaai glads rondom die klip soos hy boontoe groei om 'n stam te maak. Dan wag jy so vier of vyf jare tot die boom sterk is, dan sal hy beginte turksvye maak."

"Sê jy sweer voor die Here."

"Mens sweer nie oor sulke goeters nie, Nooitjie."

Amper vyf jaar lank was haar taaiboshuis die veiligste plek op Kiepersolkloof.

In die wintervakansie van standerd twee het Abel haar agtervolg.

Die turksvybome by haar kamma-huis het al tot by haar naeltjie gegroei, en die eerste geel blommetjies was oop. Sy wou vir Tertia en Ida iets gaan vertel. Net hulle twee weet wat haar pa met haar doen. Die vorige nag was hy briesend omdat sy gebyt het toe sy moes suig. En sy wou nie kyk in die boek met kaal vrouens nie, want hulle sit oopbene, Abel het haar ore vasgevat en haar gesig teen die boek gedruk.

"Ek wíl nie kyk nie!" gil sy. Dalk hoor haar ma.

Hy dwing haar kakebeen oop. Druk die visding in haar keel af en sê sy moet sluk.

Die volgende dag sit sy kruisbeen op haar rooigrasbed, besig om vir Tertia en Ida te vertel dat sy vir haar juffrou én die dominee én die polisie gaan sê. Haar keel is rou, haar stem is krakerig. Bamba gee 'n tjankie; sy kyk op en sien Abel op háár turksvyplaas staan. Voor sy kan weghardloop, kom hy deur haar spens gestap; skop haar waterblikkies om. Sleep haar huis toe. Haar hande was die ene skaafmerke soos sy aan die bosse geklou het, maar hy was te sterk vir haar.

Mama Thandeka het samboksalf aan haar hande gesmeer.

Twee dae later, toe sy die toiletpapier vol bloed vir Tertia en Ida wil wýs, sodat hulle nie dink sy jok nie, is haar huis weg. Alles. Blikkies, klippe, rooigrasbed. Taaibosse uitgekap. Nie een turksvyboom oor nie. Al haar maats het weggehardloop.

Die res van die vakansie was sleg. Haar ma het elke dag met kopseer op die bed gelê. Kort-kort opgespring en toilet toe gegaan. Aardige borrelklanke, sy was bly daar is nooit 'n kuiermaatjie wat hoor nie. As straf het Abel haar snags kaal in die maanlig voor die venster laat staan. Oor 'n simpel tang en kapmes wat hy by haar kamma-huis gekry het.

Later het sy nie geweet of sy Gouelokkies of Doringrosie is nie. En of Gertruida nog bestaan nie.

Ida en Tertia en Gert en al die ander kinders het nooit weer teruggekom nie.

Kort daarna is Abel oorsee en het hy die Victorinox vir haar gebring.

Einde van daardie jaar, in die Kersvakansie, het sy 'n nuwe huisplek ontdek.

Bamba het 'n bergkonyn gejaag, sy agterna. Hoër en hoër teen die skuins bergrant op. Tot op 'n plek waar sy nog nooit was nie. Waar die beboste suidhang besaai lê met klippe, asof daar lank gelede 'n rotsstorting was, is Bamba en die bergkonyn tussen twee hoë klippe deur. Tussen die twee klippe was 'n breë spleet waar sy kon deurkom. Agter die yslike klippe was net die skuins, beboste bergrant.

Later kon sy nie onthou of Bamba die bergkonyn gevang het nie, want sy het gaan staan en besef dis 'n goeie plek vir 'n nuwe huis. Nie 'n plat kliphuis nie; 'n hoë een. Al soek Abel hom dood, solank sy nie agterlosig is nie, sal hy haar nie kry nie.

As sy stokke en riete sny en las, en van die bokant van die klippe af tot teen die bergrant neerlê soos 'n rietdak, kan sy 'n driehoekhuis agter die klippe maak. Oop kante toepak met klippe wat sy met modder vasmessel, sodat haar huis warm is.

Dit was jare se werk, met gereedskap wat sy uit Abel se waenhuis gevat het, om die huis gebou te kry. Berg uithol, dieper en dieper. Turfklei brei om die stokke en riete dig te dek. Nog klippe aandra en vasmessel vir kantmure. Vloer pak met perskepitte. Bou 'n sonwyster soos die standerd-drie-meneer hulle gewys het. Leer die ompaaie, trapklippe en gruiskolle soontoe ken, sodat sy nie 'n spoor uittrap nie.

Jare lank het hy haar wegkruipplek gesoek. Nooit gekry nie.

Sy het besluit om, solank as wat Abel teëgestribbel het oor die badkamer, daar te gaan wegkruip met haar .22, tót sy haar sin kry. 'n Keer of twee kan sy in die donker afgaan tot by Mabel om te hoor wat word by die huis gesê.

Toe Abel gaan soutlek uitsit, en Susarah weg is leeskring toe, het sy padgegee. Sonder kos. Sy wóú doodgaan in die kliphuis. Heelpad soontoe het sy na Bamba verlang. Die veld was eensaam sonder hom. Niemand om haar te waarsku teen 'n pofadder nie.

Probeer wegdink van Bamba af. Vergeet hóé hy dood is; watter aandeel sy daaraan gehad het. Hy was oud en hy het gely. Sy het geen keuse gehad nie.

Daar was 'n pakkie meel, suiker, boeliebief en 'n blik perskes in die kliphuis. Die meel was vol miet en die suiker kliphard. As mens paddaboudjies en varkharsings kan eet, kan jy miet ook eet. Die suikerklont draai jy in jou hemp toe en kap dit met 'n klip fyn.

Dit was Januarie. Volop veldkos. Ghoenas. Besemtrosvye. Notsungbessies. Tarentaaleiers. Uintjies. Tee maak met olienhoutblare. Oral rondom die kliphuis het die turksvybome wat sy op laerskool daar geplant het, dik gedra. Sy het Abel steeds gehaat omdat hy haar kamma-huis en haar turksvyplaas vernietig het.

Toe die vleishonger haar oorval, wag sy tot Abel-hulle in die kerk is, en skiet 'n fisant. 'n Week later 'n dassie. Om die wildheid uit die vleis te kry, sit sy veldknoffel en kerriebos by. Steeds wild. Om die badkamer te kry, moes sy uithou. Sy het suinig geëet, want die gasstofie waarmee Abel sy veldkoffie maak, en wat sy in standerd vyf uit die waenhuis gesteel het, was leeg. Sy kon net vuurmaak as die wind reg trek. Anders trek die vleisreuk opstal toe. As die wind draai, moet sy dit toegooi. Netnou loop Abel agter die vleisreuk aan. Sy mag níks doen wat hom kliphuis toe kan lei nie. Hy mag nie weet wat sy alles soontoe aangedra het nie. Blikoopmaker. Aluminium-keteltjie. Pot en pan. Waterkan. Byl. Graaf. Pik. Hamer. Driepootstaander. Draadhaak om turksvye af te trek.

Een Saterdagoggend, voor sonop, het Mabel kliphuis toe gekom.

Sy het geweet iemand is op pad. Sy sou haar nie onverhoeds laat betrap nie.

Waar die mees begaanbare voetpaadjie kliphuis toe begin, het sy 'n vislyn oor die pad gespan. Borshoogte. Een punt geknoop aan 'n karsiebos; aan die oorkant vasgebind rondom 'n verfblik vol ysterklippers wat sy in 'n mik van 'n suurbessie staangemaak het. Pak 'n stapel ysterklippe onder die blik, sodat dit 'n geraas kan maak wat sy tot ver kan hoor. Net 'n koedoe of 'n mens kon die vislyn tref en die verfblik laat afval.

Sy het haar besimpeld geskrik toe die verfblik val.

Toe is dit Mabel.

Mabel is al mens wat weet waar is die kliphuis. Toe sy in standerd nege swanger geraak en weggeloop het na Tannie Lyla toe, moes sy Mabel vertrou. Daar is wegsteekgoed in die kliphuis waarvan Mabel moes weet.

Mabel het kom sê sy het gehoor die boumateriaal en die bouers daag Maandag op. Sy moet aanstaltes maak huis se kant toe.

"Ek is al amper 'n maand hier, Mabel. Hoekom het jy nooit vir my kos gebring nie? Jy't geweet ek . . ."

"As ek vir jou kos bring, gee ek my konsente vir hierdie blyery in 'n kliphuis. Die dag gaan kom dat 'n pofadder jou pik. Dan lê jy ses voet diep en ék moet bontstaan voor die Here, oor kos wat ek aangedra het."

Maandagoggend het sy 'n trok hoor dreun. Afgesluip tot duskant die rivier en deur die riete die bouers op die werf dopgehou.

Die middag is sy huis toe. Die eerste geluid wat sy hoor toe sy instap, was Susarah se maag wat werk.

Niemand was bly om haar te sien nie. Niemand het haar uitgetrap nie. Dit was asof sy nooit weg was nie.

"Dis maar Gertruida se nukke," kon sy haar ma al by voorbaat by die tennis hoor sê. "Gelukkig ken sy die veld en dra die .22 saam. Eintlik moet ons weer vir haar 'n Jack Russell kry, maar met Bamba se dood was sy erg getraumatiseer. Abel wil 'n boerboel kry vir die werf, maar die wetsvereistes . . ."

Sy was dankbaar oor die wet. Want Abel het gesê die boerboel gaan snags in háár kamer slaap, en wát hy die hond sal leer om met haar te doen. Afstootlik. Daarom was sy op 'n vreemde manier verlig toe 'n boer in die distrik 'n stuk van sy grond moes verkoop om skade te betaal aan 'n inbreker wat deur sy boerboel verskeur is. Die wet sê die hond moet beheer word. Die boer sê die inbreker het wederregtelik oor die draad geklim. Die hof sê die hond was nie vasgemaak of onder beheer nie, dus was die boer nalatig. Hy moet betaal vir weke in intensiewe sorg, veloorplantings, toekomstige medikasie, krukke, berading, vergoed vir inkomste wat die verlamde inbreker, ná rehabilitasie, nooit sal kan verdien nie.

Abel was een van dié wat bygedra het om die boer te help met regskoste. Van toe af het hy nie weer van 'n boerboel vir die werf gepraat nie.

Terwyl die bouers bou, het haar ma gestik aan wit gordyne, wit toiletstel. Waslappe omhekel met wit gare. Borduur satynblomme op wit handdoeke.

"Kom kyk of jy hiervan hou, Gertruida. Ek maak ekstra van alles, dan sit jy nooit sonder skoon badkamergoed nie. Moet ek die waslappe ook borduur?"

"Ek gee nie om nie. Maak soos Ma wil."

Soms het sy gewonder watse gedagtes haar ma in die lap vasstik. Wie is haar ma regtig? Hoekom hou sy haar doof?

Hoekom gaan bly sy nie in die tuinwoonstel by Tannie Lyla nie? Tannie Lyla behoort aan 'n leeskring en musiekvereniging; gaan teater toe. Op die dorp is ook 'n leeskring en 'n musiekvereniging, maar dis 'n skinderkliek. By Tannie Lyla hoef haar ma nie onder Abel se baasskap te vergaan nie.

Nee. As haar ma weggaan, bly sý alleen by Abel agter. Dan moet sy haar ma se vrag aan klappe en slaapkamergoed ook dra.

Tog het sy naby haar ma gevoel met die naaldwerkdoenery. Druppels deernis. Saam tee drink, konfyttertjies eet. Die vrou agter die naaldwerkmasjien was haar má. Nie die hardhorende regter of die stom aandadige nie.

Op Maandag, 3 Februarie 2003, die dag toe Anthonie sou verjaar, en sy dood in somberte herdenk is, was die badkamer klaar. Badkamer sonder sleutel. Deursigtige stortdeure, sodat Abel op die wit rottangstoel kan sit en kyk terwyl sy stort.

Binne dae ná die badkamer klaar was, was kooipistertyd verby.

Die oggend toe sy wakker word, kon sy nie ophou om haar palms oor die laken te vryf nie. Sy het met geskreefde oë na die plafon gestaar; in haar gedagtes teen die plafon geskryf. *Dit red Gertruida dat die rugruiter dit gee.* Die foltering om op 'n plastieklaken te slaap en soggens met lakens en pajamas waskamer toe te sluip, was verby.

Iewers ín haar was daar nog altyd die wete dat die dag sou kom wanneer sy die brug oorsteek. As sy in die maande by Tannie Lyla, toe sy swanger was, met konstante drukking op haar blaas, elke oggend kon wakker word in 'n droë bed, dan kán sy die brug oorsteek. Maar 'n vreesding in Kiepersolkloof se huis het haar weggehou van die brug. Dieselfde obsessie is Maandae saam met haar koshuis toe.

Vrees dat 'n vloerplank kraak, en Abel wakker raak. Vrees

om toiletpapier af te rol en die toilet te spoel, om 'n lig aan te sit. Vrees dat as sy hom wakker maak met die geringste geluid, hy haar in die toilet ook sal teister. In die spokerige koshuisgange kon sy nie sien of daar dalk 'n likkewaan is wat haar inwag nie.

Tot die einde van standerd vyf, voor Mama Thandeka te oud geword het vir die huiswerk, het Mama Thandeka haar matras teen die buitetoilet se muur in die son laat staan. Al is Mabel soos haar suster, was sy skaam. Toe steel sy die stuk plastiek wat haar ma oor die eetkamertafel sit wanneer sy materiaal knip, en vou dit oor haar matras. Dit het die matras drooggehou, maar sy het snags in 'n koue plas gelê.

Abel was slim. Hy het altyd opgedaag voor die nag oud word.

"Ek gaan jou oupa se piepotjie en 'n rol papier onder jou bed sit, Gertruida," het Mabel gesê. "As jy snags droom jy pie, moet jy jouself vinnig wakker maak, dan pie jy eerder in die pot. Skuif hom net onder die bed in, ek sal hom soggens leegmaak sonder dat iemand sien."

Daardie aand droom sy sy pie. Spring op; haar pajamabroek is droog. Trek die koue metaalpot uit en hurk. Die straal tref die bodem hoorbaar. Juis toe draai die deurknop. Sy kan nie afknyp nie. Dit spat oor haar voete.

Die potsittery was vir Abel só mooi. Siekmooi.

Twee keer daarná moes sy bo-oor sy hand in die pot pie. Toe begrawe sy die pot in 'n miershoop in die garingblaaikamp.

Die nuwe badkamer was net háre. Sy kon die voorreg smaak om nooit snags by haar kamer uit te gaan vir nagnood nie. 'n Vrypas om die brug moeiteloos oor te steek.

Die riviervinke begin raas.

Sal daar ooit 'n dag kom waarop sy van haarself sal hou?

Kry mens ooit die smet afgewas? Of skuur dit stadig af, lagie vir lagie?

Op skool het sy in biologie geleer die mens vervel elke dertig dae. 'n Vellagie is deursigtig dun. Hoeveel vellagies diep lê haar seer? Dom Gertruida, vir wie die kinders pouses die koggelrympie sing, tot sy wil moor: . . . *Jy kan my nie vang nie . . . Jy kan tog nie stry nie . . . dom Gertruida Strydom* . . . As sy hulle jaag, spat hulle uiteen en koggel op 'n afstand: *Jy kan my nie vang nie . . . sies, jy ruik na bokkoms . . . stink Gertruida Strydom . . .*

Snags eggo die tergende wysie in jou drome.

Sy skryf haar naam in die klam sand met 'n stokkie.

Ineens, vir die eerste keer sedert graad elf toe sy haar volle name moes gebruik om die sonnet vir Braham Fourie te skryf, wíl sy haar volle name skryf. Ouma Strydom se outydse spotname. Asof sy wil erkenning gee aan die volle sý.

G E R T R U I D A S U S A N N A H J A K O M I N A

Toe sy die strepie in die laaste A van Jakomina trek, vloei die woorde.

Sinne maak help dat ruitertyd minder pynloos verbygaan. Toe sy jonger was, het Tertia en Rita en Gerard en Dieter soms teruggekom uit die klowe, en haar help sinne bou. Maar dis lankal dat sy weet hulle was opmaakmense.

Konsentreer om geen verbode letter te gebruik nie.

Eendag gaan ek gesond raak. Doodvee. *Ek kán 'n toekoms hê.* Doodvee. *Miskien het ek die matras natgemaak uit oortuiging dat ek móét stink.* Doodvee.

Toe die son aan die bergrant vat, klap sy die growwe sand van haar oorpakbroek af. En stap huis toe.

Onder die kiepersol by die lusernland se hekkie staan 'n glasbottel lou swart koffie. Sy drink die helfte; bêre die res vir wanneer sy weer iets eet.

Die stoeptrappe lê soos rye haaitande voor haar. Die tang lê steeds op die onderste trap. Die oomblik toe sy buk om dit op te tel, breek die son bo die bergrant uit. En presies toe, met een hou van die tang, slaan sy 'n pot met hen-en-kuikens dat dit oopbars. Weer en weer. Die kleiskerwe vlieg. Sy hoor haarself gil dat die klowe eggo. Dônnerse pot wat Susarah geverf het! Dônnerse trap waar haar hel twee-en-twintig jaar gelede begin het! Sy besef nie die koffiebottel val uit haar hand en breek op die trap nie. Slaan tot net die bodem en grond vol wasagtige bolletjies oorbly. Dônnerse Abel Strydom wat haar menswees gesteel het! Stamp die wortelklos van die pilaar af, en skop dit tot op die grasperk.

Sy skree tot sy hoes. Die tang val uit haar hand. Sy hoor nie die vleipaddas en die voëls nie. Net die dreuning in haar kop.

*

Vanmôre het ek swaar opgestaan. Stywe litte. Is bitter as die oudheid jou beginte opeet. Mabel kla oor die nat hout en sê ons moet liewerster nie vandag vuurmaak in die huis nie, anderster ruik al die klere in die kaste na kaia. Sy sê ons hét mos 'n stoof. Maar ek sê ek wil 'n binnevuur hê. Ek sê nie vir haar dis oor ek na my mama verlang nie.

Toe die vuur brand, help sy my tot by die kombuistafel. "Ikhephu liyanyibilika, die sneeu smelt," sê ek ingedagte.

Sy bring my koffie. "Mama is deurmekaar. Dit het gister gereent, nie gesneeu nie."

"Ek praat van die sneeu in Gertruida se hart. Het jy gehoor hoe skreeu sy uit haar agterkeel toe die son uitkom?"

"Ek kommer oor haar, Mama. Sy sê sy skiet my as ek op die werf kom."

"Bly weg op die werf, Mabel, moenie loop skoor nie."

"Sy sê sy wil alleen wees om huis skoon te maak. Glo

stink dit na Abel en Susarah. Smaak my sy wil die lakengoed verbrand. Vaderland, ek wis nie aldag waffer kant toe met Gertruida nie."

"Jy sal sien, Gertruida gaan nog met die onderwyster trou. En 'n paar tjinnertjies kry ook."

"Mama se kop is wragtig aan die afgaan. Gertruida sal nooit man vat nie."

So drie jare terug kom Gertruida eendag hier met 'n sak uitjies. Sy sê haar ma sê ek moet slaphakskeentjies kook, en kyk dat OuPieta helfte kry.

"Is jy al liefgeraak vir die onderwyster, Gertruida?" vra ek aspris. Partykeers moet mens die woorde uit Gertruida trek.

"Ja, Mama Thandeka, ek is lief vir hom."

"Wat staan dan tussen julle twee en trou? Dan vat jy al jou goeters en loop bly by hom in sy dorpshuis. En julle kry tjinnertjies."

Sy sit botstil langes die houtkas. Draai haar hare om haar voorvinger tot dit soos varkstertjies lyk. Is haar manier as sy diep dink. Mens moet net wag, haar praat sal kom.

"Nee, Mama Thandeka," sê sy en draai nog 'n varkstertjie, "ek sal opgooi as 'n man my moet soen. Laat staan nog om kaal langs hom . . ."

"Gertruida, jy moet wegkom hierso van Kiepersolkloof af. Kry vir jou 'n werk op die dorp voordat . . ."

"As ek hulle doodskiet, moet Mabel nie vir die polisie wys waar's die kliphuis nie. Ek sal daar wees, en soos 'n bobbejaan in die berge lewe. Dis te sê as ek nie myself ook doodskiet nie."

"Jy moenie sulke goeters praat nie, Gertruida. Jy maak my hart ongerus."

"My ma het kondensmelk in die uiesak gesit om vir Pietertjie soet-uitjies te maak. Sala kahle, Mama Thandeka."

"Sala kahle, Gertruida."

"Ek loop skoor nie op die werf nie, ek spaai net. Ek het vir Gertruida 'n bottel koffie loop neersit. Maar ek gaan 'n brief skrywe om te sê enigiets in die tuin sal ék skoonmaak."

Mabel het 'n sawwe hart. Is net vir Abel dat sy minder oorhet as vir die vuilgoed voor 'n besem. Ook nie altyd só gewees nie. Is van die tyd dat Gertruida, seker was sy so agt jare oud, haar bloedrooi privaatjie vir Mabel gewys het en gesê het sy kry nie gepie nie, dit brand. Daardie tyd wil ek nog nie gehad het Mabel moet dié goeters weet nie, al was sy al veertien jare oud. Oordat dit lelike sake is. Ek was bang sy loop vertel dit by die skool, en netnou sê hulle sy skinder van 'n vername man en skop haar uit by die skool.

Slukkie koffie. "Mabel, daar's jare se kwaad in Gertruida. Haar geskreeu beteken die sneeu in haar hart beginte smelt. Dan sal sy beterder raak."

"Wil Mama mieliepap of oatspap hê?"

"Net 'n sny brood met van die heuningkoek wat Abel laastere week gebring het."

Dan kan ek die heuningkoek kou tot net 'n wasklontjie oorbly, en dit heeldag in my mond hou. Om te onthou van die soet wat Abel my besôre het. Bittertes ook.

"Vandag moet jy die hokhaantjie slag, sodat daar genoeg vleis vir Gertruida ook is. Jy moet agter haar kyk tot haar hardste skreeue uit is. Straks vat dit baie dae."

Doerie jare toe ek uitgeswel het met Mabel, het ek met Samuel gesien hoe kan die sneeu in 'n man se hart saampak. Waffer man se hart sal nié sneeu maak as sy vrou by 'n ander man lê nie? Op die kroon is dit 'n ryk wit man met 'n woord wat wet is.

"Jy hoort jou oë uit hulle kasse te skaam, Thandeka! Jy hoort gestenig te word, soos die slegte vrou in die Bybel. Rekent, om met 'n wit man op mý kooi te lê, wyl ek my skoene deurloop om sý beeste bymekaar te jaag?"

Lelik gewees om Samuel so kwaad te sien, en te weet ék

het dit oor hom gebring. "Is verby, Samuel. Ek en Abel het als uitgepraat op die bank onder die peperboom . . ."

"En die tjint wat gebore moet kom? En hoe sal ek weet wanneer kom kruip hy weer in my kooi in?"

"Dit was net die een keer, Samuel. En daar gaan nie nog 'n keer wees nie. Vat vandag my woord. Abel het gesê hy sal sôre vir alles wat die tjint in die lewe sal nodig . . ."

"Jirre, Thandeka, is so goed of jy't met jou eie seunstjint loop lê! "

"Ek wis dit, Samuel, en ek buig laag voor die Here."

"En Hy moet maar net vergewe? Waar was jou verstand, Thandeka? Hoe't jou kop gedink toe jy jou klere uittrek en op jou rug loop lê om . . .?"

"My kop het nie gedink nie, Samuel. Maar agterna het my kop beginte dink."

Hoe verduidelik mens 'n ding wat jyself nie verstaan nie?

Dit was daardie dag Missus Susarah se verjaarsdag, en sy't in Oos-Londen gesit. Mos die tyd toe sy weggeloop het met Anthonie en al haar soetkyste. Die agtermiddag is die ouman boerevergadering toe, en in sy allenigheid het Abel by my kombuistafel kom sit met bloedrooi oë.

"Ek mis haar en Anthonie, Mama Thandeka." Sware sug wat uit sy bors kom. "Ek vat sommer die geweer en gaan skiet my harsings weg agter in die garingblaaikamp."

"Moenie onnooslik wees nie, Abel. Gee tyd, sy sal weer terugkom."

Ek het die koffiesak uitgeskud by die trappies, en toe ek weer in die kombuis kom, sit hy en huil. Toe hou ek my mama-arms uit en druk hom teen my vas soos toe hy 'n kleine tjint was. Ek vrywe sy rug; hy sit sy kop teen my sagte tiete neer.

Is maklik om agterna die skuld op die duiwel te wil pak en te sê hy het vat gekry op ons. Maar die duiwel het niks daarmee te make gehad nie. Net onsselwers. En al sal ek dit nooit vir 'n ander mens sê nie, is daar in my agterkop die wens gewees om 'n tjint te hê. Want elkere mama soek 'n tjint.

Samuel se kwaad het sy hart koud gemaak vir my. Maar ek het my warm hand op hom gesit. Kort rukkietjies, totdat sy sneeu gesmelt het.

Niemand wis van mý sneeuhart nie. Baie nagte is ek buitentoe as Samuel al slaap, om voor iNkosi te buig. Want Hy't my Abel se mama gemaak. En 'n mama loop lê nie met haar tjint nie. Al was dit net een keer, maak nie saak nie. Is ewe verkeerd as Abel wat met Gertruida loop lê.

Tot vandag toe moet ek partykeers my sneeu wegskraap, want oudwees spaar jou nie uit van sneeu wat altyddeur terugkom nie. Hoe kan 'n vrou in een keer se lê vat? Wat as ek nié gevat het nie, en nooit vir Mabel gehad het nie? Sneeu wat saampak, dieselfde sneeu wat weer smelt. So werk dit maar.

Maar 'n vrou se sneeuhart is anderster as 'n man s'n, oordát sy 'n vrou is. Sy wag nie tot haar hele hart kliphard verys is nie. Sy smelt die sneeu bietjie-bietjie met haar vroutrane.

Straks sal Gertruida se kwaad beterder raak as sy haar vroutrane daaraan smeer. Groot ding is net dat sy nie 'n vrou wíl wees nie. Dra kakiebroeke en veterskoene; loop met 'n geweer rond en skiet ampers beterder as 'n man. Sy werk soos 'n man. Vloek soos 'n man. Dryf trekker en melk soos een. Mabel sê Gertruida het nie cutex of lipstiek nie. Nie een rok of skirt of onderrok in haar kas nie. Of 'n hoëhakskoen of sykous nie. En sy dra lelike ouvrou-panties.

iNkosi, wat het Abel sy meisietjint aangedoen?

Hoekom het hy nooit met my gepraat oor die ding met hom en sy meisietjint nie? Ons kon altyddeur oor allester praat. Behalwe die keer toe ons sonde gemaak het, was ek ál mama wat hy geken het. Maar oor Gertruida het ons gethula, want dis 'n sjuut-sjuut ding van die donker; 'n nagadder wat soos weerlig pik. Jy moenie kaalvoet in die donker loop nie. Dra jou skoene, laat hom slaap.

Buitendien, as ek uitrekent hoekom Abel nooit met my gekom praat het nie, sê my kop daar's dinge wat 'n man nie eens vir iNkosi vertel nie, laat staan nog vir sy mama. Die laastere een vir wie hy vertel, is vir homselwers. Is maar so met mans. Ons vrouens huil en vloek. Gooi koppies op die vloer. Slaan die pleister uit die muur uit met 'n stuk brandhout. Maar ons raak gou beterder, want die kwaad vrot nie in ons nie.

Mans maak anderster.

Hulle sluk die kwaad in, lepeltjie vir lepeltjie. Dan sak dit af tot by hulle man-spiese. En 'n spies vol kwaad is soos 'n hiëna wat enige vrot ding vreet. Daaroor dat die tronke volsit van mans. Die Bybel sê die slang het vir Eva gekom hinder en uitgetart. Ek sê daardie einste slang is vandag nog tussen ons; vasgegroei aan die man se ondermaag. My gevoelentheid sê as elkere man in die wêreld se slang afgekap word, sal daar vrede kom. Al moet iNkosi ons vrouens se lywe só skape dat ons toegroei aan onse onderkante, en in die ander tyd raak as ons 'n rivierpadda of 'n hommelby insluk. En al moet die bybie deur onse keelgate gebore kom.

Abel se gif was te veel vir sy maag.

Die tyd toe hy teruggekom het van sy vier jare in die army af, toe sien ek hier's grote fout aan't komme, want sy kop is snaaks. Wilde kyk in sy oë. Skrik as mens agter hom praat. Een aand kom sit OuPieta by my en Samuel langes die aandvuur. Hy sê toe Abel melk en die koei skop die emmer om, slaan Abel die koei met die vuis in die ribbes, laters kry hy glads seer vir die koei se part. Vloek die koei tot onder 'n vrou se rok in.

Daardie tyd toe loop kuier die ouman vir sy niggie in Hermanus se ouetehuis vir 'n week. Smaak my agter 'n ander ou vrou aan wat hom op die ou end nie wil gehê het nie.

Wyl hy weg is, loop Samuel berg-in op soek na 'n bees; in die garingblaaikamp, in die taaiboskamp, in die fonteinkamp. Anders sê die ouman die werksmense slag bees as hy sy rug draai. Samuel kry Abel in die lap besemgoed anderkant die vygieboskamp waar hy op 'n miershoop sit met 'n bottel brandewyn.

"Ek het wyd verbygehou, Thandeka," sê hy toe ons die aand sit en sterre kyk. "As 'n wit man alleen op 'n miershoop sit en dronk word, gaan die akkies spat."

Verre paaie wat my kop nou vat. Maar laat hy maar loop ondersoek wat ondersoek moet kom. Anders bly ek gepla.

Daardie tyd toe's hier nog baie werksmense. Elkere huis het 'n hoenderkampie en 'n vetmaakvark. Vroegmôre, voor die lusern verlep en die diere laat vrek van blousuur, loop sny die tjinners met sekels luserngerfies vir die hoenders en die paar melkkoeie. Dan ry die ouman hulle met die bakkie tot op Bosfontein, tot by Missus Magriet se skooltjie.

Jong juffrou gewees, daardie tyd. Slimme planne om gelerendheid in die tjinners se koppe in te kry. Leer hulle somme maak met perskepitte. Laat hulle prente verf met braamsap en oopgevryfde stuifmeel, dan gom hulle 'n raam rondom die prente met fyngekapte eierdoppe. Tot 'n netbalring opgesit sodat die tjinners pouses kan ophou baklei onder mekaar.

En die ouman het goed gekyk na sy mense. Vir elkere keer dat hy met die sambok onder iemand ingeklim het, het hy sy hand oopgehou ook. Werkskoene, overalls. Dit was nie soos nou se dae wat ons ampers al ons kosgoed op die dorp loop koop nie. Elke huis kry melk, en groente van die lande af. Lappies pampoene, uie, ertappels. Kool, tamaties, patats, skorsies. Wingerdtyd maak ons rosyne en skonfaan. Juis 'n skonfaanstokery wat gesôre het dat Abel latertyd die wingerd uitgekap het.

Goeie jare gewees. Altyd stemme en doenighede op die werf. Tjinners wat speel. Hakiesdrade vol bont wasgoeters. Aandvure. Vandag voel dit kompleet of ons met stilte en niksdoen geslaan is op Kiepersolkloof. Abel sê mos op vandag se beesplase is dit net die windpompe en die hane en die bulle wat hard werk.

Klokslag in daardie tye kom die kliniekkombi vir siektes, en om die tjinners te ent. Inspek almal vir omlope en kopluise. Bring glads bybiemelk en botteltiete. Mooi gekyk agter Pietertjie. Dan moet hy sing voor hulle sy skurftesalf gee. Baie liedjies wat Missus Susarah hom geleer het wyl hulle in die tuin werk. Latertyd het hy al begínte as die kliniekkombi oor die knop aankom. "Vaarjakop, vaarjakop, slaap jy nog? Alliebam, Alliebam oor die see . . ."

Maand vir maand kry elkere huis 'n slagskaap. Krismistyd slag die ouman 'n bees. So kom Samuel een slagaand leë hand huis toe. Hy't sy vleis weggegee, sê hy.

"Is jy mal om onse Krismisvleis te staan en weggee?"

"Ek sal nie die vleis kan eet nie, Thandeka," sê hy en gooi 'n wildepruimstompie op die vuur. "As ek nie gewis het Abel kán bees slag nie, sal ek gesê het dis 'n man wat nog nooit geslag het nie. Sny links en regs, smaak of hy die bees wil opkerwe."

Een vroegaand bring Abel 'n sakkie nartjies. Samuel is nog by die melkery, besig met die sepperyter. Abel sê sy pa is kerksraadsvergadering toe. Ek ruik brandewyn aan sy asem, en smeer roosterkoek met nastergalkonfyt vir as sy maag straks leeg is.

"Abel," vra ek, "wat druk op jou hart? En vir wat slaan jy die koei met die vuis?"

Hy dink té lank. "Dis die army en die bliksemse terroriste wat my in my moer in het. Viér jaar op die Grens is nie vir sissies nie."

Ek raak vandag nog siek op my maag oor wat ek als daardie aand aangehoor het. Army-goeters. Laters is Samuel terug van die melkery. Hy vertel vir Samuel hy was 'n recce. Eers verstaan ek nie waffer soort rekkie hy van praat nie, maar hy verduidelik dis die manne wat in die oorlog voor loop en pad skoonmaak vir die ander army-manne.

"Ek spring met 'n valskerm uit 'n helikopter," sê hy, "enige plek in die bosse. Dan moet ek spaai op die terroriste, alles uitkyk en afluister. Bedags slaap ek sodat hulle my nie gewaar nie. Snags bekruip ek hulle, en snags is my hardlooptyd. Want oor twee of drie weke, moet ek by my eie soldate uitkom met nuus oor die terroriste se planne."

Abel eet saam met my en Samuel van onse mielierys en safgestoofde skaaplewer.

"Ek het my baie kere bekak van vrees." Hy kyk heen en weer tussen my en Samuel, ampers of hy wil sién ons glo hom. "Baie recces bekak hulle van vrees. Dan trek ek my broek uit en hardloop kaal, want as die slapstront aan my broek hard raak, skuur my beenwaaie en hakskene vol blase."

"Abel, jy liég mos nou," sê Samuel.

Abel los sy bord kos en sê hy gaan gou iets by die huis haal, hy kom nou. Wyl hy weg is, sit ek en Samuel stom na mekaar en kyk by die vuur. Abel kom terug met die flits en 'n foto.

"Kyk," sê hy en lig op die foto, "hoeveel terroriste het ons op een dag geskiet."

My hart wil stop. 'n Hele bolling swart mense wat op 'n hoop gegooi is. Abel se soldaatmaters staan met hulle regtervoete op die bolling, soos of hulle op die bolling wil trap. En langesaan die bondel staan Abel met 'n dik boomstok wat hy in die lug hou, en bo-op die stok is 'n afgesnyde kop.

Ek kry nie die sawwe skaaplewer ingesluk nie.

"Hier," en Abel haal 'n plastieke sakkie uit sy sak, "is die ore wat ons daardie dag afgesny het. Ons sê vir hulle: Julle hét mos nie ore nie . . ."

"Jirretjie, Abel," en Samuel skuiwe sy bord ook weg. "Dit lyk soos pruimedante. Is dit mens-ore?"

"Nee, nie mens-ore nie; terroris-ore. Dis my keepsakes. My ander keepsake is 'n R1-patroondoppie." Recces is amper soos dissipels, vertel hy. Net die taaistes en sterkstes en slimstes word uitgekies. "Eendag, juis toe ek kaalgat is, sterf ek amper van die dors in die helse hitte. Ek soek 'n waterplek . . ."

Dis skoon of Abel uit homself uit verdwyn wyl hy vertel. Dofte in sy oë. Sy hande bewe. Toe hy nader kom aan die rivierloop, sit daar 'n terroris in die middel van die droë bedding, besig om te grawe vir syferwater. Die terroris wis nie hy word bekruip nie. Abel loop omtrents tot teenaan hom.

"Ek hou die geweerloop 'n duim van sy kop af. Moerskont, sis ek, vandag skiet ek jou fokken harsings tot in die hel."

"Abel," Samuel se stem draai hoog, "moenie vir my sê jy't hom . . ."

"Oorlog is nie cowboys en crooks nie. Een van ons se harsings sou gewaai het. Nie mýne nie. Ek is 'n recce, Samuel, en recces is recces omdát hulle nie bang is om die sneller te trek nie." Hy trek die bord lewer nader en eet asof hy nie 'n naarte het nie. "Hy wou nog pleit, toe skiet ek die boonste helfte van sy kop weg. Ek het hom net daar op die rivierbedding laat lê en die patroondoppie gehou vir 'n keepsake. Sy ore is ook in die sakkie . . ."

Lank ná Abel weg is, die ouman was al terug van die dorp af, sit ek nog buite. Ek onthou hoe Abel se oë in die vuurlig geblink het toe hy sê van sy pa wat so trots is dat 'n recce die leisels vashou op Kiepersolkloof.

Moet mens dan 'n man se bo-kop wegskiet en 'n sak ore hê om in tel te wees by jou papa?

Skade op skade.

En Gertruidatjie moes die rekening gebetaal het.

Die wasklontjie van die heuningkoek is soos gebreide klei in my mond.

Is kompleet of ek Abel nou nog lusernland langes sien aankom met die enemmel-emmer vol heuningkoeke. "Hier's winterheuning, Mama Thandeka," hoor ek sy stem. "Effe wild, want die veld is droog en die bye suig enige blom uit."

Hy't skeweskouer gestaan met die sware emmer, en daar't 'n jammerte oor my gekom. Hy had 'n goeie hart, al was daar baie kamers vol vrot velle daarbinne. Ons almal se harte het maar sulke vrot velle.

Is beterder dat hy afgesterf is, want al het hy gelewe tot by honderd jare, sou niks geverander het nie. As mens droë ore en 'n patroondoppie bêre, wis jy nie die sterkte van jou eie gif nie. Met dié dat hy Oorkant toe is, is daar vir Gertruida 'n kans dat die sneeu in haar hart sal smelt.

*

Haar keel is rou van die woede-uitbarsting.

Sy was nog nooit iemand vir skree en hard praat nie. Om te fluister, stom te speel, is een van haar wentaktieke. Bly eenkant, hou jou dom. Dit bring die minste pyn.

In standerd vier stuur die onderwyser haar na die skoolsekretaresse toe met 'n klasregister. Sy hoor die sekretaresse praat in die hoof se kantoor. Sy wag. En sien die pak koeverte met die skoolwapen op die toonbank. Gryp, knyp tussen haar bene vas. Sit die klasregister neer en gee pad voor die sekretaresse terugkom. Van toe af kon sy briewe wat huis toe gestuur word, oopmaak en lees. Skryf die inhoud oor, sodat sy die moeilike woorde kan opsoek. Sit die brief in 'n gesteelde skoolkoevert en gee dit vir haar ma.

Gertruida ondervind 'n probleem met verbale kommunikasie. Gertruida onttrek haar van sosiale interaksie. Sy skyn onbewus te wees dat 'n respons van haar verwag word.

Gertruida reageer apaties op opdragte, en andersyds aggressief. Sy toon disrespek vir die bestaan van grense. Gertruida dagdroom in die klas. Gertruida se spangees moet ontwikkel word; sy is onwillig om deel te neem aan netbal. Haar Junie-eksamenuitslae is kommerwekkend. Sy moet onverwyld sielkundige terapie ontvang, want vermoedelik ly sy aan aandaggebreksindroom.

Soms het sy geskrik oor hoe naby hulle aan die waarheid kom. Verdedig haar teen niemand nie; rol haar stywer op. Krimpvarkie.

Laat hulle dink en raai wat hulle wil.

Die son het losgekom van die bergrant. Die telefoon lui en lui.

Sy moet ingaan, daar is dinge wat moet klaarkom. Maar nog één keer, voor sy ingaan, wil sy teruggaan na die dag toe alles begin het. Dit in haar geheue deurblaai en herdink. Dalk onthou sy verkeerd? Dalk maak sy regtig prentjies op soos Susarah altyd beweer het?

Dis raserig in Die Koffiekan. Braham skeur twee suikersakkies oop, gooi dit in haar tee. Sy keer toe hy die melkpotjie optel.

"Skuus, ek het vergeet jy drink nie melk nie."

"Braham, hoe leer mens om iets te vergeet?"

Hy roer sy koffie. "Mens vergeet nooit, Gertruida, die brein is 'n spons. Mens kan minder intens en met langer tussenposes onthou, ja. Maar vergeet is onmoontlik."

Die tyd toe sy by tannie Lyla weggekruip het, het die sielkundige ook so gesê. Partykeer wens sy sy het liewer nooit na die sielkundige toe gegaan nie. Soms is dit beter om nié te verstaan nie. En tog, as sy kon oorkies, sou sy weer gaan.

"Ek het soveel dinge vergeet. Hoe het my vyfde of tiende verjaarsdagkoek gelyk? Watter speelklere en speelgoed het ek as kind . . .?"

"Dis selektiewe geheue. Ons almal ly daaraan, nie net jy nie."

"Kan mens selektiewe geheueverlies ook hê?"

"Ja, dis 'n soort beskermingsmeganisme."

"Teen wat?"

"Pyn. Skuldgevoelens. Verlies. Gruwelikhede. Die lys is eindeloos."

"Is dit waarskynlik dat 'n mens mooi herinneringe sal verdraai om lelik te wees?"

Die kelnerin sit sy kaaskoek en haar kolwyntjies neer.

"Ek is nie 'n sielkundige nie, Gertruida, maar ek glo die mens hou instinktief vas aan wat mooi is." Sy kyk weg toe hy die kaaskoek in sy mond sit. "Ek het nog nooit gehoor van iemand wat terapie kry omdat hy mooi herinneringe het nie. Hoekom vra jy? Wat wil jy vergeet, of dalk wil jy juis iets onthou?"

Dis háár eiendom. "Niks spesifiek nie, ek vra sommer." Wag tot sy kaaskoek opgeëet is. "Kan ek jou 'n groot guns vra, Braham?"

"Jy vra so min gunste, Gertruida, dat jy my tien grotes kan vra."

"Moet asseblief nie kaaskoek bestel as ek by is nie. Net om daarna te kyk, maak my naar." Sê iets, voor hy vra hoekom. "Toe ek klein was, het ek my daaraan ooreet."

"Ooreenkoms. Ek wil ook iets vra . . . Mag ek my hand vir twintig sekondes op joune neersit sonder dat jy kriewel?"

Skuif haar plat hand oor die tafel na hom. Op die vyftiende telling sit sy haar ander hand bo-op syne. Stryk met haar duim oor die donker haartjies op die rug van sy hand. Toe trek sy haar hande weg. En groet voordat sy begin huil oor alles wat sy nooit sal kan vergeet nie.

Omdat sy op Nuwejaarsdag verjaar, kan sy nie onthou of sy die rooi driewiel met die geel handvatsels vir Kersfees of vir haar vierde verjaarsdag gekry het nie.

Dit was 'n koue dag.

Sy het vir Mama Thandeka gesê sy wil haar rooi ferweelbroek en geel trui aantrek om te pas by haar rooi-en-geel driewiel. Toe kook Mama Thandeka vir haar 'n sagte eier en sit dit in 'n rooi eierkelkie. Kleinbordjie met repies toast om in die eiergeel te doop.

"Isinye, isibini, isithathu, isine, isihlanu, isithandathu," het Mama Thandeka haar leer tel terwyl sy die ses repies sny. "Nog net drie maande, dan's jy vyf jare oud. Kyk," en Mama Thandeka het haar vingers een vir een opgesteek. "Isinye, isibini, isithathu, isine, isihlanu . . ."

"Hoe lank is drie maande?"

"Daar moet nog drie volmane kom, dan is drie maande verby."

"Gaan dit môre weer bloumaan wees, Mama Thandeka?"

"Nee, bloumaan was in Juliemaand gewees. Is lank voor daar weer . . ."

"Ek het self gesien hy was nie blou nie. Kry mens rooimaan en persmaan ook?"

"Nee, net donkermaan en kwartmaan en halfmaan."

Mama Thandeka het haar handjies met die natlap afgevee en gesê sy is 'n soete kind wat haar hele eier en al ses stukkies toast opgeëet het.

"Hoe sê mens 'eier' in jou taal, Mama Thandeka?"

"Iqanda."

"Wys my hoe kry jy jou tong om so te klap, toe?"

Mama Thandeka het gebuk. "Kyk bietjie, Gertruida, sit die punt van jou tong teen jou voorverhemelte, agter jou tande, so . . ."

Sy het in Mama Thandeka se mond ingekyk en vir die eerste keer gesien swart mense se monde is pienk aan die binnekant.

"Trek jy jou tong vinnig agtertoe, soos of jy jou tong terugsuig. Probeer . . ."

Hulle het gelag en "iqanda" oor en oor gesê.

Al was dit koud en nat, was dit 'n rooi-en-geel dag.

"Loop speel met jou poppe in jou kamer. Ek moet uie skil vir dinnertyd, jou oë gaan brand. Netnoumaar sal ek vir jou koffie bring in jou rooi beker." Mama Thandeka het die uie op die wasbak neergesit. "Jy moet jou poppe was en hulle klere regpak, want is net isine slapies," sy het vier vingers gewys, "dan kom jou mama huis toe."

Sy wou in die kombuis bly. Die stoof was warm en dis mooi as Mama Thandeka sing terwyl sy kook. Dis lekker as sy praat van maande en halfmaan en Juliemaand. En die verhemelte-woorde was soos Krimisklappers, só mooi. Sy was nie lus vir popspeel nie; wou eerder speel in haar boomhuis met die touleer wat haar pa in die sederboom gebou het. Daar is koppies en 'n teepot; gordyne wat haar ma gemaak het. Vatlappies, potte, panne. Dan is sy 'n VLV-mevrou. Party dae speel sy die tuin is haar winkel, dan pluk sy blare en blomme om speel-speel aspersietert en roomhorinkies te maak vir die tennis.

Of sy speel kerk-kerk met die blou klokkieblomme. Mabel sê dis die kerkklokke van die feetjies en elfies; mens noem dit koppie-en-piering-klokkies. Dan speel sy dis regte koppies en pierings, en skink vir die elfies en feetjies Nagmaaltee.

Maar sy kon nie buite speel nie, want dit het gereën.

Toe wens sy Anthonie was nie dood nie, dan kon sy deur sy skoolboeke blaai. Of lang woorde uitdink wat hy in sy woordeboek moet opsoek. Piesangbrood. Stokkielekker. Tennisbal. Hoenderhok. Vuurvliegie. Sy hou van lang woorde. Wanneer hy die woord kry, moes hy wýs hoe lyk die lettertjies.

"Anthonie, hoe weet jy daar staan 'pampoenkoekies'?"

"Ek kan mos lees." Dan druk hy sy potlood onder die lettertjies en sê: "Pam-poen-koe-kies. As jy oor twee of drie jaar grootskool toe gaan . . ."

"Ek wil sommer môre grootskool toe gaan."

"Jy mag eers as jy ses is."

Hy het steeds sy vinger onder "pampoenkoekies" gehou. "Leer my nóú, toe, Anthonie?"

"Nee, dit vat lank. Kom ek wys jou eerder hoe skryf mens jou naam."

Behalwe die kolgansies wat agter die ma-gans aanswem, was dit die mooiste iets wat sy nog gesien het. Háár naam. 'n Toor-iets.

G E R T R U I D A.

"Wys elke liewe lettertjie met jou potlood, Anthonie, toe?"

Sy het met die papier onder haar kussing geslaap. Boomhuis toe gevat. Die letters vir Bamba gelees; vir die duifie wat in die suurlemoenboom broei. Mama Thandeka het haar hande oor haar mond geslaan.

"Jitte, Gertruida, jy's 'n slimme tjint." Mama Thandeka het 'n bossie groenbone bymekaargevat. "Lyk my jy trek op jou mama wat so lief is vir blokkiesraaisels."

Eendag sit sy onder die tafel in die ontbythoekie met die naampapier. 'n Mens se oë raak gou gewoond aan die skemer. Sy oefen haar naamletters met haar potloodkryte op die tikpapiere wat sy by haar pa in sy kantoor gekry het. Toe hoor sy haar ma sê vir Mama Thandeka: "Gertruida praat my mal. Partykeer is ek lus en plak haar mond toe met pleister. Maar sy's so liefdevol, so sonder nukke en fieterjasies . . ."

Saans as storieleestyd verby is, vra sy vir haar ma wat beteken grootmenswoorde soos "fieterjasies" en "hartstogtelik" en "nukke" en "slenterslae" en "histerektomie" en "uterus". Dan druk haar ma haar vas en sê sy is te skatlik vir woorde. Dan vra sy wat beteken "skatlik".

Anthonie móét dood wees, vir altyd, want hy kom nie

naweke van die koshuis af nie. Sy skooltas en woordeboek is weg uit sy kamer. En haar ma huil elke dag. Sy sit nooit meer by die eetkamertafel met haar blokkiesraaisels nie. As sy oor vier slapies huis toe kom van die VLV-kongres in Kaapstad, gaan sy wéér op die bed lê en huil. Maak nie saak hoe lank haar pa by haar op die bed sit en haar rug vryf nie, sy huil net aan en aan. Al gee hy vir haar tee of malvalekkers, sy hou nie op nie.

Sy onthou sy kon die reën op die dak hoor terwyl sy die poppe op die mat neerlê. Mama Thandeka het haar rooi koffiebekertjie op die mat neergesit.

Volgende wat sy onthou, is dat sy tussen haar pa en Mama Thandeka in die bakkie sit. Sy kyk hoe die ruitveërs die druppels wegvee. Hulle laai Mama Thandeka af en sy hardloop in die reën by haar huis in.

Volgende sien sy haar pa loop in die reën met sy waterstewels aan kraal toe. Solank hy melk, ry sy met haar driewiel op die stoep.

Kaapstad is om die draai aan die verste punt van die stoep, waar die houtvaatjie vol geel en oranje kappertjies voor haar kamervenster staan. Haar ma sê kappertjies is 'n tuin se soldaatjies. “Die ronde blaartjie is die soldaat se skild, en die blommetjie is sy helmet, nes die soldate in die Kinderbybel. Mamma plant dit in die vaatjie voor jou venster, dan is dit jóú soldaatjies.”

Die VLV-kongres is in Kaapstad. Sy ry ver Kaapstad toe om vir haar ma te sê Anthonie lewe weer en hy sê hy is honger. Haar ma sê sy moet vir Anthonie van die appelliefietert in die yskas sny.

In die middel, reg by die trap, is Hermanus waar Oupa Strydom in die ouetehuis by die see gebly het. Oupa Strydom is ook dood. Sy weet nie wanneer nie, en sy kan nie onthou hoe hy gelyk het nie. Lank terug het hy hier op

Kiepersolkloof in die kamer gebly waar die muskeljaatkatvelletjie lê. Sy twaksak en pyp en jig-armband en valstande is nog by die ouetehuis op Hermanus. Sy wil dit gaan haal en sommer vir die oupas en oumas 'n klomp sakkies aartappels saamneem. Want omdat hulle valstande het, eet hulle baie mash potatoes.

Die hemel is by die ander punt van die stoep, waar die tuintafel staan wat haar ma met 'n blokkiesraaisel gewen het. Anthonie is 'n seuntjie-engel en sy neem sy emmertjie en grafie vir hom waar hy by 'n silwer rivier op die silwer sand speel. Toe gryp Jesus sy staf en spring van sy troon af en raas met haar omdat sy by die hemel se hek ingekom het voordat sy doodgegaan het. Die doringkroon om sy kop maak haar bang.

Sy jaag báie vinnig Kaapstad toe om by haar ma weg te kruip. Toe sy op haar vinnigste by Hermanus verbyry, kyk sy om of Jesus haar jaag. Toe maak sy 'n ongeluk en ry met haar driewiel by die trap af.

Haar lip bloei en haar handpalms en knieë is stukkend. Seerste van alles is haar pietermuis wat by elke trap teen die rooi pyp van die driewiel stamp. Só seer, sy dink dis gebreek of gebars. Haar asem is weg. Toe kom haar asem weer terug. Die bloed aan haar vingers moet by haar pietermuis uitkom, want haar pietermuis is seerder as haar lip.

Deur die trane sien sy haar pa aangehardloop kom. Hy roep: "Pappa kom, Truia!" Die water spat onder sy stewels. Hy tel haar op, druk haar kop teen sy skouer. "Toemaar, Pappa gaan salf smeer. Sjuut . . ."

In die somer aan die einde van die jaar ná haar matriekjaar, sit sy en Braham in Die Koffiekan. Die Kersversierings irriteer haar. Kwakers vier nie Kersfees nie. Die eintlike waarheid is dat sy begeer om Kersfees te vier. 'n Boom, presente, die reuk van rose in die kerk, om saam met die gemeente

"Die Heiland is gebore" te sing. Om te hoor hoe iemand vir haar sê: geseënde Kersfees, Gertruida, en 'n voorspoedige nuwe jaar.

Solank niemand weet sy begeer dit nie.

"Gaan Sondagaand saam met my Kerssangdiens toe, Gertruida?"

"Nie al sleep jy my nie. Ek wou nie eens op skool CSV toe gaan nie, jy onthou mos."

Hy lag. "Ag, toe, al is dit net vir die betowering. Een van die matrieks gaan ''n Kersnaglegende' van Leipoldt voordra."

Op die ou end is sy saam. As sy geweet het haar pa is Josef van Nasaret in die Kersspel, en hoe die poësievoordrag haar sou ontstel, sou sy nie gegaan het nie.

Op Kersnag, as die noorderligte
Die Noordpoolys met silwer spoel,
Klim Judas uit die hel se hitte
Om op die ysveld af te koel.

Haar pa het op die badrand gesit met haar op sy been. Sy het 'n groot pie gekry toe hy die kraan oopdraai.

"Kom, Truia, Pappa spoel die bloed van jou handjies af."

"Ek wil pie, maar my pietermuis het gebreek . . ."

Die water was soos 'n rooibytjie wat haar palm steek. "Help my met . . ."

"Toemaar, Pappa gaan jou lip skoonmaak met 'n wattetjie. Sjuut . . ."

Dit was haar pa. Haar groot, sterk pa.

Hy kon 'n koedoe met die .303 in die kop skiet. 'n Ram aan sy horings sleep tot by die slagplek. Met een tree oor 'n miershoop spring. Haar hoog in die lug gooi en weer vang sonder dat sy bang is vir val. Hy kan 'n boomhuis bou, en deur 'n vol rivier swem.

Hy sal weet watter salf sal help vir die pyn.

Hy het haar badwater ingetap en gesê sy moet hom roep as sy afgedroog is en haar pajamas aanhet. Dan sal hy 'n storie kom lees. Sy het haar nie gewas nie; net in die bad gesit, want sy was bang die seep brand haar stukkende knieë. Uitgeklim en die handdoek om haar gedraai, want sy het koud gekry. Toe sit sy op die bed en wag tot sy dink sy is droog, en roep haar pa.

Sy was nie skaam toe hy haar pajamas aantrek nie. Nou nog sien sy die persblou ink van die wolbaal-stensil aan sy duim terwyl hy haar pajamahemp toeknoop.

"Huis, paleis, pondok, varkhok," sê hy die knopies se name. "Sê saam met Pappa vir die laaste twee knope. Huis, paleis . . . Sien, jy gaan eendag in 'n paleis bly, só sê die knope!"

Hy sê sy moet op die bed se rand sit en haar voet deur die broekspyp steek.

"Ek kan nie, dis te seer." Haar huil het weer begin. Haar stukkende lip het snaaks gepraat. "Dis Jesus se skuld dat my pietermuis . . ."

"Toemaar, oor vier slapies kom Mamma. Jy en sy en Mabel gaan sneeuklokkies pluk en jakobregoppies saai vir . . ."

Haar huil het groter en groter geword, tot haar bors gehyg het.

"Lê agteroor op die bed, Truia, dat Pappa kyk . . ."

Sou dit anders uitgewerk het as haar ma nie by die VLV-kongres was nie? Of as sy nie in 'n verbeeldingsvlug geglo het Jesus jaag haar nie? Of as sy nooit die driewiel gekry het nie? Of as dit nie gereën het nie, en sy kon in die boomhuis speel?

Kan 'n mens se lewe in een sekonde, toe jy omkyk by Hermanus, op 'n mespunt draai en stadigaan vergaan? Kan een sekonde vir twee-en-twintig jaar aanhou? Kan 'n mens so afgetakel raak dat jy harteloos op 'n wildekastaiingblom trap?

Ja. Sy kan daarvan getuig.

Haar pa het die Vaseline in die medisynelaai gaan haal. "Lê stil, dan vertel Pappa vir jou die Drie Beertjies terwyl ek die Vaseline aansmeer."

Toe kom lê hy langs haar waar sy dwars op die bed lê.

"Eendag was daar 'n dogtertjie met goue krulhare. Haar naam was Gouelokkies. Sy het in die bos verdwaal en kon nie haar huis kry nie . . ." Met sy regterhand het hy die Vaseline aangesmeer. Dit het gehelp. " . . . geklop en geklop, maar daar was niemand tuis nie . . ." Hy het gesmeer tot haar snikke weggaan. " . . . Die pap was te sout . . ."

Toe hy van die bababeertjie se papbord vertel, het dit gevoel of daar miere oor haar blaas en liesies loop. Hulle byt haar nie; sy voel net die kielie van hulle pootjies. Sy bewe sonder om koud te kry.

". . . die mammabeer se bed was te sag . . ."

Haar pa het seker die skroewedraaier in sy broeksak vergeet, want hy wikkel die handvatsel teen haar heup. Dis seer. Haar pietermuis brand; dis anders as gewone brand.

Hy vryf vinnig, al in die rondte.

". . . die pappabeer grom vir Gouelokkies: jou stoute dogtertjie, wat soek jy . . ."

Die skroewedraaier stamp teen haar heup. Haar blaas ruk op 'n bondel en haar bene skop reguit. Dit voel of sy deur haar voetsole pie.

"Fluit-fluit, my storie is uit . . ."

Agterna kon sy nie onthou hoe sy onder die duvet gekom het, en of hy haar naggesoen het nie. Want sy was lam van moegheid.

Van toe af hardloop Gouelokkies nog onophoudelik deur die donker bos.

Rigtingloos. Kofferloos. Skoenloos.

'n Vermoeiende reis. Een ligpuntjie van die reis is dat sy klein was. En nie besef het Abel is groot nie.

En iewers in Abel se grootmensverstand het hy vergeet sy is klein.

Sy druk die kiaatdeur oop, stap gangaf kombuis toe. Op die tafel lê 'n kruidenierslys en pen. Filodeeg. Kruisementjellie. Karwysaad. Rogbrood. Kersietamaties. Bloukaas.

Susarah het dit seker uit verjaagdheid vergeet. Ou ding van Abel om Sondagoggende voor kerk beneuk en bars te wees.

Aan die punt van die tafel staan 'n halwe beker geskifte koffie; bo-op dryf 'n mot. Abel se sandkleurige beker. Sy was nog in die laerskool toe sy dit by die pottebakker op die dorp bestel het vir sy verjaarsdag. *Umfama, baas van die plaas,* staan in donkerblou sierletters daarop geskryf.

Waarom mag niemand uit sý beker drink nie? Waarom het hy gesê as sy umfama-beker breek, sal sy hart ook breek? Waarom het hy op 'n ander keer voor die kuiermense gesê háár beker drink die lekkerste, want die oor is groot genoeg vir twee vingers? Het hy haar op twee maniere liefgehad? Het hy haar hoegenaamd liefgehad?

Om te dink, sy laaste beker koffie het hy nie klaar gedrink nie. Boonop het die umfama nooit by die Nagmaal uitgekom nie.

Sy trek 'n stoel uit; sit en staar na die mot. Waarom moet sý die skifsel skoonmaak? Is sy ook 'n mot wat in sy skifsel versuip het? Die letters van haar volle name spring uit die motvlerke tot in haar kop. Sy trek die kruidenierslys en pen nader, skryf op die agterkant.

Mens moet jou ouers eer. Hoekom moet 'n kind haar ouers eer, maar haar ouers eer haar nie? Die ruiter se naam is Kaïn. Hoekom moet ék dra aan Adam se sondes?

Hou op. Hou op.

Frommel die papier op, druk dit bo-op die mot in die koffie. Die koffie spat op die tafel. Vee haar vingers aan haar oorpakbroek af, vat die beker en loop stoep toe. Skiet die koffie en die mot en die papier uit op die donkerpers klokke van Susarah se foksiaplant. Kap die beker stukkend teen die rand van die stoepmuur en gooi die oor, waardeur Abel twee vingers kon steek, langs die vernielde hen-en-kuiken.

Terug in die kombuis kyk sy op die rooi horlosie bokant die yskas. Dis twintig oor agt. Waar moet sy begin? Sommer in die rooi-wit-en-groen kombuis.

Susarah was die eerste vrou in die distrik wat 'n kombuis met marmeroppervlakke gekry het. Wit marmer. Van gordyne tot tafelmatjies tot 'n soplepelsteel, is rooi, wit of groen.

Eendag, sy was nog in die speelskooltjie by Tannie Martie, en Anthonie het nog gelewe, sit sy en kyk hoe prik haar ma waatlemoenskille vir kompetisie-konfyt, en sy vra die raaisel wat sy by Anthonie geleer het.

So groen soos gras, soos wit soos was, so rooi soos bloed, so suikersoet.

"Ek dink ek weet . . . Dis 'n waatlemoen!"

"Issie, dis 'n waatlemoenkombuis!"

Laggend knyp haar ma haar wang en maak of sy haar met die priknaald wil steek. "Ek sê jou wat, kom ons noem dit 'n waatlemoenkombuis. Want nou lyk dit vir Mamma ook na 'n waatlemoen."

Ná Anthonie dood is, het haar ma heeldag op die bed lê en huil. Toe wil sy haar ma laat ophou huil, en sy gaan lê by haar ma en vra dieselfde raaisel weer.

"Ek is nie lus vir raaisels nie," sê haar ma toeneus, "dis 'n waatlemoen, of 'n waatlemoenkombuis."

"Issie, dis die dood! Raai hoekom?"

Haar ma snuif. "Ag, Gertruida, gaan speel, my kop is seer."

"Dis omdat Anthonie 'n groen Springbokpet vir sy verjaarsdag gekry het, en sy vel was wit, en sy bloed was rooi, en hy's suikersoet by Jesus in die hemel."

Sy kon nie dink hoekom haar ma so huil oor 'n speel-speel raaisel nie.

Die aand toe haar pa gaan melk, sê hy sy moet saamloop en haar rooi bekertjie bring, dan kan sy van die lou melk kry. Dit was toe sy nog van melk gehou het en voor haar ma Kaapstad toe is vir die VLV-kongres. Terwyl haar pa melk, sê hy sy moenie van Anthonie praat nie, dit maak haar ma hartseer. Eers as Kersfees verby is, mag sy van Anthonie praat.

Van daardie dag af het sy opgehou om haar ma se huil te probeer stop, want sy het nie geweet hoe lank voor dit Kersfees is nie, en sy was bang sy sê speel-speel iets van Anthonie wat haar ma nóg hartseerder maak.

Voor sy in die kombuis begin, wil sy stort.

Dinsdag by die bergpoel kon sy haar nie skoon was nie. Die seepsplinter op die poelklip was klein; die poelwater ysig.

Het Abel gestort voor kerk? Is iets van háár saam met hom graf toe? Hoe was die lykbesorgers 'n lyk? Is dit waar dat die brein tydens 'n lykskouing uitgehaal word, en te groot opswel om teruggesit te word? Gooi dit sommer in die maagholte, en begrawe jou met 'n leë skedel?

Is Abel en Susarah breinloos hel toe?

Sy wíl nie aan sulke bisarre goed dink nie.

Sy stoot haar kamerdeur stadig oop, asof sy bang is Abel sit op die bed. En waar sy in die deur staan, slaan die stank van braaksel teen haar vas.

Die Saterdag voor hulle dood was daar nie tennis nie. Die tennisklub het 'n ligawedstryd op 'n buurdorp gespeel, en op ligadae rus Kiepersolkloof se bane en Susarah se oonde. Voor middagete het Abel die brandewyn uitgehaal. Ervaring het haar geleer hier kom 'n dag en nag uit die hellepoorte. Nie net vir haar nie, vir haar ma ook.

Op brandewyndae was Susarah nie vir haar Susarah nie, dan was dit haar ma. Net so jammer as wat sy haar ma kry as Abel haar in sy dronkenskap verneder, so trots was sy soms op haar ma. As hy dronk is, is ál tyd wanneer haar ma opstaan teen hom. Dis nie asof hy gereeld dronk was nie. Haar ma het min kanse tot vergelding gehad.

Saterdag aan die middagetetafel het die brandewyn ingeskop en hy het die geveg afgeskop. Eers oor hoe hy moederloos grootgeword het en sy lewe lank 'n godskreiende behoefte aan liefde beleef. Verskuif na Oupa Strydom. Hoe trots sy pa was dat sy seun 'n recce is. Hoe Susarah sy pa van die plaas weggewerk en in 'n ouetehuis op Hermanus laat doodgaan het. Hoedat sy gedurigdeur 'n wig tussen hulle ingedryf het.

Hy het met sy meshef op die tafel gekap. "Jy, Susarah, jý is die een wat my pa . . ."

"Nee, Abel, dis jý wat sy plek in die ouetehuis bespreek het. Jý't jou kop daarop gesit dat hy weer sou trou! Jý't hom soontoe karwei, nie ek nie!"

"Dit lieg jy, Susarah . . ."

"As jy hom so graag hier wou hê, hoekom is hy weg?"

"Dis omdat jy alewig gekerm het oor die pispot in sy kamer en oor sy vieslike tafelmaniere . . ."

Koffietyd het haar ma begin verwyte slinger oor Anthonie se dood.

Sy het op haar bed sit en lees, onbetrokke, want sy ken elke nuanse van elke geveg. Teen sewe-uur het Abel die halfmaantafel in die gang omgeloop. Familiebybel, besoekersboek en die portret van Oupa Strydom dawer op die plankvloer. Hy tel dit op en slof verby haar kamerdeur met die portret teen sy bors vasgedruk. Grommel iets van geswelde voete en ópgewerk wees vir sy ondankbare familie.

"Kom sit op die Morrisstoel in die kombuis," sê haar ma

oorsoet, "dan masseer ek jou voete. Jy verdien dit. Waar sou ons vandag gewees het sonder jou?"

Wanneer haar ma sulke bisarre dinge met hom aanvang, het sy geglo haar ma kan ook uit haarself weggaan en iemand anders word. Dalk verander sy in Hansie en Grietjie se heks, of die wolf wat die sewe bokkies opvreet.

Sy is kombuis toe vir koffie. Abel het driekwart aan die slaap op die Morrisstoel gesitlê; portret op sy bors; voete op 'n ou handdoek. Haar ma het op die kombuisvloer gesit met plastiekhandskoene aan, 'n wattebol tussen haar vingers, besig om sy voete met groen koekkleursel te smeer.

"Jy sal sien, Abel, groenamara sal die swelsel binne 'n uur laat sak."

Toe draai haar ma die groen voete toe in lae koolblare, bind die blare vas met rooi bloemistelint. Abel se kop het skeef gehang, sy lippe trillend soos hy snork. Sy en haar ma het na mekaar gekyk en 'n wyle was hulle één in hulle weersin. Uit by die agterdeur om te lag. Skaars het hulle begin lag, of haar ma moes toilet toe hardloop.

Stukkend, die intieme oomblik.

Op pad terug kamer toe het sy die halfmaantafel staangemaak en die Familiebybel en besoekersboek teruggesit. Nie lank nie, hoor sy iets in die kombuis val. Oupa Strydom se portret. Die yskasdeur slaan toe. Harde kapslag. Ysblokkies rinkel in die wasbak.

Gaan hy vannag nooit ophou drink nie?

Sy wil gelyktydig uitbars van lag én huil toe hy weer met die koolblaarskoene verby haar kamerdeur slof. Broek afgesak. Hemp hang uit. Brandewynglas in een hand, Oupa Strydom se portret in die ander. En wragtig, hy loop die halfmaantafeltjie wéér onderstebo. Klou aan die glas en portret, en val met sy gesig op die geelhoutplankvloer.

Sy het haar kamerdeur toegemaak, sy wou dit nie sien nie. Want hy is haar pa.

En tog het sy hom gehaat. Want hy is Abel.

Kort ná die ganghorlosie middernag geslaan het, het haar deurknop gedraai.

Sleutellose kamer. Sleutellose Gertruida wat nog nooit die reg gehad het om te kies wat is goed vir háár nie.

Hy het gesukkel met die deur, want sy het 'n skoenpunt onder die skreef ingedruk. Maar sy het geweet: inkom sal hy inkom. Die koolblare het aan sy voete geflap. Hy was bedroewend dronk. Halfpad na haar bed het hy oor die snippermandjie, wat sy opsetlik in die pad gesit het, gestruikel en op die plankvloer neergedonder. Gekruip tot by haar bed.

"Vat aan my skouers en gee my 'n nagsoentjie." Sy het haar gesig weggedraai van die drankwalm. "'n Lange, met jou tong." Sy skuif weg. "Ek sê: gee my 'n lang, nat . . ."

Sy kón nie. Die vuishou in haar ribbes het haar laat snak. Dáárvoor is hy nie te dronk nie. Nog 'n vuishou. Bewend het sy na sy skouers getas; gewalgd vorentoe geleun.

Toe glip sy weg uit haarself en word 'n onskuldige dogtertjie wat met 'n goue bal in die woud speel.

Lank gelede was daar 'n koning met 'n beeldskone dogtertjie. Naby die kasteel was 'n groot woud. Onder 'n lindeboom in die woud was 'n put. Soms het die prinsessie op die rand van die put gesit met haar geliefde goue bal. Sy het dit in die lug gegooi en gevang. Eendag vang sy per ongeluk mis. Dit bons op die put se rand en rol in die water. Voor sy dit kan gryp . . .

Hoekom moet sý altyd sy belt losmaak?

. . . verdwyn dit onder die water. Sy begin bitterlik huil oor haar bal. Toe hoor sy iemand na haar roep. "Wat is fout, Prinses? Ek kan jou tot onder in die put hoor huil."

Sy mag nie huil nie. As sy huil, klap hy haar.

Sy kyk om en sien 'n padda se slymerige kop bo die water uitsteek. "Hou op huil," sê hy, "ek sal jou help. Wat sal jy my gee as ek jou goue bal terugbring?"

"Enigiets, liewe Padda! My pêrels en edelstene en my goue prinseskroon," sê sy verheug.

Abel het dit reeds lank terug skaamteloos by haar gesteel.

"Ek wil niks daarvan hê nie," sê hy. "Maar jy moet my liefhê en my metgesel wees. Ek wil saam met jou uit jou goue bord eet en by jou in jou bed slaap. As jy dít belowe, bring ek jou goue bal terug."

"Alte seker, Padda, ek belowe."

Die padda duik tot op die bodem. Nie lank nie, toe verskyn hy met die goue bal in sy mond. Hy spoeg dit tot op die gras. Die prinses is oorstelp. Sy tel haar geliefde bal op en hardloop terug kasteel toe.

Kiepersolkloof is haar kasteel. En haar put.

"Wag vir my!" kwaak die padda, "ek kan nie so vinnig hardloop soos jy nie!" Maar die prinsessie hardloop weg.

Waarheen? Hoe lank nog?

Terwyl sy die volgende dag saam met die koning aan tafel sit, plons die padda by die kasteeltrappe op. Hy klop aan die deur en roep: "Prinses, maak oop, ek wil inkom!"

Die prinsessie maak die deur oop, en daar sit die padda. Doodbang hardloop sy terug na die tafel. Die koning sien haar angs en vra: "Waarvoor is jy bang, my kind? Is daar 'n reus by die deur wat jou wil ontvoer?"

"Nee, Vader, dis 'n padda. Gister het ek met my goue bal by die put gespeel . . ."

Om te speel, het nooit vir haar die betekenis gehad wat dit vir ander kinders het nie. Die beste speletjie wat sy ken, is om woorde en sinne te bou. Hoe meer sy bou, hoe langer bly sy iemand anders.

Terwyl sy vir die koning vertel van haar belofte, is daar weer 'n klop: "Dogter van die koning, onthou jy wat jy my gister by die put belowe het?"

Die koning sê: "Jy moet áltyd jou beloftes hou. Laat die padda inkom."

Op die koning se aandrang . . .

Sy wíl nie. Hy gryp haar kop en buig haar nek vooroor. Gebruik sy duim en middelvinger om haar kake oop te dwing. Haar lippe raak vol slym.

"Skuif jou goue bord nader," sê die padda, "sodat ons saam kan eet."

Die kos steek in die prinsessie se keel vas. Dit voel soos 'n olierige aartappel wat op en af gly in haar keel. Sy raak naar, maar die naarsel sit vas agter die aartappel. Toe die padda versadig is, sê hy: "Tel my op en dra my na jou bed sodat ons kan slaap."

Die prinsessie huil smartlik. Die slymerige padda moenie in haar bed slaap nie.

Die koning hou voet by stuk. "My kind, mens mag nooit iemand verag wat jou gehelp het toe jy in nood was nie."

Niemand het haar ooit gehelp nie. Sy het gehoop Braham sou.

Gegru sit sy die padda in 'n hoekie van haar kamer neer. Terwyl sy in haar bed lê, plons hy nader. "Ek wil by jou slaap. Tel my op, anders gaan ek vir die koning sê."

Die koning én die koningin weet lankal.

Daarop word sy woedend en smyt hom teen die muur. "Jou afstootlike padda!"

Toe die padda die muur tref, verander hy in 'n hoflike prins. Toe word hy haar man, volgens die koning se bevel. Hulle raak aan die slaap. Daarna het hulle lank en gelukkig gelewe.

Terwyl sy die storie die derde maal deurspeel, word Abel 'n dronk-bewustelose gewig op haar. Toe kots hy op haar kussing. Louwarm spatsels teen haar wang en in haar hare.

Die geur uit die gedierte gru Gertruida.

Sy rol hom van haar af. Sy slap lyf plof op die vloer. Sy knip die lig aan; sny die bloemistelint met haar naelskêrtjie los. Sleep hom aan sy enkels tot in die gang. Sit die koolblare en rooi lint op sy gesig neer.

Toe staan sy lank onder die stort. *Treurige tert. Gertruida gee te gretig. Deur die rugruiter te terg, dra Gertruida die eer.*

Reukweerder, poeier. Skoon pajamas. Kussing en komberse uit haar wit linnekas haal. Maak 'n bed in haar wit bad. Grootmenswiegie.

Laat hom asseblief doodgaan, voordat sý hom vermoor.

Tien voor tien, toe die wysters van haar horlosie presies opmekaar staan, het sy in die bad wakker geword toe die polisie aan die deur klop.

Uit die gereg daag die daeraad. Gertruida gered uit die digte rietruigte.

Sy het haar rug na hulle gedraai, sodat hulle nie die verlossing op haar gesig kon lees nie.

Sy sal eers met die kotsgoed werk voor sy stort.

Smyt die kussings en beddegoed eenkant. Daar is vlekke op die dubbelbedmatras. Bloedvlekke. Urinevlekke. Paddaprinsvlekke. Hoekom sal sy óóit weer op die matras slaap? En terwyl sy na die matras staar, verklaar iets in haar siel oorlog teen die laaste twee-en-twintig jaar.

Sy sleep die matras gangaf en gooi dit oor die stoepmuur. Dit traak haar nie toe Susarah se roosmarynbos skeur nie. 'n Melkbosskoenlapper dobber uit die roosmarynbos. Susarah was lief vir plante wat bye, voëls en skoenlappers lok. Mabel is reg: Sy wóú nie by haar ma leer nie. Mens kan nie leer van iemand wat jy haat nie, want die haat staan tussen jou en ontvanklikheid.

"My ma het al weer vir my 'n boks tuisgebakte karringmelkbeskuit gestuur," sê Braham een Vrydag in Die Koffiekan. "Sy stuur gedurig iets. As ek sê dis onnodig, sê sy . . ."

Sy luister nie. In haar kop lê sy turksvyblaaie neer teen die helling agter die kliphuis.

Hoe meer turksvybome, hoe ontoegankliker die area. 'n Maand gelede is sy kliphuis toe om die kontant wat sy vir 'n Bonsmarakoei gekry het in die koekblik weg te steek. Die dag as sy wil vlug, Avignon of Saharawoestyn toe, of wieweet-waarheen, wil sy nie by Abel bedel nie. Net spoorloos verdwyn.

Sy het twee dae by die kliphuis gebly, uit woede vir Susarah.

"Jou pa sê hy hoor jy sit Vrydae saam met Meneer Fourie in Die Koffiekan. Gertruida, jy's nog skaars van die skoolbanke af . . ."

“Sy naam is Braham, Ma. En Ma moenie vergeet dat ek op die skoolbanke gesit het tot ek twintig was nie. Ek is nou een-en-twintig en ek kan my eie besluite . . .”

“Dis onbetaamlik. Mens respekteer jou onderwysers. Ek wil nie ’n geskinder . . .”

“Toe Pa my pregnant maak, wou julle ook nie hê die mense moet skinder . . .”

“Tel jou woorde, Gertruida! Jy beskuldig jou pa valslik! As jý in die bondel wil hoereer, moenie dit aan jou pa afsmeer nie!”

“Voor Ma my vir ’n hoer afmaak, hoekom kom kyk Ma nie wat snags in my kamer gebeur as die bed langs Ma leeg is nie?”

“Jy’s siek in jou kop, Gertruida! Jy soek aandag, dis al! Die dag gaan kom dat ek en jou pa die prys sal moet betaal vir jóú leuens!”

Woede wat in haar slape klop. “Ek háát Ma.” Draai om en loop uit.

Haar ma het agter haar aangeskree: “Dink jy miskien jý verdien mý liefde, bleddie klein liegbek!”

Vlug kliphuis toe om te bedaar.

Terwyl sy teen die lou voormuurklip sit, hoor sy iemand sing. “Fighting soldiers from the sky; fearless men who jump and die . . .” Dis Abel. Loop seker die grensdrade te voet na en speel hy is nog in sy recce-jare. Glip op haar knieë binnetoe; hang die seil voor die opening. Loer. Hy hou verby die afdraaipad.

Sy moet meer turksvybome plant om haar wegkruipplek af te kordon.

“Gertruida, jy hoor niks wat ek sê nie. Ek sê ek wil in die Aprilvakansie vir my ma ’n suurlemoenboom voor haar kamervenster plant, en ek wil jou saamneem huis toe. Sal jy saamgaan?”

"Nee. My ma sê dis onbetaamlik om hier saam met jou te sit. Volgens haar is ek alreeds 'n hoer. Dink net wat sal sy my alles toevoeg as ek saam met jou . . ."

"'n Hoer? Jy?"

"Los dit, ek en my ma eet uit verskillende krippe. Eintlik, Braham, verafsku ek haar."

Eers twee jaar later is sy vir Paasnaweek saam met hom huis toe. Op pad soontoe vertel hy van sy ma wat aan veelvuldige sklerose ly en bedlêend is, sedert sy laerskooljare. Dit het haar bang gemaak; sy hou nie van kamers en beddens nie.

"Sy het bedags 'n permanente oppasser, en snags kyk my pa na haar."

Sy raak nóg banger. 'n Man om heelnag na haar om te sien? Wat van 'n vol blaas? 'n Bedlêende mens is vasgekluister en kan nie kliphuis toe verdwyn nie.

Maar haar vrese was ongegrond. En dís waar sy die eerste keer 'n huis met min aardse weelde, maar baie liefde beleef het. Sy kon nie glo hoe mooi Braham en sy pa met mekaar praat nie. Hoe hy die Vrydagaand met volmaan sy bedlêende ma optel en in die rolstoel sit.

"Ek en Gertruida gaan vir Ma die volmaan wys."

"Dankie, my kind, jy weet hoe lief is Ma vir die maan."

Middae lees hy vir sy ma gedigte. Help haar met blokraaisels. Hulle eet kaasbrood en pampoensop. Sy ma ruik na roospoeier en duifseep. Paassondag gaan hulle almal kerk toe. Met die sing van die Paasgesang, "O Heer, uit bloed en wonde", trek haar keel toe. Sy sién haar pa huil in die kerk, lank gelede; vóél die skurwe lap van sy kerkpak teen haar wang. Die palmkruisie. Bobby socks.

In daardie vyf dae ervaar sy 'n huis wat nié disfunksioneel is nie. 'n Bedlêende ma wat anders is as die bedlêende Susarah. En dis waar sy Braham waarlik begin vertrou het, omdat sy aangevoel het hy sou haar leer vlieg.

Tot in Avignon.

En terug.

Die lug ruik na roosmaryn. Die skoenlapper verdwyn in die kol grootblaardrakebome wat onder die sederboom groei.

Weg. Weg.

Hoekom kon sy nooit haar vlerke lig en wegvlieg van Kiepersolkloof nie? Na 'n ander skool. Universiteit. Selfs werk en blyplek op die dorp sou uitkoms wees. Hoekom kon sy nie vlieg tot in Braham se beskutting nie?

Omdat almal haar laat glo het sy het nie vlerke nie.

Totdat sy dit later self geglo het.

Enigste mens op die dorp wat haar laat verstaan het sy hét vlerke, was Mister Williston van die dorpsbiblioteek. Dikwels het sy in haar kliphuis gesit en haar verbeel hy is haar pa. Salige ure van droom.

In die tyd toe sy uit die skool was voor die geboorte, en almal op die dorp gedink het sy is Oos-Londen toe vir 'n skoueroperasie, het Mister Williston getrek. Niemand kon haar sê waarheen nie. Tot vandag knaag dit aan haar dat sy nie vir hom kon dankie sê vir die vlerke wat hy soms vir haar aangewerk het nie.

Klein rukkies, klein vlerkies.

Beter as niks.

Die bebraakte beddegoed en kussings land op die matras in die tuin. Terug kamer toe. Draai die bedbasis op sy kant en skuif dit oor die gladde plankvloer tot op die stoep. Lig die voetenent, wikkel dit tot op die stoepmuur. Met 'n harde stoot val dit oor. Die hoek steek 'n krater in die Creeping Jennies. Stadig kantel dit neer op Susarah se heilige York and Lancaster-roosboom. Susarah het gesê wanneer die pienk roos met die skerpsoet geur blom, kom daar oorlog.

Nou is háár oorlog hier.

Water drink by die tenkkraan. Dis jammer van die koffie. Terug binnetoe.

Uit met die wit rottangstoel. Dis lig en trek ver. Uit met die bokhaarvelletjie waarop hy getrap het. Lig die gordynstokke uit die mikkies met die besem. Stokke, houtringe en drapeersels dawer op die vloer. Uit daarmee; sy asem kleef daaraan. Baie nagte moes sy die gordyne ooptrek sodat hy in die maanlig na haar kon kyk. Dan moet sy só staan; dan moet sy só sit; dan moet sy só buk.

Skiet die gordynstokke soos spiese verby die rottangstoel.

In die verte stoot OuPieta 'n kruiwa hooi melkkraal toe.

Sy ontsmet die bad en maak dit droog met 'n wit handdoek. Toe ruk sy haar klere uit die hangkas en laaie en gooi dit op die vloer. Sorteer emosieloos. Wat sy wil hou, gooi sy in die bad, eenkant van alles. Sorteer 'n bondel witgoed en sit dit in die wasmasjien. Van al haar onderklere hou sy net die onoopgemaakte pak broekies en kantbra wat Tannie Lyla lank terug vir haar gebring het.

Nooit weer hoef sy in suspender belts, deurtrekkers en visnetkouse konsert te hou, terwyl Susarah by leeskringbesprekings en kongresse rondlê nie.

Kongrestyd is kliphuistyd.

As sy weet Susarah gaan weg, klim sy snags deur die opskuifvenster en dra haar proviand betyds kliphuis toe. Beddegoed, klere, toiletware. Blikkieskos, sout, teesakkies, meel, suiker. Vuurhoutjies, kerse en blakers. Min op 'n slag, want sy moet die .22 ook saamdra. Elke keer 'n uur se donkerloop kliphuis toe. Minder as 'n uur terug, want dan dra sy nie 'n vrag nie.

Sy moes haar tye en loopplekke slim kies. Abel is nie 'n aap nie.

Een Vrydagnag halfpad kliphuis toe, sy was so veertien, het sy die klip 'n ent agter haar hoor rol. Vries. Bobbejane rol nie snags klippe nie. Dis Abel.

Omdat sy elke klip en miershoop ken, wyk sy met 'n hoek van neëntig grade van haar roete af. Druk die koshuiswasgoedsak met proviand onder 'n lemoentjiedoring in. Lê plat, wag tot hy ver genoeg verby is.

Nog nooit is sy so vinnig en stil in die nag veldlangs huis toe nie. Ure later het hy haar wakker geskud.

Toe hy en Susarah die Sondag Nagmaal en gemeente-ete toe is, het sy die sak onder die lemoentjiedoring gaan uithaal en dit in die kliphuis uitgepak. Daar gebly tot Susarah die Vrydag terug was van die kongres af. Om een week se skool te mis, is niks. 'n Week in die berge is alles.

Agterna het Matrone gevra of die griep beter is. Of haar pa haar bederf het, en haar kos in die bed gebring het terwyl haar ma kongres toe was.

Griep. Verdigsel van Abel.

Ja, my pa het elke aand vir my poeding en vla in die bed gebring.

Sy moet 'n paar keer loop om al die skoene, klere en hangers uit te dra.

Voor sy die spieëlkas takel, eet sy 'n roosterkoek en 'n lemoen. Spoel haar hande en gesig af. Rus by die watertenk. Die beddings weerskante van die trap lyk soos 'n slagveld. Die rooi kantbra en deurtrekker wat Abel saamgebring het toe hy teruggekom het van 'n vetveeveiling, hang in die donkerpruim wandelende jood.

Abel het baie dinge van oraloor gebring. Vandat Kiepersolkloof internet het, word dit van oorsee bestel. As Susarah weg is, moet sy saam met hom op die internet kyk na besmetlike goed.

Hoe draai mens soveel jare se leuens en bedrog reguit?

Mens kan nie. Jy leef net geblinddoek aan. Want op 'n gebreinspoelde manier glo jy dis reg. Al weet jy dis verkeerd.

Die Vaselinepotjie het op haar bedtafel gestaan toe sy dáárdie oggend wakker word. Haar hand het onder haar pajamabroek ingeglip tot waar die driewiel haar gestamp het. Toe sy by haar broek inkyk, is haar pietermuis se boonste vleisie swartblou. Haar pa moet haar dokter toe neem, want haar ma sê dis 'n private plekkie wat baie mooi opgepas moet word. Dalk kan die dokter 'n trekpleister opsit om die swartblou uit te trek.

Haar pa was in die waenhuis besig met planke saag. Toe vat sy vir hom 'n pienk malvalekker-muis met 'n dropstertjie en vra of hulle vandag kan dokter toe gaan.

"As dit oormôre nog seer is, kan ons dokter toe gaan. Jy kan vanaand self smeer. Dan roep jy my as jy klaar is, en ek sal Doringrosie vir jou vertel."

"Dis te seer om self te smeer, Pappa moet smeer, toe?"

Sy vou die brooddoek toe, drink water. Kry die toiletpapier in die bakkie en hurk agter die waenhuis. Die urinereuk is afstootlik.

Tot vandag onthou sy die reuk van saagsels in die waenhuis. Hoe kon sy op vier-en-'n-half weet van die liggaam se biologiese reaksies; inhibisies? Dit was mos net salf smeer, en dit was lekker.

Abel was 'n man van vyf-en-dertig. Hý moes van beter geweet het.

Alles was nes die vorige aand. Toe haar oë wil toeval van moeg, kniel haar pa tussen haar bene.

"Pappa wil vir jou 'n towergeheim wys, Truitjie."

Sy was vaak en lam, maar 'n towergeheim is lekker.

"Pappa gaan jou wys hoe toor ek salf uit my maag."

Sy het geskrik. Anthonie het partykeer sy handdoek in die kamer vergeet, dan hol hy kaal in die gang af. Hy het ook so 'n ene gehad. Syne was 'n klein, wit slurpie. Nie 'n bobbejaanspinnekop met 'n groot, bruinerige slurp nie.

"Kyk, Truitjie, kyk . . . hier kom die salf . . ."

Wraggies, haar pa is 'n towenaar! Die wit salf het oor haar bobene en pietermuis gespat. Uit sy maag, deur sy slurp. Hy het vinnig asemgehaal, sy kop het vooroor gehang. Toe smeer hy die salf oor haar bene en heupe waar dit nie eens seer was nie, en trek haar pajamabroek aan en sê dis slaaptyd.

Hy het die lig afgesit sonder om haar nag te soen.

In die nag droom sy 'n bobbejaanspinnekop byt haar. Sy gif maak 'n ballon in haar maag. Dit swel op tot sy soos 'n brulpadda lyk. Toe bars sy oop en daar kom 'n klomp slymerige groen paddatjies uit haar maag.

Wakkerwordtyd was haar mond horingdroog, en haar bed sopnat. Sy het tjoepstil lê en kyk of daar 'n bobbejaanspinnekop teen die plafon sit, en of daar paddatjies op die vloer spring. Sy het gewens die laaste twee slapies wil verbygaan sodat haar ma kan terugkom. Miskien het haar ma in Kaapstad ophou huil oor Anthonie. Miskien bring sy vir haar 'n slaappop, so groot soos 'n regte babatjie.

Sy druk teen die tenk se voetstuk en staan op. Die bondel wit wasgoed behoort klaar te wees. Alles moet vandag op die wasgoeddraad kom.

Terwyl sy die bont bondel was, sorteer sy die spieëlkaslaaie. Dit was Ouma Strydom se spieëlkas. Bal-en-klou-pote. Groot middelspieël en twee kantspieëls wat vorentoe en agtertoe draai. Die spieëlkas moet uit. Want in daardie vervloekte spieëls het sy genóég gekyk. In die onderste laai wat gesluit is, is walglike goed wat Abel eindelose plesier gegee het.

Sy wil nie daaraan dink nie, maar hoe is dit moontlik dat dié vernederende goed haar kort rukkies lank op 'n kruin van ekstase kon neersit? Lê die goed en kwaad in die mens werklik só styf teen mekaar?

Staan bietjie links . . . Buig vooroor . . . O, jy wil nie? Ek sal jou wys jy wíl!

Eina, eina.

Eendag was daar 'n koning en koningin wat gesê het: "As ons net 'n kindjie kon hê . . ."

Sak af op jou knieë, Truitjie . . . Kyk hoe mooi lyk dit in die spieël.

Eendag sit die koningin in die bad, toe kom daar 'n padda uit die water en . . .

Maak oop jou oë! Ek sién mos in die spieël jy knyp hulle toe!

Toe sê die padda: Oor 'n jaar sal jy geboorte gee aan . . .

Menigmale het sy op haar knieë teen die bed bly staan lank ná hy geloop het, en in die duvet na God geroep.

Sy haak Abel se bos sleutels van die kapstok af. Genadiglik het die polisie dit op die toneel gekry en terugbesorg. Die sleutel vir die onderste laai het Abel aan sý sleutelbos gehou. Te veel kere het hy die laai oopgetrek en gesien sy het alles weggesmyt. Dure goed, plus posgeld. Ons speelgoedjies, het hy dit genoem.

Komaan, kies vir jou enigeen waarvoor jy vandag lus het.

Die koning en koningin het al die feetjies uitgenooi na die dogtertjie se doop . . .

Nou goed, as jy nie wil kies nie, dan kies ék!

Maar hulle het per ongeluk die dertiende feetjie vergeet . . .

Later leer jy dat weggooi niks help nie. Nog later kán jy dit nie weggooi nie, want Abel het die laai gesluit en die sleutel aan sy sleutelbos gehaak.

Jy kies op sy bevel. Anders voel dit of jou binnegoed skeur.

Sy kniel by die laai. Nee, sy wil dit nooit weer sien nie. Dit kan saam met Ouma Strydom se spieëlkas heengaan. Op daardie moment besluit sy: Sodra alles uitgesmyt is, gaan sy petrol oorgooi en dit verbrand. Saam met Abel en Susarah se donker kante.

Toe haak sy die middelspieël uit die vashouhakies. Balanseer dit op haar kop en stap stoep toe. Ouma Strydom se spieël verskerf toe sy dit op die stoeppilaar neermoker.

Kantspieël. Ander kantspieël. Die vyf los laaie trek tot in die pampasgras.

Die spieëlkas is swaar. Sleepstoot dit oor die verniste houtvloer tot by die trap. Kry die koevoet in die waenhuis; druk dit onder die spieëlkas in en kantel dit oor die eerste breë halfmaan. Halfmaan vir halfmaan, tot dit 'n gat in die grasperk val.

Voor sy die hangkas begin uitstoot, haal sy haar skooltas uit die onderste rak. Dit ruik na leer en potloodskerpmaaksels. Sy wou die tas lankal kliphuis toe neem, maar was bang die veldmuise vreet daaraan. Dis veilig in die kas; sy pak haar tydskrifte voorlangs. Wie daarin wil krap, sal die knippe moet breek, want die sleuteltjie is in die koekblik in die kliphuis. Sy sit die tas op haar lessenaarstoel, pak die boeke in die boekrak op die lessenaar.

Vir môre. Vir eendag. Dalk vir nooit.

Die hangkas kry sy met woedekrag oor die muur gekantel. Dit val op die basis van die bed en vernietig Susarah se antieke York and Lancaster-roosboom finaal.

Sy hang die bont wasgoed op.

Dis tien oor twaalf.

Al wat in haar kamer oor is, is haar gestapelde lessenaar, draaistoel, rekenaar en drukker. Gekoop uit Bonsmara-geld. Háár Bonsmaras. Ontsmet alles met Dettolwater, die buitekant van die skooltas en elke boek se buiteblad. Gooi 'n wit laken bo-oor.

Toe loop sy tot by die deurkomhekkie. In die skaduwee staan 'n bottel swart tee. En 'n roomysbak met 'n briefie, vasgepak met 'n turfkluit. Stampmielies, skaaprugstring, soetpampoen. Toe sy klaar geëet is, vou sy die briefie oop.

Goed, Mabel, skryf sy terug met haar Victorinox-pen, *ek sal die tuin uitlos. Maar weerskante van die trap gaan ek alles verbrand. Ons kan kwekery toe gaan en alles koop wat jy wil hê. Dankie vir my kos. Sala kahle vir Mama Thandeka.*

Sy rus teen die kiepersolstam. Rivierkant toe tienk-tienk-tienk 'n bontkiewiet.

Sy sit die turfkluit op die briefie en loop in die eenuurson werf toe.

Oormôre is dit die tweede donkermaan van die maand. Feetjiemaan. Hoekom word 'n tweede donkermaan in een maand feetjiemaan genoem? Daar is niks feetjieagtig aan donkermaan nie. Dalk is dit die nag wanneer die noodlot maak dat feetjies verander in blinde vlermuisfeetjies wat teen alles vasvlieg.

Soos sy, wat soveel jare lank teen die boosheid van die nagruiter vasgevlieg het.

Een slapie voor haar ma terugkom.

Sy bad haar skoon-skoon met die spons. Agter haar ore, tussen haar tone. Haar ma moet sien sy is groot. Sy moenie haar môreaand wil bad en vra hoekom is haar pietermuis so groenpers nie. Sy is skaam dat haar ma moet weet.

Haar pa praat op die telefoon oor iets van 'n kerkraadsvergadering. Sy sit in die bed en blaai in 'n *Rooi Rose.* As daar twee R'e is, is dit *Rooi Rose.* Omblaai. Soek die letters van Gertruida. Letters soek is lekkerder as prentjies kyk.

Toe sy opkyk, staan haar pa in haar deur. Dit lyk of hy kwaad is oor iets van die kerkraadsvergadering. "Watter storie wil jy vanaand hoor, Truitjie?"

"Ek wil eerder letters soek in die *Rooi Rose.*"

"Nee."

Hy klink kwaai. Dit maak haar keel droog. "Dit maak my slim om . . ."

"Skuif op, dan vertel ek die Paddaprins. Ons moet jou Vaseline smeer."

Maar hy vertel nie die Paddaprins nie. Hy vertel van die likkewaan wat snags by die huis inkom en sy gesplete blou-en-geel tong in jou neus druk en jou brein uitsuig. Dan waggel hy deur die huis en suig almal se breine uit. Begin weer voor, en suig almal se oë uit. Tot niemand op Kiepersolkloof breine en oë het nie.

Die miere kielie haar nie, want heeltyd sien sy die likkewaan se tong. Haar pa sê sy moet haar mond groot oopmaak. Iets ruik na sardiens. Haar pa maak towersalf in haar mond. Hy is weer so moeg, maar hy sê hy sal by haar lê tot sy slaap.

"Truitjie, towersalf is óns twee se geheim. Mamma en Mabel en Mama Thandeka mag nie weet nie. Ook nie Tannie Martie by die speelskool nie. Niémand nie."

Dis lekker om in sy arm te lê. Soos lank terug toe Anthonie in sy ander arm gelê het en hy Wolf en Jakkals en die bottervaatjie vertel het.

"Solank jy stilbly, sal die likkewaan wegbly. As jy praat, help dit nie ons sluit die deure nie, want hy slaan 'n gat in die deur met sy stert."

Stilbly. Moenie praat nie. Oppas vir die likkewaan.

"Belowe jy, Truitjie?"

Sy het haar voorvinger in die lug gesteek. Gefluister. "Ek belowe, vir altyd . . ."

"Is jy nog lief vir Pappa, Truitjie?"

"Baie, meer as tienduisend en nog veertien."

Hy het lank by haar gelê. Sy het gemaak of sy slaap, maar die skurwerige smaak in haar mond wou nie weggaan nie. Hoe groot is die gat wat die likkewaan in die deur slaan? Sal Bamba blaf? Hoe lyk 'n mens sonder oë? Kry mens likkewaangif? Toe skuif hy sy arm saggies uit en vou die komberse om haar nek.

Sy kon nie verstaan hoekom hy huil toe hy uitloop nie. Miskien verlang hy ook na haar ma. Of miskien is hy verkoue.

Jy verloor jou praat. Want jy mág nie praat nie.

Almal dink dis oor Anthonie dood is dat jy anders geword het. Hulle dink jy is vol fiemies oor kos, en dat jy dom is, omdat jy nie wil praat nie.

Niemand weet hóé bang is jy vir die likkewaan nie.

*

Ek rus op die kooi agter dinnertyd. Dis skemer in die kamer, want Mabel het die gordyne toegetrek. My hart is vol swart trane. In my swakte wil ek sê: Masithandaze, kom ons vra die seën. Op almal wat al weggevaar is, en op almal wat oorbly. Ons het te lank met sneeu in onse harte gelewe.

Toe die son skuiwe vir twaalfuur is Mabel weg met Gertruida se kos. Die stukkie rugstring wat oor was van die maandskaap was klein, toe sê ek my maag soek nie vleis nie. Sy't gesê sy wil rivierkant af, met die honeysuckleheining langes werf toe, sodat Gertruida haar nie gewaar nie.

"Eet Mama se dinner en lê bietjie skuins wyl ek gaan spaai," het sy gesê.

Mabel sal haar nie laat vang nie. Daar's slim bloed in haar. My tata se bloed wat haar 'n spoorsnyer maak, ruik alles uit. Abel se bloed wat haar vooruit laat sien asof sy tien oë het, en elkere oog draai op sy eie, nes 'n verkleurmannetjie s'n. Al het sy nie van Samuel se bloed nie, is sy slimme woorde in haar. Is goed sy hou die werf dop. Is al jare dat ek wag vir die dag dat Gertruida se kwaad te groot raak vir haar kop.

Toe sy 'n meisietjintjie was, het sy aaneen gepraat. Nes die muisvoëls as daar 'n boomslang in die takke seil. Saterdae as die mense op Kiepersolkloof kom tennis speel en kuier tot waffer tyd van die nag, en ek moet inbly vir skottelgoeters was, het Gertruida op die tuinbank of op die klavierstoel gestaan en vir die mense konsert gehou. Sing liedjies, al die versies. "Dit is my mama lief en goed" . . . "Jesus min my" . . . "Siembamba, mama se tjintjie". Met "Old McDonald" kon sy al die geluide maak. Donkies, varke, hoenders, duiwe. Dan klap die mense hande en Gertruida buig soos iemand wat weet van buig.

Missus Susarah was 'n goeie mama. Sy't Gertruida mooi geleer in die kombuis. Nooit bohaai opgeskop as Gertruida haar vingers in die deeg steek of 'n eier laat val nie. Meel sif. Bak gemmermannetjies. Geduldig om haar te leer om kettinkies te maak met die hekelpen. Storieboeke. Papierpoppe. Tapes met versies, liedjies, raaisels. Gertruida was altoos so lief vir raaisels.

"Raai-raai: Hier kiep-kiep, daar kiep-kiep, woerts in die hoekie?"

"Ek sal nie weet nie, Gertruida."

"Dis 'n besem! En: daar groei 'n boontjie voor my deur; sy ranke loop die hele wêreld deur?"

"Nee, Gertruida, jy's te slim vir my!"

"Dis maklik, dis 'n pad!"

Gertruida was nie vreestelik hartseer oor Anthonie nie. Nog te klein om die dood heeltemal te geverstaan het. Partykeers kom sy uit die tuin met rooibessies, sê dis ag-en-twintig. Ek tel selwers; dis ag-en-twintig. "Jy moenie enige bessies eet nie, party is giftig. Waar kry jy hierdies?"

"Dis hemelbessies," sê sy. "Ek kom nou net van die hemel af. Anthonie het dit vir my gegee. Hy sê ek moet dit met jou deel, Mama Thandeka."

Dan sit sy veertien bessies eenkant. Nie een diékant toe en een dááikant toe tot die bessies op is nie. Slim vir haar vier en 'n halwe jare. Maar stadigaan, sonder dat ek dit wis, bekruip die groot stilte haar.

Ek sê Missus Susarah moet laat kyk na Gertruida se mangels, want vrot mangels kan 'n kind sleg terugsit. Missus Susarah sê sy gaan sommer vir Gertruida wurmpille ook ingee, want sy bly aan't krappe.

Niks help nie.

Daardie Nuwejaarstyd toe sy vyf jare word, is sy terug by bed natpie, en dit smaak of sy haar tong ingesluk het. Geneukte was dat sy nie nét Anthonie geverloor het nie. Sy't haar mama ook geverloor, aan huilsiekte.

In daardie tyd van sware rou het Missus Susarah en Abel mekáár ook geverloor. Ek rekent Abel het die meeste geverloor. Missus Susarah huil heeldag en beskuldig hom dag ná dag oor Anthonie se dood. In die kerkhof het die graffie nog gewag om te sak ná die winter voor Abel 'n kopsteen kon opsit. My eie hart was droef oor Samuel wat in die winteraarde lê. Agter Anthonie se dood is Gertruida die enigste een op die werf wat lag en liefde uitdeel. Maar ook nie vir lank nie.

Eendag skil ek pampoen. Abel kom uit die dipkraal om vir Missus Susarah tee te vat; bietjie te troos. Ek sien hy't gehuil. Anthonie was sy tjint ook. Wie sê nie hy't huis toe gekom omdat hý troos soek nie? Maar 'n man huil op plekke waar ander oë nie sien nie. Soos in die dipkraal. Abel sit twee winkelkoekies in die piering en loop kamer toe. Ek hoor tot in die kombuis hoe skreeu Missus Susarah op hom.

"Behalwe dat jou pa jou opgedônner het, het die army jou verder opgedônner! Jou kind se dood is jou straf, omdat jy mense se ore afgesny het!"

"Asseblief, Susarah, dit was . . ." Hy praat te sag om te hoor.

"God slaap nie, Abel Strydom, en Hy is nie klaar met jou nie!"

Van daardie tyd af lyk dit of iNkosi se seën oor hulle maar skrapserig is. Straks het hulle sy seën nie aangeneem in hulle harte nie.

Agter die tyd toe Abel se broers klaar is met die army, gaan kry hulle hulle gelerendheid. Latertyd is die een 'n man wat uitwerk hoe die groot dorpe se strate moet loop. Ander een is 'n dokter wat sny aan kniekoppe en bene. Ryk. Nie lank nie, toe sit hulle nie meer hulle voete op Kiepersolkloof met hulle vrouens en tjinners nie. Groot bakleie oor erfgoed tussen hulle en die ouman. En die tjinners mag nie hardloop in die huis nie, of 'n lekseltjie op hulle borde los nie.

Toe die ouman gebegrawe word by Hermanus, is hulle nie begrafnis toe nie.

Maar is húlle sake. Mýne is op Kiepersolkloof waar Samuel en die donkies waarmee ons hier aangekom het, gebêre lê.

Vier jare dat Abel in die army was. Toe kom boer hy op Kiepersolkloof. As ek my dinke terugvat na doerie tyd, sien ek vandag nog hoe staan die blase op sy hande; hoe knik sy kop as hy sy aandkos eet. Hy werk hom óp, want hy probeer nog altyddeur vir 'n sitplek in sy papa se kop.

Maar my dinkgoed onthou dat iets aan Abel anderster was. Partykeers raak sy oë wild, oor niks. Soos of daar goeters in sy kop gebeur wat hom benoud maak.

Daar's min dae dat die ouman tevrede is met Abel. Daardie tyd raak hy te oud om vetveeveilings toe te gaan. Hy stuur Abel. Toe sit Abel 'n meisiekind van Oos-Londen in die anner tyd.

Missus Susarah.

Sommer in die hof in Oos-Londen getrou. Die dag toe hy met haar in die bakkie hier aankom, waai die Augustuswind die stof uit die werf uit. Sy's nog platmaag; net 'n tjintvrou. Toe ek en Samuel haar goeters afdra, sien ek aan haar soetkyste sy kom uit 'n ryk huis. My neus ruik baklei. Want die ouman knyp sy beursie toe vir Abel. Kry gewone weekgeld, kompleet of hy 'n beeswagter is.

Daardie tyd dink ek by myselwers dat Missus Susarah 'n mama sal nodig hê. Nie lank nie, toe word dit waar. Want die ouman loop bo-oor haar. Pap te sout; vleis te taai; brood sleg deurgebak. Dan's die huis vuil; sy kerkshemp is verkeerd gestysel. Nooit sê hy sy't 'n lekkere rosynebrood gebak, of dankie vir die heelmaak van sy kruisbande nie. Swaarste was seker vir Abel gewees om tussen sy vrou en sy papa te staan. Want hy wil 'n sitplek hê in al twee van hulle se koppe.

In haar jonkigheid wil Missus Susarah nie elkere naweek draadloos luister en kousies brei nie. Eerste Saterdagaand toe sy uitgevat staan in haar dansrok vir 'n dans op die dorp, sê die ouman dis geldmors vir danskaartjies en petrol en brandewyn. Hy vat die bakkiesleutels en gaan kamer toe. Kos haar die rok uittrek en draadloos luister.

Só vertel sy die Sondag toe sy oorloop tot hierso, wyl die ouman kerk toe is. Ons sit op die voortrappies en drink tee uit die pienkrandjie-koppies wat Samuel vir my gekoop het uit Bonsmara-geld.

"Thandeka, die ouman bring moeilikheid tussen my en Abel. Ek sal nie stilsit en kyk hoe die suinige ou ding hom verneder nie. En ek gaan nie langer in 'n stowwerige werf vaskyk nie. Ek gaan tuinmaak."

"Jy moet suutjies trap, Missus Susarah, anders gaan jy 'n adder raak trap."

Die Maandag loop sy tot by die grootpad en staan en hike dorp toe. Missus Magriet van Bosfontein kom eerste verby en laai haar op. Wragtig, sy koop 'n kar op die dorp, uit die boks uit. Ek sien hoe bal die ouman sy vuiste in sy sakke toe sy onder die olienhout stop. Die kar lyk meer na 'n blomtuin as na 'n kar. Sy dra af, spuit nat. Terug dorp toe. Bring nog plante en die wit tuinengel, ampers so hoog soos 'n mens. Uitvaltyd kos dit Abel en Samuel die engel op goiingsakke trek tot waar sy hom wil hê.

Die ouman grommel oor die werksmense wat moet skoffel in die spanspekland en ertappels wat opgeëerd moet kom. Hy sê sy moet self regkom met pik en plant. Toe vat sy Pietertjie waar hy in die skadu van OuPieta se werfturksvye sit en rowe afkrap en eet. Nog altyd dat ek so 'n jammerte het vir OuPieta oor die tjint. Mos met die naelstring om die nek gebore. Sy oë was kwalik oop, toe loop sy ma weg met 'n man van die skeerspan. En OuPieta sit tot vandag met die grootmens-tjint. Nooit skool geloop nie. Tot Missus Magriet het opgegee om hom tot by vyf te leer tel. Maar hy kan 'n graaf vashou en hy hou van die liedjies wat Missus Susarah hom leer. Bo-op allester kan die ouman niks sê nie, want sý betaal hom.

Die tuin raak mooi. Pietertjie werk hard en lag baie. Dag vir dag kry hy lekkergoed. Naderhands so uitgevreet, wil net jelliemannetjies eet. OuPieta kry sy geld, want die tjint snuit sommer sy neus met 'n tienrandnoot.

Eendag rol ons skilferdeeg, toe sê sy dis 'n mannetjie-engel. Hy's haar soldaat. Sy skink tee in die getjipte koppies wat nog van die oorle' ouvrou se tyd af kom.

"Thandeka," sê sy, "jy hoef nie uit 'n blikbeker te drink, of buitekant te sit met jou tee en oggendbrood nie. Jy's my ma hier op Kiepersolkloof."

"Waar's jou regte ma?"

"Ek sal jou anderdag vertel, want ons word afgeluister."

Ek kyk om en sien die ouman leun teen die deurkosyn. Ek sit my koppie agter die soutblik, anderster sê hy weer op Kiepersolkloof word nie geselskap gehou met die meide nie, en die meide het hulle eie bekers. Netnou kom daar weer kombuisbaklei soos toe sy vir hom gesê het sy kies my geselskap bokant syne. Einde van die baklei was dat sy van die dorp af kom met drie nuwe koppies en pierings. Vir haar en Abel en vir my. Sê vir die ouman hy kan uit 'n getjipte koppie drink. As hy te arm is vir koppies, sý is gewend aan drink uit ordentlike koppies. En hy moenie kwade geselskap maak in haar kombuis nie.

Jóú soort is gewoond aan énige geselskap, en jóú lippe drink uit enige koppie, sê hy en kyk na haar maag.

Skemertyd toe ek melkdoeke spoel by die buitekraan, hoor ek deur die ouman se kantoorvenster hy en Abel stry. Oordat sy papa sy vrou treurig behandel. Die ouman sê dis oor Abel sy ding oralster indruk, wyl hy by die veiling moet wees. Dié dat hulle nou opgeskeep sit met 'n semel op die werf.

Die aand by die vuur sê ek vir Samuel ek wis nie hoekom die ouman Missus Susarah so doodknip op elkere hoek en draai nie.

"Nee, Thandeka, hy knip eintlik vir Abel. Maar ek sien die dag aankom dat sy haar kar vat en aanry."

Daar trek 'n sidderte deur my.

"Ander ding wat jy miskyk, Thandeka, is dat sy straks onder 'n kwaai pa gestaan het. Nou haal sy haar kwaad vir hóm op die ouman uit. Jy moet haar uitvra van haar pa en ma. Straks hoor jy iets wat jy hoort te weet."

Ek bid dat die mannetjie-engel oor haar én Abel sal waghou. 'n Punt van sy vlerk oor die ouman sal oophou, want iewerster in sy tjintdae het sy papa, of dalk sy mama, hom liederlike skade gebring. Dié dat hy Abel skade aandoen.

Teen die tyd dat Missus Susarah al agteroor loop van verwagtendheid, gaan haal ek en sy teen die laatte hoendereiers uit.

"Ek is bang vir die geboorte, Thandeka."

"Hoekom laat kom jy nie jou mama hiernatoe om by jou te wees nie?"

Daar sak sy op die hokvloer neer en huil dat ék glads pyn. Vertel van haar papa en mama. Die hoenders klim al op die stokke, toe sit ons nog in die aandwarmte. Eintliks wil ek my ore toedruk om nie te hoor hoe haar mama met 'n man weggeloop het anderland toe nie. Los haar tweeling-meisietjinnertjies by hulle papa agter. Nooit teruggekom nie.

Haar papa teel ramme, dié dat sy by vetveeveilings kom. Die tyd toe sy en haar sustertjie tieties kry, breek hy hulle in soos ooie wat moet ram vat. Lyk of sy luste nooit gaan end kry nie. Twee bybies wat haar suster van hom gehad het, al twee opgegee vir aanneming. Maar niemand wil hulle aangeneem het nie, want hulle was gebreklik. So by so moes hulle in 'n plek vir gebreklik tjinners gesit kom. Toe slaan haar pa eendag langes die ramkamp dood neer van 'n hartaanval. Klomp geld geërwe, sy en haar suster. Huis in Oos-Londen.

En vreestelike smarte in hulle siele.

Daar in die hoenderhok wis ek dat ek haar mama moet wees. Maar daardie dag het ek nie gewis van al die smarte wat nog vir Kiepersolkloof voorlê nie.

Toe sy met haar bybie by die huis kom van die dorpshospitaal af, draai sy hom toe en gee hom vir sy oupa vir vashou. Hy sit kruisarms; sê hy vat nie aan 'n semeltjie nie.

'n Uitgefraiingde hart is swaar om weer vasgevleg te kry.

Anthonie kon al sterk sit toe sy die Sondag, wyl Abel en die ouman kerk toe is, by onse huis aankom met die tjint op haar heup.

"My kar is gepak," sê sy. "Ek ry terug Oos-Londen toe, na my suster toe."

Die aarde draai met my.

"Samuel, jy moet naweke vir Pietertjie jelliemannetjies koop." Sy hou 'n koevert na Samuel toe uit. "Los die tuin dat hy vergaan. Hier's aparte geld," en sy gee 'n lapsak van die bank, "om weg te loop as julle wil wegloop. Kom na my toe as julle nêrens anders het nie. My adres en telefoonnommer is op 'n papiertjie in die sak."

"Jirretjie, Missus Susarah, laat ons eers praat . . ."

"Daar's niks te prate nie. As die ouman vrek, bel my van die huisfoon af. Dalk kom ek dan terug."

Stoffietjie in die verte.

Weg.

'n Jaar agter die dag toe Missus Susarah weg is, het Mabel gebore gekom. Nog een jaar later, toe die umfundisi Kiepersolkloof toe kom op kerksbesoek, het die ouman beroerte gekry toe ek die witte tjint werf toe bring en vra die umfundisi moet haar doop. Kon nooit weer praat nie; swaar geloop met 'n kierie. Daardie tyd haal ek die papiertjie uit en bel Oos-Londen toe. Die dag toe Anthonie drie jare oud word, het haar kar onder die olienhout gestop, met al hulle soetkyste. Dieselfde jaar het Abel sy papa Hermanus se ouetehuis toe gevat.

Ampers vier jare later, op Nuwejaarsdag, het Gertruida gebore gekom.

Nog twee jare later is die ouman Oorkant toe, en Missus Susarah het van Hermanus af gekom met die skulp vol seepampoentjies.

Een jaar later is Anthonie en Samuel saam weg hemel toe.

Altesame tien jare van swart geeste.

Asof genoeg nooit genoeg is nie, kom slaan die duiwel sy kloue in Abel vas vir nóg twee-en-twintig jare.

Al daardie jare hardloop Missus Susarah weg van die waarheid. Sy kry haar valse waarheide by die VLV. In annerland. Damesgoeters. Kerksake. Tuinmaak. Maagwerkings. Eet soos 'n rusper om haar hongerte stil te eet. Drink bottels kopseerpille. Dink dit sal haar pyn laat thula. Nooi bollings mense Kiepersolkloof toe. Sit haar laggesig op. Maak of sy gelukkig is.

Die honger bly haar knaag. Want knap agter haar laggesig sit haar huilgesig.

En wanneer die duiwel in die huis ronddwaal, wis sy nie om hom uit te jaag nie. Sy kén die duiwel, want sy't ook so 'n duiwel-papa gehad. Liewerster loop lê sy in die donker kamer met 'n kompres op haar kop. Wyl Gertruida ondertoe in die gang moet instaan vir als wat verkeerdom gedraai is in almal se koppe.

En laat ek nie my eie kop uit rekening los nie.

Agter dinnertyd kom Mabel terug en sê dit smaak haar Gertruida gaan die huis afbreek. Dit lê gesaai van klere en matraste en kooigoeters. Hangers, los laaie. Gertruida slaan tot haar ouma se mooie dresstafelspieële stukkend op die stoeppilaar.

"Mama moet gesien het hoe stoot Gertruida haar oorle' ouma se dresstafel oor die stoep met die koevoet se punt, tot dit teen die trap afneuk."

Nou lê ek my en kommer dat sy té kwaad sal raak. Die brief wat sy dinnertyd onder die klip gesit het, praat hoeka van brand. Sê nou sy brand die huis af? Al die jare raak Gertruida stadig en stilweg kwaad. Tot op 'n dag dat die kwaad oopbars.

Soos die vreestelike agtermiddag toe sy met die geweer

by die windpompleer op is, so 'n maand agter die tyd dat sy teruggekom het uit Oos-Londen nadat die bybietjie gebore gekom het. Wou kop eerste van die windpomp afgeduik het. Soos 'n malgeraakte mens geskreeu dat sy die een wat by die leer probeer opklim se kop van sy lyf af skiet. Dat sy nié afgehaal wil wees nie; dat sy wíl vrek.

Daardie dag kos dit my almal wegja en alleen by haar bly. Pleit en sing tot agter donker om haar van die windpomp af te kry.

Thula Thula Thula, baba, Thula sana, Thulu umamuzobuya ekuseni . . . Toemaar, tjintjie, toemaar, tjintjie . . . Môreoggend kom jou mama . . .

Dit kon netsowel anderster uitgedraai het.

Met die windpomp. En met die bybietjie.

Is goed Mabel loop spaai. Ek kan nie werf toe met my jigbene nie. As dinge lelik loop, gaan ek Mabel stuur om te keer. Want as jou wysies deurmekaar raak, doen jy goeters wat jy nie kan omdraai en regmaak nie.

Soos wat Abel gedoen het.

Missus Susarah ook, deurdat sy haar oë toegeknyp het.

Ek ook. Deurdat ek geglo het is beterder om te thula oor die sake van die mense waar ek werk vir my en Mabel se brood en botter. Hoe kon ek vooruit weet wat sal gebeur het as ek nié ge-thula het nie?

Hier lê ek met die skemertes van my hart. Buitekant slag Mabel die hokhaantjie, al is hy nog maer. Op die werf gooi Gertruida haar kwaad in die tuin uit. Ampers asof sy haar mama met die goed in die gesig gooi.

En al wat ek vra, is die seën.

*

Die laaste bondel wasgoed hang.

Haar lyf voel sag en maagdelik in die wit sweetpak. Om te stort, wetend dat Abel nooit weer op die rottangstoel sal sit nie, is verlossend.

Die verfbesmeerde oorpak en die bondel begrafnisklere lê op die Christ's thorn.

Elke Pase het die godliewende Susarah 'n krans gevleg met Christ's thorn-takkies. Paasvrydag is sy en Abel Nagmaal toe met tuisgebakte ongesuurde broodblokkies vir Paasnagmaal. Ry vroeg om dit te rangskik op die silwer-konsistorieborde.

Elke keer was daar 'n geveg omdat sý nie wou saamgaan nie.

"Julle wéét ek vier nie Paasfees of Kersfees nie! Los my uit om my eie heil . . ."

"Gertruida," en Susarah sit die Bybels en gesangboeke op die muurstaander, langs Anthonie se foto. "Ons vier die kruisiging met respek, hou op met jou godslasterlike Kwakertwak. Jy maak van ons gesin 'n bespotting." Abel kom uit die kamer, besig om sy wit ouderlingsdas te knoop. "Jou pa voel presies nes ek."

"Hou julle maar Paasfees!" snou sy. "Júlle is mos God se bekeerde dissipels. As God se dissipel het Pa seker die reg om my snags . . ."

Susarah verbleek. "Gertruida, jy laster . . ."

"Of tel dit nie as sonde as 'n pa sy dogter verkrag . . .?"

Toe klap Abel haar met sy handrug deur die gesig. "Jy's kranksinnig, Gertruida! Beséf jy watter skade en skande jy ons kan besorg met jou verdigsels?"

"Ma?" Die bloed bruis in haar ore. "Wanneer gaan Ma iets dóén? Of is Má tevrede met die dinge wat in hierdie huis aangaan?"

"Wátter dinge, Gertruida? Al waarmee ek ongelukkig is, is die afgryslike stories wat jy opmaak. Mens sou nie sê ek en jou pa offer soveel op vir jou . . ."

Draai om; loop weg. Moenie dink aan wat voorlê nie. Moenie in jou hart wens jy kon saamgaan kerk toe en deel wees van God se genadeverbond nie. Werk eerder uit hoeveel wegloopgeld is in die koekblik. Besluit wat jy uit die spens en waenhuis kan saamneem kliphuis toe. Maak sinne.

Gertruida treur. Gertruida tree agteruit. Gertruida dra die drag.

Terwyl hulle in die kerk sit, is sy rivier toe. Tel drie kolgansvere op. Trek 'n groot kruis in die sand. Waar die lyne kruis, maak sy die drie vere staan.

Vader. Seun. Heilige Gees.

Sy sit op haar knieë by die voet van die sandkruis en huil. Omdat sy nie weet of God bestaan nie. En ás Hy bestaan, waarom ignoreer Hy haar? Hy sê in die Bybel geen haar op jou hoof sal geskaad word nie. Waarom word álles aan haar geskaad?

Nou lê die bondel begrafnisklere op die Christ's thorn.

Dis asof God haar wanhoop uiteindelik raakgesien het.

Sy sleep die rooi wasgoedbad vol yskasgoed in die gang af. Die eerste ding wat sy uitgehaal het, was die eiermandjie. Stoep toe. Gooi die eiers teen Ouma Strydom se spieëlkas. Mik vir die laai met Abel se speelgoedjies. Elke eier wat teen die hout afdrel, word 'n Doringrosienag wat sy weggooi. Eendag sal al die nagte vol pyn ongedaan wees. Sy sal onbesmet wees.

Dis 'n goedkoop lieg, sê sy hardop toe sy die bad oor die voordeurdrumpel stoot.

In die drie en 'n halwe maand toe sy by Tannie Lyla in Oos-Londen gebly het voor die baba gebore is, is sy elke week sielkundige toe. Meer om Tannie Lyla se onthalwe as om haar eie. En al wou sy dit nie erken nie, het die ure by die sielkundige haar tydelik verlos van vele knelteringe. Splintertjies begrip gebring oor die pynhel waarin sy lewe.

Sy het van die vrou gehou; van haar spreekkamer met die roomkleurige banke en die perskegeel mure; 'n vistenk om na te staar as sy nie wou antwoord nie; die kalmte in die vrou se stem. Maar dwarsdeur alles het sy skepties gebly, want sy was oortuig al doen jy tienduisend terapiesessies, al verslind jy elke boek en artikel oor sieklike seks agter huise se geslote deure, al volg jy die gesondword-getuienis van honderde slagoffers, al bid jy tot jou knieë skurf is – vergeet sal jy nooit. Die wantroue en angs is by jou ingebed tot die einde van jou dae.

Jy kan klinies leer verstáán wat die verwrongendheid veroorsaak wat die monster dryf om jóú lewe te verorber. Jy kan leer konsentreer, jou obsessies beperk en hanteer. Jy kan duisend maal oortuig word van jou onaandadigheid en onskuld. Op die oppervlak kan 'n sielkundige jou help met antwoorde soek. Maar vergeet en volkome héél word, by 'n punt aankom waar die aftakeling nie meer 'n faktor in jou lewe is nie, is onmoontlik. Die slagoffers wat dít getuig, is besig met 'n wiegelied. Die sielkundige het nie só gesê nie; sy het dit self beredeneer.

Miskien kan dit sagter word. Verder terugskuif in jou geheue. Vervang word deur omstandighede van geborgenheid en respekwaardigheid.

Tannie Lyla het die terapiesessies gereël en betaal. Op voorwaarde haar ma-hulle moenie daarvan weet nie.

"Hoekom nie?"

"Gertruida, jou pa-hulle sal énigiets doen om te verhoed dat jy praat. As hulle weet jy gaan vir terapie, sál hulle jou hier wegneem, uit vrees dat jy vir die sielkundige die waarheid vertel. Onthou, solank jy swyg, is hulle veilig."

Dit was steeds vir haar 'n wonderwerk dat Tannie Lyla haar glo.

Elke woord.

Vir die eerste keer het dit gevoel of sy 'n ma het. Iemand vir wie háár belange 'n prioriteit is. Tannie Lyla bring 'n bak soutwater om haar geswelde voete te week. Smeer haar pynlike kruis met Germolene. Steek vir haar 'n kers in die badkamer aan. Van al die goedheid wat sy in daardie tyd by Tannie Lyla gekry het, is daar een ding wat bo alles uitstaan: om 'n sleutel vir haar kamer en badkamer te mag hê.

Gertruida Strydom mág keuses maak.

"Dis hoekom jou ma-hulle toelaat dat jy hier bly; dis 'n veilige plek. By 'n tehuis vir ongehude moeders is vorms om in te vul, maatskaplike werksters en sielkundiges wat die probleem met jou deurtrap; doktersbesoeke. Jou ma-hulle sal dit tot elke prys vermy."

"Wat maak dit saak wat ek vir die sielkundige vertel? Sy is gebind tot 'n eed van geheimhouding en . . ."

"Ja, Gertruida. Maar daar is 'n ander kant van die wet ook. Dis onwettig vir enige persoon in 'n magsposisie om nié die wete van bloedskande by die betrokke owerhede aan te meld nie. So 'n persoon staar yslike probleme in die gesig as hulle dit dig hou."

"Dan gaan ek nié. Al wat ek wil doen, is om die hele gemors te stop. Ek wil nie by die owerhede aangemeld en oopgespalk . . ."

"Moenie bang wees nie, Gertruida. Asseblief, doen dit vir my onthalwe? Ek sal polisie toe gaan en dit aanmeld . . . "

"Nee, nooit. Dan verdra ek eerder die hel tot . . ."

"Wag, Gertruida, aanmeld beteken nie noodwendig hofsake en vervolging nie. Al meld ek dit aan, rus die onus op jóú om 'n verklaring te maak. Doen jy dit nié, het die owerhede geen saak om te vervolg nie. Maar dan is dit immers wettiglik aangemeld, en solank ek by die polisie 'n skriftelike bewys van aanmelding kry, is die sielkundige gevrywaar . . ."

"Nee."
"Asseblief, Gertruida, asseblief?"

Die oggend toe die polisie aan die deur klop, wou sy mal raak van vrees. Maar sy het geweier om énigiets te sê. Hulle is onverrigtersake daar weg.

Twaalf sessies van hoop en wanhoop.

Sy het baie by die sielkundige geleer. Aanvanklik het sy elke vraag ontwykend beantwoord met: ek weet nie; ek kan nie onthou nie. Maar met elke sessie het sy blyer geword omdát sy kon praat. Hoe meer sy gepraat het, hoe meer herinneringe het voor haar oopgebreek.

"Vertel my van jou speelgoed toe jy klein was."

"Ek kan nie eintlik iets onthou van speelgoed nie." Die vraag het haar herinner aan Abel se speelgoedjies.

"Het jy 'n pop gehad?"

"Ja."

"Wat was haar naam?"

Staar na die vistenk. "Lulu."

"Vertel my van Lulu, enigiets . . ."

Staar, staar, staar. Die kind stamp teen haar blaas, haar voete prik. Staar, staar, staar. "Lulu is al sedert my laerskooljare in die kliphuis bo in die berg. Ek wou keer dat sy seerkry, toe neem ek haar weg. Ek het vir haar 'n rooigrasbedjie gemaak . . ." Asof dit iemand anders was wat praat, vertel sy van Lulu. Sy het nie besef hoevéél in haar onderbewuste geberg is nie.

Halfpad deur die sessie was sy tot trane ontsteld oor die onbetwisbare detail van haar onthoue. Dis nié opmaaksels nie. Dikwels daarna kon sy die klein Gertruidatjie, wat met haar Lulu-kind ineengekrimp in 'n hoekie van die boomhuis sit, en wat steeds iewers in haar hoogswanger lyf woon, vashou en sus.

Maar sy het te min geleer, of dalk was sy te afgerem om behoorlik saam te werk, want ná die geboorte kon sy nie haar voet uit die slagyster losdraai nie. Kwalik 'n maand ná sy terug was op Kiepersolkloof, het Abel weer begin. Sy was van voor af 'n lam ter slagting. Selfmoord was ál wat haar permanent kon verlos. En tóg was sy dankbaar toe Mama Thandeka haar keer om van die windpomp af te spring.

Want iewers in 'n mens bly die hoop klop. Al is dit stadig en dof.

Op Nuwejaarsdag 2004 het sy twee-en-twintig geword. Braham was nog met vakansie by sy ma-hulle, maar hy het gebel. Sy was te hartseer om bly te wees, want op Oukersdag het Tannie Lyla selfmoord gepleeg.

"Ek kom vroeër terug," het hy gesê, "ek verlang na jou. Kan ons koffie drink die Vrydagmiddag voor die skool begin?"

Die hoektafel agter die nooienshaarvaring was beset en hulle het 'n halfuur by 'n ander tafel gewag. Vir die kelnerin gesê sy kan die spyskaart bring sodra hulle oorskuif. Dit het gevoel asof almal hoor wat hulle praat, en die feit dat hulle omring was van kletsende mense en dat sy só gesit het dat sy nie die oop deur kon sien nie, het haar beknel. Sy wou nie vir Braham vra om plekke te ruil nie, want sy wou dit vermy om haar obsessie met 'n oop deur te verduidelik.

Oop deure om te kan vlug. Terselfdertyd deursleutels om haar af te kordon. Dit het haar nie meer verwar nie, want die sielkundige het haar destyds gehelp om dit te verstaan. Tog was sy mateloos verlig toe hulle oorskuif hoektafel toe.

"Jy's 'n ander een, Gertruida. Ek het die vakansie seker twintig boodskappe op jou foon gelos. Maar jy antwoord nie. Hoekom sit jy jou foon knaend af?"

Teken patrone op die tafeldoek. Hy sit sy hand liggies op hare. "Ek wil graag 'n kluisenaar wees, Braham. Om in die berge te bly en van veldkos te leef, om nóóit weer te praat nie, is my droom." Soms was sy verbaas oor hoeveel sinne sy aaneen kan sê in sy teenwoordigheid. "My selfoon is 'n irritasie. Ek antwoord geen boodskappe nie, maar ek lees én luister altyd na jou boodskappe."

Hy moenie dink sy ag hom waardeloos nie.

"Langdurige isolasie is afbrekend, Gertruida. Hoekom wil jy 'n kluisenaar wees?"

"Om weg te kom van my pa af." Dit glip onbewaak uit. Gou doodvee. "Ons verskil te veel oor boerdery. Hy wíl met Bonsmaras boer, en ék wil Kiepersolkloof omskep in 'n turksvyplaas. Die skuur kan omskep word in 'n fabriek waar byprodukte van turksvye vervaardig word, die moontlikhede is legio. Maar hy reken dis vergesog en sotlik."

"Wat is sy redenasie oor hoekom dit vergesog en sotlik is?"

"Ek dink dis omdat dit arbeidsintensief is en hy sê oor sy dooie liggaam bring hy weer 'n klomp arbeidersgesinne plaas toe." Die kelnerin sit hulle koffie en flappertjies neer. "Dit bekommer my, Braham, maar vandat Tannie Magriet se plaasskooltjie in 1997 toegemaak het by gebrek aan regeringsfondse, en aan leerlinggetalle, gaan omtrent geen kind in die kloof skool nie. Dis 'n suksesresep vir misdaad en uitsigloosheid. Ek wens ek kon 'n privaat laerskooltjie op Kiepersolkloof . . ."

Hy leun agteroor en glimlag. "Dan bedank ek die onderwys summier, en word jou skoolhoof."

"Waarvandaan gaan die leerlinge kom, en waarmee gaan ek jou betaal, Meester Fourie? En jy sal tevrede moet wees om in 'n opgeknapte werkershuis te bly."

"Dit klink alles so aanloklik. Dalk moet ons dit oorweeg?"

"Vergeet dit, my pa sal 'n beroerte kry."

Hulle sit lank. Kry nog koffie. Dis genoeglik by hom. Maar heeltyd sukkel sy om die bose in haar stil te kry. Die bose sê: Koop arseen en vergiftig Abel en Susarah. Of draai een Saterdagaand die wielmoere los, sodat hulle verongeluk as Abel Sondag kerk toe jaag. Dan bedryf jy Kiepersolkloof soos jý wil. Jy en Braham.

Toe sy opkyk na die oop deur, stap Abel by Die Koffiekan in.

"Middag, middag," groet hy joviaal, kom na hulle tafel aangestap. Maar sy sien die storm op sy gesig toe hy sy palms op die tafel druk en sissend vorentoe leun. "Ek wag soos 'n bleddie fool vir die geweerolie, en jy sit en ginnegaap met . . ."

"Jammer, Oom Abel, dis ek wat haar ophou . . ."

Hy vat die bottel Balistol-olie wat sy uit haar handsak haal en draai na Braham. Sis weer: "Hierdie onderwyser-skoolkind-vryery is 'n verleentheid, en jy beter sorg . . ."

Braham staan op. "Sy's darem nie meer 'n skoolkind nie, Oom Abel."

"Hou op redekawel met my, ek kon jou pa gewees het. Luister mooi: van vandág af kom jy nooit weer op my tennisbane nie. Jy hou Gertruida uit die werk, en jy steek ons in die skande. Verstaan jy?"

"Nee, Oom Abel, ek verstaan nie." Hy skuif sy stoel agteruit en staan op. "Maar as dít is wat Oom wil hê, sal ek wegbly van Kiepersolkloof." Hy steek sy hand na Abel uit. "Ek en Gertruida sal op die skool se tennisbane speel."

Abel ignoreer die uitgestrekte hand. Loop uit.

"Ek verag hom met 'n passie," sê sy vir Braham toe hy weg is. "Dalk vertel ek jou eendag hoekom. Of dalk nooit."

Die mooi middag was stukkend.

Toe sy teen skemer by die huis kom, sit hy op die stoep met die geweerstok en die olielappie en borseltjie, en maak sy .303 skoon. Hy ignoreer haar.

Toe die huis donker is en Susarah se slaappil werk, draai haar deurknop. Hy druk die yskoue geweerloop in haar op, en sê sy moet haar verbeel dis Braham se ou pienk dingetjie.

"Asseblief, Pa, ek is . . ."

"Ja, ek weet jy's hard up." Die korrel skraap haar toe hy die geweerloop uittrek. Hy sper haar oop; stamp sy knie tussen haar bene. "Kom ek gee jou iets ordentliks."

Aspoestertjie trek haar glasskoentjies aan en hardloop rivier toe in die nag. Sy was die paddaprins se slym uit haar hare. En wonder hoe messel mens 'n put vir ewig dig.

Sy lig die wasgoedbad tot op die stoepmuur. Beker vla. Slymerige ingelegde perskes. Bloukaas. Aarbei-jogurt. Noedelslaai. Bottel mayonnaise.

Dalk sien haar ma haar en gryns as sy onthou van die skreeusnaakse Saterdag met die mayonnaise. Hemelgenade, Abel was briesend. Die Sondagoggend dog sy hy skeur haar ma se kopvel van haar skedel af. Tóé was dit allesbehalwe snaaks.

Kort gelede was daar 'n waterlek in die lapa se grasdak. Die vorige week het 'n donderstorm uitgesak ná tennis. Verleentheid toe die water op die lasagne drup. Vanweë ligadag was daar nie die volgende week tennis nie. Toe besluit Abel om die lekplek reg te maak. Klaar daarmee, haal hy die brandewyn uit. Daar is voëlluise op sy kop, sê hy, dit kom uit die grasdak. Hy krap en krap, raak dronker.

Haar ma sê sy gaan blomme op Anthonie se graf sit, want sy verlang na haar kind.

Hulle veg oor Anthonie. Ouma Strydom se robynring wat haar ma laat wegraak het. Abel sê die voëlluise en Susarah dryf hom malhuis toe.

"Kom sit op die Morrisstoel, dan kyk ek onder die kombuis se neonlig wat op jou kop aangaan," sê haar ma stroperig.

Abel sit slapkaak van dronkheid. Sy gaan soek kastig

vrugtesap in die yskas. Hier kom 'n konsert wat sy nie wil mis nie.

"Abel, dit wemel op jou kop!" Haar ma knipoog na haar.

"Môre is ek op konsistoriediens." Sleeptong. "Dóén iets! Moenie jou onnosel hou nie! Dis vir jóú dat ek in die grasdak . . ."

Tien minute later slaap hy dooddronk op die Morrisstoel. Haar ma masseer sy kop met mayonnaise. Plak nog en nog by. Vorm sy hare in punte dat hy soos die duiwel lyk. Hulle giggel. Toe hy soos Medusa lyk, druk sy die afdrooglap voor haar mond.

Slaaptyd skuif sy Ouma Strydom se spieëlkas voor die deur, al weet sy hy sal dit wegstoot. Die mensdom daarbuite sal nooit glo watter absurde goed in Kiepersolkloof se huis gebeur nie. Susarah smeer jeukpoeier op die toiletring. Gooi sout in die suikerpot. Sit 'n hoenderpoot onder Abel se kussing en maak hom wys hy is getoor. Mors kastig per ongeluk warm appelkooskonfyt op sy nuwe *Landbouweekblad.*

Disfunksioneel, dís wat hulle is. 'n Gesin waarvan die rolspelle drasties en tragies skeefgeloop het.

Abel, die ryk gemeenskapsleier. Abel, die gewetenlose recce. Abel, wysgemaakte moordenaar van sy kind. Abel, die seuntjie wat naarstiglik na moederwarmte soek. Abel, wat sy verterende vuur by Gertruidatjie aan die brand hou.

Susarah met die baie gesigte.

Sy, Gertruida, wat oortuig is sy is die gom wat alles aanmekaarhou. Ongeag die prys. Gertruida wat Abel in sy slaap wil doodskiet. Gertruida wat op 'n makabere manier verknog is aan haar pá; wat nie kan bekostig om die goedheid wat hy aan haar uitdeel, te verloor nie.

En die wêreld sien niks. Omdat hulle moeiteloos maskers ruil. Skynbaar kom selfs God dit nie agter nie.

Daardie nag slaap Abel met 'n mayonnaise-kop waaroor 'n stortpet getrek is. Só ontwaak hy toe Susarah al doenig is met brekfiswors. Sý sit in die ontbythoekie en eet graanvlokkies met water en suiker. Skuif die pot pronkertjies voor haar in sodat hy nie moet sien hoe sy grinnik nie.

"Watse kak is dit hierdie?" Hy swaai die besmeerde stortpet rond. "Jy weet goed ek is op konsistoriediens en ek moet vroeg . . ."

"Jý't gevra ek moet die luise . . ."

Slaan haar met die stortpet deur die gesig. Die spatsels sis in die worspan. "Is jy bedônnerd om my kop vol mayonnaise te smeer?" Hy slaan weer na haar ma met die stortpet. "Ek stink dônnerswil asynsuur!"

"Maar, Abel, jy't gesê enige plan is reg, solank . . ."

Sy kyk weg en sit 'n lepel pap in haar mond, toe hoor sy die slag. Haar ma lê op die wit teëlvloer. Abel skop in haar ribbes. "Dônnerse pateet!" en hy skop weer. Haar ma snak. "Staan op jou pote!" Haar ma kom op haar knieë. Hy skop haar van agter tussen die bene. Sy val op haar gesig op die teëls; daar loop 'n geel plas onder haar uit. "Staan op!"

Sy sien hy gaan weer skop.

Hoe sy so gou uit die eethoekie gekom het, weet sy nie. Voor hy kan skop, vang sy sy voet en ruk hom van balans af. Hy lê met sy lewer-oë en mayonnaise-kop op die vloer. Sy is die buffer tussen hulle; sy hou sy voet vas. "Staan op, Ma, en sluit Ma in die badkamer toe." Hy ruk sy voet. Sy hóú. "Ek sal Ma kom roep as Ma kan uitkom." Draai sy enkel. "Vanoggend gee ek hierdie vark 'n moerse pak." Haar ma druk haar kneukels in haar mond en huil.

"Jý? Gaan jý jou hande vir mý, jou eie pa, lig?"

"As dit nodig is, ja. Loop, Ma."

Haar lyf is sterk. Nie so sterk soos syne nie, maar nogtans. Hy is onvas, dis in haar guns. Haar ma loop kromskouer uit. Hy ruk sy voet. Uit die hoek van haar oog sien sy die vlieëspuitgoed op die vensterbank by die stoof. Gryp die soom van sy pajamabroekspyp in 'n knoop vas; gryp die spuitgoed met haar ander hand. Spuit die blik leeg op hom. Geel druppels aan sy ken en oorlelle. Hy hoes. As hy sy mond oopmaak om te skel, spuit sy na sy mond.

"Slaan of skop weer aan Ma, ek sweer ek gaan polisie toe. Oor Ma, én oor my."

"Los my broek, of ek . . ."

"Of jy wát? Oppas dat ek vanoggend by die kerk instap en voor almal vertel hoe jy Ma skop en slaan! Hoe jy my pregnant gemaak het!"

Sy laat val sy voet op die vloer. Loop telefoon toe en bel die dominee om te sê haar pa kan dit nie maak vir kerk nie; hy is by 'n Bonsmarakoei wat sukkel om te kalf. Toe gaan haal sy haar ma uit die badkamer.

"Gertruida, ek . . .?"

"Net Ma sal weet hoekom Ma by hom bly. Ek is spyt ek het nie sy harsings met sy eie .303 weggeblaas nie."

"Ek ook, my kind."

Weke lank het hy nie met haar gepraat nie. Salige nagvrede.

En weke aaneen het sy haar ma hoor sê: Ek ook, my kind.

Oor die loop van twee-en-twintig jaar was dit die naaste wat Susarah ooit aan 'n bekentenis, of erkentenis, gekom het.

Sy gooi die bottel mayonnaise stukkend teen die onderste trap. Laat die inhoud van die bad oor die muur stort.

Al is dit nie Pase nie, gaan sy môre 'n sandkruis trek en daarby huil.

Later hou sy op tel hoeveel baddens sy uitsleep. Pottekas. Messelaai. Koekpanne, plastiekhouers. Rooi-en-groen kookgereedskap. Afdroogdoeke, tafeldoeke, plekmatjies, skinkbordlappe. Eetstel, glasbakke, lampe, blompotte, kershouers. Alles wat kan breek, gooi sy teen die sonkamer se buitemuur. Nuwe huisgoed sal 'n seën wees.

"Jy is goed nagelaat," het die prokureur gefluister by die begrafnistee. "Volgende week as dinge rustig is, sal ek uitry Kiepersolkloof toe en alles mooi verduidelik." Amper asof sy nie self 'n testament kan lees nie. "Bel as jy 'n kontantjie nodig het."

Niemand hoef te weet van die geld in die kliphuis nie.

Nog uitgooi. Blikkieskos. Waskamer toe, sy sal dit by Andrea-hulle gaan aflaai.

Rye inlêgoed in die spens. Kerrievis, olywe, kwepers, kappersade. Stringe eerste pryse wat Susarah by die VLV verower het vir haar handewerk.

Al die bottels verskerf teen die sonkamermuur. Voor sy ingaan, drink sy van die tee. Rus by die tenk. Haar skouer is seer van sukkel met die koevoet. Sy moet geordend dink. Maandag wil sy die bouer op die dorp bel, hoor of hy 'n span kan stuur. Messelaar, skrynwerker, verwers. Die oopdraaideurknippe moet vervang word met afdrukknippe. Die vloere moet geskuur en vernis word. En sy wil die trap afgebreek en nuut ontwerp hê.

Volgende week kan sy en Mabel grootdorp toe ry. Skóón huisgoed uitsoek waarvoor sy nie gril nie. Sodat sy 'n ry deure agter haar kan sluit.

Terwyl sy die boksvrieskas uitpak, slaan die ganghorlosie vyfuur. Sy hoor 'n ryding en vat haar .22 agter die kombuisdeur. Daar is vyf patrone in die magasyn. Wie ook al by die hek is, moet weet sy sal uit die heup op vyftig tree reg langs sy kleintoontjie vasskiet.

Abel het haar goeie dinge ook geleer. Messel. Water lei. Sweis. Beeswerk. Skiet, met skerpskutter-presisie. Die windbuks. Die .22. Die .303.

Sy herroep 'n sonnige dag toe sy en haar pa vygieboskamp toe is met die skietgoed en 'n piekniekmandjie.

Druk die kolf teen jou regterskouer, Truia. Ontspan. Sit jou linkerhand voor om die geweerhout. Sien jy die mikkie in die visier? Sien jy die korrel, dit lyk soos 'n pilaartjie? Goed. Jy gaan skiet na die blik op die heiningpaal. Kry die punt van die pilaartjie op die visier se mikkie . . . Reg? Kry die punt van die pilaartjie op die blik . . . Reg? Sit jou vinger op die sneller; moenie aftrek nie. Lê botstil . . . Onthou, mens trék nie 'n sneller nie. Mens ráák net daaraan. Moenie jou oë knip nie. Voor jy skiet, maak seker die korrellyn is reg: blik, pilaartjie, mikkie.

Die blik tuimel saam met die fluitgeluid. Iets in jou borskas word groot en bly.

Jy ís lief vir jou pa.

Dis lekker saam met hom in die son by die vygieboskamp. Jy het die blik al twintig keer raak geskiet. Net twee kere mis. Netnou gaan julle deur die rooigras loop en koffie drink onder die olienhout. Frikkadelle en vetkoek met bloekomheuning eet wat jou ma ingepak het. Jy wens julle hoef nooit huis toe te gaan nie.

Dit maak jou bly as hy op 'n ander dag sê julle gaan in die fonteinkamp onder 'n bakkrans skaapstertjies braai. Jy hang aan sy lippe as hy vertel van die Boesmantekeninge in die vlermuisgrot. Hy sê op 'n mooiweerdag moet julle koffie en oondbroodjies inpak, dan klim julle soontoe en hy sal jou wys waar Khoisanmense bokkies en maantjies met bessiesap op die grotwande geteken het.

Planttyd sit jy op sy skoot en hou die John Deere se stuurwiel vas; julle ploeg die pampoenland. Oestyd sê hy dis die grootste pampoene wat nog op Kiepersolkloof gegroei het, omdat jý so mooi geploeg het.

Jy hét jou pa lief. Liewer as die liefste iets op aarde.

Die ryding is naby. Vyf patrone is genoeg.

Sy los die boksvrieskas oop. Staan kaalvoet in die oranjegeel middaglig op die trap met die .22, geweerloop na onder gerig. Die hekbord spel haar instruksie en waarskuwing onverbiddelik uit.

Die bakkie stop by die hek. Dis Tannie Magriet. Sy maak die .22 teen die trappilaar staan en stap aan hek toe.

"Gertruida, ek bel en bel, maar hier's nooit antwoord nie. Mabel sê jy ís hier, maar sy mag nie werf toe kom nie. Braham soek jou ook. Hy sê jy moet hom terugbel, anders ry hy hiernatoe. Nou kom kyk ek net of alles reg is."

"Alles is reg hier, dankie, Tannie Magriet."

"En dié bord, Gertruida?"

"Ek wil alleen wees, Tannie Magriet, vir lank."

Tannie Magriet kyk na die chaos in die voortuin. Sodat sy ongemaklik voel, asof sy Tannie Magriet 'n antwoord skuld. "Ek maak bietjie skoon . . ."

"Dis reg so, Gertruida." Sy maak die bakkiedeur oop. "Gee 'n luitjie as daar iets is waarmee ons kan help."

Lank ná Tannie Magriet weg is, leun sy op die koue raam van die hek. Luister na die kolganse se rasperroepe. Verlang na Braham. Hy het in die Afrikaansklas gesê die berggans waaroor Boerneef dig, is 'n gewone kolgans. Heilige voël vir die antieke Egiptenare; vertrappende plaag as hulle by koringlande invaar. Selfde voël; verskillende persepsies. Daarom is dit nie noodwendig dat 'n gedig eenders geïnterpreteer word deur individue nie. Maar die mooiste iets wat hy van die berggans gesê het, is dat 'n berggans monogaam is, hy neem slegs een wyfie per broeiseisoen.

Sy het gewens sy is 'n bergganswyfie. En hy haar mannetjie. Dan sou hulle saam wegvlieg na 'n ver rivier. Sy laat sak haar voorkop op haar arms; prewel die woorde asof sy dit gister uit sy mond gehoor het:

Die berggans het 'n veer laat val
van die hoogste krans by Woeperdal
my hart staan tuit al meer en meer
ek stuur vir jou die berggansveer
mits dese wil ek vir jou sê
hoe diep my liefde vir jou lê.

Daardie naweek het sy 'n borsveertjie opgetel en dit die Maandag voor skool op sy klaskamertafel neergesit.

Dis séér om nie liefgehê te word nie. Nie deur jou pa of jou ma, of jou maats nie. Of deur iemand vir wie jy 'n borsveertjie opgetel het nie.

In die kouerwordende middag wens sy sy kon die tyd terugdraai tot in haar graadelfjaar. Dan sou sy dadelik vir haar ma-hulle gesê het sy is swanger. 'n Aborsie kry, en onherstelbare skade aan haar siel verhoed.

Sy was agtien en in graad elf, 'n vernedering om so oud te wees in graad elf. Twee keer gedruip. Sub A en standerd ses. Die rapport het gesê sy voldoen nie aan die slaagvereistes nie en moet die jaar herhaal. Dis hoekom sy die oudste in die klas was. Behalwe dat sy die oudste was, was sy die maerste in die klas, en soms die tweede vetste. Andrea was áltyd die vetste.

Soms wóú sy vet en lelik en sweterig wees. In die hoop Abel gril vir haar. Dan het sy gevreet soos Susarah, maar nie maagwerkpille gedrink nie. Tjoklits ingestop tot haar vel vol puisies is. Tuinbome gesnoei; die takke met die trekker weggesleep. Met Bamba in die veld gehardloop. En ongebad gaan slaap om aspris te stink.

Ander kere wóú sy maer en mooi wees. Dan het sy ophou eet, van water en appels geleef. In die berge rondgeklouter; heen en weer deur die rivier geswem om kilojoules te verbrand. Haar soms vergryp van honger en agterna haar vinger in haar keel gedruk.

Sedert die begin van graad tien wou sy permanent die maerste en mooiste wees. Vir die nuwe Afrikaansonderwyser. Daar was niks macho aan hom nie. Dra bril. Kleinerig van postuur; middelmatige lengte. Die eerste dag toe hy tydens saalbyeenkoms bekend gestel is as Meneer Fourie het hy 'n donkerblou tweedbaadjie gedra, ietwat strak.

Tog het hy haar aangegryp. Nog meer só toe sy in die Afrikaansklas agterkom hy het ook 'n slag met woorde, meer as enige Afrikaansonderwyser wat sy al gehad het. Hy kon 'n woord laat sing, laat klink, laat nadraai. Afrikaans het ánders geklink uit sy mond.

Eendag as sy klaar is met matriek, het sy besluit, moet hy haar nie as 'n potjierol onthou nie. Van haar eerste dag in graad tien het sy skraps geëet. Die koshuismeisies het daarvan gehou. Meer op húlle borde. Vir die eerste keer was sy in tel; was daar iets van háár wat almal wou hê.

Ek kry Gertruida se poeding. Ek kry Gertruida se gebakte aartappel. Ek het eerste gesê ek wil Gertruida se rys en sous hê. Ek ruil met jou, Gertruida; my blaarslaai vir jou skyf avokadopeer.

Soggens voor die opstaanklok lui, is sy in die badkamer om die kooipisterreuk af te skrop. Waar sy altyd geweier het om aan sport deel te neem, het sy begin tennis speel. Geensins omdat sy wóú nie, maar omdat Braham Fourie die tennisafrigter was. Enigiets om naby hom te wees.

Haar pa het daarvan gehou. Duur raket, tennisklere, sportskoene. Soms het hy haar genooi om saam met die grootmense te speel, maar sy wou nie. Speel eerder 'n stel saam met hom voor die mense opdaag. Leergierig, want terwyl hulle op die baan is, is hy haar pá. Selfs al raak hy aan haar om iets te demonstreer, gril sy nie.

Só moet jou greep wees vir 'n voorhand, Truia. Só vir 'n rughand. Kry 'n stewige greep op die raket. Moenie jou opponent dophou nie; hou die bal dop. Bly op jou tone. Antisipeer jou opponent se taktiek. Gooi die bal hoër as jy afslaan; swaai jou raket verder terug vir 'n kragtiger kishou. Volgende week oefen ons die valhoutjies en lughoue.

Slurp elke wenk op. Sy wóú Braham Fourie beïndruk.

"Skote Petoors! Binnekort speel jy my van die baan af!" Haar pa lag wittand met haar. "Jy's goed met instorm op die valhoutjies. Kyk," en hy wink haar nader, "as jy jou opponent by die net het, speel oorkruis vir die hoek. Of speel 'n lughou oor sy kop, laat hom terughardloop, dan moet hy 'n noodhou speel terwyl hy van balans af is. Dis ás hy betyds daar kom . . ."

Skaars het Braham Fourie sy koffers in sy koshuiswoonstel uitgepak, of hy word verkies tot diaken, nogal vir die koshuiswyk. Háár diaken.

Toe doen haar pa iets waarvoor sy hom geseën het. Hy maak Braham Fourie deel van Kiepersolkloof se tenniskorps. Die man kán speel, het hy gesê, hy lyk verniet so tingerig. Saterdae het die spil van haar lewe geword.

Sy is nie meer met Bamba veld toe nie.

Anthonie se Bamba was lankal dood, in haar sub A-jaar. Braafheid, en die instink om haar te beskerm, het hom 'n pofadder laat aanvat. Sy het getreur. Min geëet. Sleg geslaap. Onder die sipresboom gesit waar OuPieta hom begrawe het. Toe hoor sy haar ma sê vir haar pa hy moet 'n plan maak om vir haar 'n nuwe Jack Russell te kry.

Jy moet stilbly, Truitjie . . . As jy stilbly, bestel Pappa vir jou uit die *Landbouweekblad* 'n nuwe hondjie vir Kersfees. Trek uit jou broek, dan sit jy op my bors, met jou bene oor my skouers. Komaan nou, skuif nader . . .

As die moeg agterna haar lyf verlam, sê hy altyd sy mag nie praat nie.

Thula-thula. Sjuut-sjuut.

Einde van sub A het sy vir Kersfees 'n Jack Russell gekry.

Mooiste hondjiebaba. Sy het hom ook Bamba gedoop. Asof sy Anthonie wou laat voortleef.

Sy wil nie nou aan Bamba se dood dink nie. Veertien onafskeidbare jare. Drie skote voor hy stilgelê het. Die laaste twee patrone het sy in die lug afgeskiet. Salvo. Mens moenie te veel aan die dood dink nie. Of hoe Braham Fourie nooit in jou hart doodgegaan het nie.

Van die dag toe sy pak gekry het oor sy gelag het vir Andrea se ma, het sy die tennisbaan vermy.

Toe word Braham Fourie deel van Saterdae.

Haar en Bamba se veldekskursies het doodgeloop. Hy het op die bokhaarvelletjie in haar kamer geslaap, deur toegetrek sodat hy nie 'n laspos is nie, terwyl sy haar ma by die lapa help met versnaperings en voorgeregte. Saterdae dra sy suurlemoenpons en yswater aan tussen stelle. Was glase. Skep op. Dra vuil borde weg. Maak asbakke leeg.

Sondae neem sy Bamba veld toe. Loop in die rooigras; droom van Braham. In haar kop het hý langs haar geloop. Sy het vir hóm swartbessies gepluk, of 'n wildevy geskil. Wolkpatrone en bosbokspore gewys. Hoe die watereend haar nes verskans met 'n blarekombersie as sy 'n rukkie lank weggaan. 'n Haasnes, snoesig gevoer met haashare, twee kleintjies in die nes.

Drome. Vergesogte drome.

Soms, net soms, het sy naby haar ma gevoel in die lapakombuis.

Een wintersnag het sy vir Abel gesê sy sal enigiets kies uit die onderste spieëlkaslaai, as hy vir haar 'n tennismasjien koop.

Sy het die tennismasjien gekry.

Op 'n ander keer het sy met 'n swart suspender belt en visnetkouse aan in die maanlig voor die venster gestaan, op voorwaarde dat sy in die Septembervakansie 'n tennisafrigtingskursus in Pretoria kan bywoon. Dúúr kursus. Vliegkaartjie. Hotelverblyf.

Dans in die maanlig neem hoogstens 'n uur.

Die tenniskursus het haar in die skool se eerste span laat instap.

Stink Gertruida stink nie meer nie. Dom Gertruida is slim met tennis. Matrone sê die kinders mag haar nie spot oor bed natmaak nie, want sy is gebore met 'n blaasdefek. Sodra sy volgroeid is, gaan dit met 'n operasie reggestel word.

Opmaakstorie van Susarah.

Eendag sit sy agter die skoolsaal by die vullisblikke haar koshuis-konfytbroodjie en eet. Andrea kom soos 'n geskopte hond om die hoek en vra of sy by haar kan sit.

"Sit maar."

"Ek wil jou iets vra, Gertruida."

"Vra maar."

"Wat is 'n blaasdefek nou eintlik?"

"Ek weet nie, Andrea."

"Ek hoor dan jy het 'n blaasdefek?"

Sy het dadelik gesnap. "Dis my privaat sake."

"Asseblief, Gertruida, vertel my hoe gaan hulle dit regmaak?"

"Dis vir die uroloog om te besluit, Andrea. Hoekom vra jy sulke goed?"

"Want . . . want . . . ek het ook 'n blaasdefek."

Die koudste skrik gryp haar. Sy het dit al die jare geweet; vanaf die keer toe hulle klein was en Andrea haar wou lek. Gooi die konfytbrood vir die miere. Dit eggo in haar. Ek het ook 'n blaasdefek . . . ook 'n blaasdefek . . . Dan was sy verkeerd toe sy gedink het 'n landdros is 'n betroubare man, en dis onmoontlik dat hy sy dogter sal misbruik. Speel saam, om Andrea te laat loop. "Ek sal jou sê sodra myne reggemaak is."

"Dankie, Gertruida, dánkie, dánkie, dánkie."

Soveel as wat sy die spieëlkaslaai verfoei het, net soveel was die voordele. As mens klein is, het jy nie listige bybedoelings nie. Jou lyfie kry net seer, oor en oor. Maar jy is gehoorsaam, want jou pa sê dis hoe die liefde werk.

Maar jy bly nie vir altyd klein nie.

Daar kom 'n tyd dat jy weet naglikkewane bestaan nie. Maar daar is 'n tjekboek en kredietkaart waaruit jý kan suig. Dit maak jou magtig om te weet jy kan iets van Abel beheer. Jy raak parmantig. Manipulerend. Kwetsend. Sarkasties. Soete wraak om, as dit jóú behaag, poppekas te speel met jou pa en ma.

Soos met die motor wat sy wou hê.

Enkele dae voor die skool begin vir haar graadelfjaar, stuur haar pa haar dorp toe vir dipstof en melksalf en 'n windpomp-onderdeel. Die dorp is stil. In die verbyry sien sy die wit Corsa in die garage se vertoonvenster. Sy wil die Corsa hê. Maandae en Vrydae se saamryery moet einde kry. Padgunsies ook. Stap by die garage in en vra die prys. Haar pa gaan iets oorkom. Hou die motor vir my, sê sy vir die eienaar, my pa sal dit in die week kom betaal. Dis my agtiende verjaarsdagpresent.

Terug by die huis stuur haar pa haar om te gaan soutlek uitsit in die taaiboskamp en te kyk na die watersuiping.

"Nee, ek sal nie. Ek is nie 'n plaasjong nie."

"Here, Gertruida, moenie my tart . . ."

"Moenie die Here se Naam ydellik gebruik nie. Julle wil hê ék moet kerk toe gaan, maar miskien moet júlle liewer uit die kerk bedank. Want julle moet bepaald vir God 'n verleentheid . . ."

"Gaan sit die soutlek uit, Gertruida, en hou op om my siel te vertoorn."

"Ek het die wit Corsa by die garage laat reserveer. Gesê Pa kom dit later die week betaal. Ek het 'n afspraak gemaak vir my lisensie."

Hy verskeur haar met sy oë. "Jy's bemoerd in jou kop, Gertruida!"

"Pá sal die beste weet hóé bemoerd ek in my kop is. En hoekom."

Toe die skool begin, stop sy by die koshuis met haar wit Corsa. Soms is dit lekker om te hê wat ander kinders nie het nie.

Maar soms wens jy dat dit wat jy het, liewer aan iemand anders behoort. Soos die kind wat op Paasvrydag van haar graadelfjaar vir die eerste keer in haar geroer het. Lemoenduifie se borsveertjie in die wind.

Abel en Susarah was al terug van die Paasnagmaal, toe sit sy nog by die sandkruis en huil. Omdat sy te lank gewag het vir 'n aborsie. Omdat Braham Fourie haar sal verag. Omdat sy nie weet of die kind gebreklik gaan wees nie. Omdat sy nie weet hoe om te sê wie is die pa nie.

Die winter was naby. Steek dit weg. Speel tennis met 'n sweetpakbaadjie aan. Dra 'n trui onder haar skoolbaadjie, sodat niemand sien haar skoolrok se rits is oop nie.

Abel het dit eerste gesien, in die Junievakansie, toe hy die laken wat sy kastig om haar gedrapeer het in 'n afstootlike konserttoneel, afgeruk het. Die volgende dag was die enigste keer dat sy hom in die middel van die week op die werf sien steier het. Koffietyd die middag het sy en Susarah hom van die waaiertrap af ingesleep.

"Wat gaan vandag met jou pa aan?" het Susarah gevra toe hulle met hom tot op die bed geswoeg en sy skoene uitgetrek het. "Hy drink nooit in die week nie . . ."

Toe Susarah omdraai om sy skoene te bêre, staan sy kaalbolyf, in haar bra, trui in die hand. Swanger standbeeld wat na die slapende Abel kyk. Susarah se gesig vergrys.

"Skoolseun-fokker," spoeg-sis sy.

'n Ander Susarah as die VLV-Susarah, of die kerk-Susarah, of die pilsuiper. 'n Susarah wat sy nog nooit ontmoet het nie.

"Ma droom," spoeg sy terug.

"Met watter fokker het jy loop lê?"

"Ma weet mos ek lê net met één."

"Hoe sal ék weet? Ek pas nie jou lêplekke op nie."

"Ek wens Ma het."

Toe los sy hulle in die skemer kamer. Loop deurkomhekkie langs na Mabel toe. Nie later nie as môre, moet sy vir Mabel wys waar is die kliphuis, want sy wil padgee op Kiepersolkloof voor die vakansie verby is. Daar is goed in die kliphuis waarvan iémand moet weet, vir ingeval sy nooit terugkom nie.

Die volgende oggend het Mama Thandeka werf toe gesukkel met haar kierie. Om te sê Mabel sal nie vandag in die werk staan nie, sy's voor sonop saam met 'n geleentheid van Bosfontein dorp toe met 'n tandpyn.

'n Week voor die skole begin, is sy in die nag met haar Corsa weg na Tannie Lyla toe. In die volmaan-rypnag het Mabel gehelp om die motor oor die knop te stoot. Mabel spring in, ry saam teen die afdraand tot by die laagwaterbruggie waar sy kon aanskakel sonder dat Abel hoor.

"Vaderland, Gertruida, jy moet laat weet as jy anderkant kom."

"Jy sê vir niémand waar ek is nie; nie eens vir jou ma nie. As my geld opraak, sal ek sms, dan vat jy geld uit die koekblik en sit dit op my spaarrekening as jy dorp toe gaan."

"Ek het 'n ander plan, Gertruida. Ek sal my opstop en maak of ek pregnant is. Dan kry jy die bybie en bring hom in die nag vir my. Ek sal hom hier by die brug by jou kom vat, dan maak ek en Mama hom groot. Ek sal sê dis 'n ander wit man van die dorp se tjint . . ."

Die trane het teen haar koue wange afgeloop. "Nee, Mabel, ek dink die kind gaan gebreklik wees."

“Ek en Mama sal hom nogtans grootmaak.”

“Nee. Ek wil nie die kind ooit sien nie. Klim nou uit, ek moet ry.”

Deur oopmaak. Ysnagkoue wat inwaai. “Ek gaan vir jou verlang, Gertruida . . .”

“Jy moet mooi kyk na Bamba, asseblief, Mabel.”

“Ek sal.”

Aanskakel. Stadig wegtrek sonder kopligte. Die volmaan maak die pad silwer. Verby Bosfontein se afdraai skakel sy die kopligte aan. Alleenpad. Draai die musiek so hard dat die kind tekere gaan. Ry en ry.

Dagbreek was sy by Tannie Lyla.

Vroegskemer sit sy die melk en eiers onder die kiepersol. Onder die kluit is ’n plastieksak met vier snye brood en ’n grondboontjiebotterbottel vol heuningkoekstukke.

Die aandster sit hoog toe die houtkombuistafel oor die stoepmuur tuimel. Sy hoor die oleanderboom skeur. Nog die Morrisstoel, dan is die kombuis leeg. Van vrieskaste, tot gebarste seepsplinters. Speserypotjies, vadoeke, potte, glase, opskepbakke.

Alles.

Voor sy alles kon uitkry, het sy die gang leeggemaak om kombuistoestelle op ’n kombers gangaf te sleep. Besoekersboek. Oupa Strydom se portret. Die portretglas bars toe dit die hoek van die hangkas tref. Staan onseker met die Familiebybel. Mag sy dit weggooi? Wíl sy? Stap sy om die hoek, potystertafel toe, waar die hemel was toe Anthonie ’n seuntjie-engel was en sy met haar driewiel by hom gekuier het. Skuif die pot met blou vergeet-my-nietjies eenkant toe en lê die Familiebybel op die tafel neer.

Party goed word nie weggegóói nie.

Sy sal ’n gat spit in die familiekerkhof, en dit eervol begrawe.

Vat die halfmaantafel aan die pote en slaan die ander pot met hen-en-kuikens van die pilaar af. Skiet die pote oor die gras. Hoedestaander. Abel se hoed en reënbaadjie. *Landbouweekblaaie*. Sweep wat Oupa Strydom gevleg het. Kleikruik wat Susarah uit Jerusalem laat verskeep het. Bak met droëgranate. Staan besluiteloos voor die swart-en-wit foto van Anthonie. Lees weer die datums: 3 Februarie 1975 – 3 Februarie 1985. Die aanhaling uit Alfred Lord Tennyson se gedig "In memoriam A.H.H.", wat Susarah in sierletters onderaan geskryf het:

'Tis better to have loved and lost
Than never to have loved at all.

Elke keer as Abel sy hoed ophang, kyk hy daarin vas. Hoekom moes Susarah dit juis dáár sit? Ná Anthonie se dood kon hy nie kom koffie drink sonder om met die instap aan sy aandadigheid herinner te word nie.

Sy sit die foto by die Familiebybel op die potystertafel. Dis tyd om Anthonie vir die tweede maal te begrawe.

Muurmat uit Turkye. Ougoud en rooi. Susarah het die mat teruggebring toe sy saam met die Jong Dames Dinamiek getoer het. Terwyl Susarah weg was, het sy begin menstrueer. In daardie dae van skaamte en twyfel het Abel begin om haar te sodomiseer.

"Moenie toeknyp nie, Truitjie. Sit jou knieë wyer uitmekaar, laat sak jou bolyf."

Daar was 'n kramppyn in haar derms, dit het gevoel of sy alle beheer verloor toe hy sy Vaseline-vinger . . .

Nee, maak nie saak hoeveel die mat werd is nie, sy wil dit nie hê nie.

Toe die opstaanklok die Woensdag in haar standerdvyfjaar lui, is haar koshuislaken en pajamabroek vol bruin bloedvlekke. Skrik. Nie oor die bloed nie. Aan bloed op die laken is sy gewoond. Maar dis afstootlik om met 'n pak sanitêre goed by 'n kasregister te staan. Almal weet daar kom bloed by haar uit. Nog erger om te dink sy kan verwagtend raak.

Haar ma is in Turkye en kom eers volgende naweek terug. Buitendien, sy praat nie oor sulke goed met haar ma nie. Bondel die laken in die sak waarin haar ma vir haar appels saamgegee het. Sy sal dit in die vullishouer in die skool se badkamer weggooi.

Was dit nie vir Mabel nie, weet sy nie. Mabel was in standerd nege, by die groot meisies op die boonste verdieping. Verbode plek vir laerskooldogters. As sy boontoe glip, pik hulle op Mabel. Hulle pes dit dat sy altyd die beste huishoudkundepunte het, en die eerste netbalspan se senter is.

Sit 'n laag toiletpapier in haar ligblou skoolbroek. Toe die ontbytklok lui, wag sy vir Mabel by die trap. Mabel hardloop op en kom terug met 'n tjoklitboks.

"Is binne-in. Sit die plastiekkant weg van jou lyf af," fluister sy. "Vanmiddag in staptyd sal ek apteek toe gaan en . . ."

"Ek sal etenstyd die geld vir jou gee."

"Mý pa het vir mý ook geld gegee. Net soveel soos vir jou."

Eendag het haar ma haar met 'n pluksel groenbone oorgestuur na Mama Thandeka toe. Was omtrent in standerd twee, want sy en Mabel het op die bank onder die peperboom die groenbone sit en afhaar. Beurte gemaak met haar nuwe Victorinox.

"Dis 'n mooi mes wat my pa vir my gebring het, nè?"

"Gertruida, het jy geweet dat jou pa ook my pa is?"

“Dit jok jy, Mabel. My pa is wit en jou ma is swart en . . .”

“Enige kleur man kan by enige kleur vrou ’n tjint maak. Kom laat ek jou iets wys.” Mabel is die huis in en het met ’n papier teruggekom. “Is my geboortesertifikaat. Dáár,” en Mabel het met haar vingers gewys, “staan geskrywe my pa is Abel Strydom. Moenie vir Mama sê ek het die papier vir jou gewys nie. As jy sê, gaan ek vir jou ma sê jy speel onder jou broek in die boomhuis. Jy dink verniet ek sien jou nie . . .”

Wanneer sy die vuur aansteek, moet die tuinslang byderhand wees, sodat die vuur nie in die tuin in hardloop nie. Mabel se hart sal breek.

“Kyk,” sê Mabel toe sy ná staptyd met die apteeksak by haar kamer aankom. “Bedags plak jy hierdies aan jou pantie vas. Hierdies,” sy haal ’n klein pakkie uit, “moet jy in die nag in jou opdruk. Diep, maar die toutjie moet uithang sodat . . .”

Asseblief, nie dít nie. “Nee, ek gaan nie.”

“Vaderland, Gertruida, wat as jy jou bed natpie en al dié goeters raak nat?”

“Ek gaan in elk geval dwarsdeur die opdrukding pie en . . .”

“Die pie kom by ’n ander gaatjie uit. Oor die naweek sal ek als mooi vir jou verduidelik. Doen net wat ek vir jou sê om te doen.”

Die naweek het sy agter die sementdam gehurk en op haar hand gepie. Mabel was reg, sy het twee gaatjies.

Vrydagmiddag, terwyl haar ma slaap, praat haar pa en ’n landbou-adviseur in die kantoor oor kampheinings en tamatieplantjies. Mama Thandeka hang koshuiswasgoed op. Goeie kans om met Bamba weg te glip kliphuis toe. Oorkant die rivier swenk sy oos; hou op die klipbanke om nie voetspore agter te los nie.

By die bergpoel, ’n entjie van die kliphuis af, was sy haar.

Bak op 'n klip in die herfsson. Bamba lê by haar voete en kyk na haar. Al is sy kaal, is sy nie skaam nie, want Bamba kyk anders as Abel. Sy wens haar tieties wil nooit groter word nie; dat al die hare aan haar lyf sal ophou groei; dat die bloed nooit weer sal terugkom nie.

Sy dink nie haar pa weet van die bergpoel nie. Te onherbergsaam vir die beeste. Daar is plekke op Kiepersolkloof waar nog nooit 'n mensevoet getrap het nie. Nie lank terug nie, het haar pa by die tennis vertel van nuwe Boesmantekeninge wat hy ontdek het. By die fonteinkamp, in 'n grot waarvan hy nie eens geweet het nie, en waarvan sý pa nooit gepraat het nie.

Hy sal nie haar kliphuis opspoor nie. In elk geval sal die digte turksvybome rondom die plek mense daar weghou. Net sý weet hoe om sonder 'n krapmerk tussen die turksvye deur te kom. Breek gereeld blare weg om buk-buk 'n looptonnel te skep.

Seker so in sub B was daar drama op Kiepersolkloof. Sy het die storie gehoor toe sy in die ontbythoekie wegkruip. Alles het begin met 'n werker wat in Oupa Strydom se tyd skaap geslag het. Begrawe die velle en binnegoed op plekke waar nooit 'n voet trap om beeste te soek nie. Verkoop die vleis op die dorp. Oupa Strydom het die polisie laat kom. Hulle soek die dief. Bloedhonde. Soekspanne. Fynkam tot op Bosfontein. Die dief is weg. Oupa Strydom sê die polisie moet maar los, want hy kan nie heeldag tyd mors op dief soek nie. Hy moet kalwers speen en aartappels uithaal.

Oupa Strydom was lánkal dood, toe raak daar 'n bees weg. Sy hoor haar pa sê vir OuPieta hy moet sy kossak pak en loop tot waar die aasvoëls draai aan die westekant van die taaiboskamp. Hy dink die bees is dood, en hy wil seker wees. Toe OuPieta terugkom, sê hy dis nie 'n bees nie, dis 'n dooie mens met 'n opgevrotte voet en onderbeen. Moet van 'n adder gepik gewees het en daar loop doodgaan het. Haar pa klim self taaiboskamp toe. Wragtig, dis die skaapdief. Al die jare in Kiepersolkloof se berge weggekruip en van veldkos gelewe. Glads 'n broek aan van dassievelle, toegewerk met jakkalssening.

As sy weer kliphuis toe kom, moet sy naaldwerkgoed saambring. Net vir ingeval.

Bietjie bloed aan die klip toe sy opstaan. Hier in die berg voel die bloed anders as by die koshuis. Skoner. Sy weet nie hoe kan die koshuismeisies oor sulke goed praat nie. "Oumatjie". "Siek wees". "Padda in 'n hangmat". Sy het 'n renons in hulle praatjies.

Kort ná die skool begin het in standerd vier, is afgekondig die standerdvierdogters moet ná pouse huishoudkundeklas toe gaan; seuns houtwerkklas toe. Die klinieksusters gaan met hulle praat. Toe almal op die hoë huishoudkundestoeltjies sit, skakel die kliniekeuster die truprojektor aan en sê hulle is bymekaar as jongmeisies wat amper grootmeisies is. Daar is dinge van die lewe waaroor hulle gaan praat sonder doekies omdraai.

Almal giggel, stamp mekaar met die elmboog oor die sketse op die transparante. Net sy en Andrea lag nie. Andrea vee heeltyd sweet af. En sý skrik heeltyd.

Die suster sal nie jok nie. Is beendrukkies en tongsoene sonde? Skrik. Mens kan tog nie 'n baba kry by jou pá nie? Skrik. Is "sperm" die regte woord vir "towersalf"? Skrik. Mág mens die badkamer en jou kamer sluit? Skrik. Beteken bloed aan jou broekie jy kan 'n baba kry? Dan kan sy lankal babas kry. Skrik.

Weke lank het almal pouses gefluister. Wat vir húlle sensasie was, was vir haar 'n nagmerrie. Pouses het sy by die vullisblikke gesit. Banger en banger geword.

Sy tap die waterkan vol. Op pad terug kliphuis toe loop sy by die haasnes langs. Leeg, sonder dat sy die kleintjies kon groet.

In die warm donkermaannag sit sy en Bamba by die deuropening van die kliphuis en eet brood en suikermielies. 'n Kriek skree skerp eennotig. Hoe haal 'n kriek asem? Hoekom vlieg vlermuise nie in iets vas nie? Waar kom die bloed uit haar vandaan? Wat gaan sy maak as sy in die nag 'n tampon inhet, en Abel . . .?

Haar kop dink om en om. Maar kom nêrens uit nie. Sy wil dink hoe sy die bloed vir haar ma gaan wegsteek. Net Mabel hoef te weet. Sy rus haar rug teen die lou muurklip en soek 'n komeet. Mama Thandeka sê Anthonie is 'n ster. Watter ster? Wat is binne-in 'n ster? Mister Williston moet haar help met 'n boek oor sterre. Die kreeep . . . kreeep van 'n kroonkiewiet maak Bamba onrustig.

As sy in 'n dier kan verander, wil sy 'n kroonkiewietkuiken wees. Die pa en ma help al twee om die bruin eiers uit te broei, sommer in 'n nes wat hulle in die grond krap. Maar al het hulle 'n armmansnes, laat hulle niemand naby die kuikens kom nie. Gaan te kere, duik uit die lug op die vyand af. Tot Bamba bly weg van 'n kroonkiewietnes. As die afduikplan misluk, hou die kiewiet hom mank. Sleep sy vlerk; probeer die vyand weglei.

Hoekom pas haar ouers haar nie op soos 'n kroonkiewietkuiken nie?

Dis onmoontlik om te dink. Daar is te veel brekende branders in haar kop. Bamba kom lê teen haar; hulle raak op die rooigrasbed aan die slaap.

Saterdag brei sy klei en smeer die dakstokke. Die winter is naby; die kliphuis moet droog bly, want daar is boeke en goed wat nie mag nat word nie.

Saterdagmiddag is die bloed weg en kan sy weer gemaklik loop. Huis toe, al wil sy nie; al weet sy self nie hoekom sy elke keer teruggaan nie.

Sondag is Mama Thandeka se af dag.

"Maak vir ons aartappelslaai met mosterd, toe, Truia? Dan ry ons vygieboskamp toe en ek braai vir ons wors."

"As ek móét . . ." Sy is nie lus om naby hom te wees nie. Sy wens hy wil dronk word en in die vuur val.

Tog word dit 'n mooi middag onder die olienhout by die vygieboskamp. Hy maak vir haar appelsap oop. Praat van olyfbome wat hy wil plant vir huisgebruik. Fransina wat moet kalf. Filters wat hy vir die John Deere moet insit. Die groentetuin wat geploeg en bemes moet word. Pietertjie wat by 'n tandarts moet kom oor vrot kiestande.

"Dis van jelliemannetjies." Hy lag. "OuPieta sê hy kom anderdag in die kombuis en Pietertjie sukkel om sy voet in die koffiebeker te kry, en hy sing van Jan Pierewiet wat sy koffie met sy groottoon roer. Pietertjie se oudag is vir my 'n bekommernis . . ."

Die sonbesies skree. Die hadidas roep. Windjie in die olienhoutblare. Bamba jaag 'n muishond. Dis lekker by haar pa.

"Wil Pa nie vir my 'n stuk grond gee waarop ek 'n turksvyboord kan plant nie?" Mooi vra. Nie dreig of dwing nie. "Wéét Pa wat kan mens alles uit turksvye vervaardig? Ek sal die boord naweke en vakansies in stand hou. Kom ons probeer dit en kyk . . ."

"Nee, dis te arbeidsintensief."

"Sal Pa dan vir my 'n klein bobbejaantjie vang? Mens kan hulle baie truuks leer. Ag, toe?"

Donker gordyn wat oor sy oë trek. "Nee, 'n werfbobbejaan is die één ding wat ek nie wil hê nie. Ek kan dit nie verdra as 'n dier vasgeketting is nie." Hy gooi die vuur dood en begin oppak. Stroef. Hulle ry woordeloos huis toe.

Sy gaan lê op haar bed met die atlas wat sy by Tannie Lyla gekry het. Om te kyk hoe groot is die wêreld. Want eendag wil sy vir goed weggaan. Dalk bly sy in Groenland.

Of in die noorde van Rusland. Terwyl sy vir haar 'n dorp in Kanada uitsoek, draai die deurknop. Haar maag ruk.

As sy nog nooit na doodgaan gesmag het nie, was dit daardie dag. Van pyn en vernedering. Want dit was die middag waarop Abel die eerste maal sy natgelekte pinkie agter in haar opgedruk het.

Die volgende naweek het haar ma teruggekom uit Turkye.

Met die rooi-en-goue muurmat.

Sy rem aan die mat tot dit loskom uit die spykerplankie. Toe die gang leeg is, kan sy die res van die kombuisgoed uitdra. Tot haar liggaam tam is.

Sy borsel tande; vat kussings en komberse. Ligte afskakel. Voordeur toetrek. Baan 'n pad deur die chaos aan die voet van die trap, verby Ouma Strydom se spieëlkas waar die eierplas lê. Waenhuis toetrek. Opkrul in die bakkie. Kussings onder haar kop intrek.

Nagsê vir Frieda; die kolganse en paddas.

Vir Mama Thandeka en Mabel.

En vir Braham.

*

Dis nagtyd. Die slaap is weg uit my oumenslyf. Ek vra vir iNkosi: Banjani abantwana? Hoe gaan dit met die tjinners?

My halfblinde oë kyk deur die gordynskrefie om te sien of ek 'n ster in die donker hemel gewaar. 'n Ster wat sê sy naam is Abel. As ek my oë toemaak, sien ek agter in my oogkasse duisende sterre, soos toe ek en Samuel ons aandkos in die driebeenpot by die buitevuur gekook het. Dan praat ons oor my mense en oor sy mense. En hoedat ons op Kiepersolkloof beland het, so ver van onse mense af. Hoedat dit gekom het dat ons nooit teruggegaan het om te kyk hoe dit met onse mense gaan nie.

"Seker oordat ons in vrede hier bly. En jy sal mos nooit weggaan van Abeltjie af nie. Hy's jou aanneemtjint, Thandeka."

Ons sing vir mekaar wyl die geelmaan oor die berg kom. Ek sing die groot lied van my mense. *Nkosi sikelel' iAfrika; Maluphakanyisw' uphondo lwayo; Yizwa imithandazo yethu; Nkosi sikelela . . .* Dan sê hy dis mooi, maar hy verstaan nie wat ek sing nie. Ek sê onse groot lied vra die Here moet ons hoor bid en onse land seën. Hy moet help dat die oorlog en baklei ophou.

Samuel sing die groot lied van sy mense en die wit mense. *Uit die blou van onse hemel, uit die diepte van ons see . . . Deur ons vér-verlate vlaktes met die kreun van ossewa.* Dan sê ek vir hom ons het nie 'n wa en osse nie, maar ons het twee donkies en 'n stewige donkiekar. Ons lag en suie die dunsous uit die hoender se vlerkbeentjies. Samuel eet sy rys met 'n lepel. Ek druk rysklontjies en eet met my vingers. Dit maak nie aan ons saak dat ons van verskillende mense kom nie. In onse harte is ons eenderste. As ons mage dik is en onse ooglitte raak slap, gooi Samuel die vuur dood, en ons kry kooi.

So seer soos my hart is, troos dit my om te weet Abel en Samuel rus tussen die sterre. Seker is iNkosi die tata wat waghou oor sy sterretjinners. Daar's baie sterretjinners oor wie ek in die nagte dink. Ek vra vir iNkosi of hulle siele geverander het in dowwe sterre, of helderes. Dan lê ek in die donkerte en wonder.

Eerste van almal oor myselwers. Sal my goedkant in die hemel blink, of my dofkant? As Mabel vol maandbeneuktheid is, sê sy my ster sal dof skyn.

"Oordat Mama met Abel geloop lê het."

"Is lank terug se dinge, Mabel . . ."

"Maar hy kom nog steeds hier by onse huis nes hy lus het, en Mama gee hom altyddeur bossietee of warm kaiings."

"Hy kom nie hier van lushê nie, Mabel, hy kom sit hier by my en gesels op dae as hy allenig voel in die wêreld."

"Laat ek loop fynhout optel, voor ek my erg oor Mama altyd opkom vir hom."

Mabel het 'n gladde bek op haar. Is waar, as 'n tjint skool loop, kom hy êrenster. Samuel het gesê die meeste van sy Bonsmara-geld moet eenkant gesit kom vir Mabel se geleerendheid. Mooi skool geloop by Missus Magriet se skool tot standerd vyf. Abel het haar elkere dag gekarwei. Of Ou-Pieta. Die tyd toe sy klaarmaak met standerd vyf, sien ek nie kans dat sy in die dorpslokasie moet loseer en met Satan deurmekaar raak nie.

Is net mooi in daardie tye dat Missus Magriet se man dood is van 'n gebarste kopaar. En Missus Magriet se hande moes oralster raakvat. Toe kom sy tot hier by onse huis en sê sy't 'n hand nodig met die klein tjinnertjies by die skool, en of Mabel nie kan kom uithelp nie. Sy sal 'n assistent wees, sê Missus Magriet, en sy mag mooimaakgoed aan haar gesig sit. Cutex ook. En Missus Magriet sal vir haar vyf eenderste navy blue outfits en plat skoene koop vir elke dag se dra, sodat sy stylvol is. Want dan sal die skooltjinners nie met haar mors nie.

Twee jare verder, in 1992, toe vat die witskool op die dorp bruin tjinners. Mag tot in die koshuis bly. Ek het swarigheid gesien. Maar Abel het gesê hy betaal als, Mabel móét dorpskool toe. En hy sal betaal as sy agter matriek wil loop leer vir 'n prokureur of 'n dokter. Maar daardie tyd toe raak ek sestig en my bene is swak. Toe sê Mabel sy loop net skool tot by standerd nege, dan kom sy oorvat in Kiepersolkloof se huis, en sy kom my oppas.

Mabel het nie dom of agter in die dorpskool beginte nie, want Missus Magriet was 'n goeie juffrou. Naaldewerk, skoolkonsert, atletiek, resitasies wat sy die tjinners geleer het. Al ding wat Missus Magriet verkeerd gedoen het, was om die tjinners te maak praat soos sý praat. Hulle moenie sê "beterder" en "losserder" en "gevergeet" nie. Hulle moet hulle lippe rond maak vir "fluit" en "snuit" en "ruit". Smiddae staan Mabel onder die peperboom en sy lyk alte komieklik as sy oefen om nie te sê "flyt" en "snyt" en "ryt" nie.

Dit pla my daardie tyd, dié anderster pratery. 'n Hoender bulk nie soos 'n bees nie; 'n bees kekkel nie soos 'n hoender nie. En as jy gedruk word om te bulk wanneer jy hoort te kekkel, raak jou geluide naderhands deurmekaar. Sodat jy nie wis of jy 'n eend is wat sis nie, of 'n slang wat kwaak nie.

Sleg vir mens se gedagtes. Ek weet. My naam is nie verniet Thandeka Malgas nie. Iewerster in my dinkgoed en weetgoed het klomp goeters deurmekaargeskommel. My tata en mama se geluide. Samuel s'n. Kiepersolkloof s'n. Ons almal maak anderster in onse huise, en in my huis was drie huise se maniere en prate saamgedruk. Die bloed in Mabel se are is hoeka soos twee kleure verf wat in een blik omgeroer is. Ek wil nie hê dat sy latertyd nie weet hoe mag sy praat en nié praat nie. Sy moet weet wie's wit en wie's swart en wie's bruin. Is nie dat die een beterder is as die ander ene nie. Net anderster. En sy moet verstaan om respekte te hê vir mense se andersheide.

Ewentwil. Só leer Missus Magriet hulle om te "fluit" en te "snuit" en te "ruit".

Een Saterdag, die tyd toe Mabel in standerd een is, loop ek Bosfontein se winkel toe vir huisgoed. Dit was kort agter Samuel se heengaan, en heelpad soontoe voel ek 'n droefte oor hom. Ek dink aan die Saterdae toe ek Trading Post toe geloop het vir my mama se kosgoed en vinnig geloop het om bietjie langer na Samuel te kyk waar hy staan en somme maak en afweeg. Ek hoor hom sê: Thandeka, jy's die mooiste klimeid hierdie kant van die berg.

Ek sê daardie dag vir Missus Magriet daar's iets waaroor ek wil praat. Ek sal wag tot toemaaktyd, oordat die winkel besig is. Ek sit op die houtbank voor die winkel tot sy toesluit. Sy sit langes my op die houtbank. Ek sê wat ek wil sê oor die anderster pratery.

"Thandeka," sê sy, "dis 'n kwessie van behoorlike opvoeding."

"Jirre, Missus Magriet," laat val ek iNkosi se Naam ydelik, "wie's ons om te sê waffer opvoeding is 'n behoorlike ene?"

"Thandeka, die wêreld verander en dis my plig . . ."

"Raak hy miskien beterder, Missus Magriet?"

Ons twee sit tot agter donkertyd op die houtbank. Naby mekaar, oor die aandwindjie koel raak. Ons praat oor die deurmekaarheid in mense se koppe. Nie net vandag se dag nie, nog al die jare vandat die aarde gemaak is. Adam en Eva wat in 'n paradystuin gebly het, toe raak hulle sondig oor 'n slang wat 'n lieg kom verkoop het. Tuin daarmee heen. Vrede daarmee. Goddeloosheid vat oor.

Ek en Missus Magriet kry nie antwoorde vir al die goeters nie.

Ek haal 'n pakkie wit suiker uit my winkelgoed en gee dit vir haar. Om soetigheid te bring in haar tee. Sy sluit die winkel oop en bring vir my 'n pakkie bruinsuiker vir my oatspap.

"Dankie, Thandeka," sê sy, "dat jy my vandag iets geleer het."

"Dankie, Missus Magriet," sê ek, "dat ek kan weet hier's vir Mabel 'n kans vir gelerendheid op Bosfontein."

Sy't my met die bakkie huis toe gevat. Halfpad kom Samuel in die bakkie se ligte aangedrawwe, op soek na my.

Snags as ek vir iNkosi vra hoe gaan dit met die geeste van my mense by die plek waar ek 'n intombi was, dan wonder ek oor hoekom Mabel so 'n teensin in Abel het. Want hy's goed vir haar, nes hy op baie maniere vir Gertruida goed is. Dan wonder ek of Mabel nie in haar verste hart kwaad is oor Abel nooit daarvan gepraat het dat sy sy tjint is nie. Is op 'n manier maar dieselfde as eenkant toe stoot.

Sy't altyds gesê as sy by mondigtyd kom, gaan sy haar naam laat verander op die regering se boeke. Sommer Charlene of Cindy-Ann. Tot Mietjie sal beterder wees as Mabel. Mabel is net Abel met 'n M vooraan. Maar tot vandag hou sy nog haar naam.

Ek wis dit was vir Mabel 'n uitkoms om terug te kom Kiepersolkloof toe. Die vier jare toe sy op die dorp skoolgeloop het, had sy swaar onder die wit tjinners. Oor sy een van die minnerige bruin tjinners in die skool was. Daar's nie gal in my daaroor nie, want ek het geweet dit sal so wees. Mens kan nie jare in aparte kampe wei en op 'n dag in vrede in een kamp saamloop nie. 'n Trop is 'n trop, elkere een baklei vir sy trop. Hoekom mag die wit tjinners nie baklei vir hulle trop nie?

Kyk hoe het my en Samuel se mense gebaklei vir onse troppe. Van waffer tyd af kan ons sê die reg om te baklei hoort net aan ons? Ek hoor als wat die draadloos en die televisie sê van reentboogmense, maar ek wis nie of hulle verstaan 'n mens kan nie die kleure uit die wolke gryp en bymekaar druk en dan sê jy't 'n reentboog gemaak nie. Want 'n reentboog maak homself.

Die eintlike ding wat gemaak het dat die wit tjinners nie van Mabel gehou het nie, was oordat sy knaenddeur opgekom het vir Gertruida. Hoeka was Gertruida een wat eenkant toe gedruk is deur haar maters. Wys jou net, al is Abel skatryk en al kom speel hier hogere mense tennis, kan Gertruida netsowel 'n bruin vel oor haar lyf gehad het, soos sy weggestoot is. Mabel klap en skel onder hulle. Min dae dat sy nie moeilikheid by die skool of koshuis gehad het nie. Al was Mabel ook wit soos 'n vleilelie, sal dit dieselfde gewees het.

Maar sy kyk mooi agter my.

Bedags sit ek hier by onse huis en kyk hoe die son opkom en ondergaan. Ek dink: Is tyd dat Mabel 'n man vat en getroud kom, sodat daar tjinners gebore kom om haar op te pas as sy by haar oudag kom.

Ek wil gehad het sy moet 'n nurse word wat met die kliniek se kombi plase toe ry. Maar nousedae loop die kombi ampers nooit. Oor die petrol op is. Of daar's nie medisyne nie. En oor die kloof se plase stil geraak het van mense. Is net ons oumense wat nog oor is, en ons sal hier doodgaan. Tot Missus Magriet se skool moes gesluit word, oordat die goewerment sê daar's te min tjinners om die kloofskool oop te hou. Buiten dit allester het Mabel nie 'n dryfliksens nie. Sal ook nooit een kry nie.

Gertruida hét haar geprobeer leer met die wit karretjie, die tyd toe Missus Susarah saam met Abel annerland toe was vir 'n volle maand. Mabel kon al mooi op en af ry tussen die werfhek en die laagwaterbruggie. Maar toe kom hulle eendag by die hek en Mabel gee vet in pleks van briek trap. Ploeg met die wit karretjie deur Missus Susarah se clivias, bo-oor die yesterday-today-and-tomorrow, tot binne-in die grootblaardrakebome wat onder die sederboom groei. En Gertruida wil haar doodlag. Van daardie dag af wil Mabel nooit weer agter 'n stuurwiel ingeklim het nie.

Nou bly ek aan't wonder: Hoe gaan dit in die hart van my tjint met die blou oë?

Abel is my ander tjint. Al het ons saam-saam 'n tjint, is hy nooit my man gewees nie. Is swaar; my tong wil nie meer oor daardie tyd praat nie. Maar ek sien hom nog soos toe hy klein was, mooi soos 'n meisietjintjie. Ek het hom geabba en sy matras teen die muur by die putlewwetrie laat droogwôre. Ek was getuie hoe breek die ouman sy seun se bene. As 'n mens se bene eers een maal gebreek was, loop jy al jou jare kruppel. Ek wonder of iNkosi 'n mens se bene weer aanmekaarlas as jy 'n sterremens word?

Hoekom het Abel se broers nie sy gees kom groet toe hy afgesterf het nie? Seker oor hulle wou stik van kwaad oordat Abel Kiepersolkloof geërwe het. Abel het gesê sy pa het gebetaal vir sy broers se gelerendheid en hy't vir elkere een 'n kar en 'n huis uit sy gatsak gebetaal. Hý't nie sulke goeters gekry nie, net Kiepersolkloof. Toe wérk hy hom ryk op Kiepersolkloof.

Is tóé dat wit broer teen wit broer beginte draai.

Dalk sal hulle met anderster oë na hulle ryk broer gekyk het, as hulle geweet het hoeveel geld Missus Susarah knaend bysit uit haar erfgeld. Sy sê niemand, behalwe ekke, hoef te weet hoedat sý Kiepersolkloof mooi maak nie.

Vannag moet ek stillê, sodat die kooi nie kraak nie. Mabel is moeg. Heeldag gedrawwe tussen die kiepersol en onse huis en die honeysuckle-heining. Wil nie vir Gertruida alleen los nie.

Skaars het sy die hokhaantjie se nek afgekap, nog nie beginte vere uittrek nie, toe loop spaai sy eers. Is toe dat sy haarselwers bewekniekoppe skrik, want Gertruida gooi al die eiers in die mandjietjie teen die spieëlkas wat by die trap lê. Mos gerekent Gertruida se kop is uitgehaak. Toe bel sy Missus Magriet op die selfoon om te sê hier's nood op Kiepersolkloof.

Nie lank nie, toe kom die bakkie aangejae. Mabel staan gekoes agter die honeysuckle-heining. Sy sê Gertruida sluit nie die hek oop vir Missus Magriet nie; praat bo-oor die hek. Toe Missus Magriet wegry, kom die rus oor my. Want sy sou nie gery het as sy gewis het Gertruida se kop is uitgehaak nie.

Ek wonder waar slaap Gertruida vannag. Mabel sê sy's

nie kliphuis toe nie, en haar kooi lê voetjies boontoe op die roosmarynbos. Mabel sê Missus Susarah sal regop kom in haar graf en die grond oopstoot om uit te klim as sy moet weet hoe lyk haar voortuin. Sy wat Mabel is, het daardie roosmarynbos gehelp plant. Toe leer Missus Susarah haar dat roosmaryn staan vir nagedagtenis en genade.

Of Missus Susarah stories opmaak, wis ek nie, maar sy't vir Mabel gevertel van die goedheid van 'n roosmarynbos. Glo al in die Bybeltye 'n bos van genade gewees. Want toe die familie van die Liewe Here Jesus weggevlug het uit Egipte, het al die bosse langes die pad geraas gemaak as die Familie teen hulle skuur, sodat die vyande kon hoor waar hulle loop. Net die roosmarynbosse het stilgebly, sodat die Liewe Here se mense veilig kon verbykom.

Mabel sê Kiepersolkloof se tuin is nie net 'n mooilyktuin nie. Missus Susarah het elkere ding geplant met 'n boodskap in haar vingers. Die Carolina-roos sê die liefde is gevaarlik. As hy blom, moet jy jou woorde tel. As jy pronkertjies plant, moet jy weet iemand gaan weg, straks jyself.

Juis in hierdie dae van dood, beginte die eerste pronkertjies blom. Mabel sê daar's twee wittes. Het Missus Susarah 'n gevoelte gehad sy gaan weg, en Abel saam met haar?

Elkere jaar is 'n bedding sonneblomme voor Abel se kantoorvenster geplant; omdat dit beteken jy hóú jou ryk. Om die rand van die sonneblomme is stinkafrikaners geplant, want dit help teen vieslike gedagtes. Eendag is ek so hartseer gewees toe Mabel sê hulle het 'n Virginia creeper geplant, en Missus Susarah sê dit beteken: "Ek hou aan twee mense op een tyd vas, dwarsdeur sonskyn, dwarsdeur skadu". Daardie aand het ek twee keer met my notsungstok buitentoe gesukkel om vir Missus Susarah te bid. Want ek had 'n inniglike jammerte vir haar.

Twee mense.

Abel. Gertruida.

Iewerster in die middel het Missus Susarah in haar handpalms gestaan en huil. Saggietjies, soos die aandwind deur die rivierriete. Want hoe kies 'n mens?

Jy kies liewerster nie.

Want waffer kant toe jy ook al kies, dit sal die verkeerde kant wees.

Stadig omdraai, sodat die kooi nie kraak nie. Trek die kombers oor my kop, anderster gaan ek heelnag sterretjinners soek. Dan slaap ek niks, en oggendtyd kraak my litte soos droë fynhoutjies. Dan's my kragte te min om ordentlik vir Gertruida te bid.

Vrydag, 29 Augustus 2008

Toegevou in die kombers waaronder sy geslaap het, kniel sy by die sandkruis. Dis mistig by die rivier. Haar bidwoorde is weg. Om na die kruis en kolgansvere te kyk, is dieselfde as bid. Waarvoor moet sy bid? Alles waarvoor sy so lank gebid het, is bewaarheid.

Behalwe Braham.

Tog, al is die hel verby, bly sy soekend na hoe dit kón verloop het as sy nie by Hermanus omgekyk het nie. Dalk sou sy beter daaraan toe gewees het as sy, soos Andrea, polisie toe gegaan en die skande oopgevlek het. Opgehou het om magteloos te voel. Waarom het sy nie besittingloos weggeloop en elders 'n lewe saamgeflans nie? Hom in die veld geskiet en voorgegee dis 'n ongeluk nie?

Hoekom. Waarom. Dalk. Miskien. Sê nou maar. Wat as . . .?

As die verskriklike ding nie met Andrea gebeur het nie, sou háár pad dalk anders geloop het. Maar soms gebeur daar goed met ander mense wat jóú pad in 'n rigting dwing.

Andrea. Logge Andrea wat uit die put wou klim, maar net dieper weggesak het. Andrea met die drie buite-egtelike kinders van wie sy nie die pa's kan uitwys nie. Andrea met die rougeëte vingernaels, wat die kasregister by die koöperasie slaan.

Daar is 'n taai vlieg wat aanhoudend op haar regterhand kom sit. Die piepende dakwaaier in Die Koffiekan kry nie die hitte weggewaai nie. Hoekom kies die vlieg háár hand om op vas te plak? Juis haar regterhand?

"Ek was vroeër by die koöperasie." Skuif die suikerpot na Braham toe. "Andrea lyk sleg. Ek dink sy's weer swanger. Om te dink sy's drie-en-twintig, en sit met drie kinders. Sy lyk verweerd. Eintlik kry ek haar so jammer . . ."

"Ek ook. Maar as ek die munt omdraai, kry ek haar glad nie jammer nie."

"Braham!" Geskok. "Hoe kan enige mens haar nié jammer kry nie?"

"Andrea is 'n jellievis, Gertruida. Ruggraatloos en . . ."

"Hoe kan jy só sê? Sy's kaalvoet deur die hel, en het genoeg moed gehad om die gemors aan die kaak te stel en op te staan vir haarself."

"En toe sy opstaan, gaan lê sy weer met haar gesig in die stof. Dís nie opstaan nie, Gertruida; dis om jouself vrywillig in 'n piering water te verdrink. Jy weet mos: Within each man lies the cause of whatever comes to him?"

Iets in haar wou nie ophou skrik nie. Die vlieg pla haar. "Jy vergeet sy was getraumatiseerd; verraai deur 'n gesagsfiguur wat sy met haar lewe behóórt te kon vertrou. En op die ou end sit hy in die tronk deur haar toedoen, al is dit eintlik deur sy eie toedoen, en sý is die een wat sukkel om liggaam en siel . . ."

"Jy's reg, Gertruida. Maar die keuse oor die pad vorentoe het by Andrea gelê. Sy kon teruggekom het skool toe, en die een of ander kwalifikasie bekom het. Of sy onsedelik lewe is nie nou die kwessie nie, maar ten minste kan sy sorg dat sy nie kort-kort swanger word nie. Die bron van haar trauma, haar pa, is nie meer daar om . . ."

"Nee, Braham, oor dáárdie een is jy verkeerd. Of haar pa nou in die tronk of in sy graf of in die Saharawoestyn is, hy sal áltyd by haar bly." Skud die vlieg driftig van haar hand af. "Dis 'n Kaïnsmerk wat sy nooit afgeskuur sal kry nie."

Flarde van die sessies by die sielkundige in Oos-Londen kom na haar terug. "Jy moet onthou daar's van kleins af gepeuter met haar reg om haar eie besluite te mag neem. In haar eie oë is sy net 'n hoer, al sê die kerk of die koning sy is 'n heilige prinses." Die vlieg kom sit op haar wang.

Die vorige nag was haar regterarm lam gekarring. Ruil hande. Abel stamp in haar ribbes en sê sy moenie haar linkerhand gebruik nie, dis rukkerig, sonder ritme. In die warm nag pêrel die sweet teen haar slape; haar mond is papierdroog. Regterhand. Vinniger, dit moet klaarkry. Sy sien die donker lyn van haar .22 teen die muur. As sy die geweer gryp . . . Nee, sy moet wag tot hulle draadheinings naloop, of die beeste van kamp verskuif, dan moet sy hom met sy eie .303 hel toe stuur.

"Bring asseblief tog vir my 'n vlieëplak," vra sy vir die kelnerin.

Rooi vlieëplak. Rooi driewiel. Rooi is afskuwelik. Hou die plak na Braham uit. "Slaan asseblíéf hierdie vlieg dood."

Die vlieg verpulp op haar hand. Badkamer toe. Was hande. Was, was, was. Die water is koel. Dit voel asof sy gisteraand se vullis saam met die vlieg afwas.

Skuif weer by die tafel agter die nooienshaarvaring in. "Ek wil nie verder oor Andrea praat nie, dit ontstel my."

Braham skuif die blompotjie eenkant toe; hou sy palms na bo op die tafel. "Dis volgende Vrydagaand die skool se kultuurkonsert. Die matrieks dramatiseer 'n uittreksel uit *Kringe in 'n Bos*. Gaan saam met my, toe?"

"Ek kan nie. Ons dip volgende Vrydag beeste."

"Ek weet jy hou nie daarvan nie, maar sit net jou hande 'n paar sekondes in myne."

Tien sekondes. Koelgewaste hande. Die aanraking laat ruk haar blaas. Sy neem haar hande weg. "Ek moet nou ry, my pa wag vir die trekkerfilters. Dis my betaalbeurt." Sit geld en 'n groot fooitjie in die rekeningomslag. "Moenie volgende Vrydag vir my wag nie, jy weet mos ons dip beeste."

Sy trek die middelste kolgansveer uit die sandkruis. Skryf met die skag in die sand. *Gertruida draai die dae terug.* Sy wéét Braham het haar nie verraai nie. Dis sý wat hom voortdurend uit haar lewe weggestoot het. Nie omdat sy wou nie, maar omdat sy bang was hy verander in 'n nagruiter wie se asem in haar gesig blaas.

Hoe de hel kry Andrea dit reg om saam met ander mans te slaap?

Moenie aan Andrea dink nie. Dink eerder hoe sy die skuur kan omskep in 'n fabriek. Sién hoe pluk die vrouens turksvye. Hóór hoe lui haar plaasskooltjie se klok.

Sy kan nie konsentreer op die visioen nie. Want ou-ou goed druk tussenin. Dis dáár, soos Andrea se spoke wat nooit ophou loop het nie.

Groot dele van haar kinderjare is in presiese besonderhede in haar geheue aangeteken. Maar ander dele is skynbaar uitgewis. Of verwronge, want haar ma-hulle het altyd gesê sy dink stories uit.

"Dis nie wég nie, Gertruida," het die sielkundige in Oos-Londen gesê. "Niks in 'n mens se geheuebank word vernietig nie. Dit slaap net, soms baie diep. Maar as mens . . ."

"My ma-hulle sê dis verdigsels." Sy het haar hemp styfgetrek oor die bol van haar maag, "Lyk dié miskien na 'n verdigsel?"

"Ek glo vir geen oomblik jy fabriseer verdigsels nie, Gertruida. Wat wel gebeur, is dat mens jou vroeëre jare in terme van prentjies en reuke en gemoedstemminge onthou. En meesal in die verkeerde volgorde, omdat jy dan nog nie 'n sin ontwikkel het vir tyd en ruimte en dimensie nie."

"As ek dit in die verkeerde orde onthou, hoef ek dit netsowel glad nie te onthou nie. Want dan is daar fout met my herinneringe."

"Die feit dat jy wéét, ongeag die volgorde, is goed genoeg. Pleks daarvan om die korrektheid daarvan te betwyfel, kan jy baat vind deur jou herinneringe neer te skryf. Jy sal sien hoe vloei die prentjies . . ."

Ineens verlang sy na die rivier en die kolganse. Die vinke raas. Sy trek voortjies in die sand met 'n riet. *Gertruida dra regtig die gedagte dat die tragedie gedurigdeur deur gerugte reguit gedraai . . .*

"Ekskuus tog, my gedagtes het afgedwaal."

"As jy jou herinneringe neerskryf, sal die legkaartstukkies mettertyd sinvol inpas. Hoe goed ken jy Gouelokkies en Sneeuwitjie en Rooikappie?"

'n Spiertjie spring by haar ooghoek. Die kind skop seer teen haar ribbes. "Ek ken dit van agter na voor; ek het dit seker honderd keer gehoor. Alle kinders ken dit."

"Jy, en alle kinders, ken dit so goed, Gertruida, juis omdat dit so dikwels vir jou vertel is. Wanneer laas het jy dit gehoor?"

"Seker in die laerskool, so tien jaar gelede."

"Wanneer laas het jou pa jou gemolesteer?"

"In die Junievakansie, toe ek ses maande swanger was. Vark."

"Dit het begin in die tyd ná jou broer se dood. Tóé het jy dit nie met 'n ouderdom geassosieer nie, maar met jou broer se dood. Met reën en koue. Jy kan onthou jy en jou pa het op die stoeptrap na die bloumaan gekyk. Op die kerkalmanak kon jy sien dit was bloumaan in Julie 1983, toe jy vier en 'n half was. Jy onthou jou ma het sneeuklokkies gepluk toe sy teruggekom het van die VLV-kongres. Sneeuklokkies blom ongeveer in September . . . "

Die vrou grawe te diep, sy wens die uur is al verby.

"Nou, op neëntien, kan jy alles bymekaarsit en uitwerk

dat jy ongeveer vier jaar en nege maande was toe die lelike ding begin het. Sedertdien het daar bykans nooit 'n maand verbygegaan waarin dit nié gebeur het nie, tot so onlangs as die Junievakansie. Jou herinneringe is konstant verfris. Dis normaal dat jy die detail so goed kan onthou."

Sy het na die persblou vissie gestaar wat om en om swem in die ingehokte ruimte. Iets in haar wou nie glo wat sy hoor nie. Is dit voor die Here wáár dat sy nie verdigsels opgemaak het nie? Maak dit régtig nie saak as sy soms die volgorde verkeerd het nie?

"Jou onderbewuste is 'n fliek, Gertruida. Jy's die draaiboekskrywer én die regisseur én die kameraman. Jy bêre die kameraskote onwillekeurig, en gooi hulle op die skerm wanneer . . ."

"Ek voel nie lekker nie. Kan ons vandag vroeg klaarmaak?"

In die sessie daarná is hulle deur niksseggendhede waaraan sy nooit weer sou dink nie. Die sielkundige se vrae het haar telkens gelei om vergete dinge te herroep.

Het jy 'n kamerjassie gehad? Watter kleur? Hoe het dit vasgemaak, met knope of 'n band? Het dit tot op jou voete of tot op jou knieë gehang? Kan jy onthou hoe het dit geruik? Was dit sag of grof? Het dit sakke gehad? Wat sit jy in die sak?

Sy kon bykans alles onthou. Vir die eerste keer in baie jare van verwarring, het sy haar eie verstrengelde beelde begin glo. Soos 'n blink-blink poort wat voor haar oopgaan.

Toe sy terug is skool toe in die jaar ná die kind se geboorte, het sy die stapel stowwerige kerkalmanakke op die waenhuisrak stuk-stuk in haar koffer gepak en in die onderste rak van haar koshuiskas weggesteek. Asof sy die stukkende jare wou bêre op 'n plek waar sy dit kan uithaal en daarna kyk.

Sy het ure daarmee gesit, gekyk wanneer was Nagmaal, Paastyd, skoolvakansies. Op los bladsye aantekeninge gemaak oor oënskynlik losstaande gebeurtenisse. Klein storietjies oor haar lewe. Dan het sy dit in 'n tyd probeer plaas, en die storiepapier by die betrokke maand ingesit. Alles was legkaartstukkies wat sy wou inpas om sin te maak uit 'n sinlose bestaan.

Op 'n bloedwarm dag in haar tweede graadelfjaar, terwyl sy in 'n tenniswedstryd rus tussen stelle, herroep sy die beeld van singende grootmense voor in die kerk. Almal dra rooi togas en hou rooi kerse vas, silwer Kersfeesblinkers om hulle koppe. Daar is 'n tannie in die voorste ry wat partykeer alleen sing, hoog soos 'n voëltjie. Die son skyn deur die kerkvensters op die tannie se skouer. Sy sing: "Dis Kersfees . . . dis Kersfees . . ."

Terwyl die mense sing, dra haar ma haar by die kerk uit en neem haar toilet toe. Sy het 'n weggooidoek aan, maar sy wil nie in die doek pie nie. Net babatjies pie in hulle doeke, en sy is nie meer 'n babatjie nie. Sy is bang sy val in die toilet. Haar ma sê dis vandag Liewe Jesus se verjaarsdag en sy hoef nie bang te wees nie. Haar ma hou haar hand teen haar rug, sodat sy nie inval nie.

Sy sukkel om te pie, want in die hoekie op die vloer agter die toiletdeur sit 'n spinnekop met lang-lang bene, dun soos haartjies. Toemaar, sê haar ma, dis nie 'n spinnekop nie; dis net 'n gekraakte teël. Haar ma draai die wasbakkraan oop en sê: "Sjwie-sjwie-sjwie." Die water en die sjwie-sjwie-sjwie help dat die pie uitkom.

Ná tennis is sy kerksaal toe, sonder Matrone se toestemming. Agter die deur in die hoektoilet, naby die wasbak, kry sy die gekraakte teël, nes sy dit onthou. Ná aandstudie sit sy met die almanakke op haar bed. Haar mond is droog toe sy sien Kersfees 1983 was op 'n Sondag, en dis op die almanak aangedui as *Kerskantate*.

As sy soveel detail kan onthou van 'n dag toe sy nog nie eens 'n volle twee jaar oud was nie en 'n weggooidoek gedra het, wat is daar nóg alles in haar geheuebank gebêre?

Sy kan duidelike flitse onthou van die tyd ná haar ma teruggekom het van die VLV-kongres in Kaapstad. Glashelder beelde uit haar sub A-jaar. Haar ma het die oggend toe sy die eerste keer grootskool toe is, 'n pienk kalkpil in haar hand gesit en gesê sy moet elke dag een kou by die koshuis, om eendag sterk grootmenstande te hê. Twee vlegsels, ligblou linte. Deurskynende blou knoop aan haar skoolrok se band. Ligblou rekkerige broekie.

Sy was niks bang vir grootskool nie. Daar was baie speelskooltjie-gesigte. En sy het Andrea goed geken, oor Saterdae se tennis. Andrea was nie haar maatjie nie, maar soms het Andrea haar slaappop gebring, dan speel hulle huis-huis in die lapa. Andrea was anders as ander kinders. Niks baasspelerig nie, en het altyd gedoen wat mens sê. Maar sy het niks van Andrea gehou nie. Want eendag in die lapa het Andrea iets leliks gedoen.

"Kom ek lek jou," het Andrea gesê.

"Nee, my ma sê ek gaan omlope kry as Bamba in my gesig lek."

"Ek wil nie jou gesig lek nie, ek wil jou poesietjie lek."

"Wat is 'n poesietjie?"

Toe trek Andrea haar broek af en wys haar pietermuis. "Trek jou broek ook af."

Sy het gegril, want Andrea se pietermuis was rooi soos rou vleis. "As jy dit weer doen, gaan ek vir my ma sê jy doen lelike goed!"

"Is nie lelik nie! My pa sê ek het die mooiste poesietjie in die wêreld. Hy lek my brandplekke gesond. Hy sê spoeg is die heel beste salf."

Sy het die pop neergegooi en uitgehardloop, want dit het

verkeerd gevoel. En sy was bang haar mond vertel vanself oor goeters soos towersalf. Van toe af het sy niks van Andrea gehou nie.

Haar ma het haar skool toe geneem en gewys waar is haar klas. Van al die ma's was háár ma die mooiste aangetrek. Pêreloorbelle en 'n handsak wat pas by die oorbelle. Haar juffrou was Juffrou Robin. Sy het nie vir Juffrou Robin goed geken nie, want sy het nie tennis gespeel nie en het na die Engelse kerk toe gegaan. Maar Juffrou Robin was Anthonie se sub A-juffrou en sy het *uit-ste-kend* langs sy goue sterretjies geskryf.

Daar was ham en tamatie op haar pousebrood. Die swartpeper se fyn stippeltjies het aan die tamatie vasgesit.

Ná pouse het hulle op die mat gesit en na die Sewe Bokkies geluister. Daar was blourooi spataartjies om Juffrou Robin se enkels. Hoe oud moet mens wees voor jy spatare kry? Gelukkig het haar pa en ma nie spatare nie.

In standerd vier het sy by die dorpsbiblioteek aangesluit en Mister Williston leer ken. Toe sy hom die eerste keer sien, het hy haar aan Petrus van die Bybel laat dink. Woensdae in staptyd het sy in die biblioteek gesit. Sy wou nie alleen in die dorp drentel nie, en ook nie na Andrea se huis toe gaan nie, want sy wou nie alleen by Andrea wees nie. Buitendien, die een keer toe sy daar was, het die huis haar benoud gemaak. Spokerig, muf. Gordyne toegetrek. Andrea se ma het anders gelyk as die gawe tombola-tannie, of as by die tennis, asof dit nie dieselfde mens is nie, en haar maag het hard gewerk.

Dit was sleg.

Die biblioteek is lekker. Daar is tydskrifte en koerante; dit ruik na meubelolie en papier. Sy gril nie vir Mister Williston nie. En niemand práát nie. Niemand verwag jý moet praat nie. Eendag as sy klaar is met skool en sy het te min geld vir 'n turksvyplaas, gaan sy 'n bibliotekaresse word. Omdat dit 'n werk is waar mens min hoef te praat.

Mister Williston het haar geleer boeke sorteer en wegpak. Dís hoe sy afgekom het op die Kwakerboek. Hy het toegelaat dat sy die grootmensboek uitneem. Steek dit onder haar koshuismatras weg, vat dit die naweek huis toe. Die geluk was aan haar kant: Abel het vergeet om sy kantoor te sluit in tennistyd. Fotostateer die boek. Vat die ponsmasjientjie en leggerplaatjies en neem dit saam met die fotostate kliphuis toe in 'n winkelsak, sodat dit nie natreën nie. Dit was 'n Engelse boek, en sy het gesukkel met die woorde.

Die volgende naweek steel sy haar ma se tweetalige woordeboek en neem dit ook kliphuis toe. Sy hét 'n tweetalige woordeboek wat Tannie Lyla vir haar gebring het, maar dis in haar toesluitkassie in die koshuis se studiesaal. Dit moet daar bly, want sy is die enigste standerdvierkind met 'n tweetalige woordeboek. Dit laat haar belangrik voel.

Daar was 'n allemintige palawer toe haar ma die woordeboek soek vir blokraaisels invul.

"Dit kan net jý wees wat dit gevat het, Gertruida!"

"Sê Ma miskien ek is 'n dief?"

"Jy was nog klein, toe steel jy al goed uit die spens en uit jou pa se waenhuis om veld toe te dra. Wáár is my woordeboek, Gertruida?"

"Kom soek my kamer deur, ek is onskuldig." Eintlik wóú sy hê haar ma moet sien die onderste spieëlkaslaai is gesluit, en glo die woordeboek is daar. Sodat sy die laai laat uitbreek en afkom op Abel se oorsese speelgoedjies.

Met elke moontlike kans het sy weggeloop kliphuis toe en met die Kwakerboek gesit. Later soos 'n resitasie geken. *Priest and rituals are an unnecessary obstruction between the believer and God . . . .* Weier om kerk en Sondagskool toe gaan. As haar ma-hulle haar dwing, hardloop sy weg.

Quakers do not celebrate Easter and Christmas . . . Paashase, tjoklit-eiers en Kerspresente is simpel. *Quakers don't believe in sacraments* . . . Weier jare later om belydenis van geloof af te lê. Sy sou hulle nié hulle sin gee nie. Die jaar toe haar maandstonde begin, het sy haar in die rivier ontdoop. *Quakers refuse to take oaths, or to take off their hats before a magistrate* . . . Die stilbly-belofte aan Abel kon sy nie doodvee nie, al wou sy. Maar daarom het sy Andrea se landdrospa nie gegroet by die tennis nie. *Children are specifically welcomed* . . . Iewers waar sy welkom is. Dankie, Here. *Quakers established the first anti-slavery movement* . . . Eendag sál die dag kom dat sy nie Abel se maanligslaaf is nie.

Toe Juffrou Robin die Sewe Bokkies klaar gelees het, kon hulle prentjies kyk. Sy wou eerder die storie weer hoor. Maar Juffrou Robin het gesê sy het ander klaswerk om te doen. Toe sy sê sý kan lees, lag die ander sub A's. Hulle sê sy jok.

Hoe kan hulle nie weet hoe lyk 'n r en 'n d of hoe klink ie nie? Want sy kon álles lees. Elke letter en maatjieklank. Lang woorde ook. Omdat Anthonie haar gewys het. En nadat hy dood is, het Mabel haar geleer.

Mabel was nege toe Anthonie dood is. Wanneer haar pa Mabel met die bakkie na Tannie Magriet se skool toe neem, was sy jaloers. Al was daar net bruin kinders in die skooltjie, wou sy só graag saamgaan. Maar haar pa het gesê eers wanneer sy ses is, gaan sy dorpskool toe.

Middae sit sy en Mabel in die boomhuis, dan leer Mabel haar lees en skryf.

"Mens kry twee alfabette," sê Mabel.

"Jy jok mos nou, Mabel."

"Issie. Jou ma het my geleer. Mens kry die gewone abc,

én mens kry die alfabet van die feetjies. Die alfabet van die feetjies beginte almal met blomme."

"Sê hom vir my op, toe?" Sy sien sommer aan Mabel se gesig sy dink 'n storie uit.

"Anemoon, botterblom, cherry, daisy, edelweiss, forget-me-not . . ."

Dalk praat Mabel die waarheid. "Ek wil liewer die gewone abc oefen."

Mabel laat haar oefen om 'n d en 'n D te maak. Al die ander letters.

"Nee," sê Mabel, "moenie by die lang strepie van die d beginte nie; beginte by die vet magie. Dan gaan jy so om en om met jou potlood. Skryf stadiger, Gertruida, moenie dat die magie oor die lyn gaan nie . . . Gaan nou opperder vir die lang been . . ."

Wanneer hulle in die boomhuis speel, wil sy vir Mabel vertel van towersalf en ander geheime. Soos die rooi vetkryt se papiertjie wat in haar pietermuis losgekom het. Toe haal haar pa dit met sy pinkie uit. Hy sukkel, sy sê einaeina. Dis soos wintertyd as jou lippe by die hoekies skeur as jy groot gaap. Haar lippe skeur nie meer in die hoekies nie. 'n Bobbejaanspinnekop met 'n lang slurp het haar lippe gerek. Dit stink soos soet vis. Jy wil opbring as die slurp verby jou kleintongetjie druk. Jy kan nie jou kop wegruk nie, want die pappabeer hou jou kop vas en sê jy moet jou oatspap eet. As jy klaar die oatspap ingesluk het en jy huil omdat jou keel seer is, gee jou pa jou 'n diakenspilletjie om te suig.

Elke keer belowe hy jy gaan 'n BRNO .22 kry vir jou tiende verjaarsdag. Maar net as jy stilbly.

Jy probeer die slapies tel tot dan, maar jy raak deurmekaar.

Jy vertel nie vir Mabel wat die pappabeer doen met die houtlepelsteel nie; netnou wil sy nie die melktert eet wat jou ma daarmee roer nie. Of van die dag toe jy bang was die pappabeer steek jou pietermuis per ongeluk aan die brand met die aansteker wat altyd by die gasstoof lê.

Stilbly, anders kom die likkewaan. En jy kry nie 'n .22 nie.

Sy was twee keer in sub A, maar van die tweede jaar kan sy omtrent net die dag in die biblioteek met Meneer Niemand onthou. Dis beter as sy niks probéér onthou nie. Kry die huis gesorteer, laat die bouers kom, kry kundige advies oor die aanplant van kommersiële turksvyboorde.

Vergeet dat sy gedroom het om bibliotekaresse te wees. Haar pa het gesê dit maak nie saak hóé goed sy in tale is nie, sy het nie die regte vakke vir universiteitsvrystelling nie, en sy is vir hom goud werd op Kiepersolkloof.

Goud werd waarmee?

Hoekom het hy haar aangemoedig tot 'n vakkeuse wat haar vlerke sou knip?

Sy skuif die kombers van haar skouers af en grawe 'n gat in die riviersand. Toe die syferwater begin inlek, spoeg sy in die gat, drie maal. Een vir Abel. Een vir Susarah. Een vir Braham.

Sy kom regop, trap die sand vas, skud die kombers uit. Begin aanstap opstal toe.

Vandag wil sy die twee gastekamers leegmaak.

Niemand mag van "Anthonie se kamer" praat nie. Dis amper twee-en-twintig jaar, en Abel en Susarah het op die vooraand van hulle dood steeds oor hom baklei.

Die lekkerste lekker was om op Anthonie se bed te sit en deur sy skoolboeke te blaai. Snaakse lettertjies. Goue sterretjies wat Juffrou Robin ingeplak en waarlangs sy iets geskryf het.

Wat staan hier, Anthonie?

Uitstekend.

Wys die letters vir my, toe?

Uit-ste-kend.

Wys élke letter.

Jy moet eers leer van maatjieklanke soos ui en oe en ie, Gertruida.

Leer jy my, toe, Anthonie?

Net tot die horlosie vier slaan, dan moet jy loop, ek moet 'n aardrykskundekaart van die Sahara teken.

Wat is aardrykskunde?

Dis om te leer van die aarde.

Wat is die Sahara?

Dis die grootste woestyn in die wêreld.

Wat is 'n woestyn?

Dis kokende warm sand, verder as van hier tot in die dorp.

Wat is geskiedenis?

Dis om te leer wat in die wêreld gebeur.

Wat is wetenskap?

Jissus, Gertruida, jy hou bliksemswil nooit op nie!

Ek gaan vir Ma sê hoe vloek jy.

As jy nie sê nie, sal ek jou wys van oe en ie en ui. Kyk, die u en die i van Gertruida maak 'n ui-bondeltjie.

Toe doen Anthonie iets wat haar nooit weer sou verlaat nie.

Kyk, Gertruida, as jy ui vat en jy sit 'n t aan – hy het die t met sy potlood gewys – dan is dit uit. As jy vooraan die ui 'n r sit en agteraan 'n t, dan word dit ruit. En as jy eers die t en dan die r en dan die ui sit, is dit trui. Kom ek wys jou die ie ook.

Wys nog, Anthonie?

Nee, volgende naweek. Loop nou, ek wil my kaart teken.

'n Wêreld van letters het voor haar ontvou. Towergoed. Sit ure op die toilet met haar ma se tydskrifte, tot haar bene prik. Soek woorde met ie en ui en eu en ei. Die volgende naweek het Anthonie die aa en die ee en die uu gewys.

"Het Ma geweet Gertruida kan amper lees?" het hy een aand aan tafel gevra. "Ma moet sien hoeveel woorde kan sy bou en in Ma se *Saries* en *Huisgenote* opsoek."

Sy het opgespring van die tafel en 'n *Huisgenoot* gaan haal. Klomp woorde vir hulle gewys. Toe gee haar pa die rooi kersie op sy roomys vir haar en sê sy is 'n genie.

Wat is 'n genie? Wat is 'n kuslyn? En wiskunde? Watter kleur hare het Jesus? Wat is vendusiekommissie? Hoe bly 'n skip op die water? Hoekom ry treine nie op 'n teerpad nie? Waar het Rooikappie haar mantel gekoop? Hoe weet mens as November verander in Desember? Hoekom is haar verjaarsdag se naam Nuwejaarsdag, en Anthonie verjaar op 'n dag sonder 'n naam?

"As jy thula tot die langwyster bo is," sê Mama Thandeka, "maak ek vir jou soete swartpap. Hierso, kom sny die groenbone se punte af met die skêr."

Vra. Uitvind. Nuwe goeters hoor. Van alles en alles was dit die lekkerste.

"Bly stil, Truia," haar pa draai die bakkieradio hard, "Pappa wil nuus luister."

Ry, ry, ry. Tot die nuus klaar is. Hoe weet die radio wanneer is hy af en wanneer is hy aan? Hoe kom die man wat die nuus lees se stem tot by die vygieboskamp?

"Ek het 'n plan," en haar ma trek die kopspelde uit die lap. "Vat ál die *Huisgenote* na jou kamer toe. Vir altyd. Dan kan jy die woorde met jou potloodkryte inkleur."

Grootste present. Om *Huisgenote* te hê en jy mag daarin skryf. In die wit randjie rondom die tikwoorde het sy nuwe woorde gemaak. Al het sy nie ál die letters geken nie, het sy die letters van Gertruida geken. En die maatjieklanke wat Anthonie haar geleer het. *Reg. Die. Deeg. Drie. Gaar. Dier. Terg. Riet. Deur. Dit. Daar. Tier. Tert. Dag. Rug.*

Dit neem lank om woorde te maak. Later pie sy amper in haar broek, maar sy wil nie ophou nie. As die tennismense kom, wys sy haar woorde vir hulle.

"Genade, Susarah, die kind is skaars vier! Sy is besónder intelligent!"

"Sy tel dit by Anthonie op. Martie by die speelskool sê sy wil heeldag lees. Wil nie klei rol of verf nie. Tot die balletkonsert is half vergete. Sy't knaend in die gang geoefen met die balletskoentjies aan, en die kastanjette aan haar polse."

Sy kon lankal tot twintig tel. Kersfees toe daar 'n rooibessiekrans op die voordeur is en Anthonie hoef nie skool toe te gaan nie, het hy haar tot by honderd geleer. Maklik, mens moet net dink as jy van die nege af oorgaan, soos nege-en-sestig . . . sewentig. Snags kon sy nie slaap nie. Heeltyd getel, woorde gebou. Toe wys Anthonie haar wat + en – en x en ÷ beteken. Gooi die boksie windbukskoeëltjies op sy mat uit en leer haar bondeltjies maak. Skaars begin, of sy stop hom. "Ek weet nou hoe. Ek sal self bondeltjies uitpak."

"Maar, Gertruida, dis moeilike somme en jy . . ."

"Sê jy die som, dan maak ek die bondeltjie. Kom, ek wys jou, toe?"

Hy het belowe hy sal haar die hele alfabet leer in Paastyd as dit weer skoolvakansie is.

Hoe lank nog voor Paastyd?

Honderd slapies.

Wat is Paastyd?

Dis toe Jesus aan die kruis gesterf het. En as ons Paaseiers in die tuin wegsteek, en Mamma bak Paasbolletjies.

Lyk 'n Paashaas anders as 'n veldhaas?

Ja, 'n Paashaas is wit.

Hoe lê 'n Paashaas 'n tjoklit-eier?

Sy vry met 'n mannetjie-Paashaas en dan kom daar 'n eier in haar maag.

Wat is vry?

Die mannetjiehaas klim op die wyfiehaas, dan pie hy op haar.

Hoe kry hulle dit reg om 'n tjoklit-eier uit te vry?

Sommer oor hulle Paashase is.

Hoe sterf mens aan 'n kruis, Anthonie? Bloei mens?

Jy moet in die kerk luister, ek weet nie alles van die hele Bybel nie.

Sê jy sweer en belowe dat jy my Paastyd die hele alfabet sal leer, toe?

Ek sweer.

Toe ry hy met die bakkie oor die afgrond voor die honderd slapies verby is.

Niemand steek Paaseiers weg, of bak Paasbolletjies nie.

Haar ma sê sy moet haar wit rokkie dra vir Paasnagmaal. Die kerk ruik na soetwyn en kerse; almal kry palmkruisies. Hulle sing 'n lied oor Paasfeesklokke. Toe sy opkyk om te sien hoekom haar pa nie sing nie, sien sy hy huil. Sy slaan haar arm om sy been, vryf oor die ronde been vooraan sy knie. Lê teen sy arm tot die kerk uitkom. Sy swart kerkpak met die gryswit strepies krap haar wang. Kollektetyd gee hy haar 'n groot ronde rand.

Op pad huis toe vra sy vir haar ma: "Is Mamma 'n woestyn?"

"Waarvan praat jy, Gertruida? Jy weet nie eens wat is 'n woestyn . . ."

"Is, ek weet. Die woestyn se naam is Sahara. Dit klink nes Susarah. Beteken Sahara dan Susarah?"

"Stop jou gekekkel, Gertruida, my kop is seer!"

Vandag is sy liewer vir haar pa as vir haar ma. Sy staan op die agtersitplek en leun oor sy skouer om haar palmkruisie in sy baadjie se bo-sak te sit. Fluister by sy oorskulp hy kan dit vir altyd hou. Omdat sy hom vir altyd sal liefhê.

Hy haal vir haar 'n diakenspilletjie uit sy baadjie se binnesak en sê hy sal haar ook vir altyd liefhê.

Maar hy het nie.

As die bouwerk klaar is, gaan sy weer 'n sielkundige sien, sonder die aversie en nood van die tyd by Tannie Lyla. Om leiding te kry met die orden van haar gedagtes; om te leer om haar gedagtes te omskep in klank. Te onderskei tussen liefde en haat. Tussen Susarah en Sahara. Tussen Abel en Kaïn. Tussen Doringrosie en Gertruida.

Of ís daar geen verskil nie?

In die daglig skrik sy vir die chaos in die tuin. OuPieta moet die yskasgoed begrawe voor dit stink. Onder by die rivier waar dit sanderig is en hy nie hoef te pik met sy oumenslyf nie. Dalk moet sy die trekker bring en die meubels van die muur wegsleep, netnou brand die huis af. Nee, die muur sal net skroei; dit kan geverf word.

Sy moet klaarkry met wegsmyt. Môreaand, op haar elfde feetjiemaan, wil sy die vuurhoutjie trek.

Feetjiemaan is slegtemaan.

Die vorige feetjiemaan was drie jaar gelede, Oujaarsnag 2005, 'n jaar ná Tannie Lyla in Oos-Londen veras is. Donkerste nag. Sy kon skaars 'n halftree voor haar sien toe sy rivier toe loop om by die water na Tannie Lyla te verlang.

Hopelik sal môreaand 'n gelukkige feetjiemaan wees.

Sy moet ophou om maantye te herroep en te herspeel. Dis konserte wat verby is. Kry eerder rigting met die huisgoed wat uitgegooi moet word. Maar die horlosie in haar kop wíl nie stil raak nie. Dit tik-tik, tik-tik deur vele ontredderende mane van haar lewe. En sy kan nie daarvan ontsnap nie.

Haar eerste bewuswording van die maan as 'n towerding, was ná Anthonie se dood, voor sy geweet het van towersalf. Sy lê met Anthonie se Bamba by haar ma op die bed.

Haar ma se bedkassie lê vol natgehuilde tissues. Haar pa bring vir haar ma tee en 'n kopseerpil.

"Dis vanaand bloumaan," sê hy en vryf oor haar ma se hare.

Bamba skrik toe sy opspring. "Sal Pappa die bloumaan vir my wys?"

Heeldag wens sy dis al aand. Toe dit aand is, sit sy en haar pa op die stoeptrap onder 'n kombers. Dis koud, haar neus brand. Die maan rys oor die bergrant. Kaasgeel.

"Hoekom is hy nie blou nie?" vra sy.

Haar pa lag en druk haar vas. Hy sê van twee volmane in een maand. Sy verstaan nie van maande nie. Al wat sy weet, is dat hy gejok het oor bloumaan. Bloumaan is nié blou nie.

Later, toe sy verstaan het van maande, het hy vir haar op die kerkalmanak die prentjies van sekelmaan, feetjiemaan en bloumaan gewys. Maar teen daardie tyd het sy nie meer geweet wanneer om hom te glo nie.

In die ses-en-twintig jaar van haar lewe was daar net een swartmaan. Saterdag, 31 Januarie 1999, omtrent twee weke nadat Braham by die skool begin het.

"Swartmaan kom as 31 Januarie bloumaan is, dus die tweede volmaan in Januarie," het hy in die klas verduidelik. "Gevolglik is daar geen volmaan in Februarie nie. Dis 'n seldsame verskynsel." Hy hou ook van mane, nes sy. Hy betower haar meer en meer. "Swartmaan het voorgekom tydens die Tweede Wêreldoorlog in 1942. En toe eers weer met Republiekwording in 1961. Dit kom weer in 2018, wanneer julle al in julle middel dertigs is. En weer in 2037, wanneer julle oumense van in die vyftig sal wees."

Die swartmaan-aand van 31 Januarie 1999 het Abel haar verbied om skoolsokkie toe te gaan. Sý was Gouelokkies terwyl húlle 'n singende, slingertrein vorm met Meneer Fourie aan die voorpunt.

I see the bad moon arising.
I see trouble on the way . . .
Don't go around tonight,
. . . it's bound to take your life,
There's a bad moon on the rise.

Die daaropvolgende week het die kinders die lied by die skool gesing, soos 'n koors wat hulle getref het. Sy het nie saamgesing nie. En ín haar was 'n mengsel van angs en vooruitsig elke keer as sy in die Afrikaansklas instap en hom sien.

Sy moet klaarkry met die huis. Sondag met dagbreek moet die vuur uitgebrand wees.

Maandag is lentedag.

Vir haar ook.

Toe haar ma terugkom van Kaapstad af, was die boonste vet vleisie van haar pietermuis swartblou, en die eerste sneeuklokkies was oop. As die sneeuklokkies blom, beteken dit die feetjies kom sê die winter is verby. Sneeuklokkies staan vir hoop, het haar ma gesê.

Wat beteken hoop?

Dis as jy iets het om na uit te sien.

Toe pluk haar ma ál die sneeuklokkies vir Anthonie se graf. Los nie eens enetjie om agter haar oor in te druk nie. Sy was nie kwaad nie, want haar ma het haar alleen laat bad, en vir haar 'n slaappop van Kaapstad af gebring.

Dis lekker om 'n baba te hê, al is sy nie in 'n regte hospitaal gebore nie. Sy en Mabel het haar baba by die voëltjiebad onder die sederboom gedoop. Lulu. Haar pa het 'n houtbedjie gemaak met 'n opstaanrand, sodat Lulu nie in haar slaap afval nie. Toe dra sy en Mabel die bedjie teen die touleer op en sit dit in die boomhuis.

Iets in haar maag het gevoel asof sy 'n groen perske heel

ingesluk het as sy haar ma wou vertel van die driewiel en haar groenpers pietermuis. Liewer stilbly. Oor Vaseline en towersalf en die likkewaan ook. Buitendien, haar ma lê heeldag op die bed en huil.

Toe ruk haar pa die gordyne oop en raas vreeslik met haar ma. Hy ruik na brandewyn en skree sy moet haar treurigheid los en die naaldwerkmasjien uithaal en sy klere heelmaak en sy diakensdas met bensien was, want hy skaam hom om met so 'n vuil das kerk toe te gaan.

"Kerk toe, jý? Om jou voor God te verootmoedig met 'n vrot brandewynasem?"

Klink na 'n kraai wat kwaaa-kwaaa-kwaaa skree.

Voor Anthonie dood is, hét haar pa partykeer na brandewyn geruik. Ná die tennis. Effens soeterig. Hy het nooit met die glas in sy hand aan die slaap geraak nie. En die glas het nooit uit sy hand geval en op die vloer gebreek nie.

Daardie dag was die eerste keer dat sy haar ma hoor sê het: "Dis jý wat my kind doodgemaak het, Abel, jý!"

Hoe kon dit wees? Haar pa was dan by die huis toe die bakkie oor die afgrond gerol het. Hy kon mos nie op twee plekke gelyk wees nie.

"Jy't my kind gewetenloos van my gesteel, Abel! God sal jou straf oor wat jy my aangedoen het!"

Haar pa en ma het geskree. Sy het met Lulu in die boomhuis gaan sit van bangheid. Wat beteken "verootmoedig" en "gewetenloos"? Hoe steel mens jou eie kind? God moenie haar pa straf of laat doodgaan nie. As hy doodgaan, wie sal dan met haar slangetjies-en-leertjies speel by die kombuistafel? En Bamba se bosluise aftrek? Vir haar witvye skil en amandels kraak?

Jy is bang in jou hoë boomhuis. Jy wil nie hê God moet jou pa straf nie. Jy bid dat Jesus jou ma se trane moet afdroog.

Omdat jy klein is, weet jy nie daar sal 'n tyd kom dat jy

God se vergelding aan die voet van 'n sandkruis oor Abel Strydom sal afsmeek nie. En dat jou ma se trane jou later koud sal laat nie.

Sy loop heen en weer tussen die twee gastekamers; elk met sy eie badkamer. Waar moet sy begin? Alles lyk so stylvol afgerond.

In die een 'n hemelbed met 'n gehekelde deken. Lampetbeker en waskom op die marmerwastafel. Bruin gliserienseep. Bokant die wastafel 'n portret van rooi rose: *DE HEERE IS MIJN LICHT EN MIJN HEIL. Ps. 27:1.* Skaapvelmatjies. Roospotpourri in 'n porseleinbakkie met goue stulpe. Paraffienlampe omskep in elektriese bedlampies.

Altyd Tannie Lyla se kamer gewees wanneer sy elke jaar in September kom kuier het uit Oos-Londen. Blyste bly, want wanneer Tannie Lyla op Kiepersolkloof kuier, het haar ma nie maagwerkpille gedrink nie. En nooit het die rugruiter rondgesluip nie. En elke jaar bring Tannie Lyla vir haar boeke. 'n Woordeboek. Blokraaiwoordeboek. 'n HAT. 'n Tesourus, 'n tweetalige woordeboek. Woordeboek van die mitologie, musiekwoordeboek. 'n Atlas. Digbundels. Bybelkonkordansie. Tannie Lyla het gesê hoe meer mens lees, hoe slimmer word jy.

"Kennis is mag, Gertruida . . ."

Sy wóú slim wees. Kennisvaardig. Maar hoe meer haar kennis geword het, hoe minder het haar mag geword.

Tannie Lyla het nie na Susarah gelyk of geaard nie, al was hulle 'n tweeling. Min gepraat. Graatmaer. Dra laag-op-laagklere in somber bruin en swart en sandkleur, dan lyk sy soos 'n vrou uit die Kinderbybel. Sy het saans by Tannie Lyla op die bed gelê. 'n Kers wat op die spieëlkas brand. In die spieël lyk dit na twee kerse. Tannie Lyla vertel van sterrestelsels, godsdiensoorloë, antieke stede, die Bermuda-driehoek. Sy verluister haar. Verkyk haar aan Tannie Lyla se bedsokkies en die lang wit flennienagrok. Saans kam sy haar lang swart hare voor die spieël. Bid op haar knieë by die hemelbed.

Sy wens Tannie Lyla wil vir altyd op Kiepersolkloof bly.

Dikwels het Tannie Lyla en haar ma na Anthonie se graf toe geloop met varklelies en rose. Haar ma wou nooit dat sy saamgaan nie. As hulle terugkom, gaan lê haar ma op die bed met 'n kopseer.

Dan drink sy en Tannie Lyla swart blaretee op die stoep. Stadig, sodat die blare afsak. As daar net 'n druppeltjie oor is, skommel Tannie Lyla die koppie in die rondte; dop dit op die piering om.

"Kom ek lees jou fortuin, Gertruida."

Elke jaar dieselfde seremonie.

Ek sien 'n wit-en-bruin hondjie na jou aankom; dalk kry jy 'n nuwe hondjie . . . Ek sien goue sterretjies in 'n skryfboek; dalk word jy eendag 'n digter . . . Ek sien 'n man in jou kamer in die nag, dit lyk soos jou pa; dalk kom kyk hy of die tandemuis genoeg geld in jou skoen sit . . . Ek sien jou tussen boekrakke, jy stempel die boeke; dalk word jy eendag 'n bibliotekaresse . . . Ek sien jou loop oor 'n grasperk tussen geboue en jy dra 'n leertassie; dalk is dit 'n teken dat jy universiteit toe gaan . . . Ek sien jou op 'n rusbank sit en jy vertel vir 'n onbekende vrou iets, 'n hartseer iets, want jy huil; maar ek kan nie hoor wat jy sê nie . . .

Ná die baba se geboorte het Tannie Lyla nooit weer haar teekoppie gelees nie. Want teeblare en drome gaan verby.

Gou nadat sy in standerd vier by die biblioteek aangesluit het, het Mister Williston haar toegelaat om aan die grootmenskant boeke weg te pak. By die kunsboeke het 'n skildery gehang wat haar na Tannie Lyla laat verlang het, asof dit Tannie Lyla is wat uit die raam na haar kyk.

Die Mona Lisa.

Soms het sy op die mat gesit met 'n Afrikaanse boek oor

die lewe van Leonardo da Vinci. Gestaar na die hartseer skaamheid van die outydse vrou. Gewonder hoe het 'n mán dit reggekry om die oë van 'n vrou te skilder dat dit lyk asof hulle wil toegaan. Soos aan die slaap raak. Sy het vir Mister Williston gevra wát in die Mona Lisa is so geheimsinnig. Hy het dit 'n aura van mistiek genoem.

Nuwe woorde om op te soek. Aura: uitwaseming, uitstraling, gewaarwording. Mistiek: strewe na die innige vereniging van die siel met God; verborge, geheimsinnig.

Beswaarlik verstaanbaar, maar so mooi.

Eendag het die "Ave Maria" op die agtergrond op die biblioteek se CD-speler gespeel. Iets in die hartroerende klanke het haar laat begryp wat beteken 'n aura van mistiek. Al kon sy dit nie in woorde verduidelik nie.

Tannie Lyla het 'n aura van mistiek gehad. Wanneer sy en Tannie Lyla by die rivier sit, kon hulle praat sonder woorde. Veral toe sy groter word. Eendag, sy was so vyftien, het sy en Tannie Lyla na die paddas sit en luister. Toe loop daar 'n traanstrepie oor Tannie Lyla se wang.

Amper het sy daardie dag haar kliphuis vir Tannie Lyla gewys. Omdat sy geweet het Tannie Lyla sou daarvan hou om teen die lyf van die berg in 'n warm holte te sit waar niemand van haar weet nie. Toe staan Tannie Lyla op en trek haar insteeksandale aan; sê sy het Susarah belowe sy sal saamloop graf toe met pronkertjies.

In haar hart was sy tóg bly die kliphuis behoort steeds net aan haar.

Die volgende September het Tannie Lyla vir haar 'n klein afdruk van die Mona Lisa gebring en 'n boek oor Leonardo da Vinci. Dis kliphuis toe. Sy het vir Tannie Lyla gesê sy bêre dit iewers in die berg.

Bergkind, het Tannie Lyla gesê, mooie bergkind . . .

Sy was twee-en-twintig toe Tannie Lyla die laaste maal kom kuier het; drie jaar ná die kind se geboorte. Op 'n windstil dag teen sonsak is sy en Tannie Lyla rivier toe. Hulle het na die aandwolke gekyk. Oranje. Pienkpers. Loodgrys.

"Jy is pragtig, Gertruida, jy't soveel potensiaal. Jy moet vergeet van die baba."

"Nee, Tannie Lyla, ek sal dit nooit vergeet nie."

"Maar jy moet dit agter jou sit."

"Hoe sit mens so iets agter jou?"

"Deur vorentoe te leef. Gertruida, ek het geen reg om jou kop te swaai nie, maar ek is oortuig jy moet radikaal breek met Kiepersolkloof. Met jou pa en ma ook, as dit nodig is. Hiér gaan jy 'n gevangene bly tot in lengte van dae. Kom weg, maak nie saak hoe en waarheen nie. Ek sal jou met geld help as jy wil universiteit toe gaan, of tot jy op jou voete is."

"My matriekvakke gee my nie universiteitstoelating nie."

"Doen 'n oorbruggingsjaar. Doen enigiets. Begin net op jou eie voete staan."

Donkergrys aandwolke. Die hadidas skree haar-de-daar . . . haar-de-daar . . . "Ek sou hulle in die tronk wou sien krepeer. Ek wil hulle in hulle slaap vrek skiet."

"Dit verstaan ek met my hele hart. Maar vervolging en openbaarmaking is nie altyd die regte opsie nie, Gertruida. Moord is beslis nie, want dan ly jý lewenslank dubbeld."

"Tannie Lyla, ek háát hulle."

"Niemand, selfs nie God nie, kan jou daarvoor verkwalik nie. Jy's 'n slagoffer van jou pa, ook van jou ma, maar jy kan 'n slagoffer van jouself wees. Soms is mens so gewoond aan die marteling en vernedering dat jy dink dis normaal. Daar lê 'n lewe buitekant Kiepersolkloof. Moenie jouself verstrengel in 'n slagoffermentaliteit nie, Gertruida, dis emosioneel dodelik gevaarlik."

Die aandlug lyk soos deurskynende swart glas. Die paddas raas.

"Kom net weg, Gertruida, asseblief?"

"As ek weggaan, gaan ek ook weg van 'n man wat ek liefhet."

"Hy sal agter jou aankom as hy jou ook liefhet. Ek wil vir jou 'n storie vertel wat jy moet memoriseer. As jy moedeloos word en selfmoordgedagtes het, vertel hierdie storie vir jouself. Op 'n broodnodige dag mag dit jou die insig teruggee wat jy verloor het, of die insig laat bekom wat van jou geroof is."

Sy hou van stories.

Vroeg in die 1960's het wetenskaplikes 'n eksperiment gedoen om te bepaal hoe werk die vluginstink van die mens. Hulle het 'n hond in 'n groot hok gesit waarvan die regterkant bedraad was om die hond 'n elektriese skok te gee as hy daar sou loop of lê. Die hond het gou geleer, en net aan die linkerkant van die hok beweeg.

Toe verander hulle die bedrading, sodat die linkerkant van die hok die skokke gee, en hulle maak die regterkant skokvry. Die hond het gou aangepas en net in die regterkant van die hok beweeg.

"Kondisionering, noem mens dit," het Tannie Lyla gesê en haar dikgeplooide, bruin linneromp om haar skene gedraai. "Dit kom daarop neer dat die mens van nature aanpas en ineenvloei met direkte gebeure rondom hom. As iemand water in jou gesig spat, koes jy en knyp jou oë toe, omdat dit 'n natuurlike reaksie is op 'n onnatuurlike proses. Maar as iemand uur na uur water in jou oë spat, gaan jy later ophou koes. Jy gaan jou oë vinnig knip, die water uitvee, en aangaan. Die skok en koue en belemmering gaan jou minder en minder affekteer. Wag, ek dwaal af . . ."

Vervolgens het die wetenskaplikes die ganse hokvloer bedraad, sodat die hond 'n skok kry waar hy ook al lê of staan. Die hond was verward en angstig, maar toe hy agterkom hy is nêrens veilig nie, het hy op die hokvloer gaan lê en elke skok willoos en as onontkombaar aanvaar. Hy het opgegee om sy teenstanders te probeer uitoorlê.

Maar die eksperiment was nog nie verby nie. Die wetenskaplikes het die deur van die hok wawyd oopgemaak, en verwag dat die hond onmiddellik sou uitstorm en wegkom van die pynlike skokke. Tot hulle verstomming het die hond egter bly lê. Afgestomp teen pyn en skok. Die hond se vluginstinkte was beskadig; hy het sy lot aanvaar as die alfa en die omega van sy bestaan.

"Moenie die oop deur miskyk nie, Gertruida. Moenie net gaan lê nie. Hoe langer jy lê, hoe meer gewoond raak jy aan die impak van die skokke. Later is 'n lewe van pyn en hulpeloosheid jou lot. Moenie, Gertruida, moenie . . . Baklei. Spoeg. Byt. Loop weg. Laat sit elke week 'n nuwe slot aan jou kamerdeur. Hou pepersproei onder jou kussing. Koop 'n elektriese porstok en skok hom uit sy verstand uit. Dóén iets, Gertruida . . ."

Die dag toe sy ry, was daar 'n verwesenheid oor Tannie Lyla. Spokerig donker. Benerige gesig; in die twee weke op Kiepersolkloof het sy nóg maerder geword. Op pad motor toe het Tannie Lyla 'n ligpers Michaelmas daisy gepluk en vir haar gegee. Dit staan vir vaarwel of vir nagedagtenis, het sy gesê. Droog dit in een van jou woordeboeke, dan sal jy altyd iets van my by jou hê.

Ry. Wuif deur die motorvenster. Stof wat opwarrel en weer gaan lê.

Drie maande later, op Oukersdag, het Tannie Lyla haarself vergas in haar garage in Oos-Londen. Kiepersolkloof was stilgeskok. Verbysterd het sy na die Michaelmas daisy in haar tesourus gekyk en geweet Tannie Lyla het September reeds gegroet.

Die beeld van Tannie Lyla wat dood in die motor sit, het haar genadeloos agtervolg. Was haar kop opgeswel? Was haar oë oop, of toe? Is dit waar dat mens se blaas vanself leegloop as jy sterf? Hoe kry die lykbesorgers 'n liggaam wat in 'n sittende posisie verstyf het, weer reguit?

Sy het by haar ma op die bed gaan lê. "Hoekom het sy dit gedoen, Ma?"

"Ek wou nooit met jou daaroor praat nie, Gertruida, maar Tannie Lyla het twee buite-egtelike dogters gehad wat erg gestrem was. Hulle was in 'n tehuis. Die jongste een is vroeg dood, maar die ander een is begin Desember dood. Sy was al diep in die dertig. Tannie Lyla het lankal 'n doodswens gehad, maar sy wou nie haar gestremde kind moederloos agterlaat nie."

"Maar, Ma, Tannie Lyla was net twee-en-vyftig, soos Ma. Hoe oud was sy dan toe sy 'n kind . . .?"

"Veertien. Loop nou, ek wil nooit weer hieroor praat nie; ek wil nou slaap."

Abel en Susarah is alleen Oos-Londen toe vir die roudiens. Sy wou by die huis bly en by die rivier groet met 'n boodskap in die sand. Iets ín haar was te gebroke om sinne uit te dink. *Gedigte. Uitgeteer. Graterig. Raai. Gedagte. Agteruitdraai. Getuie. Tragedie.*

Sy het op haar maag omgerol en gehuil.

'n Aura van mistiek was verby.

'n Week later is sy poskantoor toe en daar was 'n brief in die posbus, vir haar. Blydskap. Sy kry nooit briewe nie. In die langwerpige koevert, die adres op 'n plakker getik, was 'n brief van Tannie Lyla.

Mooie, mooie bergkind
Omdat ek altyd die moed gekort het om reguit vir jou te sê, stuur ek vir jou Anne Sexton se gedig, "The Frog Prince". Jy is slim, bergkind, jy sal verstaan. Onthou altyd ek en jou ma was tweelingsusters in dieselfde huis; dat ons álles gedeel het en op 'n droewe wyse onlosmaakbaar aan mekaar vas-

geheg is. Ek los al my bates in my testament vir jou. Maar jou ma sal vruggebruik hê tot sy sterf. Ek doen dit só, want daar mag 'n dag kom waarop sy 'n huis en geld mag nodig hê. Onder jou ma se bed is haar bruin skoolkoffer uit haar kinderdae. Jy moet die sleutel soek, sodat jy kan weet wat daarin is. Dankie vir die kosbare ure by die rivier. Pas jouself en jou berg mooi op. Moet nooit ophou baklei nie. Moenie te lank wag soos ek nie. Moenie opgee soos ek nie.

Deernis. Tannie Lyla.

Dit was die storie van die paddaprins, verdig tot aangrypende beelde en simboliek. Sy het die vier gedigbladsye weer en weer gelees. Totdat sekere frases in haar kop gestol het.

Frau Doktor
Mama Brundig,
take out your contacts,
remove your wig . . .

Frogs arrive
With an ugly fury.
You are my judge.
You are my jury.

My guilts are what
we catalogue.
I'll take a knife
and chop up frog.

Frog has not nerves.
Frog is as old as a cockroach.
Frog is my father's genitals.
Frog is a malformed doorknob . . .

At the feel of frog
the touch-me-nots explode
like electric slugs.
Slime will have him.
Slime has made him a house.

Mr Poison
is at my bed.
He wants my sausage.
He wants my bread.

Mama Brundig,
he wants my beer.
He wants my Christ
for a souvenir.

Frog has boil disease
and a bellyful of parasites.
He says: Kiss me. Kiss me.
And the ground soils itself . . .

I took the moon, she said,
between my teeth
and now it is gone
and I am lost forever.
A thief had robbed by day.

Ineens het vele van die gebeure uit die tyd toe sy vir die baba by Tannie Lyla gewag het, na haar teruggekom. Die sielkundige. Tannie Lyla se vaardige slimheid met die hantering van alles. Vrywillige diens wat sy Maandae en Woensdae by 'n tehuis vir gestremdes gedoen het. Om naby háár skandekind te wees.

Iets in haar het volkome begryp waarom Tannie Lyla selfmoord gepleeg het.

Tweelingdogters. Lyla en Susarah. Dis tog onmoontlik dat Susarah ook . . .?

Dis soos om in 'n put te val en nooit die bodem te tref nie.

Soms is die maklikste uitweg om van die waarheid te ontsnap, om weg te kyk daarvan.

Sy wóú met haar ma praat, maar sy kon nie. Want in plaas daarvan om erbarming met Susarah te hê, met haar má, het sy haar nog meer versmaai. As haar ma self deur die hel van 'n nagruiter is, hoekom laat sy toe dat haar kind ook daardeur gesleep word?

Tog kon sy nie van die volle waarheid ontsnap nie. Want in die baie hartseer ure wat sy in daardie tyd by die rivier deurgebring het, het die sielkundige se woorde tydens die laaste sessie tot malwordens toe deur haar kop gespeel.

"Gertruida, wat ook al vorentoe in jou lewe gebeur, ek wil hê jy moet onthou dat daar iewers in jou 'n klein, bang dogtertjie woon. Jý moet haar voortdurend gerusstel. Hou haar vas, koester haar. Verseker haar sy is onskuldig; dat sy nie die spelleier was nie, maar 'n willose marionet in die hande van iemand wat haar held was."

Die sooibrand het in haar opgekook, haar voete was gepof. "Ek haat my pa met elke vesel in my. Die bliksemse pedofiel."

"Hy's nie 'n pedofiel nie, Gertruida. Pedofiel is 'n woord wat in die volksmond gebruik word vir iemand wat met kinders lol. Maar 'n pedofiel lol met meer as een kind gelyktydig. Hy soek altyd plekke op waar kinders is. As jou pa 'n pedofiel was, sou hy waarskynlik 'n Sondagskoolonderwyser wou wees, of tennisdae en bergklimnaweke op die plaas reël vir kinders. Hy sou jou aangemoedig het om maatjies huis toe te bring . . ."

"Wát is hy dan?"

“ ’n Bloedskendige vader.”

“En ek is ’n bloedskendige dogter?”

“Nee, jy is ’n slagoffer. Onthou ook, Gertruida,” en die sielkundige het ’n glas water na haar uitgehou, “dat daar in jou pa ’n klein, bang seuntjie woon.”

Sy wou stik daarvan. “Ek gee nie ’n flenter daarvoor om nie. Ek wens eerder hy kry kanker en vrek stadig.”

“Jou woede is te verstane. Maar ek verseker jou, hoe min jy dit ook al wil hoor, dat jou pa ’n verwarde en séér man is wie se emosionele wêreld in vele opsigte dié van ’n magtelose kind gebly het. Daar is niks onder die son waarmee sy wandade regverdig kan word nie, maar jy moet probéér om tot in die siel van die klein, bang seuntjie te kyk. Dit mag jou redding wees, en dalk mag dit sý redding wees.”

Sy het nie tóé besef die sielkundige weet waarskynlik, deur middel van Tannie Lyla se terapie, dat haar ma ook onderworpe was aan jare van torment nie.

Maar daar langs die rivier, terwyl die kolganse rasper en die vinke kwetter en die gedig in haar kop draai en draai, het sy bly wonder oor die bang dogtertjie wat in Susarah woon. Was sý ook angsbevange vir ’n likkewaan en ’n draaiende deurknop? Genoodsaak om te oorleef in ’n niemandsland waar sy nooit haar eie grensdrade kon span nie.

Hóé hard sy ook al probeer het, kon sy nêrens in haar hart vir Abel óf Susarah ’n sweempie deernis kry nie. Ook nie vir die bang dogtertjie in haarself nie. Maar tog het sy vasgeklou aan die sielkundige se afskeidswoorde.

“Soek vir jou ’n terapeut, Gertruida, iemand wat jy wíl vertrou. Hou aan en aan met praat. Want eendag sal die laaste fase van heling aanbreek, en dis die tyd wanneer die óú seer nie meer regtig saak maak nie. Hou net aan. En aan.”

Ná omtrent ’n maand het sy die gedig uit haar kop geken. Gaan haal haar skooltas se sleuteltjie in die kliphuis. Sluit die brief weg. Bêre die sleuteltjie weer in die koekblik. Rou traanloos teen die berg se lyf omdat sy nie haar kliphuis vir Tannie Lyla geleen het nie. Al was dit net vir 'n kort rukkie.

Gertruida treur drie dae. Gertruida treur dertig dae. Gertruida treur tagtig dae. Gertruida treur drie eeue.

Die ander gastekamer is 'n Afrika-kunswerk. Dit moes Susarah maande geneem het om die gordyndrapeersels te stik. Dekens geappliek met diermotiewe. Muskeljaatkatvelletjie op die voetenent. Voetstoeltjies soos olifantpote. Gebreide springbokvelletjies langs die bed. Lampskerms van varkvel. Houtbak met kerriebos op die vensterbank. Die muur wat wes front, is beskilder met die silhoeët van 'n swart man wat op 'n horing blaas teen 'n oranje sonsondergang.

Lank terug was dit Oupa Strydom se kamer. Sy kan hom nie regtig onthou nie. Net brokkies, en dat Anthonie gesê het die kamer ruik suur. Nou ruik dit na wildekruie. Dis waar die tennisgaste soms slaap. Besigheidsbesoekers, vernames van oorsee.

Ruiterlose nagte om te koester.

Wie was Susarah regtig?

'n Statige vrou wie se gedagtes vol was van delikate taferele; wat geduldig die fynste stekies borduur. 'n Bewonderenswaardige vrou wat haar publieke masker met presisie kon lig en laat sak. Beklaenswaardige pateet as buite-oë nie kyk nie. Beheerloos oor die binnekamers van haar huis. 'n Neurotiese vrou wat maagwerkpille verorber; haar dronk man terg; welwetend haar dogter laat misbruik. Wat was haar drome en vrese? Watter duiwels en engele het sy geberg? Waarom het die koedoehoring háár deurboor, en nie vir Abel nie? Hoekom het sy só gesterf? Deurboor. Vasgepen. Op pad na die Huis van die Here saam met die man wat sy eens liefgehad, en later verfoei het. Of het sy hom nooit regtig liefgehad nie? Dalk het sy gehoop die dag sou kom waarop 'n man se lyf haar nie met naakte weersin vervul nie. Here, dalk het sy ook desperaat gesoek na liefde en aanvaarding. Gedroom van gelukkig wees.

En op haar alleenreis het sy gesterf sonder liefde.

Sonder om enigiets te verwyder, trek sy beide gastekamers se deure toe.

Die roomysbak met mieliepap onder die kiepersol is lou. Op die deksel lê 'n lepel. Toe sy die deksel afhaal, vorm die stoom 'n straaltjie wat op die turf drup. Op die pap dryf 'n laag gesmelte suiker. Briefie in die vadoek:

Is tyd dat jy beginte mieliepap eet. En om te sien suikerstroop is net gesmelte suiker. Dan 'n ander ding. Die laaste keer toe Miss Lyla hier was, het sy gevra ek moet soek waar bêre jou ma die sleutel vir die koffertjie onder haar bed. Maar sy't gesê ek moet eers vir jou sê die dag as jou ma nie meer in die lewe is nie. Ek het skoon gevergeet daarvan. Is jou saak of jy die sleutel wil hê, maar ek sê maar net dis met Prestik vasgeplak teen die onderkant van die hall stand.

Sit die deksel terug. Die frummeltekstuur, saam met die deurskynende taaierigheid, sal haar laat opgooi. Sy sal later die brood in die brooddoek eet. 'n Tamatie, 'n lemoen.

By die trap baan sy 'n pad tot by die muurstaander. 'n Bol geroeste staalwol steek haar vingers toe sy die muurstaander omkantel. Trek die sleutel los uit die bruingeworde wondergom. Stap met die gang af na Susarah se kamer en haal die outydse koffertjie onder die bed uit.

Die sleutel pas.

Wat het in die kopwêreld aangegaan van die kind wat met die koffertjie skool toe geloop het?

Op 'n Saterdagoggend in Februarie van standerd agt, toe sy nog nukkerig was oor die swartmaan-sokkie, was sy en haar pa besig om lusern met die sekels te sny, voor dit verlep en die melkkoei blousuur kry. Toe kom OuPieta aangehink om te sê daar is fout met Pietertjie. Hy braak en sy hand is blink opgeswel. Haar pa dink dis 'n spinnekopbyt. Binne minute is hy met Pietertjie op pad dokter toe.

Sy was oortuig haar pa het Pietertjie liewer as vir haar. Bring vir hom 'n staalkam of jelliemannetjies of blaasborrels.

En sý moet vrotvis-gunsies bewys op pad terug van die koshuis af. Dit insluk ook. Want hy sê sy móét. Die een keer toe sy die ruit afdraai en die sout gemors uitspoeg, het hy op die verlate plaaspad afgetrek, haar uit die bakkie gestamp en die sambok agter die sitplek gevat. Haar genadeloos met die handvatsel geslaan. Ribbes, rug, boude. Waar niemand sal sien nie.

"Jissus, Pa, eina!"

"Ek is lankal gatvol vir jou cheeky houding! Vandag bliksem ek jou reg!"

Sy keer met haar hande en arms. Hy slaan haar armpyp raak. "Pa, hou op!"

"Jy wíl mos nie hoor nie!"

Hy trap op 'n los klip en verloor sy ewewig, sodat sy kan weghardloop. Jaag haar flou met die bakkie deur die veld. Uiteinde is dat sy voor hom moet kniel, terwyl hy in haar gesig pie.

Daardie aand ná melktyd het sy op die melkstoeltjie by Frieda gaan sit, en vir die koei gesê dís wat 'n recce is. Net iemand sonder gewete of emosie sal só iets doen. Hy voel vir haar ewe min as vir die terroriste wie se ore hy afgesny het.

Vir Pietertjie sal hy die lusernsnyery los en dokter toe jaag.

"Sny klaar en pak in die skuur," sê hy. "Ek ry nou dadelik."

Teetyd gaan soek sy brood en konfyt. Dis Mabel se af Saterdag en haar ma sal nie kos maak as Abel dorp toe is nie. Dis ligadag; daar is niks om uit die tennisskinkborde te steel nie. Op pad soontoe, toe sy verby die engelbeeld in die tuin loop, hoor sy haar ma gil. Moordgille. Het iemand by die agterdeur ingekom en haar ma aangeval?

Hardloop. Gryp die .22 by die muurstaander. Storm kombuis toe. Sy kry haar ma bo-op die meelkas in die spens. Tussen haar en haar ma staan die koperkapel 'n halfmeter hoog. Blinkgeel, sy kop 'n breë bak. Oorgehaal om soos blits te pik. Dodelik-dodelik.

"Staan stil, Ma!" skree sy. "Moenie afklim nie! Staan stil!"

Ineens wil sy die spensdeur van die kombuiskant af op 'n skrefie toetrek en haar histeriese ma por om stádig af te klim en stádig verby die koperkapel te loop. Hy sál haar pik. Voor Abel terug is van die dorp af, sal sy dood wees.

Die adder gee Gertruida die gedagte dat die regter . . . Terwyl sy die sin vorm, kry sy die visier op die slang se kop. Die skoot klap sekuur. Die erdekan met gemmerbier spat aan stukke. Stap nader, tot sy in die gemmerbier trap. Trek nog vier skote in die dooie slang se kop af, tot in die houtvloer, om haar ma stil te skok. Haar ma hou op met gil.

Dis nie haar ma wat op die meelkas staan nie. Dis 'n kermende dogtertjie wat haar skoene natgepie het. "Kom, ek tel Ma af." Draai haar rug meelkas toe. "Hou om my nek, dan abba ek Ma verby die slang."

"Gertruidatjie . . . Gertruidatjie . . ."

"Toemaar, Ma, hy's dood." Haar ma se bene klou om haar heupe. Haar langbroekpype is koudnat. "Kom, ek gaan tap Ma se badwater in . . ."

Sy maak die skoolkoffer se deksel oop. Dis asof sy 'n kaal mens afloer.

Sierlike roomwit balletskoentjies, saamgebind met die

satynstrik. Die kastanjette waarmee sy op en af in die gang geoefen het toe daar nog nie 'n ding soos 'n naglikkewaan was nie. Klein juweleboksie met geelgeworde melktandjies. 'n Pak briewe, vasgebind met pakkietou, die adresse in Tannie Lyla se handskrif. Afskrif van Tannie Lyla se testament. Brief van die skool, gedateer 15 November 1991, om te bevestig Mabel is aanvaar as skoolleerling en koshuisganger met ingang 1992.

Anthonie se begrafnistraktaat met die pers hande. Die letterbrief met GERTRUIDA boaan geskryf. Vuil gevat, vol geskryf deur 'n lomp kinderhandjie. *Dat. Dit. Ui. Ruit. Trui.*

Brief van Matrone, Donderdag, 5 Mei 1994. *Haglike situasie met bednatmakery . . . oorweeg om haar na 'n uroloog . . .* Haar ma-hulle het haar nooit geneem nie. Die kere dat sy by 'n dokter was met mangelontsteking of waterpokkies is haar ma saam in. As die dokter vrae vra, antwoord haar ma namens haar. Wagter oor haar mond.

Afskrif van haar ma-hulle se trousertifikaat in 'n lêersakkie. Dit bewys hulle móés trou. Haar ma was net agtien . . . Ook in die sakkie is 'n standerdagtsertifikaat. Sy voel duiselig by die wete dat sy eintlik níks van haar ma geweet het nie. Behalwe wat sy van Tannie Lyla gehoor het.

Brief van Juffrou Robin: . . . *tekens van molestering . . . dophou wat gaan aan tussen die spelende kinders op die plaas . . . koshuismatrone moet sindelikheid beter reguleer . . .*

Sy wil nie verder lees nie. Hoe is dit moontlik dat niemand 'n vinger op die wond gelê het nie? Iémand moes kon sien? Noudat sy nie meer 'n kind is nie, weet sy Juffrou Robin sou die brief slegs met die medewete van die skoolhoof geskryf het. Dit sou in die personeelkamer bespreek gewees het. Gertruida Strydom sou nie ongesiens verbygegaan het nie. Matrone is nou in die ouetehuis op die dorp, 'n gerespekteerde vrou, voorsitster van die leeskring. Sy was tog nie dom nie?

Of was almal bang vir Abel Strydom? Recce wat sonder veiligheidsgordel teen die kerktoring opklim en die horlosie regmaak. Almal roep hóm om ongewenste byeneste uit te haal. Ná 'n noodoproep van die munisipaliteit jaag hy dorp toe en doodsveragtend haal hy 'n kind uit 'n inkalwende put. Toe die helfte van die swart woonbuurt afbrand, storm hy met 'n nat kombers om sy lyf by 'n brandende kaia in om 'n blinde ouma uit te dra. Jakkalse jag, perde inbreek, spoor sny. Enigiets wat gewaagd gevaarlik is. Dit was Abel se kos.

Mens sukkel nie met 'n skatryk recce nie. Jy staan op aandag; sê ja en amen.

Waar sal die agterdogtiges bewyse kry? Hoekom hulle nekke uitsteek as hulle weet dit gaan met 'n lastereis afgekap word?

Thula-thula. Sjuut-sjuut.

Netnou trap jy kaalvoet op die nagadder.

Met Paasnaweek van 2006 is hulle weer na Braham se mahulle toe.

Toe sy dit aan die Sondagtafel aankondig, is Abel siedend.

"Ek betaal jou nie om saam met 'n man rond te flenter . . ."

"Pa betaal my in elk geval nie. Ek werk van lig tot donker soos 'n arbeider, sonder 'n loon. En ek verkoop my eie beeste . . ."

"Waar kry jy die kalwers? En op wie se grond wei hulle? Wie dip . . .?"

Stoot die bord kos terug, staan op. "Of dink Pa dalk seks is 'n manier van betaal?"

Haar ma laat val die vurk kletterend in die bord. "Gertruida! Tel jou woorde! Jou pa is nie jou speelmaat . . ."

"Hý dink hy is. Ek gáán Paasnaweek saam met Braham. En ek is lus en kom nooit weer terug nie."

Loop melkkraal toe. Gaan sit by Frieda op die melkstoeltjie. Vryf haar met die klip. Fluister. Ek is moeg, Frieda. Ek is gebroke en verward. Ek sal nooit heel word nie, al wíl ek. Ek gaan die geld in die koekblik vir Mabel gee; sy moet Saterdae vir Pietertjie jelliemannetjies koop tot hy doodgaan. Die res kan sy vat. Ek het nie meer die geld nodig om weg te loop nie. My voete is te seer vir wegloop. Ek is jammer ek het nie destyds van die windpomp afgespring nie. Binnekort gáán ek.

Sit die klip neer. Laat sak haar kop teen 'n wit vlek op die koei se flank. Ek het nie beskuitjies gebring nie, Frieda. En al sit ek jare lank elke dag by 'n sielkundige, sal niks my lap nie. Niemand kan my wonde uitsny nie. Ek weet nie hoe om met my lewe aan te gaan nie, Frieda, want ek het nooit regtig gelewe nie. Net oorleef. Die klein dogtertjie in my lê op die grond, soos die eiermannetjie wat van die muur afgerol en uitmekaargebars het. Onlasbaar. Al my ankers is verwoes.

Humpty Dumpty sat on the ground
Humpty Dumpty looked all around
Gone were the chimneys
and gone were the roofs
All he could see, was buckles and hoofs . . .

Groet. Bêre die klip. Stap huis toe. In haar kop pak sy solank haar naweekkoffer.

Die laaste weke tot Donderdagoggend was van die langste in haar lewe.

Snags verneder Abel haar met potlode en 'n buisie lip ice; forseer haar om te speel dis Braham se ou dingetjie. Dinsdagnag treiter hy haar met 'n verjaarsdagkoekkersie, en sê terloops hy het albei die Corsa se sleutels gevat; sy sal laasnaweek nêrens gaan nie.

Vroetel weer met die koekkersie. "Sê vir hom jy's gewoond aan 'n groot stuk vleis. Sê dit nóú . . ."

Sy sê so. Maar eintlik probeer sy uitreken waar hy haar motorsleutels weggesteek het. Of sy is in die apteek op die dorp, besig om vir Braham se ma 'n voetspa as geskenk uit te soek.

"Sê hy moet sy petieterige ou dingetjie uittrek, want jy voel niks. Sê dit nóú . . ."

Sy sê so. Die volgende oomblik druk hy haar knieë met brutale krag oop en stamp homself in haar in. Toe gebeur iets waaroor sy geen beheer kry nie. Haar lyf begin saam met Abel s'n beweeg. Sy kreun, gryp aan sy skouers; ruk hom nader, lig haar pelvis op. Toe is dit Braham wat by haar is. Daar bou 'n drukking in haar op, haar keel is droog gehyg. Sy voel die ontploffing kom. Anders as ooit tevore. Die oomblik toe die uitbarsting begin, kom sy tot haar sinne. Stamp Abel van haar af. Wriemel haarself onder hom uit. Hardloop nakend deur toe. Af in die gang. Uit by die voordeur, die warm nag in.

Die paddas raak stil toe sy op die riviersand lê en huil. Oor die beeltenis van Braham wat sy geskend het. As die rivierwater diep genoeg was, en as sy 'n jas by haar gehad het waarvan sy die sakke vol swaar klippe kon stop, het sy soos Virginia Woolf die donker waters ingestap en saggies verdrink.

Omdat sy weet sy sal nooit met Braham een kan wees sonder om die afstootlike beeld van Abel tussenin te hê nie.

Sit in die vlak water en was haar. Skuur haar lyf met sand. Spoel dit af. Toe loop sy deurkomhekkie langs na Mama Thandeka se huis toe. Klop aan Mabel se venster. Klop weer. Mabel skuif die gordyn op 'n skrefie oop.

"Vaderland, Gertruida," fluister Mabel en sy maak die venster wyd oop, "hoekom loop jy kaal in die nag rond?"

"Leen vir my 'n trui en 'n sweetpakbroek, Mabel? Ek wil kliphuis toe gaan."

"Jirretjie, Gertruida, dis middernag . . . en my klere is te klein vir jou . . ."

"Dis niks. Mabel, as my pa môre veld toe ry, moet jy vir my 'n koffer pak vir die naweek. Steek dit weg tussen die grootblaardrakebome onder die sederboom. Ek sal dit môrenag kom haal."

"En dan, Gertruida . . .?"

"My pa het my motorsleutels weggesteek. Ek gaan in die nag dorp toe loop, van Bosfontein se kant af, sodat ek teen dagbreek by Braham se huis is. Bring my tekkies ook, asseblief. En hou my selfoon by jou . . ."

"Kom voordeur toe. Ek gaan Mama se kamerdeur toetrek, dan sluit ek vir jou oop."

Sy staan by die lou vuur. Mabel bring haar rekkerigste klere. Pak roosterkoeke, frikkadelle en 'n blik kerrievis in 'n sak. Twee lemoene. Kraakbeskuitjies.

"Hier's 'n paar van Mama se uitgetrapte slippers. Ek het dit gister gewas en by die stoof gesit vir droog word. Dis klam, maar jy kan nie kaalvoet kliphuis toe loop in die nag nie."

Kort voor middernag die volgende nag sluip sy werf toe en vat die koffer. Mabel tree soos 'n skim agter die sederboom uit. "Jou swart sweetpak en jou tekkies is heel bo in die koffer. Trek jou aan. Ons moet teen die rivier af hou, tot duskant Bosfontein se afdraai. Jou pa sit jou en inwag by die laagwaterbruggie."

Hulle dra die koffer beurt-beurt deur die digte plantegroei op die rivierwal.

"Gertruida," sê Mabel toe hulle naby Bosfontein se afdraai is, "in die binnesakkie van die koffer is 'n koevert met naweekgeld. Jou ma stuur dit. En sy't my gevra om vir jou te sê jou pa lê jou voor by . . ."

"Mabel, dit liég jy!"

"Kyk self, jou naam is in haar handskrif op die koevert."

In die lig van die amperse volmaan loop sy dorp toe. Toe die kerkhorlosie vyfuur slaan, maak sy die tuinhekkie by Braham se huis oop.

"Trek solank jou motor in die garage," sê hy en sit 'n beker swart koffie op die stoeptafel neer. "Ek sluit net gou."

"My motor is nie hier nie. Ek het geloop van Kiepersolkloof af."

"Gertruida, jy's nie ernstig nie . . ."

"Ek is. Moenie vrae vra nie. Weet net ek het na jóú toe geloop."

Dis vreemd om vir so lank só naby iemand te wees, ingehok in die motor. Die son kom op. Die laaste twee dae voel soos 'n droom. Hy vra sy moet koffie skink. Knikkie in die pad. Die koffie mors op haar sweetpakbroek.

"Dammit, sies!"

"Daar's nat lappies in die paneelkassie." Hy ry stadiger, vat die fleskoppie by haar. "Dis niks, Gertruida . . ."

"Ek verpes dit as ek uit lompheid op my mors!"

Hy stop by 'n ry peperbome, sodat sy haar kan skoon kry. Hulle sit by die vuil sementtafel; hy drink sy koffie. "Dit was eintlik mooi toe jy op jou mors," sê hy.

"Hoe kan jy só sê? Ek het onnodig heftig gereageer en . . ."

"Juis. Ek sien so min emosionele reaksie by jou, Gertruida. Die kere dat jy wel emosioneel raak, verkyk ek my aan jou." Sy kan nie vir hom sê om emosieloos en immuun te wees is Doringrosie se ammunisie vir oorlewing nie. "Trou met my, Gertruida?"

Die wind waai die peperboomtakke rond. Sy is naar geskrik. "Ek wil nooit trou nie, Braham. Met niemand nie."

"Ek is lief vir jou, Gertruida. Ek is dertig, jy's vier-en-twintig . . ."

"Los dit, Braham, ek is nie troumateriaal nie."

"Sê my dan, Gertruida, of jy my ook liefhet. Ek móét dit weet."

Wind in haar gesig. Dynserige berge in die verte. Hoog in die lug draai 'n valk. "Ja, Braham, ek hét jou lief. As ek kon, sou ek nóú met jou getrou het. Maar ek kan nie."

"Hoekom nie, Gertruida, hóékom nie?"

Lek haar vinger, vryf 'n vetkol op die sementblad. Doolhof in haar kop. Naaktheid. Vrot visreuk. Anale verrekking. Vibrerende speelgoed. Beendrukkies. Selfwalging ná 'n geforseerde klimaks. Nimmer, nooit. "Omdat . . . ek . . . nog daaroor moet dink . . ."

"Mag ek jou vashou en soen? In die vier jaar ná jy uit matriek is, het ek jou nog nooit vasgehou of gesoen nie. Ek wíl, maar jy . . ."

"Ek soen nie mense nie, nooit."

"Sal jy mý soen . . .?" Hy kom sit by haar op die aambeeldvormige sementbankie.

"Ja, ek sal, toemond. As jy my eendag Avignon toe sal neem."

"Ek belowe ek sal."

Warm asem in haar gesig. Braham se asem. Sagte, droë lippe. Braham se lippe. Skok op skok deur haar onderlyf. Toe begin sy hartverskeurend teenaan sy gesig huil.

"Gertruida, Gertruida . . . Hoekom huil jy?"

Knip die skoolkoffertjie toe. Sy wil nie verder grawe of Tannie Lyla se briewe lees nie. Hóékom het Susarah hierdie goed gebêre? Wié was Susarah? Is sy met 'n verslapte kringspier begrawe? Het sy hande vol kopseerpille gedrink om haar onthou-pyn stil te kry?

Dra die koffertjie potystertafel toe. Sit dit langs die blou vergeet-my-nietjies. Loop die huis in en begin die gastetoilet leegdra. Lusteloos, want sy kry nie die ontstellende beeld van die dogtertjie-vrou op die meelkas weggevee nie.

*

Ek sit agter brekfistyd bietjie in die sonnetjie voor die huis. Mabel het my vroeg wakker gemaak en gesê ek moet aantrek. Sy wil by my inhaak sodat ons om die huis kan loop vir die styfte in my kniekoppe. Wanneer die son warmer is, wil sy my hare was en vleg.

"Ek gaan Mama se stoel uitdra, dat die son op Mama se vel kom."

Nou sit ek hier op my wiegstoel wat Abel en Missus Susarah vir my gekoop het toe ek sewentig jare geword het. Ek raak vaak as die stoel my wieg, vorentoe en agtertoe, nes die rottang-cot waarin Mabel gelê het toe sy 'n bybietjie was.

Party dae as Abel deurkomhekkie langes gekom het met 'n sakkie ertappels oor sy skouer, of 'n bak druiwe of 'n murgpampoen, het hy 'n binnestoel gebring en hier by my kom sit. Dan sit hy sy voet op die opstaanpootjie van my wiegstoel en roer my liggietjies. Praat sommer oor 'n Bonsmara wat gekalf het; oor die kontrakmense wat twee dae lank gaan kom help sodat die kallers gespeen kom. Mens het hande nodig vir speentyd, want die koeie raak mal. Of hy sê wat die umfundisi in die kerk gepreek het. Van Missus Magriet wat somergriep in haar maag het. Van die bobbejane wat al die granate afgesteel het.

Hy't baie kere hier kom sit. Nooit gevergeet hoe ek sy boude samboksalf gesmeer het as die ouman hom met die belt slaan dat die strepe lê nie. Ek het hom altyddeur 'n hand vol dadels gegee en gesê hy moet onder die peperboom op sy maag loop lê dat die salf kan intrek.

Ons praat nooit oor onse dag van sonde nie.

Ek is moeg, laastere nag tot waffer tyd sterre gesoek. Eers voordag toe ek my kop onder die komberse insit, het die slaap my gevat. Mabel wil vandag die hokhaantjie in die pot sit; en rosyntjierys en bruinsous-ertappels kook. Gemmerpoeding en vla. Komberse uithang. Matte skud. Ek weet nie waar kry sy krag vir als nie, haar hart moet ook maar kramp oor haar wit mama. So te sê onder Missus Susarah se voete grootgeraak.

Ons het 'n mooie huis, ek en Mabel. Binnewater. Ligte. My jiglyf lê op 'n sponsmatras, onder 'n sawwe duvet. Missus Susarah het gordyne gemaak met agterkante sodat die son nie vroeg smôrens die huis lig maak nie. Uitgeteëlde badkamer met 'n stort; nou hoef ek nie met my kranklike lyf in en uit 'n sinkbad te sukkel nie.

Aan geld skort ons nie. Elkere jaar skuif Abel die eerste Bonsmara-versie eenkant vir die kerk. Dan kom Missus Susarah en Gertruida se beurt, dan ek en Mabel en OuPieta. Tot Pietertjie kry so elkere derde jaar 'n versie. Seker oor hy doerie jare Missus Susarah se tuinhand was, en oordat hy die een was wat lank terug se tyd, toe Anthonie in die mis geverdwaal het, die een was wat hom gekry het waar hy in die dassieskeur lê en slaap het.

Agter vendusietyd kom tel Abel die beesgeld uit by onse kombuistafel. Ons drink tee uit my blou Krismiskoppies. Hy eet askoek met swart nastergalkonfyt en bokbotter. Beduie hoeveel hy vir my en Mabel by die bank bêre. Elkere ses maande kry ons die kuikens wat by die bank broei. Dan vat Missus Susarah ons grootdorp toe vir huisgoed. Tot 'n haardroër en elektriese krullers en 'n selfoon vir Mabel. Tik vir Missus Magriet 'n koslys, sodat haar goete regstaan as sy by die winkel aankom. Neukery is dat die selfoon nie altyds werk nie. Daar moet 'n hoër toring opgesit kom, sê Mabel.

Mabel maak verniet of sy so 'n verpesting in Abel het. Al die goeters wat ons koop uit verskalf-geld, is vir haar lekker. Is oordat sy haar eie verskalf-geld het dat sy nie man vat en tjinners kry nie. Partykeers vat 'n vrou 'n man oordat sy nie gelerendheid of geld het nie, en uit sy hand móét leef. Slaan hy haar oogbanke stukkend of druk haar hand in die vuur het sy nêrenster om te gaan nie. Maak nie saak of sy wit of swart of bruin of geel is nie, dan staan sy maar stil om geklap te word.

Mabel sal nie stilstaan nie. Tussen my en Missus Susarah

en Missus Magriet het ons gesôre dat Mabel klas op haar het. Haar kopwysies sing mooi.

Soos ek hier op my wiegstoel sit en vaak raak, roep ek na elkere papa en mama in die wêreld. Hulle geeste moet hiernatoe vlieg en rondom my voete sit, met hulle ore na my toe gedraai. Sodat hulle kan hoor wat ek dink. Ek wil vir hulle sê: Abazali, hlalani phantsi, phulaphulani. Mamas en papas, sit asseblief, luister mooi. Sodat julle nie slegte wysies in julle tjinners se koppe maak nie, en dan eendag in julle hande snik oor allester wat afdraand rol nie.

Eendag, jare terug, kom Missus Magriet oor van Bosfontein af op skoolbesoek. Gesê sy gaan van toe af elkere jaar by elkere huis aangaan. Sy wil sien waar bly die tjinners wat by haar skool loop. Waar slaap hulle, of hulle by 'n tafel sit en eet. Of daar 'n lewwetrie met lewwetriepapier is, en of die tjinners in die bossies moet hurk. Of daar 'n Bybel in die huis is. Of die werf gevee is; of die hond vet is. Sy sê tjinners word nie eenderster groot nie, en sy wil verstaan hoe werk elkere tjint se kop, sodat sy met hom 'n taal kan praat wat hy verstaan. Só gee Missus Susarah my die middag af en Missus Magriet kom daardie dag die eerste keer hier by onse huis.

"Goeiste, Thandeka," sê sy, "maar jy't 'n mooie huis!"

Klein soos sy daardie tyd is, staan Mabel voor die gasstoof en bak plaatkoekies, soos Missus Susarah haar leer in Kiepersolkloof se kombuis. Ek sien hoe raak Mabel se rug reguit oor wat Missus Magriet sê. Draai sommer om en loop maak die yskas oop en toe, haal niks uit nie. Net dat Missus Magriet nie die yskas moet miskyk nie.

Toe Mabel onse teeskinkbord neersit, kompleet met 'n lappie, die koppies se ore na dieselfde kant toe gedraai, sien ek 'n mooie lig in Missus Magriet se oë. "Gaan speel by Gertruida in die boomhuis," sê sy vir Mabel, "ek en jou ma wil alleen gesels."

Sal Mabel nie wragtig haar sonsambreeltjie oopslaan en maak asof die son nie op haar kop mag skyn nie? Hang haar pienk handsak oor haar arm, sit die sonbril op wat sy Krismistyd by Gertruida gekry het. Trek glads haar insteeksandals aan.

"Jy sien, Thandeka," en Missus Magriet beduie na die potjie wit verbenas wat Mabel op die teeskinkbord gesit het. "Dís hoekom ek nie wil hê Mabel moet 'flyt' en 'ryt' en 'snyt' sê nie. Dis nie dat ek van Mabel iets wil maak wat sy nié is nie. Ek sien mos sy gaan dit ver bring."

"Is waar," sê ek.

"Dit sit in haar bloed, Thandeka. Mens kan iemand styl aanleer, maar jy kan dit nie in sy bloed inspuit nie."

"Is waar," en ek maak of ek nie skrik nie.

"Sy móét matriek maak, Thandeka. Ek is oortuig Samuel sou dit ook só wou hê vir sy kind. Abel sál haar bystaan vir universiteit. Dink vooruit, Thandeka, dink ver vooruit . . ."

Toe Missus Magriet weg is, kyk ek na die potjie verbenas; dink oor wat Mabel gesê het toe sy met die bossie blomme huis toe kom. "Mama, Mevrou Susarah sê wit verbenas beteken: 'Bid vir my'."

Ek maak my oë net daar by die tafel toe en sê dankie oor al die ma's wat Mabel het. Missus Magriet wat haar geleerdheid besôre. Missus Susarah wat haar al die fyntjiesgoeters wys. Ek wat waghou oor haar gees. En so, met toegeknypte oë, onthou ek 'n sterre-aand saam met Samuel om die vuur, toe Mabel se naeltjie nog vasgesit het.

Samuel was sleg omgemoerd oor wat agter sy rug aangegaan het wyl hy in die berge loop en beeste soek. Wil sommer die huisgoed oppak en pad vat met onse donkiekar. Maar Samuel was nie 'n man met 'n kliphart nie. In sy binnekant moes hy gewis het elkere vrou wil graag 'n tjint hê, al het sy dit nooit gesê nie.

Die nag toe Mabel in die dorpshospitaal gebore kom, gee die suster die amperse wit bondeltjie in die wit kombersie vir hom om vas te hou.

Hy vat haar. Hy huil. Toemaar, Thandeka, sê hy, nou's dit onse tjint.

Ons sit een aand by die vuur. Mabel slaap in die rottang-cot wat Missus Susarah vir haar gekoop het, en met wit net oorgetrek het. Aparte net om bo-oor te gooi, sodat die vlieë haar nie pla nie.

Thandeka, sê Samuel, jy moet nóóit onse tjint abba nie.

Nou's hy beneuk in sy kop, dink ek, hoe kan ek nié my tjint op my rug vasbind nie? Sy moet my longe hoor as ek sing; sy moet my vel ruik en my warmte voel.

Dra haar op jou heup, sê hy. Ek sal 'n Bonsmara verkoop en sôre dat sy 'n stootkar kry. En 'n drasak wat voor jou maag hang, vir tye as jy al twee jou hande nodig het. As sy die dag kan loop, vat jy aan haar hand as julle iewerster heen loop.

Samuel, sê ek, het jy kêns geraak? Van waffer tyd af mag 'n mama . . .?

Daardie aand ruk Samuel my uit my geloof uit. Want wat hy sê, kom lê vir die kale waarheid in my kop, al wil ek stry tot annerweek.

Sy's klein, sê hy, sy's gebore sonder kennis, sy't baie om te leer. En sy moet met haar oë leer. As jy haar op jou rug abba, vasgebind dat net haar koppietjie uitsteek, en só loop julle oralster heen, sien sy net jou rug, Thandeka. As daar 'n boom doer voor in die pad is, kan sy nie die boom bekyk soos hy nader kom nie. Skielik is die boom langes haar. Dis nie 'n bóóm nie, dis 'n díng. Sy kan nie praat om vir jou te sê jy moet stilstaan dat sy na die ding kyk nie. Jy loop. Sy kan nie omdraai en die ding agterna kyk nie, sy's te styf vasgebind. Daar kom 'n voël aangevlieg. Daar kom 'n kar aangery. Sy sien jou rug, sy sien nie die voël nie. Sy hoor die kar, maar weet nie van waar af hy kom en hoe ver hy nog is nie. Netso, verby is die voël en die kar.

Jy dink nie daaraan om vir haar te sê daar's 'n voël of 'n kar aan't komme nie. Jy dink nie daaraan dat die tjint nie kan omkyk watse ding dit was nie. Die dag as jy haar van jou rug afhaal, beginte sy eers te kyk. Want jou rug is nie meer in haar pad nie. En sy kan haar kop draai soos hy wil, en omkyk soveel kere as wat sy wil.

Ek bekyk Samuel se gesig in die vlamme. Ek sit stilgeslaan. Dis soos 'n boek van slimmigheid wat voor my oopval.

Ek weet jou mense maak anderster, Thandeka. Eintliks is dit mooi om 'n ma en haar tjint so bymekaar te sien. Maar onthou, Thandeka, vandag se dae waar gelerendheid tel, kan mens nie jou oë beginte ronddraai die dag as jy van jou ma se rug afgetel word nie. Dan's jy klaar gewend om teen 'n rug vas te kyk. Onse tjint moet grootraak met oë wat ver kan kyk. Sy moet allester sien wat aankom, en sy moet kan omkyk na die spore wat agter haar lê.

Ek luister mooi na wat Samuel sê. Ek dink aan my amperse wit bybietjie wat in die cot slaap. My hart is baie vol. Oordat hy praat van "onse" tjint.

Daar kom tye dat Samuel ver werk, of heinings heelmaak agter in die taaiboskamp, sodat die jakkalse nie deurkruip nie. Dan wag ek tot Mabel se koppietjie beginte knik. Ek vat 'n handdoek en bind haar styf teen my longe vas. Ek voel die tromme van my tata in my voetsole. Ek hoor my mama sing 'n lied en die wysie bewe uit haar rug uit.

Ek beginte wieg op my voete, met my hande onder my bybie se boude. Ek verlang na mense wat ek gevergeet het. En altoos sal onthou. Ek sing soos my mama. *Thula Thula Thula, baba, Thula sana, Thulu umamuzobuya ekuseni . . . Toemaar, tjintjie, toemaar . . . Môreoggend kom jou mama . . .*

Waffer vreestelike dinge ook al later jare in Kiepersolkloof se huis gebeur het, het nie sonder 'n rede gebeur nie. 'n Mens se kopwysies raak nie vanself deurmekaar nie. Abel sal voor iNkosi moet verduidelik van die verkeerd met Gertruida. Maar iNkosi weet ook van die verkeerd wat die ouman aan Abel gemaak het.

Die groot draai op my maag is oor wat ék vir iNkosi gaan verduidelik oor hoekom ek stilgebly het toe dit praattyd was. Hoeveel dae het Abel by onse tafel gesit, dan wil ek praat oor Gertruida. Maar my tong lê plat in my mond. Abel eet sy kaiings en vra of ek raad het met Susarah se donkertes. Ek sê 'n vrou se donkertes bly lank donker; hy moet tyd gee. Maar ek bly stil van Gertruida se donkertes wat vorentoe donkerder en donkerder gaan word.

Is my werk gewees om die engel te wees wat die lantern oplig sodat hy beterder kan sien waar om te trap. Toe kies ek om die lantern dood te blaas.

Nikswerd engel.

Waar ek hier sit met al die papas en mamas se geeste rondom my, wens ek met rou in my hart ek kon Abel weer by die deurkomhekkie sien aankom met 'n sakkie ertappels. Dan sal ek sê: Sit, Abel, kom ons praat. Oor lelike goeters wat jy moet regmaak.

Maar al wat oorbly, is om vir die geeste 'n storie te vertel oor 'n tjint se kopwysies wat deurmekaargeraak het, en nooit weer 'n mooi lied kon word nie. Dis 'n storie wat ek vir Gertruida ook moet vertel. Straks help dit om die kwaad in haar tot bedaring te kry.

Kort agter die tyd toe ek en Samuel op Kiepersolkloof aangekom het, toe pik die rinkhals Abel se mama. Die ouman was 'n harde man. Nooit het ek 'n traan in sy oë gesien oor sy afgesterfde vrou nie. Seker swaar gewees om te dink hy moet die drie tjinners alleen grootkry.

Die twee broertjies was ouerder as Abel; kon baie dinge saam met die ouman doen. Trekker dryf, kolganse skiet, skape uitvang, waenhuiswerke. Abel was maar vyf jare. Te groot om 'n bybie te wees. Te klein om met 'n geweer oor sy skouer en 'n knipmes in sy sak rond te loop. Tros agter sy broertjies aan. Hulle jaag hom huis toe, na my toe. Abel wil sy papa help met eiers uithaal, hoenders kos gee, hekke oopmaak. Soek seker na sy mama wat weg is; wil wéét sy papa het hom lief. Maar sy papa jaag hom ook weg na my toe.

Sien, Abel wou als met sy linkerhand doen. Die ouman is dwars daaroor, want al die gereedskap en skietgoed ken hy net met sy regterhand. Klap die paplepel uit Abel se linkerhand. Gooi die prent wat hy met sy linkerhand geteken het in die stoof. Ergste is as hulle saam in die waenhuis is, want die tjint kan nie met sy regterhand 'n spyker kap of 'n plank saag nie. Dan skree die ouman hy's onnooslik. Naderhands huil Abel. Dan skree die ouman op hom oordat hy huil. Jaag hom huis toe.

Die ding met enige seunstjint is dat hy mik om op 'n sterke regopstoel in sy papa se hart te sit. Abel ook. Soek hard. Wil soos sy papa wees. Ryk, slim, sterk, weet als, kan als doen. Moet heeltyd hoor hy's onnooslik. Oralster in sy lyf beginte die beentjies vanselwers breek. Hoe krankliker hy loop, hoe verder stamp sy papa hom weg.

Kom met bewelippe na my toe. Wat weet ek van tjint grootmaak? Ek maak soos ek dink my mama sou maak. Gee 'n snytjie koek; sê hy moet die frikkadelle rol; laat hom koffie maal. Stuur hom om die hoenders se pap uit te krap. Ek sien hy gaan agteruit. Ek wis nie of hy na sy mama verlang, en of hy wens sy papa wil hom liefhet nie.

Toe hy dorpskool toe gaan, dink ek hy sal maters hê, en als sal beterder raak. Ek bak koekies vir die koshuis; sit druiwe en lemoene in. Vir sy broers ook. Abel sê sy broers eet hulle kosgoed als op Maandae, dan vat hulle syne. Toe ek daaroor praat, sê die ouman ek moet my plat neus eenkant hou. Ek wil vra wie sal dan na Abel omkyk, maar ek bly stil.

Raak mos eendag korrelrig met my oor ek in als krap, tot in sy afgesterfde vrou se naaldwerkboks. Hoe moet ek knope aanwerk en nate toeryg sonder garing en naalde? Moenie voorbarig wees nie, sê hy, vrá. Volgende keer toe daar naaldewerk is om te doen, sit ek die bondeltjie op die skryftafel in sy kantoor en sê ek kom vrá of hy dit sal regmaak voor Maandag. Hy raak so kwaad dat sy valstande ampers uitval.

Kos my party naweke en vakansies Abel se matras agter die putlewwetrie regop sit vir droogword. Ek ruik aan sy wasgoedsak, daar's nie pie aan sy koshuisklere nie. Ek wis dis hiér op Kiepersolkloof dat die bang hom gryp. Partykeers kyk ek die ouman aan en dink: Jou ou bliksem.

Seker was Abel so sewe jare oud toe sy broertjies die wyfiebobbejaan die dag by die amandelbome skiet. Bobbejaantjie by haar wat haar vasklou en haar tiet suig toe sy al dood is. Grote bakore, omtrents nie 'n haartjie in sy pienk gesiggie nie. Die ouman sê hulle kan hom op die werf grootmaak. Hulle dra die kleintjie huis toe, hemde en arms gebeskyt. Bo teen die berg raas die trop soos mal goed, want hulle hoor die kleintjie skree. Seker die geweerskoot ook gehoor.

Hoekom sal ek nie kan sê nie, maar toe die bobbejaantjie Abel sien, breek hy los en hol reguit vir Abel. Abel had skaars tyd vir skrik, toe klou die bobbejaantjie hom vas; lê sy koppietjie teen Abel se bors en sit sy armpie om Abel se nek. Nie 'n skytstrepie op Abel nie. Duidelik gewees dat die bobbejaantjie sy hart op Abel gesit het.

Maar dis een ding om 'n bobbejaantjie werf toe te bring, en 'n ander ding om hom te versôre. Kos my by die ouman lek dat Samuel met die bakkie Bosfontein se winkel toe kan ry vir 'n melkbottel en tiete.

Só kom dit toe dat Abel iemand kry wat hom liefhet, al is hy links.

Wat is 'n bobbejaantjie in jou taal, Mama Thandeka? vra hy.

Imfenana, sê ek.

Toe raak die dingetjie se naam Imfenana. Slaap sawens in die houtkamer op 'n ou strykkombers. Bedags vasgeketting aan die olienhoutboom voor die stoeptrap. Nikse tuin daardie tyd nie. Net 'n paar bome en kale werf. Eers baie jare laterder het Missus Susarah 'n tuin gemaak wat lyk of dit uit 'n boek geknip is.

Vrydae as die bakkie stop, hol Abel reguit na Imfenana toe. Die bobbejaantjie is so bly, hy slaan bollemakiesie en praat met Abel, jy sien net tande. Kompleet of hy lag. Abel koop al sy sakgeld op aan lekkers en piesangs vir Imfenana. Hy loop hande-viervoet met Imfenana op sy rug, of die dingetjie hang onder sy maag met sy handjies aan Abel se hemp vasgegryp. Ek kyk deur die kombuisvenster. Imfenana loop rondom Abel waar hy teen die olienhout sit, krap in Abel se hare en ore. Lyk of hy luise aftrek en stukkend byt. Abel sit toe-oë van lekkerte onder die doenige handjies. Dan's dit weer die bobbejaantjie se beurt. Lê papslap soos een wat slaap; laat hom om en om rol.

Die gat tussen Abel en sy papa rek wyerder. Nou loop Abel nie meer agter sy papa en broertjies aan nie. Probeer nie met sy regterhand skryf nie. Hou sy mes en vurk reg vas nét as die ouman saameet. Samuel leer vir Abel bobbejaanresitasies uit die jare toe hy skool geloop het. Abel sê die resitasies oor en oor vir die bobbejaan wat skewekop luister en praatgeluidjies maak.

Bobbejaan loop in die straat
en hy het 'n stok
dis 'n koggelstok . . .
sy rug het 'n boggel

oppie boggel
sit 'n moggel
en hy koggel
en hy roggel
met die moggel
op sy boggel
tag so 'n boggembobbejaan
hoera vir die boggelbobbejaan

Of hy sing: "Bobbejaan klim die berg". Mooie stem, nie 'n klankie uit plek uit nie.

Sy matras bly droog. Hy en die bobbejaan is soos 'n tweeling wat vas aanmekaar gebore is. Later raak die bobbejaantjie te swaar om te dra en hy slaap snags in die olienhout. Op koue dae trek Abel vir hom 'n jersie aan, en die bobbejaan trek nie die jersie uit nie. Hy koop met sy sakgeld vir Imfenana 'n vashouspieël by Missus Magriet se winkel. Kostelik hoe die bobbejaan kyk of daar 'n ander bobbejaan agter die spieël is. Maar die bobbejaan wil nie met die skoene loop wat Abel vir hom aantrek nie. As hy die skoene aanhet, loop lê hy en hou hom dood.

Hulle loop hand aan hand in die veld, of vyeboom toe. Die bobbejaan loop kiertsregop soos 'n mens. Abel gesels. Imfenana se lippe praat saam, kompleet of hy verstaan. Ek wonder wát sê hy vir die bobbejaan. Vertel hy van sy mama? Of hoe sy papa niks gesê het oor hy volpunte het vir sy sommetoets nie? My hart het hom so jammer gekry. Toe maak ek 'n ryspoedinkie met die orige tafelrys. Oordat ek weet hy's lief vir ryspoeding. Ek sê dis sy sommepoeding. Hy vra of hy die poeding met Imfenana mag deel. Vat twee lepels buitentoe. Is lankal dat die bobbejaan met 'n lepel eet, maar is die eerste keer dat ek sien 'n bobbejaan eet ryspoeding.

Maandae as die koshuiskoffers gelaai word, klim Imfenana in die olienhout en wil nie afklim of eet nie. Sit met Abel se skoen teen sy bors, tot hy té honger raak.

Een aand bak ek en Samuel aspatat in die kole. Ek sê daar gaan moeilikheid kom met die bobbejaan, want as die ouman verbyloop, krap hy die grond met stywe voorpote. Of trek sy kopvel agtertoe en dop sy oë spierrewit om, nes of hy sê: Ek sien jou nie. Samuel sê hy't gesien die bobbejaan draai sy gat vir die ouman en gooi hom met olienhoutbessies.

Kort voor Krismistyd loop Abel een môre Bosfontein se winkel toe vir lekkergoed vir Imfenana. Wyl hy weg is, steel sy broers die ouman se drinkgoed. Voer die bobbejaan 'n halfbottel brandewyn en klompe suurbessies. Toe Abel terugkom met die lekkers, lê die bobbejaan wydsbeen onder die olienhout, mond hang oop. Abel dink sy broertjie is dood en beginte skree. Hardloop soontoe en lê met sy kop op Imfenana se maag, klou die bobbejaan vas.

Hy makeer niks, troos ek, hy's net moer toe dronk. Teen vanaand sal hy reg wees. Daar's iets in die tjint se oë wat my bang maak. 'n Donker hardheid. Hy bly heeldag by die bobbejaan. Laatmiddag beginte die bobbejaan stadigaan regkom. Klim sukkel-sukkel in die boom. Val weer uit soos 'n sak hawer. Abel tap vir hom 'n bekertjie water by die buitekraan, gaan haal die lekkers.

Is net mooi daardie tyd toe die ouman onder die boom deurloop melkkraal toe dat die suurbessies beginte werk. Toe hy reg onder die bobbejaan is, skyt die bobbejaan oor hom. Van sy hoed tot by sy skoene, swarte bobbejaanmaagwerksel. Ek skud die koffiesak uit by die huishoek. Ek dink by myselwers die bobbejaan is aspris. As 'n bobbejaan uit asprisheid kan klip gooi, kan hy uit asprisheid op iemand skyt ook.

Die ouman haak die geweer se band van sy skouer af. Ek skrik my droëkeel. Want ek sien allervreestelike hartseer aankom. Toe hy met die geweer in die olienhout opmik, smyt ek die koffiesak neer en hardloop. Net daardie tyd kom Abel met die lekkergoed by die stoeptrap af. Moenie! skree hy en hol op die ouman af.

Maar ons is al twee te laat.

Die skoot klap oor Kiepersolkloof.

Imfenana val uit die boom, voor Abel se voete. Die bloed loop by sy ore uit en vlek sy tande rooi.

"Het jy mál geraak!" skree ek. Wragtig, hy draai die geweer se punt na my toe.

Partykeers gaan staan die aarde stil rondom 'n mens.

Abel huil en slaan na sy papa; smyt homself langes sy broertjie neer. Ek sien die ouman haal sy belt af en skree op Abel oor iets van slaan na jou pa. Ek roep saggietjies na iNkosi. Ek sien Abel se broek is nat.

"Vat hierdie tjankbalie weg," brul die ouman deur sy beskyte lippe, "en sluit hom in die buitelewwetrie toe! Ek wil die verdomde bobbejaan wegsleep!"

"Pa is 'n vark! Pa is 'n vark!" roep Abel deur sy eie snot.

Toe die belthou oor Abel se rug val, loop ek tussenin. Tel die tjint op en dra hom weg. Ruk 'n broek van die wasdraad af. Loop verby die putlewwetrie en die peperboom, tot agter die sementdam. Trek die nat broek uit en sê hy moet sy voete by die droë broek se pype insteek.

Ons is al twee rooi van bobbejaanbloed.

iNkosi, sê vir my wat moet ek doen, sê vir my . . .

iNkosi antwoord nie.

Ek sit met die tjint teen my, en wis nie of dit ek of hy is wat so bewe nie. Ek beginte hom wieg; sing 'n lied van my tata se kerk. *Sendiya vuma, Sendiya vuma, Somandla . . . Stuur ons Here, stuur ons Here, in u Naam . . .* Ek wis nie wát die Here ons moet stuur nie, en of Hy óns dalk iewerster wil stuur nie. Ek sing net. *Sendiya vuma . . . Stuur ons Here . . .*

Die trekker dreun. Abel wil stuipe vat. Ek hou hom vas en sing.

Agter donker kom sê Samuel Abel moet inkom, sy papa wil boekevat. Waar vat ék ampers stuipe. Boekevat? Wyl hy sy tjint se hart moedswillig in stukkietjies geskiet het?

Laat ons loop, Thandeka, sê Samuel.

Abel wil nie loop nie, sy bene swik. Toe abba Samuel hom. Ek loop met voete wat voel of daar klippe aan hulle vasgebind is. Ek luister hoe Samuel sing vir die tjint op sy rug.

Stil maar, stil maar, stil, Babani,
Kyk hoe blink die awendster.
Niemand sal vir tjintjie slaan nie –
Stil maar, al is Mammie ver.

Die aand raak vaal voor my oë, want Samuel is nie 'n man wat sing nie, net by onse vuur. Ons laai Abel by die agterdeur af. Hy klou aan Samuel vas. Gaan in, sê Samuel, môre kom haal ek jou, dan gaan ek en jy skape bymekaarmaak in die vygieboskamp.

Ons steek nie die vuur by onse huis aan nie.

Kersstompie op die tafel. Stukkie brood. Kooi toe.

Ounag maak Samuel my wakker. Thandeka, sê hy, ek kan nie slaap nie, dis te seer binne-in my . . .

Ek kry ook nie verder geslaap nie. My kop wil nie die lied los wat Samuel vir die tjint gesing het nie.

Stil maar, stil maar, pikanienie,
Oor die bergtop rys die maan.
Niemand sal vir ons hier sien nie;
Môre sal ons huis toe gaan . . .

Luister mooi, al die geeste van al die mamas en papas . . . Daar kom 'n dag dat julle met julle sekel sal afsny wat júlle gesaai het. Hawersaad bring nie 'n lusernoes nie.

Abel wil nooit weer die natgepiede broek gedra het nie. Al het ek hom oor en oor gewas.

Seker het die broek hom laat onthou hy't hom natgepie van seerkry. As mens trane en pie deurmekaarroer, kry jy 'n sterk gif. 'n Seunstjint van tien raak vergiftig van skaamte as hy hom voor ander mense natpie. En hy bly nie altyddeur tien nie. Hy raak 'n mán. Met 'n grote spies. Sy manwees sit in sy spies. As hy dink sy spies is stomp, slyp hy hom oralster waar hy iets sien wat soos 'n slypsteen lyk.

Eendag toe Gertruida kliphuis toe verdwyn het, sit ek alleen by die aandvuur. Ek kyk op na die sterre en ek vra vir Samuel se ster: Samuel, hóé huil 'n man?

Hy huil net 'n bietjie, met sy gesig weggedraai van andere se oë af, sê Samuel uit die swarte nag. Of hy loop huil agter 'n boom of 'n krans.

Is nie só nie, Samuel, sê ek. 'n Man huil nie deur sy oë nie; hy huil deur sy spies.

Daardie Krismis kry Abel sy .22-geweer. Maar hy skiet nie soos sy broers na blikke en bottels en koeldrankdoppies nie. Hy skiet na goed wat lewe. Miskruiers, swaeltjies, akkedisse. Tot groen granate en tamaties aan die stoele. Gaan tel nooit die dooie ding op nie, asof dit hom nie traak nie.

Eendag staan ek in die waskamer en vou strykgoed op. Die ouman en die broertjies is Bosfontein toe om te help bees slag en biltong sny. Abel wil nie saam nie. Hy dwaal op die werf met sy geweer. Ek kyk deur die venster; my oë wil nie glo wat hulle sien nie. Abel loop reguit na waar die werfkat in die son lê. Sy rol swaar om, want sy staan dik met kleintjies. Hy druk die geweer téén die kat se kop. Eers dog ek hy speel. Toe klap die skoot. Die kat skop styf. Abel hou die geweer teen die kat se kop en skiet nog vier skote. Hang die geweer oor sy skouer en sleep die kat aan die stert putlewwetrie toe. Maak die deur agter hom toe.

Ek staan met die halfgevoude laken. Lam tot in my voete.

Hy bly lank in die putlewwetrie. Toe hy uitkom, vee hy sy meslem aan sy broek af. Loop gooi sand op die bloed, vee die sleepmerke dood met 'n olienhouttakkie. Ek drink water by die waskamerkraan. iNkosi, het Abel dan die kat oopgesny? Hoekom? Wou hy sien waarvandaan iets in die wêreld kom? Is dit 'n kwaadheid oor sy eie mama? Of oordat hy weet hoe erg sy papa oor die werfkat is?

As 'n man nog nie weet hoe om deur sy spies te huil nie, huil hy deur die punt van sy geweer.

Sy kopwysies loop deurmekaar.

Jare later slyp hy sy spies op Gertruida.

En ek wat als gesien het, het stilgebly.

Vlieg nou terug na julle plekke toe, geeste van al die papas en mamas. Ek is moeg van terugkyk. Ek wil slaap met my gesig in die son. Tot die slaap my vat, sal ek saggietjies sing.

Vir myself.

Vir Abel se gees wat sweerlik vol skuld weggevaar het.

Vir al die papas en mamas wat nie dink wat hulle doen nie.

Maar die meeste van almal vir Gertruida.

Sendiya vuma, Somandla . . . Stuur ons Here, in u Naam . . .

*

Sy dra die gastetoilet energieloos leeg. Beweeg verder links op die stoep vir weggooispasie. Tussen die keiserskroonbloulelies wat Kerstyd blom.

Water drink by die tenk. Wasgoed afhaal. Opvou. Bêre in haar wit linnekas. Stap na OuPieta toe waar hy in die groentetuin skoffel. Sê hy moet die yskasgoed onder by die rivier begrawe.

"Nooitjie," en hy steek die graaf in die grond, "kan ons praat oor die matras wat in die voortuin . . ."

"Nee, ek wil nie daaroor praat nie."

Wikkel die graaf. "My lyf lê snags sleg op die knopperige matras wat ek al van doerie jare af het. En ek kommer my snags oor wat van Pietertjie sal word as ek . . ."

"Ek sal Krismis vir jou 'n nuwe matras koop, OuPieta. Lakens en komberse en kussings ook."

Die graaf val om. "Op Nooitjie se erewoord? Allester splinternuut?"

"Op my erewoord, OuPieta. Maar as ek jou vang dat jy iets wegdra van die goed voor die stoep, trek ek my erewoord terug. Oor Pietertjie hoef jy nie een nag wakker te lê nie, ek sal vir hom sorg."

"Dankie vir allester, Nooitjie. As ek die dag afsterf, moet Nooitjie kyk in die Mazawattee-teeblik is geld wat ek opspaar vir my kis. Die Antique Shop op die dorp sê hulle sal my betaal vir die blik ook, as daar straks kortkom vir . . ."

"Gebruik die blikgeld om vir jou en Pietertjie klere te koop, of enigiets. Ek sal jou kis en alles van jou begrafnis betaal. Maar jy gaan leef tot verby honderd, OuPieta. Die Here sal sorg dat jy Pietertjie wegsien voor Hy jou vat. Hy ken mos jou kommer."

"Rekent Nooitjie wragtig só?"

"Wragtig, OuPieta."

Hy loop met kappende knieë weg; sy weet sy dae op aarde is min. Dis tyd dat hy ophou werk en bedags teen sy voormuur in die son sit. Voor hy gaan sit, moet hy die turksvybome rondom sy huis uitkap, sodat hy ver kan sien oor Kiepersolkloof. Sý en die klomp nuwe werkerskinders sal in oorvloed vir hom turksvye pluk

Was gesig. Borsel tande. Kam hare. Gebruik haar wit toilet. Die telefoon lui weer. Dalk is dit Braham. Sy wíl nie met hom praat nie.

Sy loop deur Abel en Susarah se kamer na hulle badkamer. Die vullishouer loop oor van koolblare. Groen vlekke in die stort. Dan hét Abel gestort voor kerk. Niks van háár is saam met hom graf toe nie.

Stroop die Hollandse kantgordyne van die koperstokke. Rol alles wat lapperig is saam met laas week se wasgoed toe in twee badhanddoeke. Gooi tussen die bloulelies. Terug vir die vullishouer, mandjie toiletpapier, tydskrifrakkie. Pak die wasgoedbad vol met toiletware. Vies vat sy aan die naelborsel. Waslappe, skeermesse, puimsteentjie, haarborsels. Alles in die muurkassie en uit die kas onder die wasbak. Sleep die bad in die gang af. Dis te swaar om op die stoepmuur te tel. Eers 'n klomp goed uitgooi en die bad ligter maak. Tandepastabuis. Proppie afdraai, druk die tandepasta oor die halfmaantafel. Spuit 'n geel sjampoestraal oor die besoekersboek. Wit lyfroom op die muurstaander waar Anthonie se foto gestaan het. Opknapper oor die hangkas. Die ligpers laventel-badskuim vorm 'n taai stroom oor die vlekke op die matras.

Sy háát die reuk van laventel. Wanneer Susarah nie by die huis was nie, moes sy die paddaprins in laventelskuim bad.

Susarah was dikwels weg. Vir allerhande dinge.

Skilderklasse. Koop 'n esel, skilderdoeke, verf, kwaste. Skilder niks. Kursus in aromaterapie. Al die olies staan nutteloos op die spensrak. Terwyl sy haar kreatiewe drange uitleef, bly Gertruidatjie op die plaas.

"Tog so erg oor haar pa en haar boomhuis en Bamba," het sy haar ma dikwels hoor sê. Tot sy later geglo het dis waar. "Sy's verveeld en neulerig as sy saam gaan dorp toe."

Niemand op die dorp weet sy huil elke keer om saam te gaan nie. Of dat sy onder haar bed of in haar kas wegkruip wanneer Mama Thandeka huis toe gaan nie. Wegkruip help nie; hy soek haar. Dan sê hy sy is die prinses en hy is die padda; sy moet hom in laventelskuim bad. Al gril sy, kniel die prinsessie by die bad. Terwyl sy hom vinnig en hard was, kry sy hom jammer, want hy huil. Dik wit trane wat uit sy een gebreklike oog spat.

Partykeer hou hulle kamerkonsert, soos die musiekvereniging, met die liedjie wat tannie Martie hulle by die speelskooltjie geleer het.

Ou Paddatjie kom aangespring:
Plas, plas, plas, plas, plas.

Dis sleg om kaal op jou hurke te spring soos 'n padda, veral as dit koud is.

Dis sy ou viool.
Sy naam is Meester van der Sand,
Hoof van Paddaskool.

Sy hou niks van viool speel nie. Ook nie van 'n skoolhoof nie.

As die konsert verby is, lê sy stil tot die moegkloppies weggaan. Dan loop sy met Lulu rivier toe en leer haar lees wat sy in die sand skryf. Sy is Meester van der Sand. As Lulu verkeerd lees, haal sy haar doek af en slaan haar op haar pietermuis met 'n riet. Lulu het nie 'n regte pietermuis nie, toe teken sy vir Lulu een met haar ma se swart koki en knip 'n gaatjie dáár met die kombuisskêr. As sy haar vinger in die gaatjie steek, voel sy wollerige goed binne-in Lulu. Maar as Lulu haar doek aanhet, sien niemand die gaatjie nie.

Lulu lees mooi, want sy wil nie by Meester van der Sand pak kry nie.

Erg. Eet. Tee. Gat. Gee. Dra. Red. Uit.

Dis weersinwekkend om die roomkleurige handseep uit te pomp. Gooi die bottel só hard teen Ouma Strydom se spieëlkas dat haar skouerpotjie seerkry.

Spuit die skeerroom oor die laventelbos. Dit word 'n skuimbos. Lig die bad bo haar kop en skiet die res van die losgoed tussen die bloulelies in.

En haar warrelende gedagtes hardloop weg, tot by die einde van die swartmaanjaar toe Braham by die skool aangekom het.

Eindeksamen, standerd agt. Afrikaans-taalvraestel.

Vraag 4(g). Omskryf die idiomatiese woorde. Kruidjie-roer-my-nie. Kripvreter. Melkdermpie. Kêskuiken. Manteldraaier. Lunsriem. Laventelhaan.

Sy omskryf elkeen, behalwe laventelhaan. Jaag die res van die vraestel af. Terug na "laventelhaan". Haar antwoord moet 'n onontsyferbare boodskap aan Braham Fourie wees.

Elf woorde. Elkeen moet begin met 'n letter van ABEL STRYDOM. Elkeen met 'n hoofletter, want onreëlmatigheid trek aandag. As hy die hoofletters sien, mag hy dálk 'n aanduiding kry. Dink lank, werk in potlood. Vee uit, skryf oor.

Aanranding Baar Emosionele Letsels. Sal Tyd Regtigwaar Ysingwekkende Defekte Ongedaan Maak?

Dis nie reg na haar sin nie, en dis nie inge-ink nie, maar die toesigonderwyser neem antwoordstelle op en is vier banke weg. Die kans is nul dat Braham Fourie dit sal ontrafel.

Sy dra elke rafel uit die linnekas in die badkamer. Strooi dit eweredig oor die berg van gemors in die tuin.

Al wat oorbly, is die perlemoenskulp vol verbleikte seepampoentjies op die vensterbank. Tussen die pampoentjies haal sy die klein glasbotteltjie uit. Vol hundreds and thousands en 'n enkele silwer koekversierballetjie. Die plakkertjie is verweer van jare se wasem, tog leesbaar: *You're one in a thousand.*

Kerkbasaar, in die tyd voor die naglikkewaan.

Sy wen die botteltjie vol hundreds and thousands by die tombolatafel. Andrea se ma verduidelik die Engelse woorde. Sy huppel tussen die basaarmense deur na haar ma by die naaldwerktafel. Haar ma het baie popklere gemaak wat sy by die basaar verkoop sodat die kerk geld het om vir arm mense skoene en kos te koop.

"Presentjie vir Mamma!" roep sy en spring op en af.

Haar ma lees die woorde en tel haar op en draai al in die rondte. "Dis ontsettend kosbaar, Gertruidatjie van Mamma. Ek sal dit tot in alle ewigheid bewaar."

Wat beteken "ontsettend kosbaar"?

Om baie, baie van iets te hou.

En "tot in alle ewigheid bewaar"?

Vir altyd en altyd bêre.

Haar ma kielie haar en sit haar neer. Sy huppel weg op soek na haar pa; hy moet vir haar 'n kaneelsuikerpannekoek koop.

Laat gly die inhoud uit op die vensterbank. Die boom van die skulp is bykans stofloos, die pampoentjies ook. Hoekom het Susarah die botteltjie al die jare bewaar? Wat het deur haar gedagtes gegaan wanneer sy 'n tyd van sandkastele en seevoëlspoortjies herroep?

Hulle bou 'n sandkasteel op Hermanus se strand. Sy en haar ma en Anthonie. Versier met pers slakskulpe en seewiertakkies en seepampoentjies wat hulle by die rotspoele optel en in 'n rooi emmertjie aandra.

Sy dra 'n geel swembroek wat pas by die pynappelkoeldrank in die plastiekglasies, en by die geel wafelbeskuitjies.

Haar ma se swembroek is wit, soos seeskuim. Hulle drie hardloop oor die stywe sand om nog pampoentjies op te tel om die ingang van die kasteel te versier. Haar ma hardloop vinnig. Haar krulhare wip en haar bene is bruin. Dit is die mooiste ma in die wêreld.

Sy speel sy mag nie op die seevoëls se spoortjies trap nie, want sy wil nie die mooi patroontjies stukkend trap nie. Toe raak sy agter by haar ma en Anthonie.

Kom! roep haar ma en staan in die vlak skuim vir haar en wag.

Haar pa is nie daar nie. Hy is by Hermanus se prokureurs oor Oupa Strydom se testament. Prokureurs is mense wat kyk dat Oupa Strydom se geld en al sy goed regverdig tussen sy drie seuns verdeel word. Haar ma sê Oupa Strydom het nog twee seuns. Hulle is haar pa se broers. Maar hulle bly te ver om te kom kuier. 'n Testament is die brief waarin Oupa Strydom sê wie moet wat kry. Mens kan nie goed soos valstande en 'n horlosie en 'n jig-armband opsny en vir elkeen 'n stukkie gee nie, sê haar ma. Daarom kry een die valstande, die ander een kry die horlosie, die ander een kry die jig-armband.

Sy wil niks van Oupa Strydom hê nie, want sy raak bang as haar pa en ma baklei oor Oupa Strydom. Sy weet nie of sy dit gedroom het nie, maar eenkeer het Oupa Strydom op Kiepersolkloof kom kuier. Hy het kruisbande gedra en oopmond gekou. Snags op en af in die gang geloop en met sy kierie getik op die plankvloer. Hy het in 'n snaakse taal gebid aan die tafel, en sy moes sy knopperige hand vashou. Sy het haar verbeel dis 'n hoenderpoot, en as hy amen sê, druk sy haar vinger skelm in die glas tafelwater en smeer haar hand nat. Vryf die skubbe af aan die oorhangpunt van die tafeldoek.

Maar miskien was dit net 'n droom.

Haar ma raas party oggende as sy vertel wat sy gedroom

het. Dan sê haar ma sy maak jokstories op. Later weet sy nie of sy regtig gedroom het nie.

Al wil sý niks van Oupa Strydom hê nie, moet haar pa Kiepersolkloof kry. Want hulle beddens en klere en haar boomhuis is daar. Die groen-en-geel John Deere-trekker wat haar pa by die landbouskou gekoop het. Die Bonsmaras en Bamba en die hoenderhok en haar ma se kar ook. Buitendien, waar sal Samuel en Mama Thandeka en Mabel bly, en wie sal in die aand 'n kers opsteek in die lanterntjie by die engelbeeld as haar ma nie daar bly nie?

Haar ma sê die sandkasteel lyk asemrowend, en skink nog koeldrank. Anthonie sit sy wafelbeskuitjies in 'n perlemoenskulp en sê dis sy seebord. Die seevoëls maak harde geluide. Haar ma sê 'n skaap blêr, 'n donkie balk, 'n slang sis, en 'n seevoël krys. Krys-krys-krys-krys. Dis 'n mooi geluid wat sy moet onthou. Sy is só bly Hermanus se strand en die seevoëls en die seepampoentjies kan nie in Oupa Strydom se testament opgeskryf wees nie. Want dit behoort aan Jesus. Daarom kan niemand daaroor stry nie.

Skielik is dit aand en sy en Anthonie speel met die hysbakknoppies in die hotel. Toe is dit oggend en sy het haar wit kerkrok aan. Daar ry 'n lang swart kar, stadig. Haar ma sê Oupa Strydom is in die kis, maar sy hart is in die hemel. 'n Vreemde tannie gee vir haar tee by 'n lang tafel met 'n wit tafeldoek en hou 'n groen bord met goue patroontjies om die rand naby haar gesig. Daar is rosynebrood op die groen bord. Sy skud haar kop, want sy hou nie van rosyne nie. En sy hou ook nie daarvan dat die tannie sê sy lyk soos haar oupa nie.

Toe al die tee en koek op is, gaan haal haar pa hulle koffers by die hotel.

Hulle ry ver.

Hulle stop by 'n garage met 'n hele ry petrolpompe en sy en haar ma gaan toilet toe. Haar pa koop pasteitjies en malvalekkers met klapper. Hulle ry weer. Die son skyn by die karvenster in. Haar ma knyp 'n handdoek in die venster vas en sê sy moet op Anthonie se been slaap. Voor sy slaap, hoor sy haar pa sê vir haar ma hy het die twaksak en pyp en jig-armband en valstande by die ouetehuis vergeet.

Die karwiele maak soos die see op die pad.

Toe slaap sy.

Sy word effens wakker toe haar pa haar op haar bed neerlê en haar skoene uittrek. Sjuut, slaap maar, ons is by die huis, sê hy en vee haar kuif weg. Maak haar toe met die verekombers; druk die kussing onder haar wang in.

Dis lekker warm.

Sy is lief vir hom.

In haar slaap sê sy krys-krys-krys. Sy droom van seevoëls en van 'n waterglas met valstande in. En van sponserige klapper-malvalekkers.

Sy pak die verbleikte seepampoentjies en die you're one in a thousand-botteltjie terug in die perlemoenskulp. Sit dit op die potystertafel by die Familiebybel en Anthonie se foto.

Sy is honger. Dalk het Mabel vir haar kos neergesit.

Voor sy kiepersol toe loop, wil sy haar kamervloer ontsmet. Terwyl sy 'n emmer warm water tap, sien sy die badskuimvlekke op haar wit sweetpak. Dis niks, die sweetpak kom nog uit haar tennisdae op skool. Sy sal dit vanaand weggooi.

Nie 'n oomblik het sy gedink Braham Fourie sou die raaisel ontrafel nie. Jaareinde-antwoordstelle word buitendien nooit uitgedeel vir bespreking nie. In die nuwe jaar sal haar eienaardige antwoord vergete wees.

Aandete by die koshuis. Almal wil haar macaroni-en-kaas hê. Ruil dit vir 'n trossie druiwe. Gril om te sien hoe spuit hulle tamatiesous oor die snotterige macaroni.

Danksegging.

Afkondigings: CSV-kringe vergader ná ete. Seniors mag in hulle kamers studeer. Laatligte word toegelaat tot elfuur. Geen radio's. Meneer Fourie wil Gertruida ná CSV in die kleinkantoortjie spreek.

Goeie bliksem.

Sy is die enigste leerling wat nié CSV-lid is nie. Almal moet aan 'n godsdiens-aktiwiteit deelneem, sê die hoof, dis 'n Christenskool van onkreukbare moraal.

Ignoreer hom. Kwakers laat hulle nie voorskryf nie.

Sit in CSV-tyd op die tuinbank onder die wildepruim in die koshuistuin met toe oë. Dink aan die lemoenduifie wat in die sederboom broei. Wat eet Mama Thandeka en Mabel vanaand?

Toe sy die derde agtereenvolgende week in standerd ses nie opdaag vir CSV nie, roep die hoof haar kantoor toe. Sy sê haar pa het gesê sy hóéf nie CSV toe te gaan nie.

Hy hét, want dit pas hom om haar weg te hou van plekke waar belydenisse kan uitglip.

Die hoof sê sy hou haar op met kettery, en dit sal haar nog vele smarte besorg.

Sy gee nie om wát hy sê nie. Sy wil nie 'n dowe Here loof nie.

Ná CSV in die kleinkantoortjie. Menéér Fourie sal seker sê sy maak 'n bespotting van haar geleenthede. As dit enigiemand anders as hy was, sou sy op die tuinbank bly sit en dom gespeel het.

"Sit, Gertruida." Hy beduie na die outydse rusbank.

"Naand, Meneer." Hy is 'n skrale ses jaar ouer as sy. In haar gedagtes is hy nie 'n meneer nie, hy is Braham.

"Briljante antwoordstel, Gertruida," en hy wys na die pakkie op die koffietafel. "Beste in die klas."

Braham, neem my weg. Ver weg. Kom ons gaan bly op 'n rivierboot in Holland. In 'n modderhut in Lesotho. Onder 'n bakkrans. Maar het my net lief. "Dankie, Meneer."

"Ek weet jy ken die antwoord op 'laventelhaan'."

"As ek dit geken het, sou ek mos . . ."

Hy blaai oop op bladsy twee; stoot die antwoordstel oor die tafel en druk sy vinger onder die antwoord by vraag 4(g). "Of glo jy werklikwaar Abel Strydom is 'n laventelhaan?"

Sy duim raak aan haar toe sy die vraestel optel. Dit skok deur haar. "Een punt minder sal geen verskil maak nie, Meneer." Sy sit die vraestel neer en staan op. Haar hand is op die deurknip toe hy agter haar praat.

"Wát wou jy vir my sê, Gertruida?"

"Niks. Die vraestel was maklik, ek was verveeld."

"Jy lieg, Gertruida."

"Hoekom sal ek lieg?"

"Gertruida . . ." Sy wens hy wil haar naam honderd keer sê. "Onthou, as jy ooit wil verduidelik wat jy by vraag 4g vir my wóú sê . . ."

"Ek wou niks sê nie."

Toe loop sy. Hy moenie sien sy huil nie.

Sy was die vloer drie keer met Dettolwater. Tap elke keer skoon water. Gebruik 'n skoon waslap en gooi die vuile tussen die bloulelies. Nóg 'n skone vir afdroog. Lê op haar maag en lek die geelhoutplank. Om te bevestig Abel Strydom se spore is weggewas uit háár kamer.

'n Tydjie nadat hulle die eerste maal teruggekom het van Braham se ma-hulle af, bring hy in Die Koffiekan vir haar die blye nuus dat sy huisverband goedgekeur is, en dat registrasie by die aktekantoor voor die lente afgehandel behoort te wees. Hy sê hy brand om weg te kom uit die lawaaierige, dissiplinelose koshuis.

"Dan kan ons in mý huis koffie drink waar niemand ons aanstaar . . ."

"Vergeet dit, Braham. Ek sal jou huis kom skoonmaak en wat ook al, terwyl jy in die skool is. Ek sal vakansietye jou potplante natmaak en jou kat kos gee. Maar ek gaan nie alleen daar by jou kom kuier nie. Niks met skinderstories uit te waai nie. Ek is eenvoudig nie gemaklik daarmee nie."

"Jy's tog seker nie bang ek verkrag jou nie?" Tong in die kies.

"Nee. En moontlik, ja."

Daar brand 'n kaggelvuur in Die Koffiekan. Die plek is warm en gepak, want dis pannekoek-special. Sy eet nie snotterige pannekoek nie. Bestel roosterbrood met heuning.

"Julle is mos nie in die winter so besig op die plaas nie?" sê-vra Braham.

"Ons is. Ek kalk die skuur en my pa gooi 'n sementvloer in die onderdak-deel van die melkkraal. Komende week moet ek en my pa tot bo in die garingblaaikamp heinings naloop, en kyk dat die suipings reg is. Ons vat elkeen 'n eenmanstent en slaapsakke. Ek is bly om weg te kom, omdat die huis taai voel, want my ma en Mabel kook marmelade. Hoekom vra jy?"

"Ek het gedink jy sal dalk tyd hê om die graadelfs se taalvraestel vir my op te stel. Ek is oorbesig met tenniswedstryde, en die vraestelle moet oor twee weke in wees."

Teken met 'n tandestokkie op die tafel, om nie te sien hoe eet hy sy kaas-en-tuna-pannekoek nie, toegegooi onder kaassous. Vandat Abel hom op Kiepersolkloof verbied het, is Vrydagmiddae haar reddingstou. Sy wil niks doen of sê wat die middag kan bederf nie. Eerder wegkyk van die pappery. "Bring vir my 'n handboek, ek sal dit doen."

"Dikwels as ek vraestelle opstel, onthou ek die keer toe jy opsetlik die betekenis van 'laventelhaan' verdraai het."

"Ek was verveeld."

"Vertel my hóékom het jy die antwoord gegee as Abel Strydom."

Moenie die aas vat nie; netnou katrol hy jou in. "Braham, baie tieners het 'n hekel aan hulle pa's. Ek is ook maar deur so 'n stadium en . . ."

"Jy het steeds 'n renons in hom."

Draai die tandestokkie om, skryf met die skerp punt. "My pa kan so grootdoenerig wees. Laas naweek het hy weer by die tennis so smaaklik vertel van die sak terroriste-ore wat hy steeds bewaar." Hou aan praat, lei hom weg van sy mikpunt. "En van die mak leeu wat in die basiskamp by hom op die bed geslaap het. Sondag toe lei hy die voorsang in die kerk. Partykeer is ek oortuig hy is siek in sy kop."

Verlossing toe sy bord leeg is en die kelnerin dit wegneem. Leun vorentoe en vee 'n kaassousmerkie by sy mondhoek af. Frommel die servet op.

"Daar's iets omtrent jou pa wat ek jou lankal wil vertel, maar ek is huiwerig . . ."

Keer hom weg. "As dit negatief is, beter jy dit net vir mý vertel, anders is jy jou pos kwyt. 'n Recce laat hom van niks keer nie."

"Jou pa, Gertruida," en hy sit sy voorvinger op haar hand om haar aandag weg te kry van die tandestokkie, "was nooit 'n recce nie. Dis 'n grootpraatstorie waarmee hy . . ."

"Braham . . .?" Oogspiertjie wat spring. "Jy was nie in die army nie, hoe sal jy dit kan weet? Ek sweer, my pa wás 'n recce, hy't 'n sak vol terroriste-ore en foto's . . ."

"Enige soldaat kan ore en foto's hê. Ek ken iemand in die staande mag, hy't my vertel jou pa se naam was gelys op die Wall of Shame . . ."

"Wat is 'n Wall of Shame?"

"Google dit. Sy naam is verwyder nadat hy 'n paar jaar gelede skriftelik verskoning gevra het. Maar as hy aanhou met sy grootpratery . . ."

Dis asof sy met iemand anders se tong praat. “Wat dan?”

“Dan gaan ék hom rapporteer. En sy naam sal nóóit weer verwyder word nie.” Hy leun vorentoe, praat sag sodat net sy hoor. “Hy is ’n lafaard en huigelaar en leuenaar, Gertruida. Jy’s reg, hy ís siek in sy kop. Ek sê dit nie omdat hy my sy plaas belet het nie; ek sê dit omdat hierdie twee oë,” en hy druk sy middelvingers langs sy ooghoeke, “kan sién wat hy aan jou doen. Presies wat op Kiepersolkloof aangaan, weet ek nie. Maar dat daar iets aangaan, is seker. Of dink jy ek is blind?”

Ryg haar vingers deur syne, asof sy in nood na hom gryp. “Nee, jy is heldersiende. Ek vra jou net mooi, Braham, moenie mý seermaak nie. Ek het genoeg pyn van my eie.”

Hy knie haar vingers tussen syne. “As ek dit kan verhelp, Gertruida, nóóit.”

Die aand google sy Wall of Shame. Haar pa se naam is nie daar nie. Maar sy sit en lees verstard-verwese oor magshonger mans wat netsowel Abel Strydom kon wees. Maak ’n uitdruk en skuif dit onder sy kantoordeur in, terwyl sy weet hy is daarbinne besig met sy wydsbeen-lipstiekvrouens en sy boks manstissues.

. . . The individuals listed on this forum are those who have falsely claimed to be Qualified South African Special Forces Operators, or who have falsely claimed to have served in / with / detached to Special Force.

These individuals are to be found in all walks of life. From the Board room to the Bar room, in civilian, military and law-enforcement circles, in academic and research environments, in virtually all or any occupations.

They share no common denominator other than dishonesty.

Such individuals steal the honour of the real Operators, and they dishonour the name of the Special Forces.

They are a disgrace to themselves and their country.

They prey upon the good intentions of people by falsely and dishonestly trying to solicit attention, sympathy, unearned respect or some other aspect of personal gain.

Toe die deurknop ná middernag draai, sit sy in die donker agter die deur met haar raket. Dit sal die allerlaaste nag wees dat hy die deurknop draai. Hy brul toe die raket hom tussen sy skouerblaaie tref. Hy tol om. Sy tref sy boarm. Skop sy enkels teen mekaar vas en hy donder op die plankvloer neer. Haar tekkie tref hom in die ribbes. Hy kreun swaar

"Bliksemse lafaard! Ek het genóég van jou opgevreet! Jy sal nóóit weer," en sy tref hom weer in die ribbes, "jou twee pote naby my . . ." In die donker sien sy nie hy steek sy hand uit na die bokhaarvelletjie waarop sy staan nie.

'n Week later kon sy vir die eerste keer tot in die kombuis loop. Stadig, met haar hand teen die gangmuur.

Mabel het vir haar rooibostee gemaak. En haar hare gekam op die bankie onder die blaarlose jakarandaboom by die agterdeur.

"Laat ek vandag vir jou sê, Gertruida, God sal hom swaar straf; moenie jý worry nie. Voor ek vergeet, ek het die onderwyser ge-sms en gesê jy kom nie dorp toe nie, want jy en jou pa is opgehou met stukkende draadheinings en waterlekke, doer agter in die garingblaaikamp. Jy sal eers aanskomende week dorp toe kom. En help nie hy bel of sms jou nie, want jy's in die berge en jou foon lê by die huis."

Sy het toe nooit die taalvraestel opgestel nie.

Toe sy die volgende Vrydag effens hinkend by Die Koffiekan inloop, het sy haar storie agtermekaar gehad oor 'n skuinshelling en 'n los klip waarop sy getrap het.

Sy sit kruisbeen teen die kiepersol.

Haar hart is mateloos verlig dat Abel en Susarah nooit

weer terugkom nie. Terselfdertyd pyn haar hart, omdat dit later nodig geword het om Braham weg te stuur uit haar duisternisse.

He had kind eyes and hands
and was a friend of sorrow

Sy eet braaihoender, bruinaartappels, geelrys. Gemmerpoeding met vla. Vee haar hande aan haar sweetpakbroek af en lees Mabel se briefie. *Ek kom vanaand tot by jou in die huis. Daar's iets wat ons moet uitpraat. Skiet maar op my as jy die hart het. Jy moet jou selfoon aansit, my sms'e kom nie by jou uit nie. Mama stuur haar seën. Mabel.*

Trek die balpuntpennetjie uit haar Victorinox se hef. *Dankie vir die kos, Mabel. Ek wíl nie my foon aansit nie. Ek gaan kliphuis toe om iets in die koekblik te kry. Dalk slaap ek vannag daar. Jy moet ophou by die honeysuckle rondsluip, ek sien jou. Sala kahle vir Mama Thandeka. Gertruida.*

Drink lou koffie uit die toeskroef-koeldrankbotteltjie. Daar mors 'n druppel op haar klere. Dit was onprakties om 'n wit sweetpak aan te trek. Die knieë is bruin van vloer was. Vanaand gooi sy hom weg. Een van die min tasbare herinneringe wat sy oorhet van haar tennisdae op skool.

Die Desembervakansie van haar standerdagtjaar het sy bykans heeltyd op die tennisbaan deurgebring. Tennismasjien. Tennismuur. Saans ook. By spreiligte.

Abel moes betáál.

Sedert die winter toe dit vroeg donker geword het, het sy gekarring oor spreiligte. Hy wou stuipe kry. Sy flikflooi, manipuleer. Dans in die maanlig voor die venster. Dra die rugruiter oor verlate nagvlaktes. Hy weier volstrek. Nie eens toe sy die bed téénaan Ouma Strydom se spieëlkas skuif, wil hy kopgee nie.

Hy kom terug van die dorp af met 'n rekenaar en drukker vir haar. Laat installeer internet in haar kamer. "By die laaste ouer-onderwyseraand," sê hy, "is gesê 'n rekenaar en internetfasiliteite gee leerlinge 'n voorsprong. Ek voel ek skuld jou dit."

Dis nie spreiligte nie. Sy wíl spreiligte hê.

Dit kos haar beter choreografie uitdink vir haar konserte.

Regdeur die dag treiter Gertruida die rugruiter agter die digte deur.

Iewers tussen die winter en die lente raak sy geheg aan die rekenaar en internet. Want daar is ontsnapping in rekenaarspeletjies en dwaal op die internet. Wanneer Abel se asem in haar gesig blaas, skiet sy geel-rooi-blou Tetrisblokkies; die Packman-mannetjie hap deur die doolhof en vreet kolletjies; sy skuif die Solitaire-knoppies oor en oor tot daar net een reg in die middel oor is. In jou kop kán mens gelyktydig rekenaarspeletjies speel én doen wat Abel beveel.

Sy was nog nie in die skool nie, toe sit sy en Mama Thandeka eendag op die houtbankie onder die jakaranda by die agterdeur. Hulle eet swartpap. Daar val 'n pers kelkieblom op haar pap. Mama Thandeka sê sy moet die blommetjie saam met haar pap insluk, dan kan sy iets wens, en dit sal waar word.

Sy wil wens Anthonie moet lewend word, maar sy is nie lus vir wens nie, want sy sit sleg omdat haar pietermuis seer is. Al van die dag voor gister af. Die bloed het al wéér dwarsdeur haar pajamabroek gegaan, tot op die laken. Toe sy haar aantrek in die oggend, sit haar broek aan haar pietermuis vas. Trek dit stadig los, sluk haar trane in. Dis sleg om Gouelokkies te wees. Die aand sien sy Mama Thandeka het 'n skoon paslaken opgesit en haar pajamas gewas. Sy wonder of alles dalk net 'n opmaakdroom was.

"Ek wil niks wens nie," sê sy en gooi die jakarandakelkie weg.

"Vertel dan wat het jy laastere nag gedroom," sê Mama Thandeka, "of enige nag."

Sy het nie gedroom nie, maar dis maklik om drome op te maak. "Ek het gedroom daar kom 'n slang by my kamer ingeseil en pik my op my blaas. Toe's daar 'n gaatjie in my blaas waar die pie uitloop, en bietjie bloed van die pikplek ook."

"Vaderlandjie, Gertruida, waffer soort slang was dít?"

" 'n Mamba. Ek wil nie meer swartpap hê nie, dis te sout."

"Jy't seker te min suiker oorgegooi."

Toe gaan haal Mama Thandeka die suikerpot en strooi nog suiker oor. Sy wil nie eet nie. Daar val 'n kelkie op haar kop. Mama Thandeka sing "Siembamba" en voer haar soos 'n babatjie. Maar Mama Thandeka sing "Siembamba" anders as die regte "Siembamba".

Sien die mamba, Mama se kindjie, sien die mamba . . .
Draai sy nek om, gooi hom in die sloot.
Trap op sy kop dan is hy dood . . .

"Jy sing verkeerd, Mama Thandeka! Dis nie 'sien die mamba' nie, dis 'siembamba'!"

"Ek sing reg, Gertruida. Dit ís 'n mamba. Dis hoekom hy in 'n sloot gegooi moet kom en doodgetrap moet word."

Sy lê teen Mama Thandeka se arm en wag vir nog klokkies om op haar te val. Al wil sy niks wens nie.

"Gertruida," sê Mama Thandeka, "as daar weer 'n mamba in jou kamer kom, moet jy my sê. Dan gaan pluk ek en jy ghwarriebessies doer in die fonteinkamp en kook dit. Dan smeer ons 'n streep van die sop aan die vloer by jou deur. 'n Mamba seil nooit oor ghwarriebessiesop nie."

Tydens die terugrit ná die Paasnaweek, die keer toe sy in die nag dorp toe geloop het, het Braham probeer gesels, maar daar was 'n stomheid oor haar.

"Ek is nie kwaad of beneuk nie, Braham, ek het net niks om te sê nie."

"Ek dink jy moet by 'n sielkundige kom, Gertruida, vir jou eie beswil. Ek weet nie wát jy moet uitsorteer nie, maar dis duidelik dat daar iéts is."

"Ek was al by een, dit het niks gehelp nie."

"Hoe lank gelede was dit?"

"In graad elf, toe ek die skoueroperasie gehad het."

Hulle ry. Tien kilometer. Twintig. Sy skink vir hom koffie. Hulle praat nie.

Saterdagaand laat, die huis en siekekamer was al donker, het sy by haar venster gestaan en na die kwynende volmaan gekyk. Haar gedagtes was 'n warboel. 'n Verslapte kringspier, Leipoldt se "Kersnaglegende", die internetrekening wat sy opjaag en waaroor Abel so sanik. En Braham wat met haar wil trou.

Sy wíl. Maar dit sal gedoem wees. 'n Huwelik moet 'n huwelik wees. Die angs en verwildering wat sy beleef het toe hy haar by die sementtafel gesoen het, is genoeg om haar daarvan te weerhou om sý lewe saam met hare te vernietig.

Duisende flitsende gedagtes. Dit voel of daar 'n ster in haar kop oopbars.

As sy Braham prysgee, sal sy niks hê nie. Nie eens hoop nie.

Toe steek sy die kers op haar bedtafeltjie aan en trek haar klere uit. Alles. Haal die wet wipes uit haar handsak; maak seker sy is skóón. Trek haar kamerjas aan en loop met die blaker na Braham se kamer toe. Trek die kamerjas in die gang uit. Druk die deurknip af. Stap in. Sluit die deur. Loop tot voor sy bed. Hy slaap.

"Braham," en sy druk teen sy skouer. Slaapvervaard kom hy op sy elmboog, soek na sy bril op die bedtafeltjie. "Braham, ek kom lê by jou."

"Gertruida?" Hy sak stadig terug teen die kussings. Sy arms, bruin van ure op die tennisbaan, rus op die wit lakenomslag. "Jy is só mooi . . . Die kersvlam gooi skadu's oor jou lyf . . ."

Sit die blaker op die bedkassie. "Skuif op." Sy staan teenaan die bed, binne bereik van sy hande. Hy steek sy hand uit, raak aan die buitekant van haar kuit. Vryf liggies tot amper by haar enkel; op tot by haar knie; weer ondertoe.

"Die nag is warm," sê hy, "maar jy bewe."

Sy buk en lig die laken op om by hom in te klim. Hy hou haar pols vas en gooi self die laken af; klim uit en staan langs haar. Sy sien sy harde manheid in sy slaapbroek. Sy begin geluidloos huil. Hy trek haar nader, hou haar kaal lyf teen hom vas.

"Net so gereed as wat ék hiervoor is, Gertruida, net so min is jý gereed. Om jou te vat terwyl jy huil, sal gelykstaan aan verkragting."

"Ek wíl my vir jou gee . . ."

"Ek wíl jou hê. Maar nie vannag nie. Jy het nog tyd nodig." Hy tel die blaker op. "Kom, dan loop ek saam met jou kamer toe."

Hy draai die sleutel; tel haar kamerjas op en hang dit om haar. Loop voor haar met die gang af. Hy vee haar trane af met die nagklere wat op haar bed se voetenent lê. "Kom, trek jou aan, dan sit ek by jou tot jy slaap."

Sy kan nie ophou kyk na die bult in sy slaapbroek nie. Sy verstaan niks. Al wat sy weet, is dat sy hom nooit mag verloor nie. Hy sál haar Avignon toe neem. Waar Avignon ook al mag wees.

Dertig kilometer. Hy gee die fleskoppie terug.

"Jy lieg oor die skoueroperasie, Gertruida."

Katvoet trap. "Hoekom sal ek dáároor lieg?"

"Vertel jy eerder vir my hoekom." Sag, nie bakleierig nie.

"Daar's absoluut niks te vertel nie, behalwe dat ek 'n skoueroperasie gehad het, en in daardie tyd teen my sin by 'n sielkundige . . ."

"Kom ék vertel die waarheid vir jou, soos jý dit ook ken. In daardie tyd was jou pa-hulle met vakansie, en ek is Kiepersolkloof toe. Die ou vrou wou my niks sê nie. Maar ek het Mabel langs die pad gekry met sakke kruideniersware. Met 'n telefoonnommer wat sy my gegee het, het ek jou opgespoor. Al die pad Oos-Londen toe gery, na die adres toe. Jy het mý nie gesien nie, maar ek het met my eie oë gesien jy was ver swanger."

Haar kop wil bars.

"Vir wie het jy vertel?"

"Vir niemand. Omdat ek jou tóé reeds liefgehad het."

"Goed, nou weet jy." Gouelokkies moenie vries in die koue woud nie. "Ek is verkrag, en my dônnerse vername pa en ma wou nie dat dit op die lappe . . ."

"Verkrag deur wie?"

"Ek weet nie. Dit was nag, die man het 'n klapmus . . ."

"Ek dink jy lieg al weer, Gertruida. Wie beskerm jy?"

"Ek beskerm niemand. Ek sê mos ek weet nie wie die man was nie."

"En die kind?"

"Asseblief, Braham, kom ons los dit. Eendag sal ek jou vertel, miskien. Dis 'n tyd wat ek wil vergeet."

"Ek wil met jou trou, Gertruida, moenie dít vergeet nie. Asseblief nie."

"Ek sal nie."

Sy wou hê hy moet haar by Bosfontein se afdraai aflaai. Hy wou nie. "Ek neem jou tot bý die huis. As dít meebring dat ek my pos kwyt is, dan is dit nou maar só. Dalk doen jou pa my 'n guns, want my teensin in die onderwysstrukture raak by die dag groter."

Haar ma het met wringende hande op die stoep uitgekom en gesê haar pa is in die garingblaaikamp om 'n koei met 'n gebreekte been te skiet. Braham het haar koffer by die voordeur neergesit. Toe hy wegry en waai, het sy die dag onder die jakaranda onthou toe die pers klokkies op haar swartpap geval het.

Maar toe was dit lankal te laat vir ghwarriebessiesop aansmeer.

Sy sou nié ophou voordat sy die spreiligte het nie. Die een of ander tyd sou Abel kopgee.

Sonder dat sy dit so wou, het die siek gemors haar mag oor hulle gegee.

"Goeie God, Gertruida!" roep Susarah een Sondag aan tafel. "Hou op om my en jou pa te manipuleer! Wat is miskien snotterig aan die karringmelkpoeding? Of sóék jy gedurig iets om ons mee te treiter?"

"Ma kom nou net uit die kerk uit. Weet Ma nie mens mag nie die Naam van die Here ydellik . . .?"

"Ag, bly net in Godsnaam stil! Jy maak of óns kinders is!"

Sy dop die bakkie poeding wat Susarah voor haar neersit terug in die bak. *Eerdat eiegeregtige Gertruida dit eet, gee Gertruida dit terug.* Kyk smalend na hulle. Hulle oë is kwaad. Hulle oë is bang. Dit gee haar valse krag.

Middagtyd toe Abel sy broek optrek en by haar kamer uitloop, soek sy die presiese betekenis van "manipuleer" in die HAT. "Hanteer, behandel. Allerhande kunsgrepe toepas. Knoei. Op oneerlike wyse beïnvloed."

Sy weet sy is 'n manipuleerder. Dis ál mag wat sy het.

Toe Tannie Lyla die Septembervakansie van haar

standerdagtjaar kom kuier, en sy weet daar sal nie groot bakleie wees nie, skryf sy die brief. Plak toe, skryf die dominee se adres op. Sit dit saam met die seëlgeld op die muurstaander waar al die poskantoorgoed lê. Sy vra Abel moet dit pos as hy dorp toe gaan; of hy 'n seël sal opplak. Hy sê ja sonder om te weet waarvoor hy ja sê.

Geagte dominee De Villiers
Ek wil met Dominee praat oor iets verskrikliks. Ek is skaam, maar ek móét praat. Dis al jare lank dat my pa my verkrag en sodomiseer. Hy het my kamersleutel gevat en ek kan nie die deur sluit nie. Ek het vir my ma gesê, maar sy sê ek beskuldig my pa valslik, omdat hy my nie my sin in alles gee nie. Sy sê hy is op die kerkraad en sal nooit só iets doen nie. Ek sweer ek praat die waarheid. As Dominee weer kom huisbesoek doen, moet Dominee wag tot dit naweek of vakansie is, sodat ek my kant kan vertel. My pa-hulle sal sê ek jok. Dankie dat ek weet Dominee sal my help.
Gertruida Strydom

Min moeite gedoen met die inhoud; sy het geweet Abel sou dit opskeur. Maar dit was haar laaste kans vir spreiligte.

'n Maand later kon daar aandtennis gespeel word. As sy die vrouens in die gazebo sien skinder, onthou sy 'n dag lank gelede toe haar pa die planke vir die gazebo in die waenhuis gesaag het, en sy vir hom 'n malvalekkermuis met 'n dropstertjie geneem het.

Desembervakansie. Dis lank voor sy Menéér Fourie weer sal sien. Wanneer die skool Januarie begin, wil sy rietmaer en potbruin wees.

Soggens eet sy droë roosterbrood met swart koffie. Jaag haar werftake af. OuPieta en Pietertjie is met die bus na hulle mense toe tot ná Nuwejaar. Sy moet hoenders kos gee, eiers uithaal. Frieda se kraal skoonmaak. Lusern sny. Groente natlei. Spreiers skuif. Onkruid spuit op die geplaveide tuinpaadjies.

Tennisbaan toe om teen die tennismasjien te baklei. Voorarm. Rughand. Mokerhoue. Snyhoue. Lughoue. Valhoutjies. Smeerders teen die kantlyn af. Aan en aan. Afslaan tot haar skouer pyn, en sy die bal feitlik sonder uitsondering in die hoeke of op die middellyn neersit.

Die skaalnaald sak. Haar bene word koperbruin.

Middae loop sy met Bamba veld toe. Sy neem Braham saam. Hulle loop hand om die lyf. Sy wys vir hom 'n trop muishondjies wat miskruierbolle omdop op soek na insekte. Proppie op 'n valdeurspinnekop se tonnel. Lemoenvlinder wat op die modder van die bergpoel sit en water drink. Bosbok se slaapplek in 'n taaibos. Hulle sit in die skadu van 'n wildekatjiepiering, luister na 'n glasogie se fluite. Hulle swem in die bergpoel; sy duik vir hom 'n poelklippie uit. Hy vryf haar hare droog in die son. Hulle slaap in die kliphuis.

Sy is 'n maagd.

Sy verlang so na hom.

Saans vertel sy alles in die melkkraal vir Frieda. Dan skakel sy die spreiligte aan, moker die balle verwoed. Solank sy die huis vermy. Want Susarah is tot die week ná Nuwejaar in Oos-Londen om Tannie Lyla te help ná 'n histerektomie. Sy wou saamgaan, maar in Oos-Londen is nie 'n tennisbaan en 'n berg en 'n kliphuis nie.

Sy wil dit nie dink nie, maar in haar agterkop glo sy dis die perfekte tyd om Abel in die veld te skiet. Onder die ken, met die .303. Sy sal hom só neerlê dat dit lyk of hy uit die bakkie geklim en sy geweer agter die sitplek uitgehaal het. Toe hy dit aan die loop nader trek, moes die skoot afgegaan het. Sy moet handskoene dra, en haar dik aantrek, sodat die polisie nie kruitpoeier op haar kry nie.

Nee, sy moet wag tot hy dronk is. Van haar ma se slaappille in sy brandewyn gooi. Wag tot hy slaap, en bobbejaangif in sy keel afgooi. Omdat hy die bobbejane voer met lemoene wat met 'n spuitnaald vol gif gespuit is.

Slaan die balle met elke gram van haar krag.

Maerder. Fikser. Bruiner as Mabel.

"Jy's mooier as ooit, Truitjie," sê Abel. Hy verrinneweer haar met wrede speelgoed wat opdaag uit China.

Ek móét hom vermoor, sê sy vir Frieda. Ek gaan die vleismes onder my kussing sit en hom in sy hart steek. Totdat die regte oomblik kom, moet sy Solitaire en Tetris speel. Of in Gouelokkies verander.

Gouelokkies hardloop deur die donker woud. Die boomtakke ruk haar klere af. Sy verloor haar koffer en het nie 'n baadjie nie. Ver-ver sien sy die drie bere se huisliggie. Sy hardloop na die liggie toe. Daar is niemand by die huis nie. Sy hou haar hande by die kaggelvuur. Eet 'n wors wat aan 'n toutjie by die kaggel hang. Dis sout; sy spoeg dit uit. Sy is moeg en blou van koue. Die bababeer se bed het 'n sagte matras en verekombers, maar sy pajamas is te klein vir haar. Toe sy diep slaap, grom die pappabeer voor die bed, woedend omdat sy die wors op die vloer uitgespoeg het. Hy ruk die verekombers af en krap haar maag met sy naels. Sy spring op en klouter deur die venster voor die papabeer haar verslind.

Sy soek haar huis, maar haar huis is weg.

Oujaarsoggend van 1999, terwyl Abel vygieboskamp toe is om soutlek uit te sit en waterkrippe na te loop, begin haar maandstonde. Nie eens dít gru hom nie. Wegkom, voor hy terugkom. Vat haar .22 en waterbottel en koshuiswasgoedsak met 'n bietjie toiletware. Roep vir Bamba. Draf rivierlangs; spring sover moontlik op die rivierklippe. By die amandelbome swenk sy ooskant van die berg langs, langpad, sodat daar geen kans is om haar in die verte te sien nie.

Die bobbejaantrop teen die kranse blaf vir haar. Sy wil 'n bobbejaan wees, eerder as 'n mens. Al het sy die laagste rang in die trop, sal die trop haar bewaak. Anders as die menstrop. Kleintyd het sy dikwels vir haar pa gevra om vir haar 'n bobbejaantjie te vang. 'n Boetie vir Lulu. Elke keer sê hy nee, met 'n kwaai kyk in sy oë.

Twee keer waarsku Bamba haar betyds oor 'n pofadder. Sy kan nie skiet nie. Abel moenie weet sy is in die berg nie. Loop 'n halfsirkel óm die pofadder.

Die kos in die kliphuis is min. Saggeworde soutbeskuitjies. Blik boontjies. Maak 'n bossiebesempie en borsel die turksvydorings af voor sy dit met die draadhaak pluk. Mens moet bokant die wind staan, anders waai die dorings in jou oë in. Sy is dankbaar die turksvye groei naby, want sy is moeg. Bad en hare was in die bergpoel. Bak droog in die son. Bamba lê op 'n poelklip; hy kyk na haar. Maar hy kyk anders as Abel. Die son maak haar loom.

Sy droom van haar turksvyplaas met 'n bedrywige fabriek. Sy patenteer medisyne teen diabetes en is wêreldbekend. Word 'n biljoenêr uit verslankingsmedisyne. Oorsese firmas betaal in ponde, euro's en dollars vir houers met sjampoe en seep wat sy verskeep. Mabel en die plaasvrouens bedryf 'n padstal met 'n teetuin teen die teerpad. Motors met vreemde nommerplate staan ingeryg om Mabel se turksvyprodukte te koop.

Mabel en die plaasvrouens word ook ryk.

Kiepersolkloof is nie meer 'n stil plek vol hartseer nie.

Skemertyd loop sy en Bamba die entjie terug kliphuis toe. Hang die seil voor die deuropening en steek 'n kers aan. Eet soutbeskuitjies. Blaai in die boek oor Leonardo da Vinci; sy ken elke woord uit haar kop. Kruip uit en luister in die soel nag na die krieke; hou die Suiderkruis dop.

Toe sy skat dis middernag, tel sy Bamba op haar skoot. Só draai die eeu vir haar. Alleen in die donker berg, met die hond teen haar vasgedruk. Niks kan haar op daardie oomblik gelukkiger maak nie. Ek is nou agtien, sê sy vir Bamba, die dag kom nader dat ek gaan wegloop. Al moet ek in die berge en klowe leef en vrek soos 'n dier.

Hy lek haar wang.

Hulle slaap. Sy en Bamba.

In haar slaap verlang sy na Braham.

Vier volle dae bly sy daar. Pluk vlesige notsungbessies en gomagtige swartbessies. Grawe uintjies. Dit hou die ergste honger weg. Teen sonsak soek sy plekke waar die son op doringgomklonte skyn. Die gom laat haar maag werk, sodat sy nóg maerder voel.

Op die derde dag kom sit Bamba 'n kransduif voor haar voete neer. Die gasstofie is leeg en die wind waai verkeerd, sy kan nie vuurmaak en die duif braai nie. Begrawe hom. Sê vir Bamba hy mag hom nie uitgrawe nie.

Vier dae, toe is haar maandstonde verby. Sy mis die tennisbaan; Frieda en Mabel. Diepnag hang sy die seil voor die deuropening en gooi 'n bietjie water uit haar heupbottel by die ingang om dankie te sê. Toe loop sy huis toe onder die sekelmaan.

Omdat sy nêrens anders het om heen te loop nie.

Sy kan nie terugklim deur die venster nie. Abel het diefwering aangesit. Hy dreig lankal daarmee. Sit by die voet van die engelbeeld; die trane loop teen haar nek af. Hoe gaan sy snags uitkom? Ganglangs? Nee, die plankvloere kraak.

Die muskiete steek haar. Enigste plek wat nie gesluit is nie, is die skuur. Sit teen die John Deere se wiel op die lou sementvloer. Vasgekeer, vasgekeer.

Op pad dorp toe vir haar eerste grootskooldag, het haar ma gesê daar is privaat goed waaroor mens met niemand praat nie. Nie eens met Juffrou Robin of Matrone of jou beste maatjie nie.

Soos wat?

Mens vertel nie as daar in die huis baklei word nie. Jy bly net stil.

Wat nog?

Mens sê nie vir mense as ons stilletjies in ons huis van hulle skinder nie.

Ag, dis maklik. Sy wil nie nou aan baklei en skinder dink nie, sy wil dink aan die goed in haar skooltas. Kryte. Plakkertjies. Tekenboek. Blou liniaal en potloodsakkie. Blou kosblik en koeldrankbotteltjie. Anthonie se skoolgoed was ook blou.

Hou op vroetel met jou tas en luister na my, Gertruida . . . Die belangrikste ding waaroor mens nóóit lelik praat nie, is jou ouers. Ouers werk hard om hulle kinders die beste te gee. En álles wat ons vir jou doen, doen ons uit die liefde van ons harte. Jy mag nooit sleg praat oor Pappa en Mamma by die skool nie. Jy hoor mos as Dominee in die kerk die Tien Gebooie sê: Eer jou vader en jou moeder, dan sal jy lank mag woon in die land wat die Here jou gee. Weet jy wat dit beteken?

Dit beteken as ek niks van julle sê wat lelik is nie, mag ek op Kiepersolkloof bly tot ek eendag met ’n boer trou wat sy eie plaas het.

Jy’s ’n slim dogtertjie. Onthou, ons huis se sake bly nét tussen ons. Belowe?

Hou haar tas styf vas op haar skoot. Oefen solank om haar lippe toe te knyp.

Hóór jy my, Gertruida?

Ja, Mamma. Ek belowe.

Die John Deere se wiel druk in haar rug. Sy snuit haar neus aan haar hemp.

Voor die einde van die eerste kwartaal van standerd vier het sy by die dorpsbiblioteek aangesluit. Omdat sy nie staptye alleen in die dorp wou drentel nie, en omdat sy 'n boek wou soek waarin sy alles wat die klinieksuster gesê het, sélf kon lees. Dis waar sy Mister Williston die eerste maal van naderby gesien het. Die man wat soos Petrus van die Bybel lyk.

Die derde Woensdag het sy die boek gekry. *Wat meisies wil weet* deur dr. Jan van Elfen. Druk dit by haar broek in en hou die ander boeke voor haar. Want sy was skaam dat Mister Williston sien sy neem dit uit.

Skrik, skrik, skrik. Nie oor iets in die boek nie. Maar oor al die leuens en pyn wat sy moet deurmaak.

Die hond kruip teen haar kuit aan, lek haar enkel. Sy huil. Sy vertel vir die hond wat niemand weet nie. Oor haar spaargeld in die koekblik in die kliphuis wat stadig groei. Want sy spandeer haar sakgeld op pantyliners en wet wipes. Koop by verskillende winkels, sodat dit onopvallend is. Die bruin ontlastingstrepie in haar broek is weersinwekkend. Sy wil nie na maagwerk ruik nie.

Jy kan my nie vang nie . . . sies, jy ruik na akkies . . . stink Gertruida Strydom . . .

Tennisklere is wit en kort, en dit waai maklik op.

Hoe lank voor haar kringspier hééltemal slap is? Kan 'n kringspier met 'n operasie herstel word? Hoeveel sal dit kos? Sy moet haar tennisdrag verander. Swart rekbroek. Swart kouse. Swart sweetband. Swart veters. Almal moet dink dis 'n modegier.

En sy moet 'n plan bedink om die koekblikgeld vinniger te laat groei.

Daar is baie geld in die blik, maar steeds te min. Steelgeld wat in die huis rondlê. Lieggeld oor skoolgoed wat sy kastig nodig het, en Abel géé. Verjaarsdaggeld wat Tannie Lyla in haar presentboek sit. In die koekblik is Abel se goue mansjetknope en Ouma Strydom se robynring waaroor Abel en Susarah baklei wanneer Abel dronk is. Die pêreloorbelle en halssnoer wat hy vir Susarah gegee het met Anthonie se geboorte. Onvervangbaar. As Abel vra waar is die pêrels, sê Susarah sy is bang sy word beroof, daarom is dit in die bankkluis op die dorp vir veilige bewaring.

"Jy lieg!" skreeu hy en die brandewynglas val uit sy hand.

"Dis beter," skree Susarah, "dat dit in die bankkluis is, sodat ek nie herinner word hoe jy my van my kind beroof het nie!"

"Waar's die kwitansie van veilige bewaring?"

Storm kamer toe en druk die kwitansie in sy gesig. "Sién jy die bankstempel? Sién jy dis geteken? Sién jy dis gespesifiseer? Hou óp sê ek lieg!"

Waar sou haar ma aan die kwitansie kom? Dalk is dit nagemaak en hy is te dronk om te sien. Ineens kry sy haar ma jammer. Hoe ver moet 'n vrou gaan om haarself te beskerm? Hoeveel leuens moet sy uitdink en uitleef ter wille van 'n dak oor haar kop?

Die dag as sy wegloop van Kiepersolkloof af, wil sy lig dra en vinnig padgee. Met duur items.

Eendag het sy vir haar ma gevra hoekom loop sy nie weg en bly by Tannie Lyla nie. Toe sê haar ma sy wil naby haar kind se graf wees. En sy wat Gertruida is, moet eers klaarmaak met skool.

"Ek kan klaarmaak sonder Ma." Snedig. "Ek kan báie dinge doen sonder Ma."

Pynsplinters in haar ma se oë. "Ek weet, Gertruida, maar nogtans . . ."

"Nogtans wát?"

Toe drink haar ma twee kopseerpille en gaan lê in die skemer kamer.

Die koekblikgeld móét groei. Dalk kan sy 'n Bonsmara verkoop as Abel weg is vetveeveiling toe, en sê dis gesteel. Die prys van pantyliners en wet wipes gaan haar nie keer van wegloop nie.

Verskuif teen die John Deere se wiel. Smeer haar neus aan haar arm af. Sy moet iets dóén omtrent die diefwering; dis inkerkering.

"Bly hier," sê sy vir Bamba. "Thula, ek kom nou-nou."

Drie keer loop sy in die lou nag onder die skerfiemaan rivier toe met die verfblik. Gebruik koerantpapier om 'n tregter te draai. Maak bietjie lig met haar Victorinox-flitsie. Gooi sand in die John Deere se dieseltenk. Uit weerwraak.

Gertruida dra drie dragte uit die rietruigte. Gertruida tart die rugruiter.

Dagbreek. Sonsopkoms.

Toe Mabel inkom werk toe, stap sy saam met haar by die agterdeur in. Asof sy nooit weg was nie. Asof die eeu nie gedraai het nie. Asof sy nie agtien geword het in die donker berg nie. Asof sy nie die diefwering gesien het nie.

Abel het haar tiendubbeld gestraf. Oor die wegloop en oor die John Deere.

Sy jubel toe sy met haar wit Corsa koshuis toe ry vir graad elf. Bruinste wit kind in die skool. Maer en seningrig; gespierd. Om Braham te sien tydens saalbyeenkoms laat haar duisel.

Haar tennisvordering oorbluf hom. Middel Februarie speel sy uit vir die nommer-een-posisie, in haar swart-en-wit tennisdrag. Niemand sal 'n bruin strepie sien nie. Smeer haar opponent genadeloos. Braham skud haar hand. Elektriese prikke skiet deur haar.

"Meesterlik, Gertruida. Só gaan jy die provinsiale span haal."

Dankie vir die tennismasjien, die spreiligte, die duur raket met Kersfees.

Die volgende oggend gooi sy bulkend op voor die opstaanklok lui. Sonsteek van 'n wedstryd in versengende hitte. Net slym in haar maag. Haar oë wil uitpeul. Klou aan die wasbak. Spoel haar gesig met koue water. Haar maag ruk en ruk.

Toe word dit elke dag se ding. Braak, duiselig.

Moenie dat dit waar wees nie, Here, asseblief.

Sy het dit sien kom einde Januarie toe haar bloeding wegbly. Haar borste is geswel. Haar blaas bly vol. Naar. Hoofpyn. Teësin in kos. Dra elke dag 'n skooltrui; speel tennis in 'n sweetpakbaadjie.

As sy elke dag tien keer om die rugbyveld draf, en in amper kokende water bad, mag die kind dalk afkom.

*

Ek sit by die tafel en drink my koffie. My maag is vol agter dinnertyd. Die hokhaantjie het lekker sag gekook, en is lank laas dat Mabel gemmerpoeding gemaak het. Sy't gaan afloer en sê Gertruida sit rug teen die kiepersol met toe oë. Lyk of sy slaap.

"Sy slaap nie, sy verlang."

Mabel kyk my aan skoon of ek onlekker is. "Mama het sonsteek gekry in die wiegstoel. Na wie sal Gertruida nou miskien verlang?"

"Na die man van die skool. Maar los dit daar. Skryf 'n botteltjie staaldruppels by jou winkelgoed. My bloed voel dun."

"Ek gaan nie vandag winkel toe nie, Mama. Ek gaan iewers anders heen, en ek gaan eers laatmiddag by die huis . . ."

Ek gewaar 'n onrus in Mabel. "Waarheen gaan jy, Mabel?"

"Ek sal Mama sê as ek terugkom. Is oor iets van Gertruida."

Doerie tyd, nog voor Gertruida se bybietjie gebore gekom het, het ek partykeers gehelp by die tennis se kombuis. Sitwerke, want my bene wou gedurigdeur inknak onder my.

Kerf pietersielie, sny selderystingels. Maak stokkies met aspersies en beestongblokkies en klein tamatietjies. Vryf glase blink. Is vir my snaaks gewees dat Gertruida so in die lapa se kombuis werk. Is nie haar manier om rondom Missus Susarah te draai nie. Vat eerders die hond veld toe, swem in die rivier, tap aalwynstroop, skiet onder die dassie-verpesting. Nooit 'n kombuistjint gewees nie.

Maar daar staan sy week agter week en teeskinkborde regsit en dadelkoekies uitpak. Dra koeldrank aan, kry glase bymekaar, vee buitetafels af. Skoon of sy tot 'n soorte van bekering gekom het.

Maar heeltyd sien ek hoe loop haar oë agter die man met die bril aan. Nie 'n oormooie man nie, fynerig in die skouers. As haar oë so agter hom aanloop, kom sit die lag om haar mondhoeke en sy raak fluks in die kombuis. Ek botter die dadelbrood en bid dat iNkosi sal help dat die man agter Gertruida sal aankyk. Maar Mabel sê die man is 'n onderwyster by die skool. En 'n onderwyster mag nie by 'n skooltjint rondkuier nie.

In die tussentyd wag en wag ek, want die liefde laat hom nie aanja nie. Tersellertyd is die liefde nie 'n ding wat hom agter 'n wal laat opdam nie. Kyk maar hoe't ek doerie jare my tata en my mama gegroet en op Samuel se donkiekar geklim. Oordat die liefde gesê het: Klim op, Thandeka, en ry saam met hierdie man. Tot waar ook al.

En toe kom die vreestelike dag toe hulle Samuel se dooie lyf uit die kloof dra.

Die oggend toe die dorpskerk se umfundisi met die Bybel langes die graf staan en ek slaan my oë op na die berge van Kiepersolkloof wyl die kis sak, kos dit my vashou aan Ou-Pieta, anderster spring ek in die graf om saam met Samuel weg te vaar. Was dit nie vir Mabel wat versôre moet word en grootkom nie, hét ek doerie tyd my verstand verloor.

Dieselfde middag staan ek langes Anthonie se graf. Die

wind waai die umfundisi se swart mantel op en hy moet die Bybelblaaie vasdruk. Hy lees van Job wat 'n ryke boer was. Hoe iNkosi allester by hom weggevat het. Skape, osse, kamele, donkies én al tien sy tjinners. Hoedat Job op 'n ashoop gelê en treur het, maar hy't weer opgestaan en sy sere het gesond geraak. Later al sy goed dubbeld teruggekry. Tot nuwe tjinners ook. Daardie middag is ek sommer lus en hou my dronk en roep oor die mense se koppe om te vra of Job toe opgehou verlang het na die tien tjinners wat dood is.

Ek kan nie na Missus Susarah kyk nie. Haar oë lyk nes 'n koei s'n lyk as die kalf vassit. Nooit sal ek vergeet hoedat sy geroep het toe haar tjint se kis sak nie. Mens vergeet nie sulke geluide nie.

Abel het gestaan soos een wat klaar dood is. Tande opmekaar gebyt; 'n bewe in sy lippe, nes 'n hond wat koud kry. Gertruidatjie in haar wit rokkie wat om sy been vashou en met haar dimpelhandjie oor haar papa se kniekop vrywe. Tiktik haar handjie teen sy been, soos of sy wil sê: Thula, thula, toemaar . . . Abel vrywe haar haartjies en trek haar koppietjie teen hom vas. My hart wil gebreek het om hulle só te sien.

iNkosi wat my herder is, ek wil nie daardie tyd onthou nie.

Maar mens kan nie jou onthougoeters sommer net uitslag en dink jy gaan nie bloei nie. Partykeers is dit só dat mens jou nie doodbloei nie, net skoonbloei. Seker maar so gewees met Job ook.

In die tussentyd sit Gertruida met 'n wit sweetpak aan teen die kiepersol. En my kop het rigting verloor. Maar ek is oud, ek kan my dinkpaaie loop soos ek wil.

Groot partytjie gewees die dag toe Anthonie tien jare raak. Hy kry sy .22-geweer en 'n knipmes. Sondag gewees, derde dag van Februarie van 1985. Agter kerk kom sy maters en hulle papas en mamas verjaarsdag hou op Kiepersolkloof.

Swem, spitskaap. Missus Susarah hang uit met slaaie wat soos blomtuine lyk. Drienks met sambreeltjies en kruisementblaartjies. Samuel en die ander plaasmense kap hout en pak vure. Doerie tyd was hier nog klompe mense op Kiepersolkloof. Eers omtrents tien jaar later dat Abel dik geraak het vir die wet, en die huise leeggeraak het.

Ewentwil.

Ek drawwe aaneen en maak huis skoon, van die Vrydag af. Missus Susarah bak vir Anthonie 'n verjaarsdagkoek, kompleet nes 'n klein John Deere'tjie.

Doerie tyd sien ek dinge is besig om reguit te draai vir Abel en Missus Susarah. Die ouman se gif is aan't wegsypel uit hulle are. Kiepersolkloof is 'n mooier plaas as wat die ouman geken het. Hy sal uitbreek uit sy graf uit as hy die tuin vol watervoortjies en bruggies sien. Plate kappertjiesoldate rondom die voete van die witvlerk-engel waar Missus Susarah op stil aande 'n kers in die lanternglasie brand maak. Pleks van 'n wit kalkhuis staan die huis in 'n mooie bruin rok. Terracotta, sê Missus Susarah.

Bo-op als gereken, is Abel en Missus Susarah se harte opreg oor hulle tjinners, anderster as wat die ouman s'n was. Speel ludo en vreetkaart by die tafel in die kombuis. Stoei op die gras, swem in die rivier. Abel ry botterboom saam met Anthonie en bou vir Gertruida 'n boomhuis. Missus Susarah stik mooie gordyntjies daarvoor, brei jersies vir Gertruida se poppe.

Maar laat dit wees soos dit wil.

Agtermiddagtyd beginte die kuiermense huis kry. Toe die laaste mense wegry, kom sê Samuel hy en een van die manne ry gou vygieboskamp toe om hooibale te laai vir die koeikraal; hy kom haal die bakkiesleutels. Abel haal die sleutel uit en hou dit vir Anthonie. Grootman, jy kan mos lankal bestuur, sê hy, en op jou tiende verjaarsdag kan jy Samuel-hulle vygieboskamp toe vat met die Isuzu.

Ek was aan't koppies bymekaarmaak op die stoep, en het Mabel huis toe gestuur om fynhoutjies op te tel. My moeë lyf wou vroeg kooi toe. Ek het selwers gesien hoedat hulle wegry. Samuel en Anthonie voorin, met Anthonie agter die stuur. Die ander man agterop. Nêrenster in my was 'n donker gevoelte nie, want Anthonie kon al bestuur toe hy skaars oor die stuurwiel kon sien. Moes omtrents regop staan om die brieke en petrol by te kom.

Net toe ek die stoep vee voor ek huis kry, kom die ander man aangehol. Baadjie en gesig onder stof. Oë staan bol in sy kop. Hy't afgespring toe hy sien die bakkie gly oor die afgrond, sê hy uit sy asem uit.

Tot vandag toe, in my halfblinde oumensjare, spook die prentjie van hoe hulle Samuel se lyf op 'n seil dra en op die stoep neerlê. Anthonie s'n langesaan.

Lywe sonder geeste, toegegooi onder komberse.

Sterremense.

Vandag nog hoor ek Missus Susarah skreeu. Of ek sien haar in my drome deur die tuin hardloop soos 'n hond wat dolheid het. Storm heen en weer tussen die stoep en die tuin. Slaan haar vuiste teen Abel. Hy staan soos 'n sementmens. Slaan in sy gesig, op sy bors, skop sy skene. Vervloek hom tot in die hel oor hy die sleutels vir Anthonie gegee het.

Hy staan.

As die dokter haar nie aan die slaap kom spuit het nie, sal sy dieselfde aand van die windpomp afgespring het. Of die groot geweer teen haar verhemelte gedruk het.

Ampers twee-en-twintig jare het verbygegaan.

In al daardie tyd het ek en Missus Susarah nooit gepraat oor Mabel se wittigheid nie. Waar sal dit haar ieder geval gebring het? Maar sy't geweet, dié dat sy Mabel soos 'n eie tjint liefgehet het. Ek sal nie kan sê hoe Missus Susarah se kop gewerk het nie, maar ek het baie dae die gedagte gekry dat sy die liefde wat sy aan Abel geskuld het, op Mabel neergesit het. Soos of sy Abel deur Mabel liefhet.

Maar nooit agter Anthonie se dood het ek gesien dat Missus Susarah Abel troos nie. Raak nooit bietjie aan hom nie. Sit nooit by hom en koffie drink nie. Lag nooit met hom nie. Als in haar het pikswart omgedraai.

Net Gertruida het hom lief. Tros agter hom aan waenhuis toe. Sing vir hom.

Dit is my mammie, lief en goed.
Dit is my pa met sy mannemoed.

In my hart is daar 'n sekerte dat die ding van alleenwees en weggestoot wees Abel latertyd laat kop verloor het. Is nie dat ek vir hom skerm nie. Is net dat ek kan dink hoedat die smarte hom ook maar moes gevang het. Die bittere skuld. Bang ook, oor almal op Kiepersolkloof saamgepraat het om vir die polieste te sê Samuel het die bakkie gedryf. Want as die polieste geweet het Anthonie was agter die stuur, het Abel in die hof gestaan vir moord op sy tjint. Manslag, só sê Mabel.

As mens verwyte en bangwees en wegstoting saamroer, kry jy 'n brousel wat die verstand dronk maak. Ek wil nie uitwerk watse gif dit kan maak nie.

Toe gaan Missus Susarah Kaap toe vir 'n VLV-ding, seker so ses maande agter Anthonie se dood. Gertruidatjie bly by my en Abel. Is in daardie maande, nadat Missus Susarah teruggekom het, dat Gertruida stom geraak het. Sê nie meer versies op nie. Voer nie die tuinfeetjies broodkrummels nie. Jaag nie naaldekokers by die waterdammetjies in die tuin nie. Beginte haar bed natpie.

Ek dog dis Anthonie se afsterwe wat haar tóé eers beetvat.

Die oggend toe ek droë lakens oor haar kooi trek en ek kry die bloedmerke op die onderlaken en op haar pajamabroek, skrik ek my in my moer in ampers onderstebo.

Gertruida, gaan sê ek waar sy in 'n hoekietjie van die boomhuis sit met haar pop, wys my waar bloei jy.

Ek bloei nie, sê sy en die skrik trek oor haar gesiggie.

Jy jok vir my, Gertruida. Sê, of ek loop sê vir jou mama.

As ek sê, gaan die likkewaan in die nag kom en sy tong in my neus opdruk en my brein uitsuig.

Is nie waar nie, Gertruida. Buitendien, Bamba slaap mos by jou. Hoe dink jy gaan 'n likkewaan by hóm verbykom? Sê vir my, Gertruida, ek wil salf aan jou bloeiplek . . .

My pa hét salf aangesmeer in die nag. Hy het die salf by sy slurp uitgetoor en met sy vingers aangesmeer. Loop weg van my boomhuis, jy raas my babatjie wakker.

Sawens sit ek alleen by die vuur; Samuel is 'n ster. Daar's niemand wat ek kan vertel van my skrik nie. Ek moet by die umfundisi se huis klop as ek dorp toe gaan, dink ek. Hy is die man van die Here en sal nie oorpraat en moeilikheid maak nie. Hy sal my kan sê waffer kant toe met my skrik oor Gertruida.

Ek skrik nie net oor Gertruida nie; ek skrik oor Mabel ook. Sy's baie op die werf en in Kiepersolkloof se huis. Ry oralster heen saam. En as 'n man se kop skeef gedraai het, draai hy nie maklik weer reguit nie. Skewerder en skewerder. En met elke skeefdraaislag dink hy dis 'n manier van reguitdraai. Totdat hy naderhands nie meer weet wat is draaitjiespad en wat is reguitpad nie.

Ek loop in onse huis in en kry Mabel waar sy in 'n *Huisgenoot* blaai. Mabel, vra ek, het jy al ooit 'n wit man se tollie gesien? Sy lag en hou haar vuis voor haar mond. Ja, sê sy, lank terug, toe Anthonie agter die amandelboom gepie het.

Toe wis ek daar's nie skade by Mabel nie. Ek sê sy moet die *Huisgenoot* toemaak en bietjie vir my luister. Want ek wil praat oor plekke en goeters wat nie ander mense se plekke en goeters is nie. Skaars was ek kwartpad gepraat, toe sê sy sy weet al die goeters, want Missus Magriet het hulle lankal daarvan vertel by die skool. Sy sê Missus Magriet sê jy moet klap en spoeg en skree en oorskinder as iemand met jou privaat plekke lol, of daarna wil kyk, of syne vir jou wil wys. Jy moenie stilbly nie.

"Ek het al drie vuishoue by die skool uitgedeel, Mama, en elkere keer het ek 'n klip in my vuis gesit. Mama," Mabel draai haar vingers inmekaar soos wanneer sy op haar senuwees is, "ek ken 'n geheim oor Gertruida . . . Maar Mama moenie vir Mevrou Susarah sê nie."

Toe vertel Mabel my van die gaatjie wat Gertruida in die lap tussen haar Lulu-pop se bene gesny het. Toe twyfel my kop nie meer oor hoekom Gertruida anderster geword het as wat sy altyd gewees het nie.

Laataand toe Mabel slaap, gooi ek 'n wildepruimstompie in die vuur. My kop praat met Missus Susarah. Met Abel. Die umfundisi. Niemand antwoord nie. Ek praat met 'n ster wat ek rekent Samuel se ster is. Ek hoor Samuel uit die ster uit sê: Thandeka, moenie in wit mense se sake grawe nie; is ewe goed jy grawe jou eie graf.

Ek kyk in die vlamme en sing my mooiste lied om myselwers te troos. Saggietjies uit my agterkeel. *Nkosi sikelel' iAfrika; Maluphakanyisw' uphondo lwayo* . . . Here, seën Kiepersolkloof. Help dat Abel se oorlog sal stil raak.

Intussentyd is baie jare verby. Vandag weet ek partykeers kies mens 'n ster om mee te praat, sommer enige ster, en jy máák of die ster vir jou iets sê. Oordat jy te bang is om die waarheid met jou eie kop uit te werk.

Doerie tyd het ek my kans afgewag met die pop. Lank gewag, want ek wou gesien het wat gebeur in die tussentyd.

Skaars was Gertruida in sub A, toe vat ek eendag 'n naald en garing en stop die gaatjie tussen die pop se bene. Gertruida kom van die koshuis af. Ek sê vir haar Lulu was siek deur die week, van maagwerkings en koors. En dat ek die seerplek tussen haar bene gesond gemaak het.

Ek sien hoedat sy skrik.

Ek maak mooipraatjies met Gertruida. Ek sê ek het nie vir Lulu se ouma gesê nie, anderster kommer sy haar. En sy't nie nou tyd vir kommer nie, want sy's besig om 'n double-breasted baadjie te stik vir die VLV. Kommernis gaan haar verkeerd laat stik.

Sommer so gesê dat sy nie moet skrik vat nie.

Daardie aanskomende week vat sy die pop saam koshuis toe. Nooit weer huis toe gebring nie. Vir haar ma gesê iemand het haar pop gesteel. Maak nie saak hóé Missus Susarah by die koshuismense gekerm het om die gesteelde pop te soek nie. Niemand het van die pop geweet nie.

Eers omtrents twaalf jare later, toe Gertruida se bybie amper gebore moes kom en sy met haar swaarderige lyf die berg uit is om Mabel te wys waar die kliphuis is, het Mabel vir my kom sê die pop is in die kliphuis weggesteek. Toegedraai in 'n flenniekombersie; lê op 'n rooigras-matrassie.

Daardie aand by die vuur dink ek: Eendag, wanneer iNkosi die bokke en skape van mekaar wegkeer, gaan die sweep hard op Abel se rug klap.

Waarheen sal Mabel gegaan het, nogal oor iets van Gertruida?

Daar sit Gertruida nou teen die kiepersol en verlang na 'n man. Ek wis nie hoekom iNkosi 'n vrou se kop anderster gemaak het as 'n man s'n nie. 'n Man se kop is ampers heeltyd vol baklei en kooisake en geld en karre. 'n Vrou se kop is ampers heeltyd vol trane. Hoedat dit binne-in Gertruida se kop lyk, moet vreestelik wees.

iNkosi moet my bene vashou, maar Maandag gaan ek met my kierie afsukkel werf toe. Om vir Gertruida te vertel van Imfenana en van donker goeters wat sy hoort te weet. Dan wil ek haar bietjie vashou, en vir haar sing soos die dag by die windpomp.

Thula Thula Thula, baba, Thula sana . . . Toemaar, tjintjie, toemaar . . .

Ek gaan haar vashou, al wil sy van g'n niemand vasgehou of ge-thula wees nie. Loop sal ek loop. Al is dit my laaste loop in die lewe.

Dalk moet ek Mabel Maandag saam met Missus Magriet dorp toe stuur. Om vir die man by die skool te sê ek vra hy moet hiernatoe kom. Hy moenie groothuis toe gaan nie, hy moet reguit na my huis toe kom. Hy ken die looppad rivierlanges, want lank terug was hy ook eendag hierso.

Die tyd toe Gertruida by Miss Lyla in Oos-Londen weggekruip het, sê Abel vir almal hy en Missus Susarah gaan Oos-Londen toe om oog te hou oor die snyery aan Gertruida se seer skouer. Hulle wil kyk dat sy rus en nie aspris haar skouer seermaak nie. En hulle wil haar skoolwerke saamneem dat sy nie agterraak nie. Klompe stories opgemaak. Maar hulle gaan nie Oos-Londen toe nie. Sit al die tyd in 'n hotel by die see om Missus Susarah se senuwees tot bedaring te kry.

Half en half my skuld dat haar senuwees wou ingee. Oor ek haar in die kombuis vasgekeer het, en gesê het wat my hart wou gesê het. "Missus Susarah, jy moet sôre dat Abel se knaterpype afgebind word. So nie, gaan die Here 'n grote straf oor jou bring."

"Thandeka," en sy huil dat die trane op die skonsdeeg drup, "ek wil nie meer lewe nie. Ek gaan 'n bottel slaappille . . ."

"Jirretjie, Missus Susarah, en as jy aan die Oorkant wakker word, gaan jy vlamme toe. Help niks mens hol uit een vuur binne-in 'n ander een in nie. Laat bind jy maar net

Abel se knaterpype af, sommer by 'n vreemde dokter daar waar julle gaan kuier."

"Ek kastreer hom sommer met die vleismes . . . Die grootste present wat ek kan kry, is om nooit weer by hom te slaap nie. Ek háát dit, Thandeka, ek wil opgooi elke keer as hy sy broek uittrek."

"Is 'n ding daardie wat 'n vrou móét doen, Missus Susarah. Is maar só . . ."

Toe Abel-hulle weg is, stop die onderwyster die Saterdag-agtermiddag op die werf en loop rivierlanges tot in my voorhuis. Om te vra waar is Gertruida. Mabel is Bosfontein se winkel toe en ek moet die praatwerk doen. Ek dink aan Samuel wat gesê het ek moet my uithou uit wit mense se sake. Ek sê Gertruida is in Oos-Londen met 'n slegte skouer wat gesny moet kom.

"Jy lieg dit," sê hy, "ek wil vandág weet waar is Gertruida."

Hy hou aan sê ek lieg. Toe ek sien ek is vas, slaan ek oor in my mama se taal en hou my oumens-mallerig.

Toe gee hy op en ry.

Goeie ding gewees Mabel was Bosfontein se winkel toe. Netnoumaar vertel sy allester vir die onderwyster.

Maandag moet Mabel vir hom loop sê ek wil met hom praat. Al moet hy in die nag kom as Gertruida slaap. En al moet hy sy kar agter die knop by die laagwaterbruggie los om nie lig te maak nie.

Nee, ek moet liewerster die onderwyster uitlos. Laat ek op my kooi kom vir my agtermiddagslaap, voor die dunbloed my laat omval. Hoeka is Mabel nie nou hier om my regop te help nie.

*

Sy skrik wakker uit haar dryfslaap onder die kiepersol. Drink koffie. Klap die grond van haar broek af. As sy wil kliphuis toe vir haar skoolkoffer se sleutel, moet sy aanstaltes maak met die eetkamer. Mabel en OuPieta sal moet help met die swaar meubels.

Dis amper eenuur toe sy by die waaiertrap oploop.

Sy staan teen die deurkosyn van die sit-eetkamer aangeleun. Bekyk alles stadig. Spoggerige kiaatmeubels. Bokhaargordyne. Wynrooi Van Dijk-matte. Sheffield-silwergerei. Venesiese kandelare. Waterford-kristal waaruit in paleise gedrink word. Swart Steinway-konsertvleuelklavier. Tafelloper wat Susarah van die Passiespele in Oberammergau gebring het. Persiese gebedematte.

Sy skryf 'n lettersin in die stof op die Steinway. *Deur die ure agteruit te draai, gru Gertruida gedurigdeur.* Verspilde geld vir 'n klavier waarop niemand speel nie. Behalwe Abel, op doodsuip-aande. Hy kon net twee liedere speel. Stokkerig, terwyl hy saamsing. "Al lê die berge nog so blou . . ." Dronker, droewiger.

O, boereplaas, geboortegrond!
Jou het ek lief bo alles . . .
O, moederhuis, waar ooit so tuis?
Jou het ek lief bo alles.

Hoor die plof tot in haar kamer wanneer hy van die stoel afneuk. Patetiese bondel op die Van Dijk-mat. Susarah sit die strykkombers onder sy kop; hy moenie kots of kwyl op haar mat nie.

Haar veragting én bejammering was grensloos as hy so voor die Steinway lê.

Sy was seker so sewe of agt toe die groot reën in die winter gekom het. Dae lank gestort. Die werf het soos 'n dam gelyk; die rivier het bome en beeste en klippe in 'n bruin kolk meegesleur. Die rivierbrug en die laagwaterbruggie was onder water en Mama Thandeka kon nie by die werk kom nie. Hulle was afgesny van die dorp. Toe die reën opklaar en die water begin wegsak, ry sy saam met haar pa veld toe om die skade te bekyk.

'n Ent van die amandelbome af stop hy en sê hulle moet stap, want hy wil kyk wat verstop die leivoor, en hy is bang die bakkie val vas. Hy sleep 'n versuipte skaap uit die leisloot. Sy spring oor die sloot en speel tussen die klawer; verbeel haar sy is 'n Nederlandse boerin met 'n kappie en voorskoot en 'n mandjie kaas wat sy in die dorp wil gaan verkoop.

Skielik is daar uit die bloute 'n slag.

Hoe hy so gou by haar gekom het, weet sy nie. Gryp haar, gooi haar oor sy skouer. Hardloop deur die klawer, spring oor die leisloot. In die hardloop hoor sy water raas. Toe hy haar by die bakkie neersit en sy kyk terug, is die Nederlandse boerin se klawerveld 'n kolkende bruin see. Bo-oor die leisloot, lek aan die stamme van die amandelbome.

"Ek het die keerwal hoor breek." Uitasem. "Hemel, Truia, dit was amper . . ."

Hy hang sy parkabaadjie om haar en hulle ry huis toe. Hy maak warmsjokolade, want sy rittel. Terwyl sy drink, kap haar tande teen die beker. Ver weg hoor sy Susarah se maag werk.

Al haat sy hom, gooi sy altyd wintermaande 'n kombers oor die bondel by die Steinway.

Later jare het sy in haar voorgeskrewe *Senior verseboek* 'n gedig gelees, "Die kranksinnige" van S.J. Pretorius. Pretorius het na so 'n normale van geklink. Soos Strydom. Het die digter wérklik gevoel soos in sy gedig? Telkens as sy Abel toegooi, het sy die gedig woordeloos opgesê.

In hierdie sel
agter die grense
van die vel
en die hoë
vensters van die oë
is twee mense:

die een is gek,
die ander, ek.

Dis hy wat kerm en gil
maar ek is bang en stil.

In elke klein uur van die nag
veg ek teen hom met minder krag
en as hy wen dan skree hy luid
sy wrok teen God en wêreld uit.
In hierdie klein vertrek
van vlees en been,
is twee. Die een
is gek,
die ander, Ek.

Maak dit saak of jou van Pretorius, Strydom, Botha of Schoeman is? Woon daar in elke mens twéé mense? 'n Regwyse, en 'n kranksinnige. Iemand wat vir jou warmsjokolade maak as jy rittel van skok. Dieselfde iemand, gehul in 'n ander vel, is die slymerige padda in jou bed, wat woedende aansprake op jou maak.

Frogs arrive
With an ugly fury.
You are my judge.
You are my jury.

Haar oë gly oor die imposante sit-eetkamer.

Dit was 'n veilige hawe. Solank hier gaste is, was sy beskermd.

"Kom, Gertruida," sê hy voor al die mense wat genooi is vir Sondagmiddagete, "staan op die klavierstoel, dan sing jy jou speelskoolliedjie van die perdjie wat galop."

"Nee, ek wil nie."

"Ag toe, Gertruida," sê Andrea se ma, en nog ander tannies ook.

Sy mik om uit te hardloop. Haar pa vang haar en tel haar op die klavierstoel. Toe niemand sy oë sien nie, net sy, verander sy oë in kwaai wolf-oë. Síng, sis hy by haar oor. Sy trek haar bobby socks op, vryf die voorpant van haar nuwe tartan-winterskerkrokkie plat. Sluk die traanspoeg weg. Die mense raak soos wasem deur haar trane. Die sing kom sag by haar keel uit.

Hop, hop, hop!
Perdjie loop galop!
Oor die klippe
deur die slote . . .

Sy spring van die klavierstoel af en hardloop weg. Kruip in die ontbythoekie weg. Niemand sal haar daar soek nie. Nie eens Mama Thandeka nie, want dis Mama Thandeka se af naweek. Sit net tjoep-tjoepstil.

Haar ma en Andrea se ma kom maak tee. Sy hoor wat haar ma vir die tannie sê. Al verstaan sy nie alles nie, verstaan sy álles.

Is nie stories wat ek opmaak nie! wil sy skree. Maar sy skree nie.

Later is haar ma-hulle weg, en dis koud onder die tafel. Haar blaas is vol. Sy is honger. Toe niemand naby is nie, sluip sy uit en skeur die plastiek oor die glasbak op die kombuistafel. Gryp van die varkrol en souttertblokkies; draai dit toe in 'n afdrooglap. Uit by die agterdeur. Tot agter die sementdam. Hurk, pie. Vee haar af met die tartanrok se mou. Vou die lap oop en bid. Liewe Jesus, ek is 'n kindjie klein, maak my hartjie rein. Amen. Toe eet sy al die vleis op en begrawe die afdrooglap.

Eers toe die laaste kar laatmiddag weg is en dit te koud raak, is sy binnetoe. Al wou sy nie. Mens kan nie vir altyd buite bly soos 'n skaap of 'n koei nie.

Ek skaam my vir jou voor die mense, Gertruida, sê haar ma, jy is aspris en koppig. En jy het die vleis deurmekaar gekrap.

Toe steek sy haar tong vir haar ma uit, sonder om haar lippe oop te maak.

Tot skemer het haar ma by Anthonie se graf gesit. Teruggekom met dik gehuilde oë en migraine. Drink kopseerpille, trek haar pajamas aan en sê sy gaan slaap tot dit oggend is. Gertruida moet maar self bad, en van die middagkos eet.

Sy trek haar tartanrokkie uit en trek haar flenniepajamas aan. Die bed is snoesig. Haar kop pas lekker in die kussing. Klaasvakie dra haar weg, weg, weg.

Toe grom die pappabeer voor haar bed. Jy is 'n stout dogtertjie, sê hy, want wanneer jy moet sing, hardloop jy weg. Trek jou pajamabroek uit! Nóú sal jy sing!

Ouma Strydom se spieëlkas is die verhoog. Die pappabeer tel haar tot op die verhoog. "Draai jou gesig na die spieël toe," sê hy, "en staan wydsbeen. Só," en hy vat haar aan haar enkels en plant haar voete voor die swaaispieëls.

Dis koud; sy is nog vaak en verlang na haar flennielakens. Sy wil nie konsert hou nie. Dit lyk snaaks as die houtlepel se ronde punt soos 'n skilpadkop van agter tussen haar bene deurkom.

"Sing die hop-hop-liedjie," sê die pappabeer.

Sy kan nie sing as sy vaak is nie. Sy wil nie in die spieël kyk nie. Dit voel soos sonde, al sê die pappabeer dis nie sonde nie. Sy voorvoet is warm en sag. Hy vryf haar liggies tot haar tieties in bruin korente verander. Later lê hy op sy rug op die bababeer se bed. Gee my 'n beendrukkie, sê hy. Sy sit op sy bors met haar bene om sy nek en sing die hop-hop-liedjie oor en oor.

Ho, ho, ho!
So my perdjie so!
Ons eet nou eers gou 'n stukkie . . .

Die pappabeer sê hy is honger vir paddavleis.

Sy is van mensvleis gemaak, nie van paddavleis nie. Sy wil nie die perdjie wees nie. Sy wil nie hê dat die pappabeer sy slurp by haar pietermuis probeer indruk nie. Haar kop is soos 'n leë swaelnessie waarvan die modderstukkies afval. Tonneltjies, tonneltjies. Doringrosie wil in die moddertonneltjies wegkruip, maar sy is te groot om in te kom.

Die slurp druk hard. En toe verander die konsert in die seerste konsert wat sy nog ooit gehou het.

"So ja," sê die pappabeer, "nou het jy ook towersalf in jou maag."

Hy vee sy natblink slurp met haar duvet af. Toe hy uitloop, en die deur toemaak, loop die effense wit towersalf teen haar bene af. Sy haal haar tartanrokkie uit die wasgoedmandjie en vee die wit goed van haar binnebene af. Trek haar pajamabroek aan. Die kussing is sag. Sy huil haarself aan die slaap.

In haar slaap brand dit waar die slurp haar geskeur het.

Lig die Steinway se deksel op, druk 'n basklawer; luister na die eggo. En sy besluit: sy wil alles in die vertrek aan die biblioteek se Africana-kamer skenk. Dit was Mister Williston se droom om die dooie vertrek te omskep in 'n lokaal waar die dorpsmense kultureel en intellektueel gevoed kan word.

"As die dorpsmense kultureel gevoed word," het hy gesê, "sal hulle mekaar minder afkraak en ophou om so sensasiebelustig te wees." Hy het die datumstempel gestel en ink op die inkkussinkie gedrup. "Plattelandse dorpies, Gertruida, kan deurspek wees van nyd en tweedrag en kliekvorming. Oor die eeue heen was dit nog altyd die taak van die kunste om kalmte en rigting te bring."

Nadat die opspraakwekkende ding in graad elf met Andrea gebeur het, het hy 'n plan by die munisipaliteit ingedien om die Africana-kamer te omskep in 'n kultuurkerk, soos hy dit genoem het. Aandkonserte, leeskringfunksies, poësievoorlesings, skildery-uitstallings. Dis krities vir die dorp se behoud, het hy gesê.

Afgekeur deur die dorpsvaders.

Die kiaathouttafel met die lap uit Israel sal 'n perfekte middelpunt wees. Die swart Steinway sal glimmer in kerslig. Mister Williston sou daarvan gehou het.

Daar is net enkele goed wat sy verwyder.

Haar en Anthonie se doopbekers van Sheffield-silwer. Naam en geboortedatum daarop gegraveer. Sit dit op die potystertafel. Miskien sit sy die pot met blou vergeet-my-nietjies op die toegekrapte graf neer. Haar ma het gesê vergeet-my-nietjies staan vir "remembrance".

Kap Abel se brandewynglas stukkend teen die trappilaar. Smyt sy servetring en die voorsnymes en -vurk waarmee sy hande Sondae die vleis gekerf het, deur die skuim op die laventelbos. Toe gaan haal sy die majestueuse hoofstoel met die riempiesitplek waarop hy Sondae gesit het wanneer hy die tafelgebed gesê het. Sit dit op die gras agter Ouma Strydom se spieëlkas. Waenhuis toe vir die byl. Begin die stoel uitmekaarkap. Vieslike voorgee-Christen! Kap besete tot die stoel net spaanders en flenter riempies is. Tot daar geen vloek oorbly wat sy nóg oor sy siel kan uitspreek nie.

My guilts are what
we catalogue.
I'll take a knife
and chop up frog.

Kap die byl in die spieëlkas vas, waar haar linkervoetjie was die dag van die skeurkonsert. Rus by die watertenk. Drink water. Vee die sweet van haar voorkop met die wit sweetpakmou. Die bekende kombinasie van sit om te rus, water drink, sweet afvee, ruk haar weg na 'n tyd waarheen sy nooit wil teruggaan nie. Die tyd toe Braham en tennis haar alfa en omega was.

Die graadelfs doen semantiek. Die sinoniem is maskertaal. Maskertaal, maskertaal, sing haar kop. Soos kleintyd toe hulle teruggekom het van Hermanus af, en krys-krys-krys vir lank nie wou weggaan uit haar kop nie.

Dis versengend in die Afrikaansklas. Die son skyn op haar bank. Dwarrelstoffies in die sonligstrale. As sy net haar trui en baadjie kon uittrek. Maar haar skoolrok se rits kán nie meer toe nie.

Gertruida dra die trui regdeur die dag.

Vroeër die week toe hulle met maskertaal begin het, het Braham uit die handboek met 'n kinderrympie gedemonstreer dat daar 'n verskil kan wees tussen wat gesê word, en wat werklik bedoel word.

Ou jakkals nooi vir gansie:
"Kom eet vanaand by my;
Daar's heerlike ou kossies
en uintjies uit die vlei."

“Nee dankie,” sê die gansie,
“al staan jy op jou kop,
as ek by jou kom eet,
vreet jy my sekerlik op!”

Die nag het sy gedroom sy kyk hoe ’n seegansie by Hermanus wegduik en opkom. Haar voete suig in die sand vas. Ineens staan sy op Kiepersolkloof se stoepmuur. Oupa Strydom sit op die rottangstoel. Anthonie bring die blokkieskombers en haar pa gooi dit oor Oupa Strydom se bene en begin hom mieliepap voer. Oupa Strydom sê die pap is te sout. Hulle baklei. Die papbak breek op die stoep. Sy raak bang. Toe klap sy hande en sê sy gaan vir hulle opsê van Jakkals en Gansie.

Niemand luister na haar nie.

Toe sê Oupa Strydom haar ma moet sy koffer inpak, hy wil teruggaan ouetehuis toe. Want Kiepersolkloof is ’n sirkus. Opgewonde het sy na Anthonie toe gehardloop om te sê van die sirkus wat Kiepersolkloof toe kom. Toe sê hy: Jy droom, Gertruida . . .

Wanneer is ’n droom ’n droom? En wanneer is dit ’n verborge herinnering?

Krys-krys-krys.

Jy droom, Gertruida . . .

As sy kon glo ’n sirkus kom Kiepersolkloof toe, en ’n helder beeld het van die Nederlandse boerin wat wáárlik op pad dorp toe is met ’n mandjie kaas, kan sy haar baie ander dinge verbeel. Dinge wat nooit bestaan het nie.

Jy droom, Gertruida . . .

Nee, sy droom nie.

Dit hét bestaan.

Die handboek lê oop by bladsy 111. Sy dink aan krieket en die getal 111. ’n Nelson. Telling waarop kolwers hulle waaksaamheid opskerp, want menige kolwer het al 'n paaltjie verloor op 111. Sy omkring die 111, oor en oor. Dink aan die dag toe Mister Williston vir haar vertel het dat Lord Nelson dood is tydens die slag van Trafalgar, waarin geveg is teen die Napoleonmagte. Hy het net een oog, een arm en een been gehad. Daarom word 111 'n Nelson genoem.

Sy moet háár waaksaamheid opskerp. Almal moet dink dis oor 'n skouerbesering dat sy haar sweetpakbaadjie aanhou terwyl sy tennis speel. Dís waarom sy nie LO doen nie, en wintertyd nie mag netbal speel nie. Sukkel om haar eerste plek in die tennisspan te hou. Binnekort sal sy moet ophou speel. Sy is klaar platvoetig; moet op krag en tegniek steun.

Herstellende skouerbesering.

Uitstekende verskoning.

"Homonieme," sê Braham, "is woorde wat dieselfde gespel en uitgespreek word, maar die betekenis en oorsprong verskil totaal . . ."

Sy weet wat is homonieme, sy hoef nie te luister nie. Sy skryf in potlood in die oop spasies op bladsy 111 sinlose frases wat sy bou uit die letters van *maskertaal.*

Ek sal met alles skerm, keer as . . . Arme Ma sal mal raak as ek kraam . . . Kraam kaal met allerlaaste asem . . . As ek alles saamtel . . .

As sy veertig weke aantel vanaf haar laaste menstruasie, toe die eeu in die kliphuis gedraai het, moet die kind die sesde Oktober gebore word. Dit beteken sy is twaalf weke swanger. Dit help nie sy hardloop om die rugbyveld, of spring na ligte-uit tien keer van haar koshuiskas af nie.

Dragtige treurige Gertruida dra die eier uit die gedierte.

Sedert middel Februarie voel sy miserabel. Eet byna niks. Benerige skouerknoppe, puntige heupbene. *Gertruida, die uitgeteerde graat. Die tragedie treur Gertruida erg uit.* As sy soggens badkamer toe gaan, moet sy aan die muur vashou om nie flou te word nie. Sweet wat uit haar hare loop; dooie gevoel om haar lippe. Walg vir die brekfis-oatspap. As sy ná skool by die koshuis kom, maak die stank van opgekookte kool haar lighoofdig. *Die geur uit die deur du Gertruida agteruit.*

Daar is net een plan: swyg. As sy dit nie langer kan wegsteek nie, gaan sy by 'n krans afspring.

"Almal van ons dra maskers," sê Braham terwyl hy op die bord skryf. "Niemand wil ontmasker word nie. Maar die een of ander tyd kraak ons maskers . . ."

Binnekort gaan sy ontmasker word. Niemand sal haar glo as sy sê dis Abel Strydom se kind nie. Wanneer sal mens kan sien sy is swanger? Mei? Dan raak dit winter; sy kan haar parkabaadjie dra; studietye 'n kombers om haar draai; 'n skoolserp voor haar lyf hang. Só staan dat sy nie van die kant bekyk kan word nie.

Uitgeteerde Gertruida draai eerder die rug.

Wegsteek tot die Junievakansie. Om nog bietjie by Braham in die klas te sit en op die tennisbaan by hom te wees. Dán van die krans afspring.

"Gertruida?" Ruk hede toe. "Kan jy vir ons sê . . .?"

Haar oog vang die sin op die bord: Elkeen is 'n maan en het 'n donker kant wat hy nooit aan enigiemand wys nie.

"Dis bo-aan bladsy 111 . . ." Stotterend. "Mark Twain het dit gesê . . ."

Iemand proes. Nog iemand. Mens kom nooit los van jou skaduwee nie. *Jy kan my nie vang nie . . . Jy kan tog nie stry nie . . . Jy is baie dom . . .*

Braham wéét sy is slim. "Ons kom nou-nou terug na die vraag. Kom ons hoor eers wie in die klas weet wie was Mark Twain."

Die geproes stop. Niemand weet nie. Sy steek haar hand op.

"Hy was 'n Amerikaanse skrywer, Meneer." Stotterloos.

"Sy bekendste werke is *Adventures of Huckleberry Finn* en *The Adventures of Tom Sawyer*. Albei boeke is in die dorpsbiblioteek, ek het albei gelees . . ."

Verstomming in die klas. En op Braham se gesig.

Dankie, Mister Williston, dankie.

"Dít," en hy draai na die klas, "is wat ek belesenheid noem. Puik, Gertruida. Kan jy vir ons sê vir watter woorde in die aanhaling op die bord bestaan daar homonieme?"

Sy weet. Maar duiseligheid en kouekoors oorval haar. Die braak stoot onbeheers in haar keel op. Sonder om te antwoord, storm sy uit in die gang. Hardloop. Haal nie die badkamer nie; braak deur die gangvenster. Net slym in haar maag. Weer en weer. Kom regop, soek 'n tissue in haar baadjiesak.

"Hier, Gertruida." Hy staan agter haar, hou sy sakdoek oor haar skouer.

Sy wou nie hê hy moet sien en hoor nie. "Dankie." Vat die sakdoek, om iéts van hom te besit.

"Wat is fout, Gertruida? Jy's doodsbleek."

"Daar's niks fout nie. Dis 'n warm dag, dis al. Los my net uit."

"Ek sal die sekretaresse vra om Matrone te bel, gaan eerder koshuis –"

"Ek sê mos los my uit!"

Loop weg. Sit die res van die periode by die vullisblikke. Andrea kom aangeslof.

"Meneer Fourie sê ek moet kom kyk of alles reg is."

Logge Andrea. Dit lyk of sy nie 'n nek het nie. Sy ruik na sweet. "Alles is reg."

"Ek wil dringend met jou praat, Gertruida . . ."

"Ek wil nie nou praat nie." Netnou wil sy praat oor blaasdefekte.

"Asseblief, Gertruida? Kan ek vanmiddag koshuis toe kom en – ?"

"Nee, ek gaan vanmiddag dokter toe vir 'n Voltareninspuiting in my skouer."

"Ek móét met jou praat. Wanneer kan ek kom?"

"Liewer glad nie, Andrea."

Toe die pouseklok lui, ontsnap sy aan die logge walvis se sweetreuk. Koshuis toe, om die kotssmaak uit haar mond te borsel.

Sy kyk vir oulaas oor die sit-eetkamer. Stap in en tel Abel en Susarah se troufoto op van die kiaathoutbuffet. Jong gesigte wat glimlag. Arms bymekaar ingehaak. En tog, in hulle oë staan die doodskyk reeds opgeskryf.

Wat het dan gebeur? Hoe? Wanneer? Hoekom?

Sy trek die deur toe. Alles daarbinne behoort aan Mister Williston se nagedagtenis. Sy wens sy het geweet waar hy is. Om vir hom te skryf dat Abel en Susarah dood is. Om álles te skryf wat haar jare lank verteer het. Om dankie te sê dat hy haar geleer het van 'n aura van mistiek. Dalk is dit maklik om uit te vind waar hy is. Maar dis sinloos. Alles in haar lewe is sinloos. Weggesteel deur Abel Strydom.

Is daar trappe van vergelyking vir haat? Haatdraendste? Hatigste? Haatlikste?

Sy staan met haar voorkop teen die toegetrekte eetkamerdeur. Fragmente uit Tannie Lyla se "Frog Prince" flits deur haar wanordelike gedagtes.

At the feel of frog
the touch-me-nots explode
like electric slugs.

Mr Poison
is at my bed.
He wants my sausage.
He wants my bread.

Hoe kon sy, toe sy 'n dogtertjie was, weet dat 'n mens se seksorgane outomaties reageer as iemand daarmee torring? Tot vandag glo sy sy is 'n hoer, omdat sy soms die seks geniet het. Hoe kon sy raai dis hoe die natuur die mens gemaak het?

Stap met die troufoto potystertafel toe. Sit dit langs Anthonie en Oupa Strydom se foto's. As sy weer uitkom, moet sy in haar tandepastaglasie water bring vir die vergeet-my-nietjies.

Eendag het sy en haar ma by die potystertafel regte tee met melk en suiker uit die boomhuiskoppietjies gedrink. Toe vertel haar ma 'n storie van vergeet-my-nietjies. Agterna het sy weer die koppietjies daar uitgepak vir haar en haar ma, sodat haar ma die storie weer kon vertel.

In 'n land ver oor die see, Duitsland, het 'n ridder en sy verloofde eendag op die walle van die Donau-rivier gaan stap, hand aan hand, want hulle was lief vir mekaar. Toe sien sy 'n bossie blou blomme in die rivier dryf en sê vir die ridder sy begeer die blomme. Omdat hy haar liefgehad het, spring hy in die rivier en gryp die blomme voor dit wegdryf. Maar sy nat ridderklere was só swaar dat hy nie teen die glibberige rivierwal kon uitkom nie. Toe gooi hy die bossie blou blomme vir sy verloofde en roep: Vergeet my nie! En toe verdrink hy.

Sy wens Braham wou net één keer vir haar sê: Vergeet my nie.

Of hét hy, maar sy het gekies om dit te vergeet?

Waterbottel volmaak. Haak die .22-band oor haar skouer. Loop by OuPieta langs en sê hy moet die melk en eiers en ryp groente tussen hom en Mama Thandeka deel. Stap kliphuis toe in die warm noordwestewind wat opgesteek het.

Dis twee-uur.

Sy wil voor donker terug te wees. Lulu saambring en op die potystertafel sit. Sodat sy haar kind kan begrawe. Intussen moet sy aandruk. As die noordwester omswaai na suidoos, kan die mis binne 'n halfuur die berg insluk.

In die tweede kwartaal van graad elf, einde April, het sy haar misreken met die draai van die wind en hoe maklik jy sin vir rigting verloor. Enigste rigting is die kompas op die liniaaltjie van jou Victorinox wat wys waar is noord.

Sy is daardie Saterdag in die laatherfs kliphuis toe, juis omdat dit so dorwarm was. Sy wou padgee by die tennisbaan en uit die lapakombuis, voor sy haar sweetpakbaadjie móét uittrek. Ondanks haar graatmaerheid, kon sy al 'n rondinkie voel.

En sy wou in die kliphuis skryf aan 'n Italiaanse sonnetopdrag wat Braham die graadelfs gegee het.

Graagste van alles wou sy in die berg gaan gil. Oor 'n stiksienige landswet.

Sy sê vir haar ma sy het heelwat skoolwerk, sy gaan huis toe om te leer.

Steel Abel se nuwe gasstofie uit die waenhuis. Om hom te terg. Dis beter as sy twee gasstofies het, dan kan sy kos en waswater gelyktydig kook. Dis goedkoop genoeg om haar eie stofies en gaskannetjies te koop, maar dis lekker om hom te frustreer. Vandat daar nie plaaswerkers is om te blameer as diewe en deurtrekkers nie, weet hy nie wié om te beskuldig nie.

Skuur toe. Sny 'n stuk van die seil waarmee die lusern toegemaak word met haar Victorinox af. Die seil by die kliphuis begin deurskif, en sy wil onsigbaar wees as sy snags 'n kers aansteek. Huislangs om blikkieskos en kitssop in die wasgoedsak te pak. Skerpmaker, uitveër. Voorgeskrewe bundel. Twee pakke kerse. Vuurhoutjies. Trek die wasgoedsak se tou styf.

Gee Bamba kos, laat hom op die bokhaarvelletjie in haar kamer lê. Sê hy moet bly, en hy mag niemand kliphuis toe neem nie. Hy moet maak soos sy hom leer. As Abel sê: soek haar, vat haar, waar's sy? moet hy in die rondte draai asof hy sy stert jaag. Mens kan 'n Jack Russell leer om baie soorte instruksies te gehoorsaam. Om Susarah se heilige rooi boslelies te vreet, en Abel se skoene te kou. Om onder die bed in te kruip as die deurknop snags draai.

Dis aaklig as die hond kyk.

Vier weke tevore, in die laaste periode van die eerste kwartaal van graad elf, het hulle begin met antonieme. Teenoorgesteldes. Niemand gee aandag nie, want nou-nou is dit vakansie. Net sy gee aandag. Eintlik nie aan antonieme nie; sy bêre 'n beeld van Braham vir die vakansie. Sy wil nie weg wees van hom nie, maar sy smag om in die bergpoel te swem waar niemand haar swelling sien nie. Ontslae te raak van 'n trui én skoolbaadjie in die laatsomerhitte.

"Alle woorde het nie antonieme nie," sê Braham. "Of kan iemand my sê wat is die teenoorgestelde van pietersielie, of kakkerlak?"

Seker om hulle wakker te hou. Toe antwoord 'n seun: "sieterpielie" en "lekkerkak". Dit skater; almal kyk om na die held van antonieme. Sy ook. En sy sien daar is fout met Andrea. Die sweet pêrel op haar verwilderde gesig. Sy hét opgelet Andrea hink op pad klas toe, maar wou nie praatjies maak nie, uit vrees dat Andrea dit as toenadering sal sien.

Almal lag; niemand sien Andrea krimp ineen nie.

Oor die breedte van die klas ontmoet hulle oë. Dierlike, geluidlose kreet. Help my! Kry Andrea 'n hartaanval? Beroerte? Blindederm gebars? Meneer, ek vat Andrea uit, sy voel siek. Klas botstil. Voetjie vir voetjie gang toe. Andrea sak hande-viervoet af en lê op die teëlvloer. Braham kom uit en trek die klasdeur toe, buk oor Andrea.

"Hardloop, Gertruida, sê die sekretaresse moet 'n dokter kry. Bring 'n kombers uit die noodhulpkamer. Hárdloop!"

Hy roep drie seuns uit die klas. Hulle sleepdra Andrea noodhulpkamer toe; sy agterna. By die trappe gooi Braham sy baadjie oor Andrea. Minute later, voor die dokter opdaag, word die seuntjie op die noodhulpkamer se vloer gebore, met die sekretaresse as enigste hulp.

Tydens saalafsluiting huil sy by die vullisblikke. Oor álles.

Ek móét met jou praat, Gertruida. Wanneer kan ek kom?

Liewer glad nie.

Wat sou sý doen as sy, ná jare van maanligdans en einasê, moed skraap om met iemand te praat, en die iemand jaag haar weg?

Al was Braham nie die skoolvakansie-Saterdag by die tennis nie, het sy gaan help in die lapa. Afgeluister. Oop kopnate. Web tussen pinkie en fielafooi-vinger. Dubbelry tandjies in sy bokaak. Geen sprake van 'n boyfriend nie. En Andrea swyg oor die pa.

Die naweek voor die skool begin, stort Andrea se ma ineen. Terwyl sy verdoof in die dorpshospitaal lê, loop Andrea polisiekantoor toe. Lê 'n beëdigde verklaring af: Haar pa, sy edele die landdros, is die pa van die kind, verklaar sy.

Inhegtenisname. Nag in die tronk. Ondervraging.

Hy beken en kruip vir genade. Andrea se ma word deur die dorpsmense gestenig, want Andrea sê haar ma weet al jare lank van alles, en het haar al voorheen gehelp om 'n kind met 'n breinaald af te bring.

Andrea en die seuntjie word deur 'n slim-alwetende maatskaplike span gestuur na 'n plek van veiligheid. Watse plek is dít? Weg van alles wat háre is. Watter slim sisteem dink sulke onregte uit?

In 'n oogknip is die landdros 'n bandiet. Die gesin is minus die residensie-dak. Trek in 'n bokshuisie langs die munisipale werkswinkel in. Andrea word ná twee weke met die gebreklike seuntjie teruggestuur na haar ma en twee boeties in die bokshuisie. Gaan nie terug skool toe nie.

Kerkkos. Kerkmedisyne. Kerkseep. Aalmoesmense.

Voor die winter is die seuntjie dood. Daar was bedroewend min mense by die begrafnis. Van almal in die skool was net sy daar. Eerste pouse het sy openlik by die skoolhek uitgeloop. Voor tweede pouse was sy terug. Niemand het eens agtergekom sy was weg nie.

Sy het swaar geloop met die wasgoedsak; die bergwind het haar gesig gebrand.

Loop, loop. Die bergpoel sal koel wees.

Toe sy haar kom kry, het die wind gedraai en dis yskoud. Misvlae. Binne minute omring dit haar. Skaars twee treë sig. Haar pa het haar geleer: As die mis jou oorval, Truia, kruip onder 'n bos in vir beskutting. Wag; vryf jou vel; blaas by jou hemp in om jou warm te hou. Moet nóóit loop in digte mis nie. Jy sal oor 'n krans trap en jou doodval. Sodra die sig verbeter, gebruik jou Victorinox se kompas om nie sirkels te loop nie.

Sy lóóp. Sy wíl oor 'n krans val.

Die kind roer in haar soos 'n lugborreltjie wat opskiet.

Kom, krans, asseblief. Misdruppels op haar lippe. Andrea, ek is jammer. Omdat ek nie na jou wou luister nie. Omdat ek jou vergelyk het met 'n walvis.

Spookstem in die mis. Skreeu, roep, vloek. Niemand hoor nie. Net sy en die mis.

Vir jóú onthalwe is ek spyt jy het die waarheid gepraat, Andrea. As jy gesê het 'n onbekende het jou verkrag, was jou pa steeds landdros. Julle sou nie in 'n bokshuisie bly en kerkkos eet nie. Tronk, werksverlies, verarming, bespotting en beskindering sou julle uitgespaar wees.

Struikel oor 'n klip. Hoekom is daar nie 'n afgrond nie?

Dis nie wat jy wou hê nie, Andrea! Ek weet, want dis ook

nie wat ek wil hê nie. Jy wou net hê die hel moet stop! Jy wou nie jou pa in die tronk en jou ma in 'n bokshuisie sien nie! Jou kind kerkpap voer nie! Ek weet, ek wéét!

Vlinder in haar maag. Kom, afgrond, kom.

As jy vooraf geweet het wat wag, sou jy jou bek gehou het! En dís presies hoekom ek mý bek gaan hou! Want daar is niémand wat slim genoeg is om 'n wet te maak waarby álmal baat nie. Almal dink dis tot jou voordeel om jou en jou gebreklike kind in 'n tehuis te beskerm. Teen wát?

Die wasgoedsak en die .22 word klipswaar. Haar roepe demp in die misvliese.

Hoekom, Andrea, hóékom word ons ondraaglike pyn oopgevlek in die koerante? Hoekom het jou pa sy werk verloor? Sy wandade is mos nie gepleeg as landdros nie! Dis 'n siekte, Andrea, wat enigiemand kan hê. Mens hoort nie in 'n tronk omrede van 'n siekte nie! Mens behoort gehélp te word, Andrea!

Kan sy nie maar die .22 teen haar maag druk en die vlindertjie doodskiet nie? Sy gaan nié geboorte gee aan die kind nie.

As die maatskaplike sisteme iets wou doen om jou pa se siekte te genees, waarom stuur hulle hom tronk toe? Hoe gaan sodomisering hom gesond maak? Hoekom is daar nie eerder psigiatriese tronkhospitale waar sielsiekes baat kan vind terwyl hulle hulle straf uitdien nie? Waar is die slim sielkundiges wat behoort te weet daar is 'n verskil tussen 'n krimineel en 'n siek mens? Ag, Andrea, hoekom het jy nie eerder stil . . .?

Toe sy haar kom kry, is sy by die bergpoel. Dan is daar tóg 'n engel wat met jou verby die afgrond vlieg en jou neersit by waters waar rus is.

Klere uittrek. Ingly in die bergpoel. Dryf gewigloos. Dis die eerste keer dat sy in misweer swem. Heilig. Soos om bokant die wolke te leef in 'n huis sonder dak en mure en vloere. Sy wens Braham staan op die wal, besig om sy skoene uit te trek.

Dryf. Redeneer haarself tot innerlike konsternasie.

Die mis is haar kombers.

Klim uit die bergpoel. Stap die entjie terug kliphuis toe, nakend. Draai 'n kombers om haar koel lyf. Maak kitssop op die gasstofie. Eet sagte Provitas. Tel Lulu op, vou die kombersie oop en kyk na die gaatjie wat Mama Thandeka jare terug toegestop het. Toe sy klein was, was sy bang daar kruip 'n bobbejaanspinnekop by Lulu in.

Nou is sy groot. En swanger. En so bang en eensaam.

Maar eendag gaan sy vir haar en Braham kos kook in die kliphuis. Dassiebredie en gestoofde uintjies. Hulle sal op 'n hoë klip sit met Abel se Zeiss-verkyker wat sy uit die bakkie gesteel het. En lag as hulle dophou hoe rol die bobbejane die turksvydorinkies op hulle harige voorarms af. Die wêreld sal hulle s'n wees.

Maar heel eerste moet die kind gebore word.

Kan dit sewe jaar gelede wees dat sy die dag in die mis verdwaal het? Hoeveel pyn kan mens absorbeer in sewe jaar? Of in sewentig?

Daar is 'n koelheid in die lug wat voorspel dat die wind gaan draai. Waaroor wil Mabel vanaand met haar kom praat?

Vinniger aanstap kliphuis toe. Voor donker wil sy terug wees by die huis met haar skooltas se sleuteltjie. Môreaand as dit feetjiemaan is, wil sy klaar wees met die uitgooi van Abel en Susarah se besittings.

Koes vir die vislyn in die paadjie. Die seil by die deuropening hang skeef, anders as wat sy dit hang. Wie was hier? Gebukkend instap. Alles is op hulle plekke. Eet 'n blik koejawels. Haal die koekblik uit die kluis wat sy in die grondvloer gegrawe en met 'n plank toegemaak het. Heel bo in die blik lê 'n briefie van Mabel. Dan was sý hier.

Jy maak my moeg, Gertruida. Ek wil vanaand iets kom sê, nou sê jy jy kom kliphuis toe. Kos my Mama alleen los en berg-uit hol met dié brief voordat jy hier kom. Sodat jy nie moet dink ek het gesteel nie. Ek sê net ek het die mansjetknope en pêrels en jou ouma se ring kom haal vóór die begrafnis. Toe draai ek dit toe met koerantpapier en bind dit toe in 'n swart kopdoek van Mama. Ek het vir OuPieta gesê dis my doodspresent, hy moet dit in die graf gooi voor hulle agterna toemaak. Jy't die goed gesteel, Gertruida, dit moet terug na waar dit hoort. Anders kom spook dit by jou kliphuis. As jy ontevrede is, loop maak die graf oop en haal dit uit. Groetnis. Mabel.

Sy wou niks steel nie. Net iets hê om te verkoop wanneer sy die dag wegloop.

God kan nie van haar verwag om Abel te vergewe nie. Al wat sy hoef te vergewe, is haar geslagsdele wat menslik gereageer het. Sy sit met die koekblik op haar skoot, leun haar kop teen die pikgesmeerde rietmuur. Ryg sinne aanmekaar uit al drie haar name.

Ek is gemaak mét drange. Dis onnodig dat ék teregstaan namens 'n siek man se siekheid. Ek dra nie die sonde nie.

Dis al waaruit haar vergifnis hóéf te bestaan.

Kry die sleuteltjie. Rol Lulu toe in die vuil flenniekombers; trek die punt oor haar vaalgeworde oë. Speld die kombers vas met die doekspeld. Papie in 'n kokon. Sy sal die papie op die tafel by die vergeet-my-nietjies neersit.

Haar kinder-kind is dood. Die begrafnis sal Sondag wees as feetjiemaan verby is.

Maandag wil sy lentedag vier, kaalvoet in die swartverbrande voortuin.

*

In die middelmiddag, wyl Mabel berg se kant toe is oor iets van Gertruida, staan ek voor die muurspieël om te kyk hoe my kop gevleg is. Ek sien sleg, maar my vingers voel aan die dunne rytjies vlegsels.

Ek vra vir die spieël: Kwenzekani? Wat het gebeur? Hoe het dit gekom dat ampers allester op Kiepersolkloof omgesit het in trane? Waar was die begint; waar sal die end wees? Net iNkosi weet. En Hy los die mens allenig om die somme self uit te werk.

Die jaar toe die ouman op Hermanus gebêre is, sit ek en Samuel die aand en askoek bak. Warme aand, muskiete om onse ore. Broei in die rivierpoele wat stilstaan. Droogtejaar gewees. Wintertyd het die taaiboskamp en die fonteinkamp kaal afgebrand. Die koeie het op strepe gevrek van blousuur, oor verlepte lusern vreet. Tot die bobbejane het naderder aan die werf gekom om te steel uit die groentetuin.

Die donderweer steek op en skiet blinkwit blitse teen die berge vas. Die wind waai die kole rooiwarm onder die askoeke. Ek vee aanmekaar die asse uit my oë uit.

"Thandeka," sê Samuel wyl hy sukkel met die askoeke, "daar's onrus in my oor Abel. Vroemôre toe ons die John Deere se olie wil aftap, soek ek die kan trekkerolie, en ek kry die ouman se waterskoene agter die sak lêmeel. Ek wys dit vir Abel, want ek dog hy sal die waterskoene op 'n rak wil bêre, oordat dit sy pa s'n was."

"Samuel, jy kan mos nie wil staan en dink dat Abel iets van sy papa . . ."

"Die ouman is gebegrawe, Thandeka. Ek het gedog sy bitterte sal al teen dié tyd gesak het. Toe sien ek sy bitterte sak stadig. Want dinnertyd toe ek onder die granaatboom skuins lê, hoor ek .303-skote klap rivier se kant toe. Ek dog daar's fout, laat ek eerderder gaan kyk."

Askoeke afhaal. Vuur doodgooi. Ek sê ons moet in die

huis eet. Nee, sê hy, hy wil nie dat Mabel hoor wat hy praat nie.

Ons sit in die wind en kyk hoe kraak die blitse deur die wolke. Samuel vertel hoe't hy tussen die riete deurgekyk en gesien die ouman se skoene is met baaldraad opgehang in 'n treurwilg. En Abel skiet na die skoene met die grootgeweer.

"Ek sê jou, skoot agter skoot spat die rubber, tot daar net floiings hang."

"Is sy kwaad wat hy uit homselwers wil wegskiet, Samuel. Onthou, sy papa . . ."

"Dit verstaan ek, Thandeka. Maar wat ek nié verstaan nie . . ."

Die woorde kom swaar by Samuel se mond uit. Hy sê hoedat Abel nader geloop het en by die rubberflenters op die sand gaan staan het. Haal sy swingel uit en tos homself leeg bo-op die stukkend geskiete flenters van die ouman se skoene.

"Dit maak my bang, Thandeka. Is of hy deurmekaargeraak het met kwaadheid en lekkerkry."

Ek sê niks. Maar in my hart dink ek 'n man se kwaad sak tot in sy spies. As hy sy spies leegmaak, gaan 'n stukkietjie van sy kwaad weg. Maar dit kom terug. Elkere keer is sy kwaad bietjie meer. Want hy's skaam oor hy gemors het op sy papa se nagedagtenis.

Daardie aand kon ek nie wis dat sy kwaad nooit sal weggaan nie. Of dat hy hom by Gertruidatjie sal gaan leegmaak, en kwaterder en kwaterder raak nie. Uit skaamte, oor hy goed weet mens lê nie by jou eie meisietjint nie. As ek gewis het sy kwaad sal nooit afblaas nie, sou ek vir Samuel gesê het ons moet die donkiekar pak en langpad vat, tot ons 'n nuwe huis kry.

Maar mens weet nie vooruit nie.

Daardie Sondag toe's dit Nagmaal by die dorpskerk. Ek

help Missus Susarah met die inlaai van die Nagmaalbrode en die tjoklitroomkoekies wat agter kerktyd saam met die tee moet geëet kom. Abel kom buitentoe met die kerkboeke onder sy arm. Swart pak. Wit hemp en das. Blinkgevryfde skoene. Hy's 'n mooie man só in sy kerksklere. My kop wil glo Samuel het gelieg oor die ding by die rivier. Maar Samuel sal nie lieg nie.

"Samuel," vra ek daardie Sondag se laatmiddag toe hy van die kraal af kom met onse huismelk. Mabel hoor niks; sy sit in die peperboom met die blokfluit wat Missus Magriet ons gelaat koop het. "Het jou oë die anderdag reg gesien? Straks het Abel gepie, om te wys wie's baas op Kiepersolkloof, soos 'n mannetjieskat . . ."

Hy lag. " 'n Man pie nie só nie, Thandeka."

Jare later toe Gertruida by Miss Lyla wegkruip, bring Abel 'n winddroë skaapribbetjie vir my en Mabel. Van ver af sien ek hy't oumensskouers aan sy sterke lyf. Hy sit by die tafel sonder woorde. Kyk heeltyd na die vleispot wat op die stoof kook, draai sy oë weg van myne. Ek sien hy't gehuil. Hy skuif sy piering kaiings eenkant toe en sê hy's nie honger nie.

Ek stel my slagyster. "Is jy siek, Abel?"

"Nee. Net moeg."

"Is baie beeste wat hierdie week bo uit die berge aangeja en gedip is. En jy't gaan heuning uithaal ook. Is nie snaaks dat jy moeg is nie."

Hy sug. Ek wag. Sy praat sal kom. Hy sit sy elmboë op die tafel; hou sy kakebeen in sy hande. "Dis nie wat my moeg maak nie. Die moegheid sit in my hart."

Ek moet oppas om my eie slagyster af te trap. "Waffer goeters maak dan jou hart so moeg, Abel?"

Hy't sy kaiings geëet en geloop sonder om my te antwoord.

'n Maand agter die bybie gebore is, knap ná ek Gertruida van die windpomp af gesing het, het 'n ander lelike ding gebeur op Kiepersolkloof. Weer te make met geweerskote.

Saterdag gewees. Daar's nie tennismense nie. Is Mabel se af dag; sy's Bosfontein toe om Missus Magriet te vra om haar bibbelteekboeke dorp toe te vat. OuPieta kom sê Abel is doodsdronk, of ek my ore werfkant toe sal draai, want hy't vir Pietertjie 'n kettie gemaak en hy wil hom veld-in vat om perskepitte te skiet, oor die tjint so min het wat hom bly maak. My hart raak sag, en ek gee twee van Mabel se *Huisgenote* dat Pietertjie kan blaai. Nee, sê OuPieta, die tjint eet al die bladsye met koekgoed en lekkers. Dan raak hy verstopperig.

Middagtyd sit ek op die bank onder die peperboom na my mama en verlang, toe ek die skoot hoor. Grootgeweer. Sal my min gesteur het as Abel nugter was. Maar 'n dronk mens hoort nie met 'n geweer te mors nie. Vat dadelik my kierie en beginte werf toe loop, kastig met ghoenakonfyt vir Missus Susarah.

By die deurkomhekkie klap nog 'n skoot. Ek sê vir my bene hulle moet sterk bly en vinniger loop. Op die voortrap klap die derde skoot, binne-in die huis. My ore slaan bottoe. Jimmele, wie skiet vir wie? My eerste gedagte is Gertruida het haar pa en haar ma geskiet, toe haarself. Want daardie tyd toe's Gertruida se kopwysies sleg deurmekaar.

Die voordeur is gesluit. Kombuiskant om. My bene loop soos 'n jong vrou s'n om die huis. Die agterdeur is oop. Saggietjies met die gang af agter Abel se geskel aan. Loer om die kamerkosyn. My oë kyk dubbeld van skrik, want Miss Susarah en Gertruida sit styf teen mekaar gebondel op die grootkamer se dubbelbed. Bokant hulle is drie gate so groot soos ploegskare waar die muurpleister uitgeskiet is.

Sementstukke oralster. Miss Susarah se mond gaan oop toe sy my sien. Sy hou vas aan Gertruida se kniekop. Ek sit my vinger by my lippe, sodat hulle kan stilbly.

Abel staan wydsbeendronk en skree goeters van skandes wat op hóm gepak word en dat hy, en hulle saam met hom, eerderder vrek voor hy soos die dorp se magistraat in die selle loop sit.

Ek wis ek moet iets doen, versigtig. Want wie sê nie daar gaan 'n skoot af nie? Skuifel om die deurkosyn, my notsungkierie bokant my kop opgelig. Toe mik ek vir die geweer se punt. Slaan die sware ding uit sy hande. Volgende ding tref ek hom met die kierie bokant sy oor. Toe hy lê, mik ek vir sy knaters. Ek sien Gertruida gryp die geweer en sleep Missus Susarah aan haar kamerjas se mou by die deur uit.

"Fokken swartgat!" skree hy en hou sy lieste vas. Ek steur my min. Want hy's dronk, en môre eet hy weer askoek met bokbotter by my kombuistafel.

Sy geskreeu raak sagterder. Hy draai op sy maag en begin te huil met sy gesig teen die mat. Ek sit op Missus Susarah se spieëlkasstoeltjie, oordat my hart terug is by die dag agter die sementdam. Uit my verre onthoue hoor ek Samuel praat.

Stil maar, stil maar, stil, Babani . . .

Toe kom die sing vanself by my keel uit. Skoon bewerig, want heeltyd loop my trane. Sendiya vuma, Somandla . . . Stuur ons Here, in u Naam . . .

Knap 'n week later bring hy vir my en Mabel 'n halfsak klein-uitjies en 'n bos spinasie. Ek sien hom van ver af aankom. Kop onderstebo.

"Môre, Mama Thandeka."

"Molo, Abel."

Ons praat niks. Ek sit 'n bakkie witrys met warm melk en kaneelsuiker voor hom neer. Hy eet. Ek sien hoe bewe sy hand as hy die lepel na sy lippe toe bring.

"Dankie, Mama Thandeka, baie dankie."

Toe loop hy. Hy trek al ver, toe wonder ek nog of hy dankie gesê het vir die rys, of die kieriehoue, of oor hy my in sy dronkheid hoor sing het. "Sala kahle, mooi loop," sê ek saggietjies agter hom aan.

*

Sy lê die papie in die flenniekombers op die rooigrasbedjie neer. Bêre die koekblik. Daar is genoeg tyd vir 'n beker ertjiesop, dan moet sy loop, voor die mis en die donker kom. Tap water uit die groen plastiekkan wat Abel altyd op die bakkie saamgery het, en wat op 'n dag spoorloos verdwyn het.

Vuurhoutjies. Stofie aansteek. Ketel opsit.

Luister na 'n hadida se tergende haar-de-daar-skree. Mama Thandeka sê mens moet stilstaan en bid as 'n hadida skree. Want as 'n hadida skree, word 'n baba gebore. En die baba het almal se seën nodig om sy oë te kan oophou vir 'n mamba.

Daar was niémand wat haar baba wou seën nie. Nie eens syself nie. Dit was nag, nie eens die hadidas het ge-haar-de-daar nie.

Klein slukkies ertjiesop.

Sy was dankbaar sy kon padgee by die tennis; die sweetpakbaadjie uittrek. Skreeu en vloek in die mis. Dryf in die bergpoel. Met 'n kombers om haar in die kliphuis sit en kyk na die misslierte.

Die kind roer. Sy gru.

Hóé gee mens geboorte? Wat as sy in die veld is en die kind sit vas? Wat máák sy met die kind? Hoe lyk 'n nageboorte? Sy sal die naelstring met haar Victorinox afsny. Dan sal sy wag tot donker en dorp toe loop, die kind op die hospitaaltrap neersit. Kan 'n pasgebore baba water drink? Kán 'n mens so ver loop as jy pas geboorte gegee het? Sy moet eerder die geld in die koekblik vat en by Tannie Lyla gaan wegkruip.

Nee.

Sy sal haar styf inbind met verbande en kyk of die kind afkom. Of jakkalsgif drink. Of haarself met die .22 in die maag skiet, daar waar die kind roer.

Vergeet dit.

Beter om die seil op te hang en 'n kers aan te steek. Begin met die Italiaanse sonnet wat die graadelfs voor Vrydag moet inhandig. Skryf haar volle name boaan die bladsy om te verseker sy gebruik nie verbode letters nie.

G E R T R U I D A   S U S A N N A H   J A K O M I N A

Dis die heel eerste keer dat sy haar volle name gebruik. Uit G E R T R U I D A sal sy niks wat sinvol is kry nie. Dis belangrik dat haar woorde sin maak. Vir Braham. Vir haarself. Ter wille van Andrea en die bokshuisie.

Woensdag het hulle met die voorgeskrewe poësiebloemlesing begin. Die seuns het gesug toe Braham die rekenaaruitdrukke met D.F. Malherbe se "Slaap" uitdeel.

"Dis 'n klassieke Italiaanse sonnet. Maklik om te onderskei van ander digvorme. Dit het áltyd veertien reëls . . ."

Goeie wegspringplek, veral vir die seuns, want almal begin reëls tel.

"Dit het 'n besliste rympatroon, alhoewel die patroon soms verskil. Maar hier," en hy het die papier omhoog gehou, "het ons die rymvorm a b b a a b b a c d c d c d. Onderstreep die laaste woord van elke reël en kyk of julle dit kan ontrafel."

Almal ontrafel. Behalwe sy. Sy ken die gedig. Tannie Lyla het die ou digbundel *Klokgrassies* van D.F. Malherbe gebring toe sy in standerd ses was. "Slaap" is daarin. Haar oë dwaal na Andrea se leë bank. Hoe lyk oop kopnate, 'n dubbele ry tandjies? Hulle sê die dokter het die webbe tussen die vingertjies losgesny. Toe sy opkyk, staar Braham na haar. Asof hy tot binne-in haar kyk.

Die kind roer weer.

"Goed," en hy gaan sit op die tafelhoek. "Agterop die bladsy is 'n Engelse uittreksel oor die meesterbrein agter die ontstaan van die Italiaanse sonnet in die dertiende eeu, Francesco Petrarca."

Dís hoekom sy hom liefhet, op 'n ander manier as vir Mister Williston. Braham is slim met woorde. Hy het 'n aura van mistiek. Hy verlewendig die klas met vertellings buite die grense van 'n handboek. Ingrid Jonker wat op sestien 'n digbundel *Na die somer* voorgelê het. Alhoewel afgekeur vir publikasie, het haar onderwyseres gesê: "You are undisciplined and disobedient. But, my word, you've got talent!" Op twintig dig sy tragies:

My lyk lê uitgespoel in wier en gras
op al die plekke waar ons eenmaal was.

Op 'n Julieoggend, net dertig jaar oud, verdrink sy by Drieankerbaai. Moeg gelewe.

Heiligmooie stories. Liefhê-mooi. Aanbid-mooi.

Eendag wil sy gaan kyk hoe lyk Drieankerbaai.

Die ketel rittel op die gasstofie. Klop soppoeier en kookwater saam. Vanaand gaan sy 'n bed maak op haar ontsmette kamervloer. Voor sy gaan slaap, wil sy die hamer vat en die deurknop slaan tot dit afbreek.

As ek die kamerdeur dig kon toemaak, sodat die ruiter

nooit kon inkom nie, sou ek nie nodig gehad het om te kraam nie.

Waarom het Braham begrafnis toe gekom?

Ek sal in Die Koffiekan wag . . . Laat weet as jy my nodig het, Gertruida . . .

Sy moes nie op die wildekastaiingblom getrap het nie. Maar sy wóú.

Hulle was besig met maskertaal toe hy iets uit Eugène Marais se bobbejaanstudies vertel het. Oor hesperiese neerslagtigheid. Heimwee wat bobbejane, mense ook, tref wanneer die son begin sak. Dit verdwyn eers teen donker.

"Die bobbejaantrop sit stil en die kleintjies kruip teen die ma's vas," het hy vertel. "Hulle lyftaal word smartlik. Hulle maak rougeluide wat huil versinnebeeld . . ."

Braham sou haar kon wegneem na plekke waar paddaprinse nie bestaan nie. Haar bekend maak met die siele van Ingrid Jonker, Eugène Marais, Francesco Petrarca, Mark Twain. Dit gee haar rede om te leef. Dan vergeet sy hoe Abel haar kop teen die muur stamp as sy onwillig is.

Al sit sy in die kliphuis met haar verskerfde lewe, en die tuin lê besaai met 'n leeftyd se gemors, hoor sy steeds Braham se stem.

"Ons ervaar ook skemerheimwee, maar ons bêre dit agter maskers. Maar dit daar gelaat. Kom ons kom terug by Petrarca en die Italiaanse sonnet."

Die klas stink na bordkrytpoeier en skoolkouse. Dit maak haar duiselig-naar. Gister het sy net 'n lemoen en 'n skyf spanspek geëet. Vier stelle tennis gespeel, byna verswelg in haar sweetpakbaadjie. Tussen die tweede en derde stel is sy kleedkamer toe om 'n skoon pantyliner aan die swart rekbroek vas te plak. Gewalg gekyk na die bruin ontlastingstrepie. Tydens die laaste twee stelle het sy verbete gespeel; in haar kop was elke smeerhou 'n klap na Abel.

"Daar's twee keuses vir tuiswerk." Moenie lui nie, klok; sy wil hier bly. "Julle kan die Engelse inligtingstuk agterop die bladsy vertaal. Of 'n Italiaanse sonnet skryf. Solank dit verband hou met 'slaap', en solank die rymskema korrek is, en solank julle dit voor die einde van die kwartaal inhandig."

Sy sal albei doen.

Die middag reël sy met Mister Williston dat sy *The Soul of the Ape* van Eugène Marais op langleen kon uitneem. Sy google Francesco Petrarca, maar daar is mense wat wag vir 'n beurt by die rekenaar. Die naweek sal sy verder opkyk, oor kringspier ook. Loop koshuis toe, terwyl iets magies rondom Francesco Petrarca haar na 'n wêreld van sê-nou-maar wegsleep.

. . . famous for his poems addressed to Laura, an idealized beloved whom he met in 1327 in Avignon . . . saw her the first time in the church of Saint Claire. . . . possible that she was a fictional character . . .

Eendag, het sy op die papierbestrooide sypaadjie besluit, wil sy Suid-Frankryk toe gaan, Avignon toe, en in die Saint Claire-kerk gaan luister of sy Laura se stem iewers uit die dakkappe hoor.

Drome. Horisonne. Brood vir haar hongerte. Dís wat Braham haar gee.

Dit word kouer, maar die kombers is knus om haar kaal lyf. Sy lig die seil op en sien die misdruppels in die bosse hang. Dis lekker om nie haar maag in te trek nie. Steek nog 'n kers aan. En begin met die sonnet.

Die tweede kers is byna uitgebrand en dis nagdonker toe

sy die fluitjie hoor. Abel soek haar. Die mis sal die geluid demp; hy moet naby wees. Sê nou daar was 'n skrefie langs die seil en hy het die kersskynsel gesien? Blaas dood. Aantrek. Luister of die blik met klippers afval.

"Truia! Truia!" Sien hom uit die westekant kom met die jaglamp. "Truia! Waar's jy, Truia!" Hy hou verby die afdraai waar die vislyn gespan is. "Antwoord my, Truia!"

Mama Thandeka sê toe Anthonie klein was, het hy in die mis verdwaal. Haar pa het byna sy verstand verloor. Die gemeente en bure het help soek, die nag deur. Die middag van die tweede dag het Pietertjie hom aan die slaap gekry in 'n dassieskeur. Gelukkig het hy OuPieta gaan roep, en kon hy die plek weer kry.

"Truia! Truia!"

Kyk hoe die jaglamp se skynsel oostekant toe verdwyn.

Laat hom ly, die vark. Want die kind laat háár ly.

Sondagmiddag was sy klaar met die sonnet en is sy huis toe in die mis, steeds aan die bid vir 'n hoë krans. Sy het haar pa langs die rivier gekry waar hy loop en roep. Hees soos 'n kolgans. Sonder om 'n stokkie te laat kraak, het sy tot agter hom gesluip. "Pa . . .?"

Swaai om. Blou kringe onder sy oë. Deurweek. "Truia? Dierbare God . . ." Omarm haar en huil met sy ken op haar kop. Dis asof die huilklanke uit sy keel in haar brein vasslaan.

Dit was einde April van graad elf.

Drie maande lank was hy haar pá wat sy liefhet. Genaakbare pa wat sê sy moenie tennis speel as haar skouer seer is nie. Krabbel speel by die kombuistafel. Malvalekkers met klapper van die dorp af bring. Help om Bamba wat seniel word en in die huis mors, veearts toe te neem. Hulle ry vygieboskamp toe en braai wors in die vroegwinterson. Hy vra haar insette om die tennisbaan en lapa te laat opknap.

Dis lekker om 'n pa te hê.

Maar elke keer as die kind roer, verag sy hom.

Toe die Junievakansie begin, maak hy haar weer sy maanligdanseres. Sy verskans haar in 'n laken; speel sy is 'n Oosterse prinses in 'n harem. In sy drif ruk hy die laken af en sien wat sy wou wegsteek.

Volgende dag steier hy dronk op die werf rond.

'n Week later het Mabel haar in die nag gehelp om die Corsa tot buite hoorafstand te stoot, en sy weg is na Tannie Lyla toe.

Laaste slukkie ertjiesop. Spoel die sopbeker uit. Vat die flenniekombers-papie en die skooltas se sleutel. Maak seker die gas is toegedraai. Hang die seil voor die opening om slange uit te hou. Gooi 'n skeutjie water uit haar heupbottel op die grond voor die opening om dankie te sê vir die kliphuis.

Môremiddag sal sy die ander goed kom haal. Mona Lisa. Bamba se halsband. *Wat meisies wil weet.* Die boek sal sy biblioteek toe neem, mét die boetegeld. Tannie Lyla se *Klokgrassies.* Swart strikkie wat die koster vir haar aangesteek het by Andrea se seuntjie se begrafnis. Foto waar Braham by die prysuitdeling 'n sertifikaat vir uitmuntende skeppende stelwerk aan haar oorhandig.

"Dis matriekafskeidkoors by die skool," sê Braham waar hulle in Die Koffiekan agter die nooienshaarvaring sit. Hy lyk manlik in sy swart rolkraagtrui; sy effense stoppelbaard laat haar wens sy kon aan sy gesigvel voel. "Die skoolbiblioteek se boeke is gehawend, maar daar kan links en regs gespandeer word op 'n matriekafskeid. Maar as ek durf praat van boeke aankoop, wil die hoof die horries kry. Die onderwys maak my siek, Gertruida."

Slukkie swart koffie. Kyk na die vroeë winterreën teen die ruite. Sy probeer lag. "Ek sal al my boeke in my testament aan die skool bemaak." Ligsinnig. Sy moet haar toenemende depressie vir hom wegsteek.

"Dankie. Maar voor jy dít doen, bemaak die tiende Oktober aan mý, toe?"

Sy het dit sien kom. "Waarvoor?"

"Gaan saam met my matriekafskeid toe, asseblief, Gertruida?"

"Braham, jy weet mos ek sal nooit . . ."

"Dis die sesde jaar in 'n ry dat ek jou vra. Die vorige vyf jare het ek alleen gegaan. Klim uit jou kokon, Gertruida, of probéér. Al dans ons nie; al loop jy net ingehaak saam met my by die deur in."

Ondertoon van strydlus. Sy ken hom nie só nie. "Braham, elke jaar dink ek ons het die kwessie deurgetrap. En elke jaar in die tweede kwartaal kom dit weer ter sprake."

Driftig vee hy 'n paar suikerkorreltjies weg. "En elke jaar hoop ek jy sal saamgaan. Laas jaar en vanjaar wou jy ook nie saamgaan na my ma-hulle toe nie. Ek is twee-en-dertig, en ek is alleen. Eintlik, Gertruida, is ek eensaam. Ek is nie lus vir die jong onderwysers se paarties en sms-grappe nie. Ek pas nêrens by die getroudes nie. Ek is nie 'n priester nie, en ek wil nie soos 'n kluisenaar lewe nie. Daarom vra ek jou vandag mooi dat ons saam by 'n sielkundige uitkom, sodat ons by die kern van alles kan . . ."

Druk die koppie se rand teen haar onderlip. Mooiste man saam met wie sy nie kans sien om 'n bed te deel nie. Die gedagte om kaal teen hom te lê, beangs haar. En tog wíl sy. Maar hóé lê mens in sagte passie, sonder skaamte en walging, by 'n man? Hoe kry Andrea dit reg om oop te maak vir elke jagter wat klop?

"Nee, Braham, ek gaan nie matriekafskeid toe nie. Ook nie sielkundige toe nie. Ek wil dit nie verder bespreek of beredeneer nie, nóóit weer nie."

Hy stoot die bord met die halfgeëte wafel eenkant toe. "Goed, Gertruida. Maar dan wil ek hê jy moet weet ek gaan Almari Lybrandt vra om saam te gaan, vir die jaareinde se personeelfunksie ook. Sy's hopeloos oorgewig en dom, maar sy's iémand. Intussen kan jy 'n slag ernstig begin dink oor mý gevoelens . . ."

Is selfs Almari Lybrandt 'n beter opsie as sy? Is Braham waaragtig so verleë en belustig dat hy Almari Lybrandt . . .?

Haar vingers vou om die bos sleutels langs die melkbeker; haar ander hand tas na haar handsak. Leun vorentoe oor die tafel. Fluister dringend: "Vat haar, Braham, net wanneer jy wil. Voor ek loop, kom ek sê vandag vir jou wat is fout met my, sodat jy in afgryse op my kan neerkyk, en jou sonder skuldgevoelens van my kan losmaak. En jy kan dit maar vertel vir wie jy wil, ek gee nie meer om nie." Haar hand sweet om die sleutels. "Vandat ek vier-en-'n-half jaar oud is, word ek deur my pa verkrag en gesodomiseer. Dit was sý kind wat ek in graad elf verwag het. Emosioneel en sielkundig is ek 'n wrak wat nooit normaal sal kan funksioneer nie. Ek gaan nie jóú lewe verder opfoeter nie."

Staan op, hang haar handsak oor haar skouer.

"Sit, Gertruida. Dink jy dít sal my minder lief maak . . ."

"Tot siens, Braham." Sy stap weg. Hy gryp haar pols vas. Sy ruk los en stap aan.

Weg. Wegger. Wegste.

Die droom van Avignon versplinter voor haar oë.

Die son sak toe sy in lyn met die vygieboskamp 'n gerf karmosynpienk Septemberbossieblomme pluk vir Bamba se berggraf.

Skemerheimwee.

Lê die blomme op die grondhopie neer. Skuif die rivierklippe om die rand netjies.

Sy sal alleen Avignon toe reis. En die bietjie lewe gryp waarop sy geregtig is. As sy terugkom, gaan sy vir haar 'n Jack Russell bestel. 'n Maat wat nooit onder die bed sal inkruip as die kamerdeur oopgaan nie. Hóm sal sy nie met die

.22 ewigheid toe stuur soos sy in haar blinde hartseer met die verswakte Bamba gedoen het nie.

Toe die donker oor die werf daal, stap sy by die waenhuis uit met die klouhamer. Van ver af hoor sy die telefoon lui. Uitprop. Dra buitetoe. Dit val 'n gat in die bedding waar die eerste affodille blom. Mabel sê affodille staan vir hopelose liefde. Sy wil huil oor die gat in die affodille. Maar sy loop weg asof dit betekenisloos is.

In huis toe.

Vat die klouhamer se steel vas en begin haar kamer se deurknop afkap. Met elke kap voel dit of sy nóg 'n vinger van Abel Strydom afkap. Nog handbene. Geslagsdele. Toe die knop verwoes is, sien sy hom handloos en ontman in haar gedagtes.

Terselfdertyd sien sy Braham se hand op die bord skryf; hoe hy die antwoordstel oor die koffietafel in die kleinkantoortjie skuif.

Sy vat Mariebeskuitjies en stap in die donker kraal toe. Ruik vars strooi. Frieda loei sag. Vryf met die klip. Omskuif. Gesels fluisterend. "Miskien kom slaap ek môreaand op feetjiemaan by jou in die kraal, Frieda."

Huis toe in die koue naglug. Stort. Hare was. Haal die wit flennienagrok wat Tannie Lyla daardie laaste September gebring het uit die linnekas. Sellofaan afstroop. Sy wou dit bêre vir 'n kliphuisnag. Daar sal nie só 'n nag kom nie. Sny die vuil, wit sweetpak in repe met haar Victorinox. Gooi die toiings op Ouma Strydom se spieëlkas. Kry komberse uit die linnekas en maak 'n vloerbed.

Vat haar skooltas op die lessenaarstoel. Trek die wit laken weer haaks. Sit kruisbeen op die ontsmette vloer. Die laaste keer dat sy die skooltas oopgesluit het, was vier jaar gelede toe sy "The Frog Prince" gebêre het.

Sleutel in die sleutelgaatjie draai.

Bangste bang om op ou paaie te loop.

Kort voor die skool gesluit het vir die Junievakansie van graad elf, sy was ses maande swanger, help sy Mister Williston rakke afstof. Die kind stoei teen die verbande. Baie verbande gekoop by die apteek. Verbind haar skouer elke dag. Hulle moenie verwag sy moet tennis of netbal speel nie. Toe kry sy 'n boek waarin die geboorteproses bespreek en geïllustreer word.

Sy wil nie kyk nie. Sy wil nie wegkyk nie.

Ruk van skrik toe Mister Williston agter haar praat. Klap die boek toe, gee voor sy stof dit af. Toe hy vra wat hoor sy van Andrea, juis Andrea, weet sy hy het gesien waarna sy kyk.

"Niks, Mister Williston. Maar ek kry haar so jammer. Die dag daar by die skool . . . ek bedoel . . . sy was seker skaam om op die vloer . . . Dalk sou die kind bly leef het as sy eerder 'n keisersnee . . . Ek weet ook nie. Ek weet net ek wil nooit eendag trou en kinders hê nie."

"Hoekom nie?"

"Ek haat mans." Te driftig, te vinnig. "Ek moet nou loop, Mister Williston, ek moet nog by die apteek aangaan."

"Gertruida . . .?"

Gee pad! Moenie in 'n hoek gedruk word nie. "Ek kom stof volgende Woensdag verder af, Mister Williston."

Die volgende jaar is sy terug dorpskool toe om graad elf te herhaal. Sy het gehou by die opmaakstorie van die skoueroperasie wat Abel en Susarah haar ingedril het. Dat sy besluit het om nie verder skool te gaan nie, eerder te boer. En toe weer anders besluit het, om eerder matriek te maak en dán te boer.

Hoe gebeur dit dat leuen later soos waarheid lyk? En waarheid lyk soos leuen.

Omtrent twee weke voor daardie fatale dag in Die Koffiekan, sit Braham en koerant lees toe sy opdaag. Laat, soos gewoonlik, want Vrydae het Abel altyd dringende plaaswerke wat moet klaar voor sy kan dorp toe. En hy maak ter elfder ure lang koöperasielyste. Elke minuut wat hy haar van Braham kan weghou, benut hy. Elke Vrydag is sy emosioneel uitgemergel, want Donderdagaande is sy aand van vernedering, altyd oor Braham se ou pienk tottertjie wat nie sal kante raak in haar nie.

Die Donderdagoggend was hy voor die waenhuis besig om skêre te slyp, toe sy van Mama Thandeka af terugkom. Haar ma het haar gestuur met 'n bottel suurlemoenstroop en koffiekoekies. Sy kom op die werf aan en sien hom doenig met die slypsteen. Skuil agter die sederboom se stam en lê met die .22 op hom aan. Korrel sekuur op sy agterkop.

"Jirretjie, Gertruida," praat Mabel agter haar. "Het jy kens geraak?"

"Ek mik net, Mabel. Ek sal nie regtig skiet nie."

"Loop sit weg die geweer, Gertruida, die duiwel is listig."

Braham sien haar eers toe sy haar stoel uittrek. "Wat lyk jy so beneuk?" vra sy.

"Goeiste hel, Gertruida, het jy die storie van die Oostenrykse man gesien?"

"Nee." Sy kan nie sê dat sy Donderdagaande níks kan sien nie; soos iemand met vliese oor die oë.

"Lees hier," en hy draai die koerant om.

Dis 'n berig van 'n man in Oostenryk wat sy dogter vier-en-twintig jaar lank in 'n kelder gevange gehou het. Neëntien jaar oud toe sy in is; twee-en-veertig toe sy uitkom. Sewe kinders gebaar in die kelder met die lae plafon. Terwyl haar gerespekteerde pa 'n geliefde besoeker in die dorpskroeg is. Goeie visserman.

Een van die skande-kleindogters is al neëntien. Nog nooit die son of sterre gesien nie. Nagmotte waarvan die vlerkpoeier afgevryf is. Hoe kon die monster se vrou van niks weet nie? Hoekom het die nagmotte nie die ouman oorrompel en probeer wegkom nie? Raak afstomping so vasgegroei in jou menswees dat niks later saak maak nie?

"Dis erg," het sy gesê en die storm in haar gemoed weggesteek. "Sulke goed gebeur seker uiters selde . . ."

"Nogal nie." Hy het die spyskaart aangegee. "In Suid-Afrika kom bloedskande voor in een uit elke vyf gesinne. En dis skynbaar onderskat."

Skrik wat in haar keel klop. Kan dit wees? Hoeveel kinders rondom haar, behalwe sy en Andrea, het die stil hel in haar skooljare gedra?

"Daar's 'n dogtertjie van 'n buurdorp in die skool wat koshuis toe gestuur is op welsynsaanbeveling. Dis hartverskeurend. Sy bewe só, sy kan skaars 'n potlood vashou."

"Foei tog." Haar woorde was weg.

Dis ontstellend om die skooltas oop te maak.

Droë wet wipes. Halwe pak pantyliners. Gaan haal haar badkamervullishouer. Weggooi. Sy wil nooit weer onthou hoe sy met klasruilings badkamer toe gesluip het nie. Tannie Lyla se "Frog Prince". Skeur die bladsye op. Gooi in die vullishouer. Handgetekende kaart van Frankryk. Dit het haar baie studietye geneem, met die kombers om haar ingebinde lyf. Die koste van 'n vliegkaartjie Parys toe onderaan uiteengesit. Roete tussen Parys en Avignon uitgestippel. Straatadres van die Saint Claire-kerk. Skeur die kaart in kwarte. Haal die kwarte uit en skeur dit fyn. Sommige reise is té ver. Soos na Avignon. En jammerlik, maar sy het op die internet gesien die Saint Claire-kerk bestaan nie meer nie. Al wat ná die Franse Rewolusie oorgebly het, is enkele sy-kapelletjies, die halfrond waar die koor gestaan het. 'n Tuintjie dui op die plek waar die klooster eens was. Skrale getuienis van Petrarca se verbeelde liefde.

Begrafnistraktaat van Andrea se kind. Dorpshoer. Is dít hoe sy die liefde verstaan?

Vee haar palms aan die wit nagrok af. Vou die bladsy met die sonnet oop. Onthou 'n misnag in die kliphuis, by kerslig, toe sy die eerste maal met die manipulasie van die letters van haar volle name wou erkenning gee aan die volle sý.

G E R T R U I D A S U S A N N A H J A K O M I N A

Sjuut-sjuut
Snags is haar kamer 'n stikkende tronk
haar hand is taai teen die ruiter se stang
uit haar mond neurie 'n mineurgesang
sjuut-sjuut, dis niks, die ruiter is dronk
Daar's 'n doring in haar ruigtes gesonk
môre gaan die honger regter haar hang
omdat haar maagsak skort aan die drang
om te suig aan die soutkos uit die stronk
Niemand ken die kind se tragedie en seer
miskien het God hom hierheen gestuur
'n donker gedrog in die kamer se deur
dertien jare se maande dat dit reeds duur
maar in hoogson sien niemand haar treur
haar angs is die ruiter, die nag en die uur

Dis lomp en óórskryf. Melodramatiese tiener-emosies. Tog, dit was wie sy tóé was. Sy leun met haar kop op die skooltas. Ruik potlood, leer. Huil saggies terwyl sy die sonnet opskeur.

'n Week voor die Junievakansie van graad elf het sy die sonnet in potlood op 'n los papier geskryf en in haar stelwerkboek gesit. Pousetyd op Braham se tafel neergesit op 'n dag toe die graadelfs direk ná pouse Afrikaans gehad het.

Hy het die klas gegroet, die boek ingedagte oopgemaak. Haal die los papier uit; vou dit oop. Lees.

Hy kyk op na haar. Sit die papier terug, maak die boek toe.

"Maak julle handboeke oop op bladsy 116. Ons begin vandag met sluiertaal, oftewel clichés, oftewel holrug geryde woorde en uitdrukkings."

Met aandete-afkondigings het hy haar kleinkantoortjie toe laat roep. Dit het gevoel of hulle 'n ewigheid daar sit, sy vingers trommelend op die armleuning van die rusbank. "Gertruida, sê my asseblief, molesteer jou pa jou?"

Sy antwoord nie, voel die trane in haar oë brand. "Nee, Meneer. Ek het dit namens Andrea geskryf. Want ek kry haar jammer."

Hy staan op. Kom tot naby haar. "Hier," hy hou die papier met die sonnet na haar uit. "Ek wil nie hê jy moet dit in die boek plak of skryf nie."

Sonder om te kyk wat is nog in die skooltas, dop sy dit om op die vloer. Bondel alles in die vullishouer. Kry vuurhoutjies in die blaker op haar ma se bedkassie. Kniel by die tuinengel en pak 'n papiervuur by die voetstuk. Staan soos 'n spook in die flennienagrok en kyk hoe dit uitbrand. Vaagweg in die winterse naglug dryf die reuk van wet wipes.

Sy sit die leë skooltas op die potystertafel.

Loop oumensmoeg verby die plek waar Hermanus eens was.

In by die kiaathoutvoordeur.

Dryf weg in 'n diep slaap op die vloerbed.

*

Ek lê op my kooi onder my sawwe kombers. Ek wonder: Iyaphi lendlela? Waarheen gaan hierdie pad?

Vanaand se aand gaan die slaap my gou vat. Die laastere

dae het my gekneus. Ek moet rus, anderster gaan my bene my nooit Maandag tot op die werf kry nie.

Abel het altyddeur gesê die dag as my bene heeltemal onder my ingee, gaan hy vir my 'n rolstoel koop wat vanself loop, nes 'n kar. Maar sonder petrol. Ek wis nie hoe sal die stoel deur die sandgrond in die lusernland kom nie, of hoe sal ek regop kom om die deurkomhekkie oop te maak nie.

Agter uitvaltyd het OuPieta met Pietertjie hier aangekom om te sê hy't Mabel se doodspresent by Missus Susarah se kant van die graf ingegooi. Pietertjie het oud geraak. Grys peperkorrels, maar die verstand van 'n tjint. Gaan afdraand met hom met dié dat hy nie meer in die tuin werk nie. Altyd so snaaks gewees, toe hy nog tuinwerk gedoen het, en hy eet die swart jelliemannetjie. Dan kyk hy die swart mannetjie, en voor hy sy kop afbyt, draai hy die mannetjie na Missus Susarah en sing-praat: Sê koebaai vir tant Jakoba.

Maar latertyd wou Abel niemand op sy werf hê wat dálk iets kan steel of breek nie. Nou sit Pietertjie aldag teen die voormuur en sing soos Missus Susarah hom geleer het. Skemertyd sak sy ken tot op sy bors en hy kerm soos 'n dors hond, oor niks.

Só stap die jare. Lang paaie agter ons. Oumenspad wat voorlê. My kommer is Kiepersolkloof se pad vorentoe. Vrouens kan nie met groot diere soos Bonsmaras boer nie. En wie sê Gertruida se plan van turksvye en klompe werksmense wat sy wil terugbring, gaan goed uitwerk?

Toe Mabel terugkom van die berg se kant af, maak sy mieliekoekies met heuning bo-oor. "Mama," sê sy toe sy my bord neersit, "ek kommer sleg oor Gertruida. Sy't van die kliphuis af gekom het met die pop in haar arms. Tot by die kop in 'n kombers toegedraai. Mama, hoe weet mens as iemand se kop uitgehaak is?"

"Jy sal vanselwers sien en hoor en wéét as iemand se kop uitgehaak is."

Deur die gordynskreef sien ek die nag is vol wolke. Ek hoef nie sterre te soek, of te vra waarheen gaan hierdie pad nie. iNkosi ken die pad.

Ek gaan liggietjies by die poorte van die slaap in. Verlanges hoor ek Gertruida praat, soos toe sy 'n meisietjintjie was wat naaldekokers gejaag het.

Raai-raai: Arrie tiet arrie tat, vyf molle in een gat.

Nee, Gertruida, hoe sal ek weet?

Hoe kan jy nie weet nie, Mama Thandeka? Dis maklik, dis vyf tone in een skoen!

Saterdag, 30 Augustus 2008

Daar lê onheil op haar maag toe sy op die vloerbed wakker word. In haar slaap het sy die sonnet tot malwordens opgesê; gedroom die feetjiemaan is rooi soos vars bloed. Sy is sat van uitpluis. Bloumaan wat nie blou is nie. Pikswart feetjiemane sonder feetjies.

Sy was dom om al die suiker en koffie weg te gooi. Sy sal by Mama Thandeka gaan koffie vra. Eerder nog 'n rukkie lê en luister na die stilte in die huis. Sy wens sy hoef nooit weer te praat nie, nooit weer tussen mense te wees nie. Net dink.

Verder en dieper soek na Gertruida Susannah Jakomina, die volle sý.

Vroeg in standerd agt, voor sy 'n rekenaar gehad het, het Mister Williston gesê sy het 'n fotografiese brein. Soek die presiese betekenis. Die HAT-uitleg is niksseggend. Kry in die tesourus die mooiste woord. Memorieboek. Sy wil dit in 'n opstel gebruik.

Die volgende staptyd sê sy vir Mister Williston sy skryf net in haar memorieboek neer wat sý wil onthou.

"Dít," sê hy, "noem mens 'selektiewe geheue'."

"Wat beteken dit, Mister Williston?"

"Daar's niemand by die rekenaar nie. Gaan google 'selective memory'."

Verbysterend. Meer as seshonderdduisend verwysings.

Toe sy haar eie rekenaar later daardie jaar kry, gaan sy

daarop in. Sy raak verstrik in die kompleksiteit van die menslike brein. Al die wêreld se pyn ontstaan omdat iets in die brein ontspoor. As die mens se gewete gesond is, as sy ingewortelde moraliteit die verskil ken tussen reg en verkeerd, is hy nie in staat tot monsteragtighede nie. Maar wanneer die sentrum van die mens se gewete aangetas word, word dit soos 'n gifgas wat hy versprei. Die gifgas tas ander mense aan wat reeds hulle eie gifgasse afskei. Die gasse meng, en saai die dood sover dit trek.

Holocaust. Lockerbie. Vlakplaas. Stompie Seipei. Jeffrey Dahmer. Jack the Ripper. Seksslaaf-kolonies wat in die naam van godsdiens bedryf word. Sataniste wat lewende katte slag en fetusse as brandoffer gebruik.

Alles die produk van verdraaide gewetes, van aangetaste moraliteit.

Wat van Abel en Susarah Strydom? Is Kiepersolkloof enigsins iets anders as 'n klein kolonie van seks en godsdiens?

Staptye kan sy nie wag om uit Mister Williston se kennisfontein te drink nie. Kom alewig laat by die koshuis. Matrone hok haar, maar sy loop weg. Die hoof berispe haar oor die verbreking van die koshuisreëls. Sy sê sy is jammer, maar sy ly aan selective memory disorder. Hy kyk haar amper middeldeur en sê sy moet Vrydag detensie sit.

Aangename straf, want niemand mag praat tydens detensie nie. Tyd om te dink hoe sy Abel die naweek gaan tart, watter voetpad gaan sy loop kliphuis toe, wat gaan sy uit Susarah se spens steel. Tyd om sinne te maak.

Gertruida tuur deur die agterruit. Die taai riet gru Gertruida.

Soms is detensie haar worsteltyd. Het God bedoel dat die mens se verdraaide brein ontreddering sal saai? Dit maak tog net die wêreld ongoddeliker. Want vir elke klap wat 'n mens se ego kry, draai sy brein skewer. Elke keer as hy minderwaardig en vernederd en verworpe voel, probeer hy harder om in die kring opgeneem te word. As hy nogeens en nogeens uitgestoot word, groei sy wraaksug en wantroue. Onvermydelik word 'n monster gekweek. Niemand bemerk die monster nie, totdat hy beheer verloor oor sy maskerade, en dierlik word.

Wat het gebeur dat Abel, en Susarah ook, in monsters ontaard het?

Sy trek die komberse tot teen haar nek. Luister na die borrelroep van 'n rooiborsduifie.

Sy moet aantrek en gaan koffie vra by Mama Thandeka. Vandag wil sy Abel se kantoor en hulle slaapkamer leegmaak. Vandag moet sy 'n recce wees, anders gaan sy skeur soos 'n voos lap.

Opstaan. Langmou-T-hemp oor die wit nagrok. Skoene. Onder die kiepersol staan 'n bottel louwarm koffie. Halwe brood. Oopgesnyde blikkie vyekonfyt.

Dra huis toe; eet by die watertenk. Kyk in die waenhuis hoe vol is die petroldrom. Driekwart. Vyftien liter sal genoeg wees. Sy moet die tuinslang afrol. Vanaand as dit feetjiemaan is en die nag is swart, gaan sy die vuurhoutjie trek. Met haar eie oë sien hoe verskroei 'n afstootlike memorieboek.

Sy vat die graaf waarmee Abel sement gemeng het en stap familiekerkhof toe. Begin 'n gat spit. Môre met dagbreek wil sy die laaste goed by die kliphuis gaan haal. Begrafnis hou. Eendag 'n swart marmerblad laat opsit. *Hier rus die memorieboek van Gertruida Susannah Jakomina Strydom. Sterfdatum: Sondag, 31 Augustus 2008.*

OuPieta kom van die hoenderhok af aangestap met sy hoed teen sy bors. "Wat gaan hier aan, Nooitjie?" vra hy by die hekkie van die kerkhof.

"Ek grawe 'n graf, OuPieta."

"Wie's dan doodgegaan?"

"Iets in my kop, OuPieta, iets wat ek wil vergeet."

"Mens grou nie sommer wildweg waar ander dooies . . ."

"Moenie vandag die tuinspreiers oopdraai nie. Ek wil nie sukkel met nat goed nie."

Hy vroetel met die heklussie. "Is als nog reg met die matras, Nooitjie?"

"Ja. Waar is my kind begrawe, OuPieta?"

Hy ruk sy asem op. "Waffer tjint, Nooitjie?"

"Jy weet goed waarvan ek praat."

"Nee, Nooitjie, van 'n tjint wat gebegrawe is, wis ek niks. Die Here hoor my."

Dis die uur anderkant middernag. Vrydag, 13 Oktober van die jaar 2000, onheilsdag. Toe die volmaan op die kappertjies in Tannie Lyla se tuin skyn, breek die tyd aan. Gooi 'n handdoek op die vloer waar haar water gebreek het. Die helse pyne kom twee minute uitmekaar. Sy sal nié geboorte gee aan die kind nie.

Leun by die venster uit vir asem. Die krampe is genoeg om van te sterf. Sy is bly Mabel weet waar is die koekblik en die gesteelde juwele.

Vroeër die aand het Tannie Lyla kom nagsê voor sy die ganglig afsit. "Jy's 'n week oor jou tyd, Gertruida. Jy moet roep as dit nodig is. Ek slaap taamlik lig, maar ek los my deur oop . . ."

Verswyg die dowwe pyn laag in haar rug. "Ek sal roep, Tannie Lyla."

"Ek weet ons is al dikwels deur die ding, maar is jy oortuig jy wil die kind laat aanneem, Gertruida, hart en siel oortuig?"

Andrea se kind was erg gebreklik. Diertjie. Goddank het hy vroeg gesterf. Maar, soos Tannie Lyla verduidelik het wanneer sy warmsjokolade gebring en by haar op die bed kom lê en gesels het, is kinders wat in gesinskande gebore word, se gebreke nie altyd fisiek nie, maar soms psigologies. Eers wanneer hulle karakters en persoonlikhede vorm kry, begin die aanneemouers se seisoen van hel.

Goedgelowige kinderlose ouers wat niks anders as 'n kindjie wou hê nie. Om lief te hê; 'n gesinskring te vorm. Maar die weerlose bondeltjie wat hulle lank terug in ekstase gaan haal het, het verander in 'n onhanteerbare wese wat hulle nie verstaan nie.

Hulle rits van dokter na dokter, sielkundige na sielkundige. Hulle mediese fonds raak uitgeput. Skoolprobleme. Sosiale probleme. Maar hulle hou nooit op soek na oplossings nie.

Perfek geskape babatjie.

Wanaangepaste tiener.

Nimmereindigende probleme, nagmerries, vrugtelose soektogte. Niemand het vir hulle gesê hulle aanneemkindjie is 'n bloedskandeproduk in wie die negatiewe genetiese eienskappe saamgebondel mag wees nie. Wie sou dit vir hulle kon of wóú sê? Indien iemand dit wél vir hulle gesê het, sou hulle dalk kleinkoppie getrek het. Of hulle sou reg van die begin af kon weet waar die probleme gaan uitspring, en betyds paraat wees.

Dis onregverdig, het Tannie Lyla gesê, en dis blatante misleiding van twee mense wat nét góéie bedoelings het. Jy mág en durf dit nie doen nie, Gertruida. Goed, gee die kind vir aanneming as jy hom of haar nie self wil grootmaak nie. Maar gebruik 'n skuilnaam om jou en jou pa-hulle se identiteite te beskerm. Vergeet van die wet, want die wet sal nie die aanneemouers help om die kind groot te maak nie. Dring by aanneming daarop aan dat die ouers ingelig word oor die genetiese kwessie. Laat die ouers 'n ingeligte besluit neem. Vrywaar jouself van 'n aandeel in twee liewe mense se moontlike smart.

Haar rug het gepyn. Sy wou hê Tannie Lyla moet gaan slaap, en nie wéér begin karring oor 'n verantwoordelike besluit en openbaarmaking nie. "Wat anders kan ek doen? Want ék wil nie die kind hê nie. En my pa-hulle sterf eerder voor hulle 'n buite-egtelike kind op Kiepersolkloof . . ."

"Ek sal saam met jou hospitaal toe gaan, en ék sal jou vorms invul . . ."

"Dis goed só, Tannie Lyla." Laat haar net loop, asseblief.

Terwyl sy tande borsel, kom daar 'n sms van Susarah. *Is alles reg, Gertruida? Moet ons Oos-Londen toe kom?*

Sms terug: *alles is reg.*

Dit kloppyn oor haar niere; haar voete is geswel. Sinne maak sal help. *Die ure draai te traag. Gertruida dra die drag. Gertruida gru gedurigdeur.* Dit help nie. Sy lê in die bed en rol van die een sy na die ander. Het sy nie dalk nierstuipe nie? Sit die lessenaarstoel by die voetenent en lig haar warm voete tot op die rugleuning. Maar dis te ongemaklik om op haar rug te lê.

Teen tienuur verander die rug- en nierpyn in sametrekkings, ses minute uitmekaar. Moenie kreun of 'n vloerplank laat kraak nie. Tannie Lyla moenie wakker word nie. Dink déúr die krampe aan ander goed.

Mabel wou nie hê sy moet berg toe gaan nie.

"Jy's volle ses maande, Gertruida, jy soek moeilikheid. Daar's niemand naby om te help nie. Wat as die kind in die berg afkom?"

"As bergklim sal help dat die kind afkom, hou ek nooit op klim nie. Daar's iets wat ek jou móét gaan wys. Ons sal stadig klim, en môreaand is ons terug."

Kniel by die bed. Druk haar gesig in 'n kussing om die gesteun te demp. Die pyne is drie minute uitmekaar. Skuifel venster toe vir asem. Fluisterend vloek sy die soldaatkappertjies. Praat met die maan, om te ontsnap van die sametrekkings.

In 1984 toe dit 'n feetjiemaanjaar was, is Oupa Strydom dood. In 1986 het sy geleer van towersalf. In 1989 moes sy en Andrea teruggaan sub A toe. Dieselfde leesboeke. Sy wou nie meer lees nie. Sy wou glad nie praat in die klas nie.

Die ganghorlosie slaan middernag. Die pyne stu vinniger opmekaar. Here, laat die kind verdwyn! Dink aan Frieda en die kolganse en die Kwakerboek, voor sy sterf van pyn.

Bloumaan. Feetjiemaan. Sekelmaan. Swartmaan.

Hierdie kind sal nié uitkom nie!

Daar is bykans geen onderbreking tussen die pyne nie. Sy kan nie meer regopstaan nie. Sit op die bed se voetenent; gryp die beddegoed vas. Asseblief, Here, laat dit verbygaan . . .

Ineens verander die pyn, word allerdringends. Die kind gaan uitkom! Gryp die hemp wat oor die rugleuning van die stoel hang. Draai dit om haar vuis. Druk haar geboortekanaal toe. Sy moet 'n recce wees, sy moenie ophou toedruk nie! Sing in haar kop. Fearless men who jump and die . . . Dansende sterretjies voor haar oë.

Druk terug, druk terug . . . Haar arm is te lam vir vuis maak. Trek die stoel met haar linkerhand nader. Skuif blitsig tot op die stoel en gooi die hemp eenkant toe. Gryp die kante van die stoel vas; druk haar geboortekanaal toe teen die sitplek. Die pyn wil haar kranksinnig maak. Snak na asem. Meer en meer sterretjies.

Hou uit, hou uit. Moenie kreun nie.

Feetjiemaan 1995 het haar ma die mat uit Turkye gebring, en haar maandstonde het begin. Feetjiemaan, 1997. Sy druip standerd ses. Feetjiemaan, 2000. Almal dink sy is weg vir 'n skoueroperasie.

Braak onbeheers oor haar bolmaag. Tannie Lyla moenie wakker word nie. Miljoene sterretjies. Klou aan die stoelrand. Sy kán nie meer nie. Haar hande glip van die stoelrand af. Suising in haar kop; alles in die kamer word klein en ver. Die stoel kantel.

Sy weet nie daarvan dat sy omval en die vloer tref nie.

Of toe die kind uitglip nie.

Die gat is breed en diep genoeg. Steek die graaf in die grondhoop vas. By die rivier roep 'n kolgans. Hoog in die lug draai 'n valk. Daar is turfgrond aan die soom van die nagrok.

Sal daar 'n dag aanbreek dat haar memorieboek verdof en sy vergeet hoe Tannie Lyla haar daardie nag gewas en afgedroog het? Vir haar skoon pajamas aangetrek het terwyl sy tandklap van ontbering. By haar gesit het tot sy weggly in die slaap.

Sy droom haar ma staan langs haar bed en hou haar hand vas. Maar dis 'n droom.

Toe sy wakker word, skyn die son op die toegetrekte gordyne. Mama Thandeka sit op die houtstoel langs haar bed en sing. *Thula, mama, Thula; Sikusa ekhaya, Wasuka wakhala; Nkosi yam . . . Calm down, mother, calm down; We took her home; She started crying; And said: Oh, my Lord.*

Het Tannie Lyla in die nag gesê dis 'n seuntjie?

"Waar's die kind?" fluister-vra sy vir Mama Thandeka.

"Hy's doodgebore, Gertruida. Jou pa is met die lykie terug Kiepersolkloof toe." 'n Koel vinger smeer iets aan haar droë lippe. "Kom, drink bietjie water. Dan slaap jy nog 'n rukkietjie. Thula, alles is reg . . ."

Sy wou hom nie dóódmaak nie.

Sy wou hom net weghou uit hierdie wêreld.

*

Ek sit op die bankie onder die peperboom met my rooi kombers oor my kniekoppe en ek drink my heuningbossietee. Hou glo kristalle uit die niere.

Laastere nag se wolke is weg. Dit gaan 'n warme dag raak. My bors is aan die toetrek. Vroegmôre het Mabel met die hoesmedisyne voor my kom staan. Kwalik het ek die Turlingtonsmaak weggesluk met mieliepap en suiker, of OuPieta kom hier aan. Lyk soos 'n hoender wat windaf wei. Skoon 'n hakkel in sy praat.

"Thandeka," sê hy, "hier's groot moeilikheid aan die kom."

Ek maak of ek niks wis nie. Maar Mabel spaai al van vroeg af. "Hoe só, OuPieta?"

Hy sê van Gertruida wat in haar nagrok besig is om 'n graf te spit naby aan waar ander dooies lê. En dat sy wil weet waar lê haar tjint begrawe.

"Steur jou min." Ek roep Mabel vir suikerwater. "Wees bly die ouman lê in Hermanus, want as sy straks sý geraamte raak spit, dán gaan jy moeilikheid sien."

"Thandeka, ek sien die ouman se portret lê in die tuin, en sy gesig is vol sjampoe. Ek wil ampers nie weggaan op die werf nie, want een of ander tyd gaan die grootskreeu haar vat."

"Kommer jou nie, OuPieta, Mabel is altyddeur naby."

Toe hy wegloop, loop my hart by hom. Oordat ek weet hoe swaar hy gekry het die dag toe Abel met die lykie op Kiepersolkloof aankom, en hy wat OuPieta is, moes die tjint se graf gespit het.

Die tyd toe Gertruida by Miss Lyla wegkruip, kom Abel en Missus Susarah terug van die see af. Haar senuwees bly op hol. Al haar lus vir VLV-goeters verloor. Lae bloeddruk, sê sy vir die tennismense.

Eendag staan ons en koeksisters vleg in die kombuis, toe sê ek ons moet dink om Mabel vir 'n week met die bus Oos-Londen toe te stuur. Geselskap vir Gertruida.

In die middel van 'n koeksister se vleggery, raak sy aan't huile. Kort duskant die grootskreeu. Oor die mense wat gaan uitvind van die skande. Oor Abel wat haar in die hotelkamer geslaan het, oordat sy hom gedreig het as hy nie sy pype laat afbind nie. Sy smyt die halfgevlegte koeksister teen die kombuismuur en skreeu dat sy die slegste ma in die wêreld is om Gertruida alleen te los in Oos-Londen. En dat sy voel sý was die een wat Abel tot sonde gedryf het, oordat sy nie aldag met hom wou loop lê nie.

Jare se kwaad wat daardie dag uit haar uitgekom het.

"Missus Susarah," sê ek oordat ek haar wil bedaar, "hoekom wag jy nie tot die bybie weggegee is vir aanneem nie, dan gaan bly jy vir altyd by Miss Lyla? Dalk is dit beterder só vir almal se geluk."

Sy sê die gelde wat sy by haar pa geërwe het, is ampers alles op. Alles in Kiepersolkloof ingesteek. Bonsmaras, tuin, ploeë, swembad, trekkers, tennisbaan.

"Is dié!" skreeu sy, "dat Kiepersolkloof is waar hy vandag is!"

Keer op keer het Abel glo belowe om Gertruida uit te los, op die voorwaarde dat sy nog en nog geld uithaal vir plaasgoeters.

"Waar het dit my gebring, Thandeka, wáár? Al die jare het ek gereken as ék my pa se sieklikheid kon oorleef en regop bly, sal Gertruida ook regop anderkant uitkom. En vandag sit ek pennieloos uitgelewer aan Abel!"

'n Vrou sonder geld is 'n vasgekeerde vrou.

Al wat ek vir haar kan doen, is om te sê ek sal die koeksisters alleen verder vleg; sy moet loop lê, ek sal vir haar tee bring.

Toe kom Abel daardie diepnag hier by my huis aangeja met die kar. Hy sê ek moet my soetkys vinnig pak, want daar's fout in Oos-Londen. En Missus Susarah sê sy ry nêrenster sonder my nie.

Ek kry 'n draaierigheid in my kop, want Samuel het geglo as die dertiende van die maand op 'n Vrydag val, moet jy jou oë alkante toe draai om uit te kyk vir die duiwel wat rondloop.

Missus Susarah sit op die agtersitplek langes my. Gryp met haar naels in my been vas. Abel jaag so vinnig dat ek liewerster my oë toeknyp. Kort agter sonop loop ons by Miss Lyla se voordeur in.

"Die kind is dood," sê sy. "Gertruida het my nie kom roep nie. Eers toe ek wakker word van die stoel wat omval, het ek gaan kyk. Toe's die kind klaar gebore."

Abel staan soos een wat regop doodgegaan het. Gesig asgrys. Oë vol gebarste aartjies.

"Waar's die tjint?" vra ek. Ons kan nie net rondstaan en heeltyd skrik nie. Iewerster moet mens beginte om te doen wat gedoen moet kom.

"Op die bed in die spaarkamer."

Ek sê vir Miss Lyla sy moet sterk tee maak, ek sal ingaan. Ek haal die tjint uit die bruin koffertjie waarin Miss Lyla hom toegemaak het. Vou die handdoek los. Potbloue seuntjie. Enigste gebrek wat ek kan sien, is sy haaslippie.

Ek hoor 'n geluid agter my. Is Abel. Hy beginte huil soos 'n hond wat maan toe kyk. My kwaad vir hom is groot. My pyn om sy onthalwe is groot. "Vat die tjint, Abel, en gaan begrawe hom op Kiepersolkloof. Wat help dit jy loop gee sy geboorte op by die magistraat? Is troebele waters wat weggeloop is." Ek draai die tjint toe en sit hom in die koffertjie; druk die knippe toe. "Vat hom, Abel, en ry nóú terug Kiepersolkloof toe."

"Thandeka," fluister Missus Susarah toe ek by Gertruida se kamer ingaan. Daar's prentjies wat nooit dof raak in mens se kop nie. Soos daardie vroegdag toe ek staan en kyk hoe Missus Susarah Gertruida se hand tussen haar twee hande vasvat. Hoedat haar trane op Gertruida se hand drup.

Toe sê ek sy moet gaan tee drink by Miss Lyla in die kombuis, ek sal by Gertruida sit.

Twee dae verderaan het Abel ons almal gekom haal. Terug Kiepersolkloof toe.

OuPieta sê latertyd vir my hy moes 'n diep gat gespit het by die voet van die Virginia Creeper, en daar het Abel 'n koffertjie gebegrawe, saam met 'n bossietjie sneeuklokkies.

'n Maand later moes ek Gertruida van die windpomp af sing.

Mabel sê daar groei 'n kring bloedrooi roosbome rondom die voet van die Virginia Creeper. Sy sê rooi rose staan vir skaamte en skande. Tot vandag kry ek nie in my dowwe oumenskop uitgewerk wie se skaamte en wie se skande nie.

Maandag móét my bene dit maak tot op die werf. Daar's hartseertes wat ek vir Gertruida moet vertel voor ek 'n sterremens word. Gertruida, sal ek sê voor ek met my notsungkierie terugsukkel huis toe: Susa ukhula egadini. Haal die onkruid uit. Maak skoon die tuin in jou kop. Moenie dat dit nog langerder saadskiet en vervuil nie. Susa amagqabi. Hark die blare op. Voor die wind hulle oraloor wegwaai. Ndiza kukha iintyatyambo. Pluk die blomme. Sodat die huis soet kan ruik wyl jy slaap.

*

Dis nege-uur.

OuPieta staan gebukkend met die sekel en sny lusern. Sy voel jammer vir hom. Dis tyd dat hy ophou werk. Volgende week wil sy begin soek vir betroubare werksmense. Gesinne, met kinders wat skoolgaan. Tannie Magriet kan haar help met die skool. En Andrea se ma is ook 'n onderwyseres. Dalk kan sy hulle help om weg te kom uit die bokshuisie. Andrea was altyd goed met wiskunde, miskien kan sy die fabriek se boekhouding . . .

Jy droom, Gertruida, sê sy hardop.

Hoekom mag sy nie drome hê nie? Die hokdeur is oop; storm uit.

Drink koue koffie. Was hande. Badkamer toe.

Tel Abel se bos sleutels op waar dit geval het toe sy die muurstaander uitgesmyt het. Sluit sy kantoor oop. Pynlik ordelik. Niemand behalwe hyself het hier skoongemaak en reggepak nie. Begin uitdra aan alles wat nie vasgebout, ingebou of vasgebou is nie. Stoel, leeslamp, snippermandjie, skryfbehoeftes. Beweeg heel regs op die stoep en gooi dit by die voet van die Virginia Creeper. So hard as wat sy kan. Daar is 'n gejaagdheid in haar om klaar te kry in die onheilsnes.

Boonste lessenaarlaai vol penne, skuifspelde, duimdrukkers, ponsmasjientjie. Skiet die laai se inhoud oor die roosbome by die Virginia Creeper.

Middelste laai. Honderde stiffies, CD's. Boks manstissues. Sies. In die agterste hoekie kry sy 'n patroondoppie en die plastieksak met terroriste-ore. Gemaskerde lafaard.

In die onderste laai kry sy die fotoalbum met affodille op die voorblad. Die eerste volbladfoto is 'n laggende dogtertjie op 'n rooi driewiel. Boaan in sy sterk lopende handskrif: *Gertruida se derde verjaarsdag.*

Omblaai, omblaai. Die rooiwang-dogtertjie lag uit elke foto.

Gertruida en Anthonie en Susarah bou 'n sandkasteel by Hermanus. Gertruida lek die sjokoladekoek se bak uit. Gertruida kry badskuim-hare. Gertruida en Bamba vang 'n veldkonyn. Gertruida en Anthonie speel winkel-winkel in die boomhuis. Fraaie confetti-meisie. Ons bou 'n sneeuman.

Hoe verder sy blaai, hoe droewiger word die gesiggie.

Eerste dag in sub A. Gertruida en haar nuwe Jack Russell. Kyk hoe korrel sy met haar nuwe .22! Gertruida ploeg die aartappelland met die John Deere. Prysuitdeling 2001, erekleure vir tennis.

Hoekom het hy haar lewe vasgeplak en gebêre? Het hy ook opgelet die laggende kind verander in 'n stroewe oumensie? Is dít die klein dogtertjie met die yslike behoefte aan koestering en gerusstelling waarvan die sielkundige gepraat het?

Bêre die fotoalbum op die potystertafel.

Binnetoe. Werk gedrewe; gooi oor die muur. Tydskrifte, koerante, aardbol, maanbol. Plaasinligting en die boekhouding is op haar rekenaar gekopieer. Gooi weg. Toetsbord, muis en drukker. Sy wil nie onthou hoe hy haar saamsleep kantoor toe en sy kredietkaartnommer intik om op afstootlike webwerwe in te gaan nie. Sit jý ook soos hierdie een, Truitjie. Dis mooi as sy so kaalgeskeer is, nè? Jy moet vir jou rooi spykerhakskoene kry, en 'n rooi kantbra en pantie . . .

Sy is dáár, maar sy loop in die garingblaaikamp met Braham. Sy wil vir hom die witkruisarend se nes gaan wys; die oerwoud van kiepersolle teen die suidhang van die kloof. Miskien is daar eetbare sampioene en ryp brame. Die krammetjiemasjien knyp haar en ruk haar weg uit die garingblaaikamp. Abel trek 'n manstissue uit die boks.

Liasseerkabinet. Blits deur die hofies. Telkom. ABSA. Subskripsies. Kerkraad. ATKV. Skou-skedules. Dit fladder oor die muur. Enkele lêers rakende plaassake móét sy uithaal. Kry bokse in die waskamer; pak die res daarin vir die boedelberedderaars. Sleep dit waskamer toe.

Bonsmaras. Sy moet kennis hê van elke bees, om teen die beste pryse te verkoop as kapitaal vir haar turksvyboerdery.

Medies. Bewyse van 'n vasektomie, gedateer 25 Julie 2000. Sy seën hom. Dan het hy tog 'n flentertjie gewete gehad.

Kaart en transport. Want Kiepersolkloof is nou háár eiendom.

Abel Strydom: persoonlik. Ondertekende beloftes. *Susarah, ek belowe skriftelik om Gertruida uit te los as jy my tweehonderdduisend rand voorskiet om die koöperasie te betaal.* Nog en nog skriftelike beloftes. Alles in ruil vir geld. Elkeen met die belofte dat hy haar sal uitlos.

Het haar ma dan tóg omgegee en gehoop dit sou einde kry? Of het sy vuil gespeel en verneder?

Ineens is daar 'n kolletjie in haar brein wat selekteer om te glo Susarah het by wyse van erfgeld al die jare haar hakskeen op Abel se nek gehad. Recce, wie se naam vir ewig in sy eie hart gepryk het op die Wall of Shame.

Pak die lêers wat sy mag nodig kry in die hoek op die stoep. Sit 'n swaar potskerf van Susarah se gebreekte kleipot bo-op, sodat die wind dit nie oopwaai nie.

Lêer met *GERTRUIDA* op die plakker getik. Skoolrapporte. Geboortesertifikaat. Naamstrokie toe sy gedoop is. Tennistoekennings. Wragtig, die brief wat sy aan die predikant geskryf het. 'n Brief op die skool se briefhoof. Gedateer Junie 2001, die jaar toe sy graad elf oorgedoen het nadat sy met 'n sogenaamde gesonde skouer van Oos-Londen af teruggekom het. Dis onderteken deur Braham, en dit skok haar.

In die wintervakansie van haar tweede graadelfjaar daag Braham haar uit vir 'n wedstryd op die skoolbaan. Sy kry hom in die koöperasie toe sy hoenderkos koop.

"Middag, Meneer. Ek dog Meneer is weg vir die vakansie?"

"Nee, ek gaan eers in die laaste week. Die werkswinkels vir die matrieks kom tot my spyt bó vakansie hou. Ek kom soek net gou miergif . . ."

"Dis dáárdie kant," en sy beduie na die spuitstofrak. Begin aanloop, want sy hou nie daarvan dat hy haar in 'n plaas-oorpak sien nie.

"Wag, sê eers vir my hoe gaan dit met jou en die tennismasjien?"

Halfhartig. "Redelik."

"Hoe lyk dit met 'n wedstryd op die skoolbaan? Net vir die oefening."

"Meneer wil seker nie verneder wees nie." Sy kry dit reg om te lag.

"Nè? Kom ons maak 'n dag en tyd . . ."

Vrydag. Tienuur. Beste uit vyf stelle, soos Wimbledon-manstennis.

Sy was en politoer die Corsa. Smeer haar bene room. Trek die swart rekbroek aan. Daar is die blyste bly in haar toe sy by die dorp inry.

Opwarm. Gooi 'n muntstuk op. Sy dien eerste. Hy kies tot haar verbasing om téén die son te speel. Sy speel met presisie, konsentrasie, beplanning. Die wêreld bestaan nie. Dis net sy, die raket, die bal, die baan.

En Braham.

Twee stelle elk. Dit voel of sy vlerke aan haar voete het.

Toe hulle water drink en kante ruil vir die vyfde en finale stel, loop hulle rakelings verby mekaar by die netpaal.

"Gertruida?"

Hy moenie genade verwag nie. Of dink sy verwag genade nie. "Menéér?"

"Ek vra jou nou reeds: Die dag as jy jou pen neersit ná jou laaste graadtwaalfvraestel, wil ek by jou kom kuier. Kan ons vandag die afspraak maak?"

Warmgloed wat haar oorval. "Nee. Bel my op daardie dag vir 'n afspraak."

Dit het haar totaal ontsenu, en haar die wedstryd gekos.

Sy staan met die brief in die chaotiese kantoor, en weier om te glo wat sy lees.

24 Augustus 2001
Beste Oom Abel
Die skool het my afgevaardig om 'n week lange tennisafrig-

tingskursus in Kaapstad by te woon tydens die Septembervakansie. Nadat ek met die hoof gepraat het oor bykomende hulp met die tennisafrigting, wil ek hoor of Oom kans sien dat Gertruida dit saam met my bywoon. Sy kan van groot hulp wees met die afrigting van laerskoolspelers. Die skool sal haar kostes betaal en sy kan saam met my ry. Ek besef sy help Oom tydens vakansies, maar ek hoop Oom sal hierdie geleentheid vir haar moontlik maak. Laat my asseblief weet sodra Oom en die tannie besluit het, sodat ek haar inskrywing en hotelbespreking kan doen. Voorlopig meld ek niks aan haar nie, totdat ek van Oom hoor.

Groete. Braham Fourie

Tot op hierdie minuut het sy niks hiervan geweet nie. Grote bliksem! Sy kon saam met Braham Kaap toe gegaan het, maar Abel het haar geïsoleer, soos altyd. Dít sal sy Abel nóóit vergewe nie!

Om te dink Braham het geweet sy het 'n buite-egtelike kind gehad, 'n skandekind. Nogtans het hy haar waardig genoeg geag om nie 'n skinderstorie daarvan te maak nie. Hy was nie skaam om saam met haar gesien te word nie; hy wou met haar gaan dans en haar saamneem na personeelfunksies. Hy het haar vir sy ma-hulle gaan wys. Haar gevra om te trou. Belowe om haar eendag Avignon toe te neem.

Sy kon niks daarvan gryp en by die hokdeur uitstorm nie, want haar lewe lank is dit by haar ingeprent dat sy 'n hoer en 'n verloorder is.

Dônnerse-dônnerse Abel Strydom!

Sy hoor haarself gil. Die ruit breek toe sy die papiergewig daarteen vasgooi. Slaan die waaier af van die liasseerkabinet met die winkelhaak. Ruk die kerkalmanak van die muur af en skeur dit in stukke.

Dis 'n groot wal wat breek in haar gemoed. Soos kranksinnigheid wat oor twee-en-twintig jaar opgebou het, en in een sekonde in die middeloggend oopbars.

Met brute krag dop sy die lessenaar om. Trap tussen die goed op die vloer deur en hardloop buitetoe.

Die slaapkamer kan wag. Alles kan wag.

Kry die petrol in die waenhuis. Die swaar petrolkan voel soos 'n veertjie. Strooi, strooi. Oraloor, tot die kan leeg is. Sleep die tuinslang nader. Draai die kraan oop. Hardloop in die wapperende nagrok na waar OuPieta in die groentuin skoffel, en vra hy moet hand bysit as die wind opkom en die vuur wil weghol.

"Jirretjie, Nooitjie, is goeters hierdie wat jou pa en ma met baie sweet . . ."

"Ja, OuPieta. Maar niemand het omgegee oor wat ék bymekaarmaak nie!"

"Nooitjie . . .?"

Luister nie. Hardloop terug. Trek die nagrok op tot by haar knieë om vinniger te beweeg.

Vuurhoutjie trek.

Swaelreuk.

Gooi die vuurhoutjie in die berg gemors in en staan tru. Binne sekondes brand die vlamme oor 'n memorieboek vol swart vingerafdrukke.

Sy staan in die voordeur; die hitte walm teen haar aan. Rookbolle. Plofklanke. Knettergeluide.

Iewers in haar kern verdeel sy in twee mense.

Sy huil uit die een mens.

En juig uit die ander.

Sak kruisbeen neer op die voordeurdrumpel. Sit en kyk na die vlamtonge. Dis asof sy ná jare van pynskokke uiteindelik by die oop hokdeur uitstorm.

Gertruida draai dit terug. Die aarde giet dit uit. Gertruida geregtig te treur.

Toe die son op twaalfuur sit, is die vuur uitgebrand. Die rook trek nog stadig uit Ouma Strydom se spieëlkas en uit die smeulende matras.

Snuit haar neus aan die nagrok. Hang die .22 oor haar skouer. Vat die waterbottel. Loop na OuPieta toe en vra hy moet dophou en natspuit as die laaste rook gaan lê het.

Begin kliphuis toe stap.

Haar voete hóéf nie op die klippe en harde grond langs te hou nie. Sy mág spore agterlaat. Dis asof sy stadig bokant die bosse kliphuis toe vlieg. Sy verlang pynlik na Braham. En na Bamba. Nooit sal sy die glansloosheid in Bamba se oë vergeet nie. Vir die res van haar lewe sal sy soms in haar nagmerries daardie laaste geweerskoot hoor eggo.

Op 'n lentedag van haar tweede graadelfjaar, 'n Saterdagaand, is dit matriekafskeid. Sy wil nie gaan nie, want sy is bang Bamba gaan alleen dood. Toe die deurknop laatnag draai, lê sy hom op die bokhaarvelletjie neer; skuif hom onder die bed in.

"Jou kamer stink na hondekak!" Abel is verskriklik dronk. "Jy moet die verdomde ding laat uitsit, of ék skiet hom vrek!"

Dit ontstel haar as Bamba vir sy eie skaduwee blaf. In sy seniliteit aan die yskasdeur krap wanneer hy wil uitgaan. "Asseblief, Pa, ek het nie die hart om . . ."

"Die ding kak en pis gedurig in die huis! Ek is gatvol gesukkel met die hond!"

Bamba is ál wat sy het. Blinde Bamba.

Toe Abel en Susarah die volgende dag wegry kerk toe, tel sy Bamba op en loop berg toe met die .22. Al is hy blind, wys sy vir hom die plekke waar hulle twee so baie geloop het. Veldpaadjies. Bergpoel. Kliphuis. Maak vir hom boeliebief oop. Hy wil nie eet nie. Toe die skemerheimwee haar oorval, vat sy die .22 en lê Bamba weskant van die kliphuis neer.

Dit voel of sy in haar eie kop vasskiet.

Sy is eers die volgende Sondag huis toe. 'n Week uit die skool om alleen in die kliphuis te rou. Die Maandag vat sy die gesteelde graaf; rol die koue lyfie toe in 'n trui, en dra hom tot waar die karmosynpienk septemberbossie blom.

En sy bêre hom.

Elke keer daarna as sy kliphuis toe is, het sy 'n paar rivierklippe saamgedra om 'n grens rondom die grondhopie te pak.

Toe sy haar kom kry, sit sy in die kliphuis se deur. Die vuurrook het 'n dynserigheid oor Kiepersolkloof agtergelaat. Die wit nagrok is vuil en geskeur. Die reis hierheen is vaag. Sy kan nie onthou waar sy die .22 en waterbottel neergesit het nie. Het sy tóg kranksinnig geraak?

Sy kruip binnetoe en lê in die warm holte. Nêrens roep 'n voël nie. Dis asof die berg saam met haar aan die slaap raak.

Haar mond is droog en taai toe sy wakker word. Buite is dit donker, want dis feetjiemaan. Sy soek die waterbottel met haar Victorinox se flitsie. Die rookreuk is weg. Sy is nie honger nie. Sy draai die kombers om haar en slaap verder saam met die donker berg.

Sonop gaan was sy haar in die ysige bergpoel. Slof terug kliphuis toe en trek skoon klere en 'n langmou-T-hemp aan, want sy kry koud. Borsel haar tande met water uit die groen waterkan. Terwyl sy sukkel om die koeke uit haar hare gekam te kry, val die blik met klippers aan die onderpunt van die voetpaadjie. Sy spring op die naaste hoë klip en sien Mabel se rooi trui agter 'n karsiebos verdwyn, wég van die voetpaadjie af.

Was dit regtig Mabel wat sy gesien het? Mabel sal nie in die vislyn vasloop nie.

Vat die .22 en gaan staan voor die kliphuis.

Braham Fourie kom in die voetpaadjie aangestap.

Sy weet hy sou nooit die kliphuis kon kry nie. Mabel het hom gebring en die blik laat val om haar te waarsku.

Sy sit die .22 teen die klipmuur neer. En sy wag.

*

Is halfpad dinnertyd toe. Ek sit met die broodsnymes by die kombuistafel. Ek sê: Gqithisa isonka. Gee die brood aan. Galela iwayini. Skink die wyn.

Die witbrood in die platbord is gister s'n wat ek in blokkietjies gesny het. Is Mabel se soetwyn vir koekies bak wat op die tafel staan. Vandag hou ek Nagmaal. Want die man het vanselwers gekom. En die huis en tuin is uitgespaar van afbrand. Die trane loop in my oumensplooie af. Bly-weestrane. Nagmaal-trane.

Skaars was die son uit agter die bergrant, toe kom die man hier aan. Kompleets of hy geweet het ek roep in my stilligheid na hom. Hy soek vir Gertruida, sê hy, en hy bel al van waffer tyd af, maar niemand antwoord nie.

"Sy's by die kliphuis. Sy wil alleen wees," sê Mabel.

"Sal jy my asseblief na haar toe neem?"

"Sy't die geweer by haar. Sy gaan op jou skiet."

"Sy sal nie."

"Vat hom soontoe, Mabel," sê ek. Ek draai my oë na hom toe. "As jy Gertruida se hart breek, sal iNkosi jóú bene een vir een breek. Verstaan dit bietjie mooi . . ."

Toe is Mabel hier weg met hom.

Nou sit ek hier met my Nagmaalgoed en bid dat iNkosi vir Gertruida 'n goeie lewe op die pad vorentoe opgeskryf het. En dat Hy haar sal help om die pad agtertoe bietjie skoner te vee.

Gqithisa isonka. Gee die brood aan. Galela iwayini. Skink die wyn.

Ek sit 'n broodblokkietjie op my tong. Bring die koekiewyn na my lippe toe. En ek weet iNkosi sien ons almal raak.

Toe ek klaar gesluk is, sing ek die lied wat ek al baie kere gesing het as ek nie weet waffer kant toe nie. *Seng'ya vuma, Seng'ya vuma, Somandla . . . Stuur ons Here, Stuur ons Here, in u Naam . . .*

*

Nog dertig treë. Hy kyk op na haar en waai.

Twintig treë. Tien. Vyf.

Toe is hy binne vatafstand van haar.

Sit haar plat hande teen sy bors. Om hom bergaf te stamp. Maar sy stamp nie.

"Ek kom hoor of jy nog die plaasskooltjie wil oopmaak. En of daar 'n vakante pos sal wees van Januarie af."

Dis nie 'n droom nie.

"Januariemaand is turksvytyd. Dit sal die fabriek se eerste seisoen wees. Eintlik soek ek 'n voltydse fabrieksbestuurder."

"Mag ek aansoek doen, al weet ek niks van turksvye nie?"

"Jy is so pas aangestel, Braham. Jy moet net kies watter werkershuis ek vir jou moet laat opknap."

Hulle sit met hulle voete in die koue bergpoel en eet geblikte koejawels. Die lenteson skyn op hulle skouerblaaie.

"As die skool in Desember sluit, gaan ek Frankryk toe, Gertruida, Avignon toe, om na die ruïnes van die Saint Claire-kerk te gaan kyk." Hy hou sy hand na haar uit. "Gaan jy saam?"

Sy ryg haar vingers deur syne.

Eendag sál Abel se beeld vervaag. Eendag sál die horlosietikke in haar kop stiller raak. Eendag sál sy 'n mooi memorieboek kan maak wat sy nooit sal wil begrawe nie.

"Ja, Braham, ek gaan saam."